詩城の旅びと

Seicho MatsuMoto

松本清張

P+D BOOKS
小学館

目次

22 21 20 19 18 17 16 15 14 13 12 11

467 433 401 377 357 333 309 289 267 245 229 215

カルパントラ
カヴェヨン
A7
N7
コン
ラマ
サント・ヴィクトワール山
エクス・アン・プロヴァンス
D65
ール湖
マリニャーヌ空港
マルティグ
マルセイユ
ロンヌ岬
イフ島

オランジュ
A9
アヴィニョン
ローヌ川
D571
ニーム
ボーケール
タラスコン
サン・レ
D99
レ・ボー
アルビー
D17
アルルル
D570
N11
アルバロン
プティ・ローヌ
カマルグ
グラン・ローヌ
バカレ湖
N568
サント・マリ・
ド・ラ・メール
地中海

1

和栄《わえい》新聞社企画部長の木村信夫が多島通子《たじまみちこ》を知るようになったのは、その投書からである。

木村がオーストリアの二週間の出張から帰社すると、留守中の来信が机のわきに積まれてある。多島通子の投書は、その中にあった。すでに部員によって開封されていた。上書《うわが》きには「企画部長様」としてあった。差出人は部長の名を知らないのである。消印は十日前になっていた。

木村が封筒から分厚くたたんだ便箋《びんせん》を出していると、次長の辻秀三が自席から顔を向けた。

「その投書は面白いですよ、部長」

内容を先に見ている彼は言った。

「企画案の提供かね」

「そうなんですが、案としてはだいぶん変っています。泰《やっ》ちゃんも魅力があると言ってますがね」

辻の斜め向こうの山口泰子《やすこ》が木村の一瞥《いちべつ》に頭をさげた。封を截《き》ったのは彼女だった。

企画室の中はがらんとしていた。三十名ほどの部員のうちの半数が出払っている。地方へ出張中の者もいれば、都内の博物館とか美術館などへ行っている者、デパートの企画室へ出向いて会議をしている者などだ。いつも全員がそろったことがない。

新聞社では年に数回、なんらかの催物を行なっている。その担当が企画部だった。催物には大仕掛けのものもあれば、小規模のものもあるが、ヒントなりそのアイデアなりが、外部からの持ちこみで示唆を受けることもある。

投書による案は、当然のことながら幼稚なもの、前例に似たもの、奇矯《ききょう》すぎるもの、気宇壮大に過ぎて実現不可能なもの、厖大《ぼうだい》な予算を要するものなどが大半である。

しかし、そのアイデアがたとえ空想的なものでも、面白いものは実現を技術的に可能にするのが企画部の仕事であり努力である。じっさい、寄せられる案には、意表を衝《つ》く新鮮なものがあった。

企画部員らは、とかく既成概念に捉われがちである。経験の積み重ねがいつのまにかつくりあげられた観念となり、マンネリ化している。そこから出られないでいる。

「和栄新聞」は全国紙であった。発行部数を誇る全国紙は、ほかに「太陽新聞」と「東洋自由新聞」とがある。その二つを加えて三社の間で「企画競争」が行なわれていた。企画の範囲は文化とスポーツである。文化は美術展とか外国の有名な発掘品の展覧会などになる。スポーツ関係では国内で国際陸上競技とされるマラソンや継走の開催が多い。

三社間の「企画競争」は虚々実々といったところである。何かいいアイデアはないか、目のさめるようなプランはないか、と三社の企画部長は絶えず頭を悩ましている。

外部からのアイデアには、はっと眼を開かされるものが少なくない。そういうものに当ると、企画部は盲点を衝かれた思いで、いままでどうしてこれに気がつかなかったのか、と素人《しろうと》の発想に愕然《がくぜん》となる。投書はアイデアの玉手箱だといえた。

事実、これまでにも投書からヒントを得て、大展示会などを催したことがいっさいならずあった。もっとも外部の案は、そのままでは使えない。それを基にして工夫を練り、創意を加え、変形して、技術的に完璧《かんぺき》な設計にするのである。

過去で好評を得たのに「古代エジプト王墓展」「世界ロココ芸術建築と絵画展」「世界古代黄金遺宝展」「シルクロード遺跡展」などがある。

「古代エジプト王墓展」は内部の副葬品のほかに、墓室の壁画と羨道《せんどう》側面壁の浮彫り画とを持って来て展示した。これらは盗掘に遭《あ》った部分で、その密売品がまわりまわってコレクターたちの手に収められたものである。このとき壁画の断片の行方を追うのが企画部には苦労だった。うまく突きとめても、こんどは所蔵家の手から借り出すのが大難関であった。門外不出を鉄則とするコレクターたちを口説き落すのに二年を要し、その間、企画部員の半数がこれにかかりきりだった。

「世界古代黄金遺宝展」は、トラキア（古代ギリシアと小アジアとにまたがる印欧語族。前五世紀ごろに栄えた）の故地から出土した黄金の工芸品展だった。

「シルクロード展」は、いまやブームになっているのでどこでも企画する。当然、各社とも似たり寄ったりなものになる。和栄新聞社企画部では、独自性を出すために西域で発掘した碧眼《へきがん》金髪の婦人ミイラを借りてきたらという発案になった。これは投書からのヒントだった。砂漠都市の遺跡に眠るアーリア系美女のミイラを日本に持って来られたら大評判になることはうけあいである。これには和栄新聞社の担当役員や木村が中国側に懸命にアプローチしたが、成功しなかった。しかし、木村はいまだにその未練を捨てていない。

「世界ロココ芸術建築と絵画展」は、小規模のものだったが、その繊細にして華麗な美術がたいへんな観覧者をひきつけた。これも投書によるヒントからだ。デパートの催場に実物大の華麗なサロンをつくり、その家具調度類はフランスからとりよせて飾った。また、バロック建築で知られるドイツの修道院の礼拝堂からキリスト教美術品を借りて展示した。

こんど木村がオーストリアに出張したのも投書がきっかけだった。アイルランド、スコットランド、イギリス西南部、フランス、地中海沿岸には、ケルト人の文明遺跡がある。ケルト人は世界史の謎だが、とにかくその文明の中心がオーストリアのザルツブルクの南、ハルシュタットに遺《のこ》っている。青銅器時代から鉄器時代にかけての文化だが、それを日本に持って来ようという発想だ。ハルシュタットには有名な岩塩坑がある。この塩を求めてヨーロッパの東西南北から人が集まり、交易のためにそこが文明の十字路になったのだが、木村は、たとえばデパートの屋上に高さ十メートル以上の「塩」の竪坑《たてこう》をつくり、中に採掘に従事するケルト人の実物大の人形をならべ、かつは出土品を展示して、あっといわせようというのだった。

木村は番茶を飲み終った。湯呑みを机の上に置くと、多島通子の手紙を眼の前に近づけた。

便箋は二十枚ぐらい重なっている。

《とつぜんですが、お手紙をさし上げます。わたくしは二十八歳のＯＬです》

多島通子の書き出しであった。

《貴社が毎年の行事として主催されている「国際駅伝競走」は、テレビ中継などで見て、いつも胸をわくわくさせています。もうずいぶん回を重ねておられますね。ですが、率直にいって少々マンネリ気味という気がいたします。

そこで、わたくしの思いつきですが、このさい「国際駅伝競走」を海外で開催されたらいかがでしょうか。せっかく「国際」の名が冠せられてあるのですから。

それに「国際駅伝競走」は貴社だけではありません。太陽新聞社でもやっておられます。貴社のは東海道です。三島、沼津、薩埵《さった》峠を越えて、日本平から久能山、焼津、浜名湖畔と走って豊橋までのコースですね。太陽新聞社のは、長野県の塩尻から中山道に入り、奈良井峠を越えて藪原、木曾福島、上松《あげまつ》、妻籠《つまご》と走って、中津川を通り、恵那《えな》でゴールインです。これもすでに長くつづいて「伝統」となっていますが。

けれども、申しわけないことながら、この二つのコースとも、もう鼻についてきて、少々うんざりです。もう目先を変える必要があると思います。そして駅伝に清新な空気を注入していただきたいと思います。

それには海外がいいと思います。日本も「世界の経済大国」になったのですから。最近、アメリカでも「エキデン」というリレー・マラソンが行なわれ、五十州から選手が参加したと、貴社の記事で拝見しました。アメリカの主催ですら、日本語の"EKIDEN"が使われている現在です。いわんや本家の日本は、外国にコースを求めるべきではないでしょうか。

その候補地として、わたくしの考えでは、南フランスのプロヴァンス地方がいいと思います。マルセイユ、アヴィニョン、アルルの間を走るコースです。その略図を左に書いてみました》

ここまで読んできて木村の気持は投書の文面と略図に吸いこまれていた。彼は胸の前が煙草の灰だらけになっているのも忘れた。この投書を最初に見た山口泰子が遠くから彼の様子をちらちらとうかがっている。
略図は便箋一枚に描かれていた。

《ヘタな図でごめんなさい。プロヴァンス地方の地図を見て、わたくしがそれを単化して描いたのです。コースは、アヴィニョンを頂点としてだいたい三角形をなしています。各一辺の距離数は、わたくしの推定です。

貴社の駅伝競走のコースは東海道、太陽新聞社のそれは中山道で、どちらも広重の描く名所が展開しています。これをプロヴァンス地方に当てますと、そこには古代ローマ時代の遺跡が散在しています。ニームやアルルの円形劇場、円形闘技場、神殿跡などです。ローマ時代の水道橋は、タラスコンの西にあるポン・デュ・ガールが世界的に有名ですね。

アルルとサン・レミはヴァン・ゴッホのゆかりの地です。「アルル時代」のゴッホの画はあまりにも著名ですが、両地ともゴッホが入院生活を送った精神病院があります。画家といえば、エクス・アン・プロヴァンスはセザンヌが生れて、そこに晩年まで住みました。文豪ゾラとはそこで幼友だちです。セザンヌは近くのサント・ヴィクトワール山を好んで描きました。またアヴィニョンは申すまでもなくフランス教皇庁があり、日本人のおびただしい観光客が押しよせています。

もうすこし説明させてください。

マルセイユ=アルル間の南寄りの街道は地中海に沿っています。ここから東へ行くと、カンヌ、ニース、モナコとなって、いわゆるコート・ダジュール、リビエラへとつづきます。アルルの南、ローヌ川の河口にあたるカマルグの湿地帯では、案内書によると、フラミンゴが飛び、白い馬が走り、野牛が群れているそうです。南アルプスを北に望む丘はオリーヴと糸杉に蔽《おお》われ、平坦部にはブドウ畑がはてしなくひろがり、その隣には野生のラベンダーが芳香を放っています。陽光がさんさんとふりそそぐこの地を、フランス人は「太陽の国」として憧《あこが》れているということです。

いろいろ書きましたけれど、このコースを「国際駅伝競走」に選べば、広重の版画「東海道五十三次」や「木曾海道六十九次」に匹敵する風景や情緒が見られます。木曾の馬籠《まごめ》よりも古い宿場がプロヴァンス地方のいたるところにあるそうです。

わたくしは強く希望いたします。貴社の「国際駅伝競走」は、ぜひ南仏はプロヴァンス地方で催されんことを。

この投書がイタズラでないことを証明するために自宅の電話番号を記しておきます。ただし、お電話をいただくことは、ご遠慮いたします》

木村は読み終ると、便箋を揃《そろ》えた。

辻が横から言った。

「どうですか」

彼も木村が読み終るのを待っていたのだ。

木村は、うむ、と息を吐くように言い、とっくに消えた煙草に火をつけた。

「面白い」

辻は長い顔を椅子ごと回して部長へ向けた。

「ぼくも、じつに新鮮なアイデアだと思いました。目を洗われた思いです。文面のとおり国内コースは十年一日のように決まりきっているんですからね」

「OLだと自分で書いているね。どこに勤めているのだろう?」

木村は筆跡を見た。達筆ではないが、几帳面《きちょうめん》な文字である。

「フランスのことに詳しいようですね。貿易関係の会社じゃないですか。この地方には出張か遊びかで行ったことがあって……」

「だが、近ごろは海外旅行のガイドブックがいろいろと出ているから、それを見て書いたかもしれないね」

「そうかもわからないけど、それにしては、いいセンスですよ」

「ガイドブックを見たにしろ、プロヴァンス地方を駅伝競走のコースとして目をつけたのはセンスだな」

木村は、略図の一枚を抜いて言った。

「その方、前に運動選手をしていたんじゃないでしょうか。走行距離なんかがちゃんと書き入れてありますけど」

山口泰子が口をはさんだ。

木村がまだ略図を眺めていると、彼女は言葉をつづけた。

「それに書かれてある全コースの距離は、ざっと二百キロですわ。一区間が二十キロとして中継地が十カ所になります。そんな計算もしてあるんじゃないでしょうか」

駅伝競走では、一区間二十キロがだいたい普通となっている。

木村は、それとは別なことを考えていた。


この投書は絵画的な文章だと木村は思った。それは器用にイラスト化して描かれた「略図」のせいだけではない。さりげない表現に、それを感じるのである。

国内の駅伝競走のコースに沿う東海道や中山道の名所図絵的なイメージを、南仏のコースにあてはめているところに投書者の機智がみえた。広重の「木曾海道六十九次」を、この女性は正確に「海道」と書いている。えてしてこれは「街道」と書き誤りやすい。

これを書くのに多島通子という投書者が参考書にあたったのかというと、その形跡は見られなかった。筆跡は淀みなく流動感をもって続けられている。書き手の思考のままに手が動いている感じだった。

とすれば、多島通子は画とか美術に趣味をもち、またその教養もかなり持っているように思われた。

そのことはゴッホやセザンヌを出しているのでもいえる。ゴッホの「アルル時代」というのは、常識ていどとしても、サン・レミの精神病院を書いているところは、ゴッホ伝などをひととおり読んでいるからだろう。それに、エクス・アン・プロヴァンスのセザンヌも出している。「セザンヌが好んで描いた山」までここにイラストにしている。

ローマ時代の遺跡もちゃんと略画で入れてある。円形闘技場、神殿、それに水道橋だ。これらはガイドブックにはかならず出ていることだが、それをかんたんにイラストにしているのは芸がこまかい。

投書を横に置いている木村を見て、辻が眼を笑わせながら言った。

「この女性は画が器用ですな。プロヴァンスで国際駅伝競走の企画がいよいよ実現したばあい、そのまま宣伝のイラストに使えそうですね」

木村もそれに感心していた。

「それに文章も美文調ですな。湿原にはフラミンゴが飛び、白い馬が走り、野牛が群れる、丘にはオリーヴと糸杉、平野にはブドウ畑、隣に野生のラベンダーが芳香を放つ。うまいですなア。ロマンチックな旅心を誘いますよ。宣伝文句に使えそうですな」

「わたしはその文章に惹《ひ》かれました。というのは、国内の東海道や中山道のコースと対比させていることとです。広重に対してゴッホやセザンヌですからね。機智がありますわ」

山口泰子は言った。

駅伝競走は、コースの背景が一つの魅力である。東海道は富岳を背景にして選手が走る。中山道には木曾御岳がちらちらする。奈良井の峠には菅笠、合羽《かっぱ》の旅人のイメージがある。藤村の馬籠の宿はいうまでもない。投書の主は、そこからプロヴァンスのコースにあたる宿場町も引き合いに出しているのだった。

「なあ辻君。もしこれを実現させるとなると、予算はどれくらいだろう」

木村は冗談めかしていった。

「ぼくも部長よりさきにこれを読んだときに、同じことを考えました」

机に片肘《かたひじ》を突いた辻は、ボールペンの頭で額《ひたい》を軽く三、四回叩《たた》いた。

「ざっと七、八億円くらいでしょうかね。あるいは、それを出るかもしれませんが」

「うむ。七、八億か」

いい線だと思った。木村も同じ見当だった。

参加選手は少なくとも二百人は必要とする。それ以下だと催しが寂しくなる。二百人の選手に、百人くらいの役員が付属する。総計三百人。選手団だけでもこの数だ。これに本社側から関係者が加わる。

参加者の旅費、滞在費が予算のほとんどを占める。それに中継地の設営費、交通費、関係方面への謝礼など、こまかい費用を上乗せする。選手への賞金、手当など、ざっとの計算だ。

各国といっても当然、日本選手団が中核になる。六、七割は日本からの出場だ。ほかの国では地元のフランスをはじめ、アメリカ、英国、ソ連、西独、東独、ポルトガル、ノルウェーなど。これにアフリカや南米からの参加申込みも見込まねばならない。

十億円は軽く出るかもしれないと思った。

だが、木村が次に苦い表情になったのは、その「愉《たの》しい想像」が通過してからだった。十億円をどのようにして掻《か》き集めるかである。

企画部長は立案したプランを社の幹部に提出する。よかろう、やってみなさい、と許可が出る。が、役員は資金集めにはタッチしたがらない。その責任者は企画部長である。彼がカネ集めをつとめざるをえない。

カネが集まらなかったら、その企画はお流れになる。いかなる名プランも名企画も資金がなくては実行できない。名案はとたんに砂上の楼閣として消失する。過去にもなん度そのような経験があったかしれないのである。

木村は頭を横に振った。

この企画に、まだ本気になっているわけではないのだ。

——多島通子は美人だろうか。

木村はふと思ったが、口には出せなかった。多島通子の分厚い手紙を机の抽出《ひきだし》の中へ放りこんだ。

「辻君。出張者以外、みんなが揃うのは今日の何時ごろかね」

煙草をふかした。

「そうですな。外まわりから戻るのは五時を過ぎるでしょうな」

白壁の電気時計は三時のところに針があった。

「それじゃ、それだけでも集まったところで部会を開こう。ぼくのオーストリア出張の首尾を報告せんといかんからな、あれはうまくゆかないようだ。さっき、君だけには話したけどな」

「なかなかむつかしいもんですね」

ハルシュタットの古代遺宝展の企画が難航している。出品物の貸出しをオーストリア政府が渋っている。ハルシュタットのケルテン・ミュゼーウム（ケルト文化博物館）は広い五層の建築物だが、その三階まで黄金製をまじえて青銅器や鉄器がぎっしりと詰まっている。ケルト文化特色の渦巻形の装飾を施した留針《とめばり》や馬具類がここに多く集められてあった。ギリシアからきた貨幣もある。馬具は日本の古墳に副葬されている金銅製の鞍、あぶみ、馬面などと北方大陸を通じて遠く連絡しているようで、「ケルト文化の東漸《とうぜん》」という構想で、木村は派手に宣伝するつもりだった。

オーストリア政府当局はまだ正式に拒絶したわけではないが、まず見込みうすである。

「部員は、ぼくが二週間も出張して空手《からて》で帰ってきたから」

木村は憂鬱《ゆううつ》な顔で言った。

「社内では、ぼくがザルツブルクの音楽会でモーツァルトなどを聴いてたりして、のんびりとたのしんできたように思うかもしれんな」

ザルツブルクはモーツァルトの生地。

「部長の性格を、みんな知ってますからね。誰もそんなことは思いませんよ」

向こうの列の机では部員七、八人が仕事をしている。来客と話しているのもあれば、下の編集局から学芸部員がきて、資料を見せ合ったりしていた。

木村が廊下に出るとき、背後で、低いハミングが聞えた。辻の声で、「アヴィニョンの橋の上で」の童謡だった。

辻も多島通子の投書につかまっている。

廊下を歩く木村の気持にも辻と同じものがあった。

2

木村信夫は、とりあえず投書者の多島通子に礼状を出した。

《御芳簡ありがたく拝見しました。たいへん斬新な御提案をお寄せくださったことに感謝申し上げます。また、わざわざプロヴァンス地方の地図をイラスト入りで描いていただいたことにも拝謝いたします。当企画部としても、よく検討させていただきます。まずは御礼まで》

木村がこの手紙を書いたのは、放っておけば多島通子は他社に同じ投書を出すかもしれないと思ったからである。投書者にはそういう心理がある。返書はそれを予防する手当てであった。

木村は多島通子のアイデアに、それほど魅力をおぼえていた。

多島通子とは、どういう女性だろうか。

文面に書かれた内容はガイドブック程度で、外国に行ってなくとも、その種の本を見ればわかることだ。そんなことよりも、この女性にはプロヴァンス地方に駅伝競走のコースを思いつくだけのセンスがある、と思った。

住所は杉並区井草の番地になっている。電話をかけては困ると断わってあるのは、独身だからだろう。ＯＬと書いているので、勤めている会社の女子寮だろうか。それともアパートか。近ごろは寮の名もアパートの名も記さないで、番地だけで郵便が届くようになっている。

「部長、ぼくが一度彼女をこの住所に訪ねて会ってきましょうか」

木村が多島通子に礼状を出したのを知っている辻は言った。

「訪ねるのは、もうすこし待ったほうがいいね」

「まだ早いですか」

「先方に会うにしても、こっちの態度をあるていどきめていないとね。軽率にとられてもいけない」

「それもそうですが、この投書の提案は考えれば考えるほどアイデアがすごいですね。社告を紙面に発表したら、世間はあっとおどろきますよ。東洋自由新聞も太陽新聞も、大ショックでしょう」

辻は心を急《せ》かしていた。

辻は、木村のようにそこまで慎重にしなくても、とにかく多島通子に会って、話をすればいいくらいに考えている。かんたんに彼女をこっちへとれると思っているようだった。

だが木村としては、まず社の幹部の意向をさぐってからという気持だった。

「国際駅伝競走」を南仏で行なう、たしかにフレッシュな発想だ。国内のコースという既成観念からつき出ている。これが実現すれば画期的な企画になる。だからといって、社の方針が直ちに、それにまとまるとは考えられなかった。むしろ予想される困難が、木村の前に大きく映っていた。

企画部が所属する編集局長（専務取締役）は、このプランに賛成してくれるだろう。しかし、編集局長には資金集めはできない。いまの局長は政治部出身である。カネには縁がない。社長は前編集局長だったが、がんらい政治部畑である。政党の幹部や財界人と交際はしていても、企業からカネを引き出すのを潔《いさぎよ》しとしないほうだった。社長も編集局長も「社会の木鐸《ぼくたく》」たる新聞人としての矜持《きようじ》に固執する「硬派」であった。

南仏の駅伝競走はざっと試算しても最低約十億円はかかろう。このカネ集めは主として企業からだが、編集局長がそれに不得手だとすれば企業方面を広告主として関係の深い広告部長の仲介が頼りだった。新聞広告の獲得は社の広告部が直接にあたるのではなく、その間に広告代理店が入る。広告エージェントの大手は弘報社で、業界で大きなシェア（市場占有率）を誇っている。各新聞社とも弘報社とは密接な取引関係にあった。広告部長を頼りにするのは、この広告代理店を動かしてもらうことにあった。

新聞社の業務局は、販売部と広告部とに分れている。販売収入と広告収入とは「車の両輪」として社の経営を支えていることになっている。「両輪」の収入にバランスがとれているのを理想としている。

もう一人の専務は業務局長を兼任していた。販売部出身である。出身というよりも販売部そのものといったほうがいい。彼は和栄新聞の購読部数をこれまで著しく伸ばしてきた。たいそうな腕ききで、業界紙によると、「販売の名人」と名づけられている。

部数が多いことは、外にたいして新聞社の勢力誇示だけではない。それを背景に、広告収入もふえる。

広告料は各社とも定価がいちおう決まっているが、部数の多少によって、定価と実際の取引値段とは差異がある。広告主は宣伝効果のある新聞に出稿したがる。「紙《かみ》」(業界用語で、部数のこと)が多いほど宣伝力があるのは当然だからだ。「紙」の多い新聞社は広告料の値崩れがない。のみならず、値上げを一方的に発表するくらいに毎月「残広」があって強気である。「残広」とは、広告が輻輳《ふくそう》し、その月に紙面に収容できなかった契約広告のことをいう。

「紙」の弱い新聞社の広告料はその逆で、じっさいの取引値において値引きする。紙面の広告収容量は和栄新聞の場合、一日に朝夕刊合せて四百段を越す。競争紙二社も同じくらいだが、「紙」の弱い他社は広告収入が少ない。

値引き広告は、一般読者にはわからない。つまり「紙」が出ているかどうかは、それほどに新聞社の広告収入に影響するのである。

いまの専務で業務局長が、販売部長時代から和栄新聞の発行部数を急速に伸ばしてきた理由は、彼が常に専属販売店を督励してきたその絶えざる努力からだ。が、彼は叱咤《しった》激励する反面、販売店主に対して篤《あつ》い人情で面倒をみてきた。

たとえば経営の悪い販売店があると、助言とともに社のカネを注ぎこんで援助し、これを救済した。そのかわり、店主に経営能力がないとか怠慢な人間だったりすると、容赦なくその店を改廃した。改廃されると店主の死活問題になる。つまり恩威ならび行なう方策である。彼は部長時代から全国の販売店を巡回した。彼の脳裡には、全国何万何千軒かの販売店の店主の家族構成からその内情までが、緻密《ちみつ》なグラフのように入っている。彼は根っからの商売人であった。

販売部長に心服した販売店主は、館野さんのためならその馬前で死んでもよい、という気になるのだった。館野桂一郎というのが専務・業務局長の名である。

全国の販売店を握っている館野の発言力が社で強いのは、この迫力が背景にあるからだ。業務局長になった現在でも、彼は販売の第一線を未だに指揮しているので、あとの販売部長が浮き上がっている。販売部長とはいえ実質的には次長であった。

和栄新聞社では専務から社長へのコースがこれまで編集畑で占められているが、その慣例を破りそうなのが館野業務局長と見られていた。販売店を握っていることはそれほど強いのだ。

社の経営権を握っているようなものだ。とくに個性の強い業務局長だとその傾向になる。

編集局長は社長コースで業務局長に押され気味である。それは「知識人」と商売人との隔たりであった。

編集局長は知性人である。木村が企画の許可を求めに行くと、局長は木村にいつも言った。

(その企画はたいへん結構だ。大いにやりなさい。しかし、カネのことはおれは知らんよ。資金の調達はきみがやりたまえ)

政治部出身の編集局長は横を向いて、パイプをくわえている。

当人は「新聞人」としてのプライドを持っているつもりだろうが、しかし隷下《れいか》の企画部からすると、こんな頼りない親分はなかった。だいたい明治・大正期の新聞は政治に重きをおいて、社説でも空疎な大言壮語を書いてきた。だから壮大な理想論を説くと、反対に「紙」が落ちてゆく。いまの編集局も「正統派」の流れをくんでいると自負している。

編集局長がこれでは、業務局長から劣勢に立たされるわけだ。彼は業務局長の追い上げに内心で苛立《いらだ》っている。眉間《みけん》の縦皺《たてじわ》はパイプの煙が眼に滲《し》みているだけではなかった。

こうして編集局長と業務局長とは、将来の社長の椅子を競争する対立者の形にもなっていた。企画部が編集局に所属しているだけでない、木村は編集局長の直系だと社内で見られていた。そのせいか、企画部の仕事にたいして、業務局長はどうも冷淡である。木村はそれを何回も経験した。

南仏の国際駅伝競走となると、これまでになく大規模である。企画部に冷たい業務局長がはたしてこれを支持してくれるかどうか。成算はなかった。

——木村の頭上に重くかぶさった憂鬱《ゆううつ》というのは、まさにこれであった。

過去の「古代エジプト王墓展」にしても「世界古代黄金遺宝展」にしても、かなりの規模のものだった。それでも費用は一億円ていどで済んだ。「世界ロココ芸術建築と絵画展」をはじめその他の絵画展などはずっと安上がりであった。しかし、これらは新聞社が直接に経費を負担するのではなかった。大部分は広告エージェントを通じてスポンサーから金を集める。

南仏の駅伝競走はいままでとはケタが違う。見込みの十億円の援助金集めに向かって広告代理店は全社を挙げて運動してくれるだろうか。しかし業務局長が反対すれば、計画そのものがなくなる。

木村は、よほどこの企画を断念しようかと考えた。業務局長との摩擦まで起して苦労することもないではないか。

しかし、この企画の魅力が木村の断念を上回った。諦《あきら》めかけようとすると、「プロヴァンス国際駅伝競走」の迫力がぐっと逼《せま》ってくるのである。どこの新聞社も未だ行なったことのない画期的な事業、その最初の開拓を自分の手でやってみたい。

いま、日本は世界の舞台にある。日本の企業は海外に製造工場をひろげ、現地法人の系列会社を増設している。日本人の意識もずいぶんと国際的感覚になっている。世界が日本を凝視《ぎょうし》している。こんな時代に駅伝競走コースを従来の国内から海外に切り換えるのは機を得ているし、当然ではないか。多島通子の投書は国民の声を代弁しているようであった。

海外といってもアメリカでは早くからボストン・マラソンなどの伝統があり、最近では"EKIDEN"継走を新設して、全米五十州から選手を集めて挙行したりしている。そのようなアメリカには割りこめない。あとは英仏だが、イギリスの寒々とした曠野《こうや》を選手が走るよりもフランスが最適だ。それも変化のないパリ近郊の平野よりも、ヨーロッパ人が憧《あこが》れる地中海沿いのルート、プロヴァンス地方がよい。

多島通子が投書にかいた略図、エクス・アン・プロヴァンス、アヴィニョン、アルルを結ぶトライアングル（三角形）が木村の眼から去らないでいる。

"EKIDEN"こそ日本が本家ではないか。

《古代ローマの遺跡、ゴッホのゆかりの地、セザンヌの山、フラミンゴが飛翔する湖。地中海の渚《なぎさ》は東へコート・ダジュール、リビエラとつづく》

こんな絶好な地はない。そして、日本人好みだ。

木村は、多島通子の投書に引きずりこまれている自分を知った。

ここで「国際駅伝競走」をやれば、テレビだってこれに勇躍参加する。選手団が走るコースは南仏プロヴァンス、背景がすべて「絵」になるのだ。和栄新聞社は、系列会社に「テレビ・ワエイ」を持っている。

どの駅伝競走やマラソンもテレビで高視聴率をあげている。現在、社が主催する「東海道国際駅伝競走」は当然に「テレビ・ワエイ」が独占しているが、常に茶の間を魅了し、高い視聴率をあげている。ためにスポンサーがこの番組に殺到している。

メリットはそれだけではない。駅伝競走は和栄新聞のこよなき宣伝となり、そのたびに新聞の部数が伸びている。その証拠にマラソンを含めて、この種の競技を主催する新聞社は、はじめ二社だったが、現在は五社にふえている。そうして、各社ともテレビ会社をその系列に持っている。いかにこのスポーツが人気を呼んでいるかがわかる。

駅伝競走を南フランスに持って行くという企画は、それが実現したとき、その新機軸に人気が翕然《きゅうぜん》と集まるだろう。民衆はいつも新鮮さを求めている。

これが成功すれば、業務局にしても、「紙」がふえることになるから、反対はないはずである。編集系と業務系の間の底に流れる対立も、全社的な利益の前には協力するはずだ。業務局長も、「紙」がふえれば満足なはずで、さすれば、この企画にクレームをつけることはなさそうに思える。業務局長は販売の権化、商売人である。それこそ「話せばわかる」で、よく説明すれば理解してもらえよう。さすれば広告エージェントにスポンサー獲得への督励も全社をあげてということになろう。

希望的観測ながら、そう考えてくると、木村の頭を押えていた憂鬱はいくらかうすらいだ。

しかし、その具体的な詰めにはあくまでも熟考を要する。が、それはそれとして、この同じ企画を他社が気づき、先《せん》を越されないうちに手を打たねばと、木村の気持はそれに逸《はや》る。いちどその危惧《きぐ》が生れると、他社がその企画を極秘裡に、しかも具体的に現在進行させているようにも想像された。

それは次長の辻秀三が心配しているとおりであった。少々神経過敏なくらいだった。

――九月の初めで、東京では二カ月間も雨が降らず、節水はそれまでより三〇パーセントの強化になっていた。

社会面は、「まだつづく東京干ばつ」の見出しをつけていた。


「多島通子嬢に会ってきました」

次長の辻秀三が木村に報告した。

部長の机に両手を突き、前屈《まえかが》みになっているのは内密の話だからである。

山口泰子は社員食堂にアイスクリームか何かを食べに行って席にはいない。午後三時だと企画部員は外まわりしているか暑中休暇をとるかしていて、まわりにはほとんど姿がなかった。

それでも辻は声を落して話した。

投書にある彼女のアドレスの杉並区井草の番地に辻が訪ねて行くと、そこは女子の独身者だけを入れているアパートだった。家主は以前の農家で小さな地主であった。中年の夫婦で、主人は農協に勤めているという。

アパートには普通に××荘といったような名はなかった。また家主の名を書かなくても番地だけで郵便は配達される、とその主婦は言った。

電話はかけないでほしい、とある多島通子の文面のことを辻が言うと、各室の電話はわたしのほうの親子電話で切りかえになっているので、多島さんはそれで遠慮されたのでしょうと主婦は言った。

「そこでね、部長。多島さんはどこにお勤めですかとぼくが聞くと、大手町のA信託銀行本店だというんです。大手町だったら社から車で十分のところです。暑いなかをわざわざ井草くんだりまで訪ねて行って、バカみたいなものでした。電話をかけられなかったばかりにね」

「じゃ、その家主さんの電話で、すぐにA信託銀行にかけたのかね」

木村はきいた。

「そうしました。しかし、その前に多島通子がどういう女性だか知っておく必要があると思って家主の奥さんにそれとなく聞いたんです。彼女、アパートに入居して三年になるそうです。彼女は友だちを一度もじぶんの部屋に連れてきたことはなく、つきあいの少ない人だと奥さんは言っていました。きれいな人なのにね、と言ってね」

「そりゃ、きみが当人に会ってわかったんだろう？」

「はあ、奥さんの話のように美人型というのではないが、理知的な女性でした。それに清潔感がありました。ぼくは本店で証券部のカウンターを隔てて彼女と話したんです」

「家主の奥さんのほかの話は？」

「彼女とはあまり親しくしてないので、ほかのことはよくわからないそうです。家主と入居者の関係は、淡泊なほうが永つづきするといってました。彼女には郷里《くに》からはよく手紙がくるそうです」

「郷里はどこかね」

「九州です。大分県の竹田《たけた》というところだそうです」

「大分県か」

木村は呟《つぶや》いたが、竹田と聞いても知識にない土地であった。

「で、きみは大手町に引き返して、A信託銀行で多島通子に面会したわけだ。こちらの意志を伝えてくれたかね」

「彼女は部長からの手紙を読んでいました。あのようなつまらない投書にわざわざごていねいなお礼状をいただいて済みませんと言いました」

木村は灰皿に煙草の先を叩《たた》いた。

「ぼくが一度会いたいという希望を言ってくれたかね?」

「伝えました。部長はあなたが寄せられた南仏の国際駅伝競走のアイデアをたいへんよろこんでいる、ついてはお礼を兼ねて、どこかでお食事をさしあげたいと言いました。すると彼女は、新聞社では、わたしの案を採用してくださるのですか、とさきに訊《き》きました。そこで、まだ決定したわけではないが、あなたのアイデアが素晴らしいので、その線に沿った計画を考えていると言いました」

食事を共にしたいというのは、多島通子がそのアイデアの投書を他社へ出さないようにするためでもあった。これも予防策である。

「で、返事は?」

「すると彼女は、ぱっと顔を輝かせましてね。そこまで認めてくださったのは、たいへんうれしい、光栄です。よろこんでお招きをお受けしますと答えました」

「そりゃアよかった」

木村は安堵《あんど》した。が、多島通子が食事の申込みをいっぺんに承諾したのが意外でなくはなかった。彼女は人見知りをしないほうなのだろうか。

「ぼくも彼女がすなおに承知してくれたので、ちょっとおどろきました。人との交際はしないほうだと家主の奥さんから聞いていましたからね。じぶんのアイデアが採択されそうなので、よっぽどうれしかったのでしょう」

「彼女はフランスのプロヴァンスへ行ったことがあるのかな」

「ぼくもそれを訊きましたが、一度も行ったことはないそうです。ただ、南仏の写真を見たり、ガイドブックを読んだりして、その空想を愉しんでいたそうです。ロマンティックで、なかなかいいですよ」

辻は笑った。

「では、さっそくのようだけど、明後日あたり、どこかのレストランを予約しておこうかな」

木村が言うと、辻は首を振った。

「ダメです。彼女は明日から九州の郷里に帰るといってました。暑中休暇をとって」

「そうか。で、いつ東京に戻るのかな」

「五日さきの今月十二日だそうです」

「五日間とは、暑中休暇が短いね」

「十二日から渋谷のTデパートで、カミーユ・クローデルの彫刻展が開かれるので、それに間に合うように帰京するのだといっていました」

「彫刻展を見るために、休暇を早く切りあげるのか」

そういえば彼女の投書には、アルルのヴァン・ゴッホだのエクス・アン・プロヴァンスのポール・セザンヌの名が出ていたし、略図にはセザンヌが好んで描いていたというサント・ヴィクトワール山のイラストが入っていた。

「彼女、美術好きなんだな」

「そうです。ぼくはカミーユ・クローデルという彫刻家はまったく知らないのですがね」

「ぼくも知らない。どういう彫刻家かね」

「彼女に聞いたところ、ロダンの女弟子だったそうです。ロダンの名声に長いことかくれていたけど、いま再評価されているといってました。後半生はアヴィニョンの精神病院で送ったということです」

「なに、狂人になったのか」

「いろいろあったようです」

「アヴィニョンは、彼女のアイデアにある『プロヴァンス国際駅伝競走』の中継地点じゃないか」

「そうです」

「ゴッホも精神病院で最後の生涯を終ったね。死んだのはパリの北の医者のところだが、その前はアルルとサン・レミの精神病院だ」

「あっ、そうか」

辻は眼を大きくひろげた。木村に言われて、それに気がついたという表情だった。

「そういえば、地図を見ると、サン・レミとアヴィニョンは近いですな」

「多島通子が国際駅伝競走をプロヴァンス地方にしているのは、精神病院という共通点にも意識がありそうだね」

「たしかに。そう言われてみると、そのとおりですな」

「面白いじゃないか」

木村は昂奮気味で言った。

「多島通子が精神病院に入った画家や彫刻家に興味を持っているのは、もしかすると彼女の中に精神病的な要素があるのかもしれないよ。突飛《とっぴ》なようだがね。しかし駅伝をプロヴァンスに考えるなんて、平凡人の常識を抜けた発想だよ」

「おやおや、これはえらいことになりましたな。部長のその推測があたっているかどうかは十三日の午後二時にTデパートのクローデル展の会場で鑑定されたらわかります」

「え、どういうことだ?」

「銀行で彼女はぼくにこう言いました。いきなりご馳走していただくよりは、その前に部長さんにお目にかかって、すこしお話をうかがいたいとね。ついては、十三日の午後二時に自分はクローデル展の会場に来ているから、そこでお目にかかれたら、いちばん都合がいいのだそうです」

「わかった。そうする。木村が承知しましたと彼女に伝えてくれ。なに、銀行にかける電話ならかまわんだろう」

その日が木村には愉しみであった。

十三日が来るまで、木村は多島通子と会うことばかり考えているのではなかった。彼女の投書から得たヒントをもとに、プロヴァンス国際駅伝の企画づくりをしなければならなかった。

木村は「東海道国際駅伝競走」は企画部長になってから三回手がけた。四年前までは整理部次長だった。企画部長として駅伝を担当してから全日本陸連の幹部とは仕事の上からかなり親しくなっている。

こんどの「駅伝」企画は場所が外国である。初めてのケースで、その運営をどのようにしていいかわからない。国内だと長い伝統から「定石」どおり実行すればいい。が、レースをフランスで行なうとなると、まずフランス陸連の組織に了解をとらねばならない。それをどのようにしたらいいか。

各国の陸上運動連合の中心はオランダのハーグにある世界陸上運動連合本部だ。東海道国際駅伝でもこのハーグの世界陸連本部の了解で外国選手にきてもらったのだ。これをフランスで開くとなると、各国出場選手の顔ぶれを左右するのは、世界陸連本部の会長の全面的な意向によるといってもよい。会長はホセ・マルティーヌ・バローナという六十二歳のスペイン人で、これが世界陸連のボスであった。曾《かつ》て彼が来日したおり、木村も会ったことがあるが、アクの強い老人だった。

国際マラソンでも継走でも、主催者側としてはできるだけ各国のスター選手に参加してもらいたい。評判を高める有力な手段だ。それがマドリッドに住むこの老ボスの意向に左右されるとなると、どこでも彼の機嫌をとらざるをえないのである。

ところが、いま、バローナ会長と全日本陸連のあいだに一つの問題がおこっていた。去年、イタリアでナポリ・マラソンが行なわれたが、日本の一流選手たちは「お家の事情」で参加を辞退した。出場したのが「二流選手」ばかりだと言ってバローナ会長は憤《おこ》り出した。その後、両者の関係は修復されたらしいが、ひとたび曲がったボスのツムジは容易に元どおりにはならないと木村は聞いている。

ボスの機嫌が斜めだと、「プロヴァンス国際駅伝競走」を開くさいに相当な支障になるのではないか。バローナ会長の企図から各国の有名選手が出場しなかったら、この継走マラソンにはだれも注目しない。南仏駅伝は第一歩で失敗になる。それにフランス陸連にしても、上部の世界陸連がその意志だとわかると、自国での日本主催には消極的になろう。悪くすると拒否されるかもしれない。そうなると企画は流産の運命に遇《あ》う。スポンサー集めの苦労も、業務局との摩擦の心配も要がなくなるわけだが、しかし、木村は諦められなかった。

木村はこのへんの情勢を知りたかった。全日本陸連の知り合いの幹部に当ってみようとは思ったが、そんなことをすると、この企画が他社に洩《も》れる恐れがある。実行が一〇〇パーセント確実だとなるまでは、絶対に秘密にしておかなければならなかった。

木村は運動部次長の柏原尚志《かしはらひさし》に情勢の把握《はあく》を頼むことを考えた。柏原は運動部生えぬきであり、大学時代には棒高跳び選手として鳴らした。全日本陸連の内情に通じている。木村はこの若い後輩と駅伝の仕事のうえから親しくなっていた。かんじんの運動部長は経済部畑から移ってきた人で、スポーツのことはほとんど知っていなかった。

運動部に電話すると、柏原は暑中休暇をとっていて、十日さきでないと出社しないとのことだった。なんでもアラスカへ行っているようだった。

木村はじりじりして柏原の出社を待った。

東京にはまだ雨が降らず、利根川の水源ダムは乾《ひ》あがったままである。給水制限はつづいている。

三日あと、社の玄関で広告部長とすれ違った。国内の駅伝では、スポンサー集めに、この人の世話になっている。この暑いのに、広告主招待のゴルフ・コンペがあるとかいって忙しそうにしていた。ゴルフ場に水があるのか。すれ違ったとき、広告部長は弘報社の社員といっしょだった。この社員とも木村は「駅伝」の仕事でよく知っている。

木村は両人を呼びとめて、新企画の腹案をこっそり打ちあけ、事前に協力を頼もうかと思った。が、それを咽喉《のど》もとで抑えた。実現の見込みが充分に立ってからでないと、うかつなことは言えないのである。

——翌《あく》る日、企画部あてに奇妙な届け物が宅配便で来た。深いボール箱が五個だった。箱にはラベルが付いている。

《奥豊後《ぶんご》渓の湧水『タケタ・エビアン』》

ボール箱を開けると、透明な水を入れた一リットルのプラスチック瓶があった。一箱が八本詰めだった。

エビアンはレマン湖畔にある鉱泉の湧水の地。水質の悪いヨーロッパでは、瓶詰めの飲料水の名称となっている。「エビアン」は商品名。

箱の中にはハガキ型の紙が入れられていた。

「東京砂漠御見舞　多島通子」

3

八本詰めのダンボール箱からとり出した合成樹脂製のガラスのような瓶は、コーラのそれのようにまん中のところがくびれていた。一リットル（約五合）入りなので形は大きかった。

《奥豊後渓の湧水『タケタ・エビアン』》

あっさりとした意匠のラベルが、透明な水の上に貼ってあった。

木村信夫は、一本を机の上に置いて辻に見せた。

「多島通子さんが東京砂漠の見舞を贈ってきた」

辻が隣の席から立ってきて両手で瓶を振った。青いプラスチックの栓で塞《ふさ》がれた水は揺れなかったが、かすかに泡立った。

「エビアンか。近ごろはなんでも向こうの名前ですなあ」

ラベルを眺めて辻が言った。

「エビアンというのはフランスにある鉱泉だと聞いたことがあります。だったら、それも鉱泉かもしれないわ。山梨県の下部《しもべ》温泉では源泉をすすめて一升瓶に詰めて売っています」

山口泰子が言った。

「そうだ、きみは身延《みのぶ》の生れだったっけな。けど、これは鉱泉じゃないよ。奥豊後、つまり大分県の北部の湧き水だと書いてある。……しかし、あの愛嬌《あいきよう》のない多島通子が、よくこういうものを贈ってくれたなア」

辻は一度会った多島通子の顔と態度を浮べて、意外そうだった。

「なるほどそうか、奥豊後のタケタとは大分県竹田市。竹田とは岡藩の城下町のことか」

ダンボール箱に入っていたパンフレットをひろげていた木村が言った。

「岡城？　あの『荒城の月』の……」

「このパンフレットに岡城址と『荒城の月』の作曲家・滝廉太郎の写真とが出ている」

『荒城の月』という声に、泰子が顔をこっちに向けた。

「竹田市とあるからわからなかったわ」

「タケタ・エビアンと岡城と、どう関係があるんですか」

「ここに、その説明が書いてある」

木村はパンフの小さな活字を眼に近づけた。

「……竹田の湧水群は大野川水系の緒方川上流や玉来《たまらい》川の流域に点在し、地下水が火山岩の亀裂を伝わって多量に湧き出している。阿蘇山系からの伏流水を水源とする湧水は、昔から水道水源やそれぞれの地域で飲料水に使われてきた。とくに入田《にゆうた》湧水は、豊富な湧水が淡水魚の養殖に利用されているほか、ウイスキーの原料や、ミネラルウオーターに、また簡易水道に使用され、数個所におよぶ湧水は、日量六万トンないし七万トンといわれ、九州第一位の評価をうけている。まあそういうことだ」

「その銘水の瓶詰めですか」

「辻君。発送人の住所は、どこになっている？」

「あ、多島通子ですね。うっかりしてました。おい、山口くん、宅配便に付いていた伝票、伝票」

辻は騒いだ。

「これです」

複写紙を入れた青い筆跡の文字は、東京都杉並区井草の番地で、多島通子の本人出としてあった。ただし、発送は竹田市駅前の商店である。

「部長、どこまでも秘密主義の女ですな」

辻はその伝票を指で叩いた。

「内気なのかもしれないよ」

「恥しがり屋ですって？　それは部長が彼女を見てないからですよ。いまの若い女らしくドライだと思いますね」

「それだったら、どうして東京砂漠の見舞にこの瓶詰めの水を送ってきたのかな?」

「そうですな。そこが妙ですな」

「いずれにしても、二日後に渋谷のデパートのカミーユ・クローデル展で会ったとき聞けるかもしれない」

パンフレットをたたみかけた木村が、ふと写真に眼をやった。

「アーチ型の橋があるよ」

辻がのぞきこんだ。

「煉瓦《れんが》形の切石を積んだアーチ型にした橋ですね。アーチがいくつも連なって、川や道路を跨《また》いでいますね」

「説明文が入っている」

木村は読んで聞かせた。

「日本一の水路橋。明正井路《めいしょう》。……ローマの遺跡を思わせる大きな水路橋です。長さ九十メートル、高さ十三メートル、幅四メートル余の連続アーチ式の石橋で、大正八年に完成したもの。大野川流域には多数の石橋が存在しますが、この石橋は六連で、通水用の橋としては日本一の規模を誇ります」

木村は写真と説明を見ていたが、机の抽出《ひきだし》から多島通子の投書をとり出した。見くらべたのは「プロヴァンス国際駅伝競走」の略図の部分で、アヴィニョンとアルルの間に「ポン・デュ・ガール」、そのローマ時代の水道橋のスケッチが入っている。

「……山口さん。調査部へ行って、ポン・デュ・ガールのことがわかる資料があったら、借りておいで」

山口泰子に、メモを走り書きして渡した。

やがて、彼女は小冊子を手にしてすぐに帰ってきた。

「部長さん。調査部には、こんなものしかないそうです」

旅行出版社のガイドブックだった。

「こういうものになると、ウチの調査部は手うすですな。政治や経済ものはかなり揃《そろ》っていますが」

辻が横から見ていった。

「まあ仕方がないだろう。ええと、ポン・デュ・ガールか。アヴィニョンのところに出ているかな、それともアルルかな」

木村はガイドブックをめくった。

「ここにあったよ。アヴィニョンとニームの間だ。……この橋はＢＣ一九年から一八年にかけてニームへの水を供給するために建造されたもの。ユゼス近くの水源からニームまでの水道は、じつに五十キロに及び、最大の送水能力は一日に二万立方メートルだったという。橋は三層アーチ型で、水面からの高さ四十九メートル、最上層が水道の役割をはたし、三十五のアーチをもつ。長さ二百七十五メートル、幅三メートル、高さ七メートル。中層は十一のアーチを持ち、最下層は六つのアーチを持つ。橋は一見して水平のようだが、じつは一キロあたりに三十四センチの勾配《こうばい》がつけられて、水を流すようにしてある。このような巧みな建築法が二千年も前にあったことは驚歎《きょうたん》のほかない。……なるほどね」

木村は、そこに掲載されているポン・デュ・ガールの写真と、「タケタ・エビアン」に付けられた説明書の「明正井路」の水路橋とをじっと見くらべた。

渋谷のデパートは「カミーユ・クローデル展」をやっていた。会場で木村が多島通子と会う約束の日が来た。辻の計らいだ。午後二時に彼と待ち合せることになっている。

途中の駅で初老の婦人が乗って、隣に坐った。電車が、がたんと揺れて発車した。

(エクス・アン・プロヴァンス)

「国際駅伝競走」の出発地の名が、発車のひと揺れとともに頭に浮んだ。

(エクスか。前にどこかで話を聞いたような名だったぞ。エクス。エクス。……はてな)

人間の脳は、平凡な環境でひとりぼっちになったとき、にわかに無関係な方向へ働くらしい。

（そうだ。エクスは水の意味だった）

学生時代に、ある教授が教壇で漫談調で話していたのを思い出した。この社会学の教授は本筋よりも、わき道の雑学を漫談よろしく話すのが癖で、学生もそれをよろこんだ。

（仏教で、閼伽《あか》といって、神聖な水のことを意味する言葉があるね。お寺の前に閼伽の井戸などというのがある。奈良のお水取りに二月堂の前にある井から汲み上げるのが閼伽だ。このアカはサンスクリットのアルガの音を漢語に写したものでね。アルガはラテン語のエクスからきている。要するに水の意味さ。水のエクスが梵語《ぼんご》のアルガになり、それがもっと東へ移って中国で音写されて閼伽になり、それがそのまま東の日本に渡ったのさ。ただし、アカの他人などという言葉の語源とは関係ないね）

木村は、山口泰子にコピーさせたガイドブックの写しをポケットから出し、エクス・アン・プロヴァンスのところを見た。

《水の豊富な市で、この街のメイン・ストリートをなすミラボー通りの両端の広場には噴水塔があって涼気を誘い、また郊外にはマルセイユに清浄水を供給するため、谷をわたるポン・デュ・ガールに似た水道橋がある。ただし、これは十七世紀の建造》

エクスと「水」の点では合っていた。

エクス・アン・プロヴァンスの水は、フランス・アルプスの石灰岩質の山々からの湧き水。竹田のは、阿蘇溶岩の奥豊後から出る湧き水。——

木村は渋谷のデパートで開かれている「カミーユ・クローデル展」の会場に着いた。約束の時間よりも早目に来たのは、多島通子が帰省の暑中休暇を切り上げるほど興味を持っているこの展示会を、前もっていちおう見ておきたいと思ったからだ。彼女と会ったときに話がスムーズになる。

展示場は催事場の全部を占めて広かった。木村は、入口で入場券といっしょに目録を買った。原色版写真入りで百五十ページ近くもある大型であった。

会場には黒いブロンズ像や白い石膏《せっこう》像が中央部と三方の壁ぎわにならび、場内を暗くして作品に照明のスポットを当てている。入場者はかなり多かった。辻は二時に来ることになっている。多島通子の顔を知らない木村は、辻が現れるまで待たねばならなかった。暗い会場で、彫刻をのぞきながらゆっくりと歩いている若い女性たちの影から、彼女を探し当てるのは無理だった。

一瞥《いちべつ》したところ、彫刻は全身の立像よりも坐像や首の像やトルソーなどが多かった。しかし、裸身の男女像もあった。木村はそれだけを眼に収めて、入口近いコーナーの長椅子にかけた。この一角は照明が明るく、目録も読める。

カミーユ・クローデルという女流彫刻家がどういう人だか木村は知らない。その名前も聞いたことがない。壁面には、写真と解説のパネルがならんで掲げられてあった。写真は若く、ほっそりとした美人であった。

パネルの解説は書いている。

カミーユ・クローデルは一八六四年にフランス北部の山村に生れ、十七歳のとき一家がパリに移住、彼女はデッサンと塑像《そぞう》を習った。十九歳のとき、オーギュスト・ロダンに認められ、その彫刻下彫工としてロダンの内弟子となり、アトリエに引きとられる。二十歳を過ぎたころからロダンのモデル、あるいは共同制作者となり、やがて愛人関係となる。このときロダンは四十五歳であった。

彼女は三十四歳のときロダンと別れる。生活に窮した。ロダンが自分の作品を奪いにくるという妄想が起るようになる。以後、貧乏と健康を損ないながらも制作をつづけた。四十二、三歳のころから精神異常の状態がひどくなる。とくにロダンから弾圧されているという被害妄想に襲われる。自作を破壊して馬車で捨てるなどした。

四十九歳のとき精神病院に入れられ、以後三十年間病院を出ることはなかった。その間、アヴィニョンのモンドヴェルグの精神病院にも収容される。精神病院を出られないのは、ロダンの画策だと考え、ロダン一派による危害、毒殺の妄想にとりつかれる。カミーユ・クローデルは一九四三年十月、モンドヴェルグ精神病院で死んだ。七十八歳であった。——

木村がパネルの解説をざっとここまで読み、次に目録を見ようと披《ひら》いたとき、前に人影がさした。

眼を上げると、彫刻群の上だけ照明をそそいだ暗い場内を背景に、白っぽいワンピースの女が、辻とならんで立っていた。

「多島通子です」

辻の紹介を待つまでもなく、彼女から名前を言って、椅子から立った木村に頭をさげた。それは、プロヴァンス地方での国際駅伝競走のプランを投書で提供した当人であること、木村の意向で辻の訪問を受けていること、それに「タケタ・エビアン」を贈ったことなどで、自分のことは木村に知ってもらっているのだから、と初対面でないような、一種の親しみの見える態度だった。

辻の話からして、かなりエキセントリックな容貌を想像していた木村は、彼女が普通の若い女性とそう変らない顔だったのを見た。眼は大きかった。

木村も気楽に、投書と「東京砂漠見舞」の礼とを述べることができた。水は、軟らかくておいしかったと言った。

お気に召して、わたしも贈り甲斐《がい》がありました、と透明な声で多島通子は言った。

「ああいう湧き水を贈ってくださるからには、あなたは竹田市の方ですか」

「わたしは竹田ではありません。そこからそう遠くありませんが、大分県外の生れです。竹田には友達が居るんです」

木村は「水路橋」のことと、その設計者のことを訊いてみるつもりだったが、彼女が県外の生れだと聞き、質問の出鼻を折られた。

「部長、お茶でも飲みましょうか」

辻がにこにこして言った。首尾よく多島通子と会わせたので、彼はうれしそうにしていた。茶のときに、投書のプランについて話し、社としての謝礼も彼女に渡すことになっていた。「水路橋」のことを聞くのは、その時にでもできると木村は思っていた。辻にもまだ話してないことだった。

この展示会をまずごらんにならないといけないのでしょう、と木村が言うと、

「いや、多島さんはもうすっかり見られたそうですよ。十二時すぎにこの会場に来て」

と辻が引きとって答えた。彼女が傍《そば》で眼もとを微笑させてうなずいた。

「そうでしたか。二時の約束だったので、ぼくは十五分前からここに居ました」

「すみません」

彼女は木村に謝った。

「いや、そのかわり、パネルの解説がゆっくりと読めて勉強になりましたよ。カミーユ・クローデルという女性彫刻家のことは、まったく知らなかったものですからね。いま、目録をひらいたばかりです」

「わたしは二時間くらい、ここに居ました。そして息苦しくなって、外に出たんです」

多島通子はじっさいに指の先でこめかみを押えた。

「十五分間ばかり外にぼんやりと立っていて、戻ったところを入口で辻さんにお目にかかったんです」

二時間もこの会場にいたとは、よほど美術が好きな女性だなと思った。会場が広いとはいってもデパートの催事場だし、ならべられた彫像も五十個ばかりである。相当熱心に見ても一時間もあれば充分と思える。それを倍の時間をかけ、息苦しくなるまで鑑賞するとは。

「そうですか。じゃ、ぼくはせっかくここに来たのだから、ざっと見ておきます。解説によると、変った経歴の女流彫刻家のようですね。ロダンの内弟子で、ロダンと深いかかわりあいがあって、精神異常をきたしてからは、三十年間の病院生活をし、最後はアヴィニョンの精神病院で亡くなった、とありますね」

木村は言ってから、気がついた。

……そうか。アヴィニョンだったのか。

「プロヴァンス国際駅伝競走」のコース、三角形《トライアングル》を構成する頂点にアヴィニョンがある。

木村は多島通子の顔を見たが、表情は陰になっていて、わからなかった。

「わたしは、ここでお待ちしています」

彼女は立ったままで言った。

「じゃ、休んでいてください。ぼくはすぐに終りますから。ただね、カミーユ・クローデルの彫刻の特徴というのは、なんですか。解説によると、彼女はロダン一派が自分の作品を盗みにくるという被害妄想にかかっていたとありますが、高名な師匠のロダンが女弟子の作品を剽窃《ひょうせつ》していたという意味ですか」

「剽窃の噂は当時からあったようです。目録のほうの解説をごらんになるとわかりますが、ロダンの作風がカミーユの影響を受けて途中から彼女の構図になっていて、その実例が出ています。解説は控え目な言い方になっていますが、カミーユと別れたあとのロダンの作品が下降したことは否《いな》めない、という文章だけで充分と思います」

木村には「目録」と照らし合せて五十余点の作品を一つ一つ見てまわる時間はなかった。

ほとんどが男と女の胸像で、高さも三十センチくらいなのが多く、五十センチを超えるものはなかった。ブロンズが多数で、あとは石膏、それにテラコッタがすこしまじっていた。

女の彫刻家とは思えぬ力強い表現力である。写実の極致というべきか。筋肉が盛り上がり、強調されている。二十歳のときからロダンの指導を受けたから、ロダンふうになるのは当然だろう。

参観者が主要な作品に群れていた。膝《ひざ》を折って仰ぐ女の顔に、男が上から接吻《せっぷん》している「心からの信頼」という作品である。その横にロダンの「接吻」の写しが置かれてある。「これ以後、ロダンの作風がカミーユ作品のエロティシズムの傾向を帯びる」とパネルの解説にある。あきらかにロダンがカミーユの模倣をしているのだ。カミーユの「束を背負った娘」とロダンの「ガラテア」は瓜《うり》二つだった。カミーユの「シャクンタラー」とロダンの「接吻」とは双生児。その比較が興味深く、参観者を群がらせているのだった。

もう一つ人々を集めているブロンズがある。「オーギュスト・ロダンの胸像」であった。写真で見馴れた白い長髯《ちょうぜん》のロダンの顔ではない。その吊《つ》り上がった眉、切れ長な眼、高い頬骨《ほおぼね》、徹《とお》った隆鼻、その下の黒い口髭《くちひげ》や顎髭《あごひげ》、まさに若々しいロダンだ。一八八八年・八九年のカミーユの作。

《一八八八年。カミーユは二十四歳。家族と別居。移転先の近くに、ロダンがカミーユと仕事をするために借りたアトリエがあり、カミーユはそこでロダンの来訪を心待ちするようになる》

――パネルを読んでいる木村は後ろ肩をつつかれた。辻が立っていて、目顔であっちへと誘った。

第二室に入るコーナーで、多島通子の白いワンピースの背中がぽつんと立っていた。そこにはロダン作の『地獄の門』の模型があった。

厨子《ずし》のような形をしたその長方形の上段寄りの中央には裸身の男が腰かけてうずくまり、眼を閉じ、右手の先を口に当てている。あの「考える人」の彫刻である。

参観者もここにはそれほど集まってなかった。写真による模型だからだろう。しかし、その一点を見つめている多島通子の横顔に厳しさと、もの哀しい表情があった。

「この、ロダンの『地獄の門』の〝考える人〟の彫像の上の棚のようなものは帯状装飾というのだそうですが、地獄に堕《お》ちた人たちの首がならんでいます」

彼女は、もの憂《う》げな声に変って木村に言った。

上の棚いっぱいに首が一列にならんでいた。正面を向いたのもあり、横を向いたのもあり、斜めに向いたのもあり、ひっくりかえったのもある。男も女も、年寄りも若いのも。ロダンの写実の腕は、戦争か革命かで処刑されたばかりの生首がならんでいるように、慄然《りつぜん》とさせるものがあった。照明が彫刻特有の明暗をつくっていることも凄惨《せいさん》な効果を添えた。

「この中にカミーユの首がありますわ。斜め上から考える人の背後を見下ろしている女の首が、それです。捨てられた女が身勝手な男をぼんやりと眺めている顔です。表情はありません。これはどの首もそうです。でも、カミーユが放心したような顔になっているのが、かえって効果を上げています。ロダンの制作意図はわかりませんけれど」

彼女は、そこから眼を離さずに言った。

「でも、カミーユのほうは、制作意図がはっきりしているんです。激し過ぎるくらいに。彼女のブロンズの『分別盛り』や『嘆願する女』がそうです。女は去って行く男を両手で引き止めようとしているけど、『分別盛り』の男の手は離れています。『嘆願する女』では、女は跪《ひざまず》き、上半身を弓なりに起して、髪を乱し、嗚咽《おえつ》しながら両手を祈るように挙げています。ロダンを思い切れないカミーユです」

その激情を抑えたような声に、木村はまた多島通子の横顔を見た。カミーユ・クローデルとロダンとを離れて、女と男の、それも特定の人間を考えているように見えた。もしかすると、多島通子は、過去か現在かの自身のことを語っているのではないか、とさえ木村は思った。それくらい彼女の眼はぎらぎら光っていた。

「ここを出ましょうか。すぐに。……お茶をいただきたいんで」

嫌悪をまざまざと見せた顔だった。

エレベーターの中で彼女は疲れたように眼を塞《ふさ》いでいた。顔色がよくなかった。

一階売場に降りると、彼女のほうから言った。

「京橋に知っているレストランがあるんです。ここからは遠いんですが、ご迷惑でなかったら、そこでコーヒーを喫《の》みたいんです」

京橋の地下鉄駅を上ると、彼女は先に立ち、案内するような様子で歩いた。広い道路から一つ裏の筋に入り、十字路を曲がった。足どりはまるで目的物の場所へ突進しているようだった。

北フランスにあるようなハーフチェンバー式の三階建ての家の前に出た。「レストラン・フェカン」の文字がフランス語とならんで出ていた。店の名は木村も以前から聞いていた。

彼女は二階の窓ぎわにさっさと席を取った。時間の関係だろう、店内は空《す》いていた。室内装飾《インテリア》は凝《こ》っていた。

「ここには、よくおいでになりますか」

木村はきいた。知った店のような口ぶりだったのに、ウエーターも女の子も彼女によそよそしく、初めての客を迎えるような態度だった。

「そんなには来ません。……『地獄の城』ですから」

木村はおどろいて彼女の顔を見た。

多島通子の視線は窓に向いていた。そこには家々の軒や屋根が重なっていた。

4

《木村部長様　あれから十日ほど経ちます。

渋谷のデパートの「カミーユ・クローデル展」の会場で、急にわたしが息苦しくなり、会場を出ると京橋へ行き、勝手にレストラン「フェカン」にお連れすると「この家は『地獄の城』ですから」と言ったことに、さぞ、おどろかれたことと思います。

先般、貴社に投書したわたしの「南仏プロヴァンス地方国際駅伝競走」のアイデアと、わたしがあの場で衝動的に口走ったこととに関係があるのです。

それにはわたしの兄の事情からお話ししなければなりません。が、まず、わたしの言う「地獄の城」の意味をおわかりねがうために「フェカン」の元オーナーのことを書く必要がありま す。

木村さんも辻さんも、まるで展示場からカミーユの精神錯乱が憑《の》り移ったような「わたし」に眼をみはっておられたようですが、複雑な内容を、曾《かつ》ての敵の根拠地だったといえる場で、どうしてお話しできるでしょうか。そこで、十日経ってこの長い長い手紙をさし上げる次第です。お忙しいところをお許しください。

レストラン「フェカン」のオーナーは、土屋良孝画伯です（故人ですが、しばらく現在形ですすめます）。レストランだけではなく、番町あたりに広い地所を所有しているとのことです。その付近一帯の商店は画伯からの借地だということです。

土屋良孝といえば、その名からだれでも連想するのは明治・大正期の洋画壇の重鎮、土屋良忠でしょう。土屋良忠は東京美術学校助教授としてフランスに留学、ラファエル・コランに学び、明治の末に帰国して、ついに官展の支配的地位に立ちました。見るべき作品は遺《のこ》しておりません（じっさい、彼の回顧展が開かれたこともなければ、日本美術史にその作品が写真版入りで紹介されていることも稀《まれ》です）。しかし、勢力の扶植《ふしょく》に努め、画壇の要所々々に子分たちを配置しました。土屋良孝は、まさにその子息です。

土屋良孝は画才がないかわり、父良忠の遺した画壇の勢力を利用する才能がありました。これは父親が生存中から良孝の将来を気づかって、すでに名声の高い高弟どもに子息のことを頼んだからです。官展系の画壇は保守的です。良孝は良忠の後継者として、高弟たちもこれを承認し、そして彼らが次々と隠退したり死んだりすると、良孝はしだいに大御所的存在となることができたのです。

極端な言い方のようですが、官展では（戦前から戦後にかけ、その名称がどのように変ろうとも）、その審査員たちの勢力の半数を占める土屋良孝のご意向をうかがわないと、特選はもとより、入選もできないというありさまです。対立勢力は少数派に分れていました。どの洋画の画伯が芸術院会員になるかは土屋良孝の肚しだいといわれました。芸術院会員になれば画家にはハクが付くだけでなく、画の相場が一躍して三倍にもはね上がるということです。ですから画家本人の土屋ボスへのアプローチはもとよりのこと、画商の猛運動ぶりはすさまじく、いずれも莫大なおカネが動くというのは定説となっています。

文化勲章受章候補者でさえ、このボスの意見が当局者に徴《ちよう》されるという風聞ですから、おやと思うほどの高名な画家が血眼《ちまなこ》になって土屋さんに運動しているという噂でした。

けれども、わたしの「地獄の城」は、これからお話ししなければなりません。

わたしの兄は、多島明造と申し、洋画を描いておりました。間に姉が二人おりますため、明造兄とわたしとはひとまわりのちがいがありました。わたしたちは熊本県の一の宮町の生れです。阿蘇神社のある町です。ここには坊中《ぼうちゆう》といって噴火口の中岳《なかだけ》への登り口もあります。わたしは幼いころから朝から夕まで阿蘇の噴煙を見て育ちました。現在、坊中の実家には長姉が壻《むこ》をとって老父を養っております。一の宮町から大分県の竹田市までは旧街道で車で約四十分です。竹田には前から友達がいます。

さて、明造兄のことですが、希望どおり東京芸大洋画科に入ることができました。兄はここで一人の親友を得ました。画の技術は兄よりも上だったので、自分は彼を尊敬していると父あての手紙に書いていましたが、どうやらいい競争相手だったようです。長くなりますので、途中のいきさつは省きます。

芸大を卒業して三年後、兄とその親友とは揃ってN展（官展の後身）に初入選しました。父あてに喜びの手紙が来ています。

その二年後に再入選、以後二回連続入選です。親友のほうも、仮りにAとしておきますが、Aも同じく二年後再入選、その翌年から連年入選です。こうなると、いわゆる切磋琢磨《せっさたくま》の仲、よい意味での競争相手の親友でした。

両人とも「白崖画会《はくがいがかい》」に属していました。これは土屋良孝が高弟を塾長にさせていたもので、自分でもときどき顔を出していました。「白崖画会」は、父良忠も創立に加わった「白馬会」の名の語呂合せと、印象派の起りとなっているマネの『日の出』など、白い崖の北フランスの海岸風景からとったものです。モーパッサンの生れた「フェカン」はその近くですが、その名をとってレストランの名にするなど、土屋良孝はなかなかのアイデアマンです。

「白崖画会」はたいへんな繁昌です。ここで土屋良孝に認められると、画壇のパスポートは手に入れたようなものです。将来を見越して画商も付きます。次はボスの土屋先生のおめがねにかない、特選をもらってごらんなさい。そして、それを二回でも重ねてごらんなさい。その画家には光明がさんさんと輝きます。

画商は、新聞社の美術記者に頼んで、その画家の賞讃記事を書いてもらいます。新聞社に居られる方には、そのへんの裏面事情はわたしよりもよくご存知でしょう。噂ばなしはここには書きません。ただ、一部の画商は利益のことになると恥も外聞もなく何でもするということなのです。

ある高名な美術評論家は、どの画家であろうと、満遍なく対象を賞めて書いています。ご本人の主体性は、どこにも見えません。一部の画商や本屋さんに頼まれたら、なんでもこなす便利屋さんというほかありません。とくに日ごろから世話になっている画壇の大家には、お世辞たらたら書いています。

土屋良孝のことですが、彼はN展の大ボスです。入選の審査が終ると、いよいよその中から「特選」の審査に移ります。大詰になると、この人の真価が発揮されます。「特選」には定員があります。各審査員は、それぞれお弟子さんまたは庇護者が特選候補者になると、定員を超えます。そこで審査員たちは、特選候補の画がずらりとならんでいる審査場の隅っこに集まって、「取引」をはじめます。小さな声です。もちろん職員らの耳には届きません。

こんどはどうしてもオレのほうを入れなければならん義理があるから、きみは降りろ。そのかわり、来年は考えてあげる。一昨年は眼をつぶってやったじゃねえか。いや、それは困ります。この『獅子王』は出品前から傑作の評が高かった。××君にはまたと描けるかどうかわからない秀作だと思う。これを特選から落したら、われわれ審査員に眼がないと言われます。ほほう、すると何かい、オレにも眼がねえのかい、おい、言葉に気をつけろよ。来年のこともあるからな。巻き舌で威圧するのはボスです。

番町界隈《かいわい》の地所がどのようなわけで土屋良孝の所有になったかは知るよしもありません。良孝だけでなく、良忠の遺産を受けているということですから、父子二代にわたってその財産を築いているわけです。良忠が基礎をつくり、良孝が財を殖《ふ》やしたのでしょう。画家からの運動料、画商からの報酬、そして態《てい》のいい仲介料などといったら見当違いでしょうか。

話が逸《そ》れたようですが、土屋良孝の人物を知っていただかないと、わたしのいう「地獄の城」の内容がわからないからです。

兄と友人Aとの間に破綻《はたん》が来ました。女性の問題からです。B子さんといっておきます。事実、兄は、そのひとの名を手紙で明かしませんでしたから。といっても、B子さんと兄との間ではありません。

B子さんは画家志望のひとで、「白崖画会」に遅れて入って来ました。そうしてAとB子さんとは恋愛関係にあったそうです。

ところが、兄の破局は思いもよらないところから起りました。

兄のN展入選が少なくなったのです。それだけではべつだんふしぎではありません。入選が途中で止まる人はいっぱい居ますから。

ただ、一方のAは兄とならんで入選三回まではいっしょでしたが、その後もつづいて入選し、その四回目は「特選」だったのです。

連年入選であろうが、特選であろうが、一般の方にはたいしたことはないように思われますが、画家や画壇の世界ではたいへんです。

けれども、兄の場合は、まったくの落選つづきでもないのです。三年に一度は入選するのです。それだけでなく、一流画商がずっと付いていて、兄にどんどん画を描かせてくれて、相当な値で引き取ってくれるのです。

普通は、こんなことはあり得ません。いままで様子眺めで付いていたBクラスの画商でさえ、落選がつづくと手を引くものです。それなのに、兄には、かえってAクラスの、それも特定した画商が付くとは、どういうことでしょうか。ふしぎです。

兄がそのわけを聞くと、その画商曰《いわ》く、あなたの熱心なファンが居て、今のうちからあなたの画を蒐《あつ》めるつもりでいる、自分のところがそれを依頼されているので、専心して制作してほしい、ただしこれは同業者はもとよりのこと、他には洩《も》らさないでいただきたいと頼むのです。

兄はそれを信じ、むしろ喜んで制作に従事しました。だから友人のAにもそのことを黙っていました。

　Aは次の年の秋のN展に、また特選を取りました。同じ期にB子さんの出品作が初入選になりました。感心しない画だったそうです。兄の画は今度も入選しません。二度目の特選と落選とでは、天地の相違です。

　Aは兄の傍に寄ってきて、土屋先生が、多島君も来年あたりは特選の番だね、とおっしゃっていたよ、とささやきました。Aは土屋良孝のアトリエによく伺候《しこう》するらしいと兄の手紙にありました。そのとき兄が自分の落選の無念さを隠して、B子さんが初入選でおめでとう、きみもうれしいだろうと言うと、Aは、いや、彼女はまだまだこれからだね、と、無感動に軽く言って離れたそうです。

　審査員もN展に出品します。その秋に出た土屋良孝の八十号の『炎輪』と六十号の『修行』の二点を見て、兄は卒倒するばかりに愕《おどろ》いたそうです。それこそ付き切りの画商に描いて渡した二枚の十二号の画をすこし変えただけなのです。これまでの土屋良孝の傾向とは似ても似つかぬものなのです。

　しかし、土屋良孝のこの出品作二点にたいしての世評は高く、この大家にしてこの新生命の開拓ありと画壇でも挙げて関心を呼びました。ときに良孝五十九歳でした。

　兄は、土屋良孝の肥料《こやし》にされていたことを初めて知りました。良孝は、はじめから才能がなく、父親の七光りと画壇政治力でここまできていたのですが、毎年の審査員出品作にはいつも心を痛めていたのです。彼はそれを持ち前の傲岸《ごうがん》さで押し通していましたが、画家たちや観覧者から後ろ指をさされていることはよく知っていました。ただ画家や批評家は、このボスの勢力によるシッペ返しを恐れて沈黙し、お茶坊主評論家と画商らは追従《ついしょう》ならべて持ち上げるのでした。

ですが、良孝は自分自身をよく知っていました。兄に付いた一流画商は土屋良孝のお気に入りの画商なのです。良孝の画商というよりは良孝の勢力で商売をさせてもらっている画商なのです。どちらの発想だかはわかりませんが、とにかく土屋良孝にこれまで無かった傾向のもの、反対的要素のものを兄の画に見出し、これを土屋良孝に提供したのです。

兄のN展連続落選はそれからはじまったのです。同じ会場に兄の作品が出ていては、土屋審査員出品作のタネがすぐに割れてしまいますから。

そこで、落選作家なのに、隠れたコレクターが付いているからと言って、一流画商は相当な画料を出して、兄にしきりと画を描かせます。独身者の兄には贅沢《ぜいたく》すぎる生活費です。三年間におよそ大小七十点の画が画商に渡っているはずです。

七十点！　七十点も貯蓄があれば、兄がいつ制作を中止しても、土屋良孝は困らないはずです。かりに七十点のストックが尽きたとしても、あとはそれらを組み合せるなり、応用するなりすればよいのですから。

土屋良孝もさすがに気がとがめたとみえ、「来年あたりは多島君に特選の番がまわってくるころだ」とAに洩《も》らしたというのです。これはあきらかに土屋がAをして兄に伝言させているのです。兄は、Aとちがい、レストラン「フェカン」の近くにある土屋良孝のアトリエにもそのアパルトマンにも行ったことはありませんから。

連続落選の画家に「来年あたりは特選の順番だ」とは、おかしな話です。いかに「特選」を決めるのにオールマイティーな土屋良孝ボスでも、この矛盾は通らないでしょう。兄にたいする見え透いたお世辞であり、慰留です。

兄は憤然として、あるいは悄然《しょうぜん》として東京を去りました。

兄の手もとには、自作品が一枚も残っていません。全部、画商の地下室倉庫か、土屋良孝の倉の奥にあるでしょう。兄は画商から相場以上の代金を受け取っています。——兄は土屋良孝に、あれは、わたしの作品の剽窃《ひょうせつ》ですと抗議することはできません。証拠は残っていないのですから。画家にエスプリさえあれば、偶然の着想の相似はあり得ることだからといってはね返されます。それに、致命的なことには、兄は不相応なカネを受け取っています。

画学生のころは名画の模写をさかんにやらされます。描写力を涵養《かんよう》するためです。一人前の画家になってからでも目ざす先人の模写をしていることは、ルーブルでも見られる風景です。

近代美術批評論を確立したといわれる或る高名な評論家は、戦前にイタリアの旅で寺院回りをし、ミケランジェロの模写をしていたということです。

また、画の世界では「追求」といって尊敬する先人の画の技法を追跡することがあります。模倣、模作スレスレのものが「追求」の名でなされるのです。しかし、土屋良孝のように、はるか後輩の画を「追求」し、その技法を模倣した例を聞いたことがありません。

兄は、ロダンにおけるカミーユ・クローデルです（女ではありませんが）。土屋良孝は才能が落ちたころのオーギュスト・ロダンです（もちろんロダンの足もとにも及びませんが）。いいえ、女としてならB子さんはカミーユの運命だったと思います。

兄はN展に反撥《はんぱつ》するなら、在野の団体に所属する道もあったのでしょうが、それをしませんでした。兄は画を棄《す》てたのです。というのは、三年間は消息が絶えましたから。

小宮栄二はその間、毎年入選します。そうです。いままではAと書きましたが、小宮栄二というのがAの本名です。

本名を明かしても、おそらくご存知ないでしょう。一部では現在でも名を知る人のある画家です。

話を前にもどします。

土屋良孝画伯は、昭和四十五年に亡くなりました。六十三歳でした。土屋良孝の突然の赴《ふ》を、画壇の大樹倒ると書いた新聞がありました。たしかにN展画壇のほうは大ボスが倒れて、しばらくはハチの巣をつついたような状態だったといいます。

さまざまな現象が起りましたが、兄の関係でいえば、小宮栄二が、土屋良孝を喪《うしな》って没落しました。特選はおろか、入選もしなくなりました。いままでボスのヒイキが露骨だっただけに、その反動も大きく、憎しみが加わったようです。B子さんが皆の前から姿を消しました。

以下は、まだ土屋良孝の生前のことです。土屋良孝は十年前に奥さんを亡くしてから、ずっと独身でした。「フェカン」の近くの豪華なアパルトマンにアトリエ兼用のいくつもの部屋を持ち、昼は通いの家政婦や弟子たちが面倒を見るといった羨《うらや》ましい生活でした。カミーユの評伝にあるロダンのような生活です。

ある日の夕方、B子さんは小宮栄二の使いで土屋良孝のアトリエに行きました。土屋はB子さんをレストラン「フェカン」に誘い、ワインをすすめ、食事をいっしょにし、画を見せるからと引きとめてアパルトマンの居間に連れこんで鍵をかけたのです。そうして小宮栄二の将来は、ぼくに任せてくれと何度も言って、彼女に逼《せま》ったのでした。

小宮栄二は、自分の女を王様に献上して「寵臣《ちようしん》」になったという陰口がささやかれました。おそらく、そのとおりだと思います。前に書いたようないきさつで、小宮と雁行《がんこう》した兄は蹴落《けおと》されたのです。

ところが、兄が消えて三年経ったころでした。女子大一年生のときに兄がとつぜん寄宿舎に電話してきました。わたしの入学を郷里の実家から電話で聞いたらしいのです。土曜日でしたので、午後に近くの喫茶店で会いました。兄はそれほど窶《やつ》れたふうでもないので安心しました。三年間、インドを歩いていたそうです。例の土屋良孝の換骨奪胎《かんこつだったい》用にした画料を費《つか》いはたすために、日本を出たのですが、三年間は帰らないつもりだった、けれども三年間海外で暮らすには、そのていどの画料ではインドしかないと思い、インドを択《えら》び、それも倹約して、浮浪者のような写生旅行をしたと言っていました。兄は画を棄てたのではなかったのです。

それは土屋良孝が亡くなって一年後でした。その死は帰国してから知ったといいました。感慨深そうだったのは、小宮栄二の凋落《ちようらく》を画描き仲間に聞いたからでしょう。わたしがこれまで書いたことは、初めて兄の口から語られた言葉です。B子さんは外国へ去ったまま行方がわからないそうです。それはともかく、兄は小宮栄二の犠牲となり、土屋良孝に殺されたのです。わたしは、両人とも許せません。B子さんを含めてです。

ロダン作の『地獄の門』には、地獄に堕《お》ちた人々の首が棚にならぶ中にカミーユの似顔があります。あれをB子さんの首に置きかえていいです。カミーユの首が見つめる視線は、『考える人』の背に当てられていますが、カミーユにあってはそれがロダンでも、B子さんには小宮栄二と土屋良孝の両人の肩です。

兄はそのとき、画壇に復帰をしたいと言いました。そしてインドで描いた水彩画やスケッチをもとにした油彩画を描いて銀座の貸し画廊で一週間ほど個展を開きたいと言うのです。「貸し画廊」で個展をする、と聞いて、わたしはショックを受けました。画商が費用を負担して自己の店のギャラリーで個展を催してくれるのではないのです。この場合はあるていど確実に売れる見込みがあったり、またはコレクターが付いていたりする場合です。そうでなくては、一等地の、目ぬきの広いスペースを提供するはずはなく、不景気な売上げに終っては店の面目にもかかわり、今後の商売にもかかわることです。

「貸し画廊」は、ご存知のように、無名作家のために提供される施設で、借り賃さえ出せば、シロウトであろうと誰であろうと、そのギャラリーを借りることができます。銀座の裏通りにも新橋筋にも京橋裏にもその貸し画廊はあります。二階とか地階ばかりです。

兄は、N展系からは見放されていました。土屋良孝に一時的でも近づいたのがいけなかったのです。また在野団体にも同じ理由で容《い》れられないのだと言っていました。

兄は、土屋良孝に「新生命を拓かせた」画を与えたのはおれだ、と初めて重大な秘密をわたしに明かしました。こんなに驚いたことはありません。兄は恥しそうにうつむくよりも、自分の才能に誇りを持っているように見えました。間に立った画商に欺《だま》されたのだといっていましたから。

貸し画廊は、銀座七丁目の「菩提樹《ぼだいじゅ》ギャラリー」です。二階とはいえ、表通りの堂々たる場所を一週間契約しているのです。借り賃が一日四万円で、二十八万円です。陳列・撤去費用は出品者持ち。ポスター、目録なども出品者負担です。

そのポスターと目録が、兄の企画ではびっくりするほど豪華版なのです。ポスターには兄の油彩画の『ベナレスの死者の家』が大きな原色版で入り、「多島明造画伯インド滞在作品展」と横に太文字になっています。そういう下描きなのです。「目録」のほうの原稿も、大型のパンフレットで、二十ページに近く、巻頭の『ベナレスの死者の家』をはじめ原色版と単色版とが各ページを埋め、解説は自分で執筆するのだと言っていました。

この費用が総計で、だいたい八十万円くらいかかるのです。印刷費が高いのです。雑費もかさみます。どうしてこんな無理をしなければいけないのですかとわたしが聞きますと、これくらい派手な個展をやらないと、だれも注目してくれないのだと兄は言いました。そこには無名に終りそうな兄の焦燥《あせり》がありました。

兄は自分の手では五十万円しか工面がつかない。あとの三十万円を熊本の一の宮の実家へ言ってやってもいいが、姉の養子婿《むこ》には老父の面倒をみてもらっているので、このうえ、カネの無心は言いにくい。ついては三十万円をおまえの手でなんとか都合できないものだろうか。まだ学生の身で、こんなことは頼みにくいが、無理なら、いいんだよ。ほかに当てがないこともないから、と言うのです。わたしに言ってくるくらいですから、当てがあるわけはありません。

兄の再起のためならばと思い、わたしは貯金の二十万円を下ろし、あとの十万円は明造兄のことは秘して一の宮の姉から借りて送金してもらいました。それでポスター、目録など印刷費の前払いや、「菩提樹ギャラリー」の前渡金の支払いができたのです。今から十年前の八十万円は大金でした。

個展の派手なポスターが、フタ開け前に主な私鉄駅のホームなどに貼りだされました。たしかに目を引きます。立ちどまらないまでも、視線を投げかけて通る人々は少なくなかったのです。わたしは気になって、学校の帰りに見に行きました。

明日から展示日だという前日の午後三時からは作品の飾り付けや会場の準備です。学校を休んで手伝いましょうかとわたしが言うと、友達がいっぱい来て加勢してくれるから、そのほうは大丈夫だ、おまえは学校を休んではいけない、と兄は言いました。

第三日目の金曜日に、わたしは「菩提樹ギャラリー」の会場へ胸とどろかせて行きました。階段を上って、「多島明造画伯インド滞在作品展」の、不釣合いなくらい大きな看板がある入口を一歩入ったとたん、心臓がいっぺんに冷えました。思ったより広いホールでしたが、人影ひとつないのでした。それだけに三方にならぶ原色の強い画がいきなり威圧してくるのです。

よく見ると、兄は右手のコーナーの小机にうずくまるように坐っています。入口近くの小机には、臨時雇いの受付の少女が手持ち無沙汰《ぶさた》に腰かけていましたが、わたしを見ると、今日の唯一の客だといいたげに救われたように立ち上がり、目録を一冊わたしに手渡してくれました。その豪華版の目録は受付の机上に、印刷所から届けられたばかりのように、そっくりうずたかく積んでありました。

やあ、よく来てくれたね、と兄はうれしそうにわたしを迎えました。まず画を見てくれ、そして説明しよう、と兄はわたしを作品の前に連れて行きました。

初日と昨日とはたいへんな参観者でね、画の友人連中もやって来て、この会場がイモの子を洗うようだったよ。おれはもうくたくたになった。作品は大好評だった。今日は第三日で、中ダルミというところさ。どの展示会でも三日目あたりが中ダルミになる、明日からまたもりかえすというパターンだな、と受付の若い女には届かぬような声で言うのでした。

これはベナレス付近にあるガンジス河畔の風景で、「死者の家」、これはマハーバリプラムの海岸寺院と砂上の物乞い、これはウダヤギリにあるジャイナ教窟の修行僧、これはパトナというガンジス川中流沿いにある町の下層民街、などと自作を兄は説明します。田舎を歩いただけに画材は面白いのですが、素人のわたしが見ても画はよくありません。三年間のインド放浪のあいだに生活が荒《すさ》んだのか、それともいったん画を棄てたのが尾を引いているのか、画の荒廃は眼を掩《おお》うばかりです。売約済の赤札は一枚も下がっていません。

わたしは二度とその会場をのぞきませんでした。また、最終日の取り片づけの手伝いにも行きませんでした。

それから一カ月ほどして兄からハガキが来ました。縁故があって、ある人の世話で四国の愛媛県のR市で小、中学生相手の画塾を開いているというのです。

それで、わたしはピンときました。銀座の「作品展」はそのための「資本」だったのかと。……銀座の一流画廊での「多島明造画伯インド滞在作品展」。N展入選数回の画伯。インド風景油彩の原色版入りの大ポスター。同じくカラー写真豊富な豪華版目録。

これをみんな写真に撮って、それをコケ威《おど》しにしたようです。地方にはまだそれが通じるのです。兄にはそれが目的で、あの「菩提樹ギャラリー」の賃借りだったのかと。

いえ、そうではないでしょう。兄は、やはりあの個展に画壇復帰の運命を賭けていたのです。そうでなくては、どうしてあんなにおカネのかかるポスターをたくさん刷って銀座、京橋、新橋、丸の内、赤坂、渋谷などの地下鉄や私鉄駅の構内やその他の目ぬきの場所に貼り出したりなどするでしょうか。豪華な目録をあんなに印刷するでしょうか。

個展には、場所がいいのにもかかわらず、客がまったくこなかったのです。三日目にわたしが行ったときの状態が一週間つづいたのです。兄は、曾《かつ》ての画描き仲間からも捨てられ、画壇ジャーナリズムからも、画商からも、完全に無視され、黙殺されたのです。

そうして、その出品作やポスターや目録などを「栄光の資料」として携え、都落ちをしたのです。

結果を書きます。一年半ほど経って四国に居る兄から手紙がきました。

画塾の経営は失敗だった。近く閉じる。おれの画は子供には向かないようだ。子供にはもっとわかりやすい画でないといけない。おれの画はあまりに芸術的だ。晦渋《かいじゅう》のようだ。暗くもある。それに、近ごろ健康に自信がもてなくなっている。万一を考えて生命保険に入った。たいした金額ではないが、受取人は通子の名にしてある。通子からの借金分に充《あ》てる。剰《あま》ったら結婚費用の足しにしてくれ。そう書いてありました。

三カ月後に兄は死にました。夜、酒に酔って国道をふらふらと歩いているとき、トラックにはねられたのです。下り線のタクシーの前をよろよろと横断するので、運転手がきわどいところで急ブレーキをかけたが、対向車線からくるトラックは間に合わなかったそうです。意識不明のまま病院で息を引きとりました。

わたしは阿蘇の麓の一の宮で行なわれた兄の葬式には行きませんでした。二月の試験勉強期でもありましたが、ほんとうは行きたくなかったのです。父や姉たちや義兄の顔といっしょになりたくなかったからです。悲しむなら、東京でひとりで哀しみたかったのです。

形は交通事故ですが、兄は自殺したと思います。

あの個展の兄の作品『ベナレスの死者の家』――ガンジス川の河畔にある廃屋のような三階建てのアパートです。白壁は剝《は》げ落ち、乾《ほ》し煉瓦が剝《む》き出ています。岸辺には焚木《たきぎ》がうずたかく積み上げられ、夕空を背景に真赤な炎が立ち昇っている。火のまわりには長い三人の裸身の男が長い棒で炎の上に置いた黒い物体をつついている。屍《しかばね》を焼くのです。焼いたあと、聖なるガンジスに流し、成仏させるのだそうです。廃屋のアパートと見えるのは、野焼きの順番を待つ死者か、または助からぬとわかっている瀕死《ひんし》の病者たちの収容所です。家族が枕頭《ちんとう》に黙々と付き添っています。そういう兄の説明でした。

R市で小、中学生相手の画塾を開いたあとの兄は、ちょうど『死者の家』に居るような心地だったでしょう。いや、その心理はすでに土屋良孝のために排斥せられ、小宮栄二に蹴落されてインドを放浪するときにはじまったと思います。

兄を想うわたしの眼には、ロダンの『地獄の門』のなかに、兄の顔があるのです。

こういう長い手紙を書いて、わたしの身上をすっかりお話ししましたから、当分のあいだお目にかかりたくありません》

5

四月二日、木村信夫は運動部次長の柏原尚志と成田をこっそりと出発し、直行便でパリに着いた。パリでは二泊した。

ここで二つの用件を終らせた。一つはスペインのマドリッドに居住するホセ・マルティーノ・バローナに電話して、彼とマルセイユで落ち合うことを打合せしたことである。英語で話した。

バローナは世界陸連本部会長である。六十二歳になる。会長としてすでに四期目をつとめている。

世界陸連の本部はオランダのハーグにあるが、ここには理事の事務局長がいる。だが、事務局長は万事バローナ会長の指示を受けないと何ひとつ決断ができないので、外国からの関係者はすべてマドリッドへ向かう。

木村らがパリですませたもう一つの用事は、バローナ会長夫人マリア・ルイサへの贈り物えらびであった。これは難事中の難事であった。彼女へのプレゼントは、これまで各国のマラソンや継走を主催する諸団体から贈呈されている。バローナ会長は斯界《しかい》での実力者であり、陰の大ボスである。彼の意に適《かな》うためには、まず馬を射なければならない。

ルイサ夫人は四十二歳、バローナとは二十歳のひらきがある。とくに美貌というほどではないが、女ざかりのあでやかさがある。気品のかわりに華やかな身なりで飾っている。額が禿《は》げ上がり、ゴマ塩のうすぎたない白髪が後頭部に残り、あたかも闘牛場に引き出された牛のように肩がもり上がって、首のほとんどがそれに埋没したようなバローナは、この細君にはいつも眼を糸のように細める。

木村は日本から西陣で誂《あつら》えた能衣裳織りを持参した。女物らしく「菊慈童」に似せたものだ。飾るもよし、着るもよしである。が、パリでの装身具えらびには、店をまわるのに半日足を棒にした。

バローナへの接触は運動部次長の柏原尚志が四カ月前から極秘裡にマドリッドへ飛んではじまった。彼は一週間ほどマドリッド・ヒルトンに観光客を装って泊まり、バローナとの交渉に粘《ねば》った。彼とは年来の仲である。

柏原が帰国してからの木村への報告だが、運動部でベテランの彼自身が昂奮を交えたものだった。

「木村さん。脈は大ありです。バローナは、ぼくの話を聞いて、はじめ疑っているふうに見えました。彼はですね、日本の新聞社が南フランスに『エキデン』をセットするのを考えてもみなかったというんです。疑っていた眼つきは変り、びっくりしてさすがの彼が眼を剝《む》いていたんですなア。彼は言いましたよ。これはコロンブスのタマゴだってね。どうして、いままで誰もこれに気がつかなかったろうかって」

――コロンブスの卵が、多島通子だった。そのことは柏原に言っていない。多島通子は、兄のことで「告白」の手紙を呉《く》れて、当分の間、お目にかかりたくないと最後に書いていた。性格の強い女のようである。その意志を尊重して、その後の消息を強いて求めていない。

柏原がバローナ会長に見せたのは、多島通子の原案に沿って、木村が図にしたものだった。

バローナは、鋭い眼で、そのコースに舐《な》めるように見入って、呟《つぶや》く。

「東のエクス・アン・プロヴァンス市が出発点で北のアヴィニョン市が宿泊地。ここまでが約九十五キロ。第二日はアヴィニョンからサン・レミの町に南下し、そこから西南に折れてレ・ボーの石灰岩質の山塊を越えてアルル市外側を通過するのか。サン・レミからアルルまでが約二十七キロだね。そこから南下してカマルグ地方を十五キロの地点まで南下する。ふん。アルバロンという村で、ホテルの前が折り返し地点か。うむ、うむ。地図を見て作ったね。なるほど。で、往復三十キロだ。ゴールはアルル市内の古代円形闘技場か。いいな……。第一日が九十五キロ、第二日が七十六キロのトライアングルだ。うむ。地形からすると、だいたい均整がとれている。というのは、レ・ボーの山坂越えがある。ぼくはまだ行ったことはないが、険阻《けんそ》らしい。選手の作戦のしどころだ。話に聞く日本の『ハコネ・エキデン』のようじゃないか」

「バローナはよろこびましてね。自分は現地を見たことはないがといって地図を見て言うんです。二日間の全コースの距離が百七十キロだから適当だ。第一日も第二日も五区間に分ける。一区間は十七キロ平均。それぞれには二十キロのところもあり十四キロのところもあって地形によって長短が違う。とくに二日目のサン・レミとアルルのあいだのレ・ボーの山間は険《けわ》しい難路だから区間を縮めていくつにも区切りたいね。ここはぜひ現地で地形を視察したい。バローナはそう言って、えらく熱心なんですよ」

「たいしたものだ」

「ところが、ボスにはべつな下心があるのです。というのは、そのレ・ボーの麓《ふもと》にはフランス随一美味と定評のあるレストランがありましてね。パリっ子もわざわざニーム行の飛行機に乗って、そこへ食べに行くくらいです。彼は女房にレ・ボーのそのレストランをせがまれているんですよ」

柏原は笑った。

しかし、バローナくらいになると、なんでも知っている。彼は日本ではいろいろな公認のマラソンや駅伝が急増してきているので、関係者からさまざまな知識を得ていた。レ・ボーの地形が地図で急激なヘアピン・カーブが重なっているのを見て、さっそく箱根の険《けん》に比したのである。

「ミスター・カシハラ。おもしろい。ここは選手の心臓破りだね。下見に行ってみたい。実現の可能性がある」

バローナの話の様子では、世界陸連が和栄新聞社を強力に後押しするような口吻《こうふん》であった。

柏原はその点を確かめた。

ボスは答えた。

「このエキデンは日本国内で行なわれるのではない。外国の領土だ。外国で催されるマラソンや継走は、その主催団体の上に世界陸連公認となっている。したがって、開催地のプロヴァンス陸連協議会の所属するフランス陸連が、和栄新聞社と共に主催団体になる。この二つだけだ。世界陸連は『公認』にまわる」

「全日本陸連はどうなりますか」

「おいおい、間違ってはいけないよ。和栄新聞社では、この『エキデン』をフランスで行なおうというんだろう? 外国でね。外国でのケースは、主催の事業体と当事国の陸連の二者共催となっている」

柏原の困惑した顔を見ると、

「きみのほうで、全日本陸連に義理が悪いと思っても、これは規定でね。仕方がない」

と片眼をつむった。

この企画はまったくよくできている、とバローナは言った。コースがすべて「画」になっているはずだ。出発点のエクス・アン・プロヴァンスは、マルセイユのすぐ北で森と水の都市だ。古代ローマ時代から開けた都だ。これを西へ向かう。D10号線（DはDistrict route）だな。選手団は湿地帯を走る。残念ながら地中海が間で細い陸地にさえぎられて沼沢になっている。でも、湖水のように光っている。テレビの画面には銀色に光る風景だ。その湖畔を走って町に入る。ミラマ市かね。ミラマ市から北上してD69号線をサロン市に入る。このあたりは平野と、なだらかな丘陵地帯がまじり合うらしい。平野には麦、丘陵にはブドウを栽培しているだろう。のどかな田園風景の中を選手は走る。次の町に入る。南仏のことだから麦畑が消え、ブドウ畑ばかりになる。ブドウ畑の中から娘さんたちが立ち上がり、選手たちに拍手を送る。これもテレビの画像で日本の茶の間には受けるよ。……バローナはテレビ効果を心得ていますよ。奴《やつ》はまさか、静岡の茶摘み娘の茶っ切り節までは知らないでしょうがね。いや、ひょっとすると、わかりませんな、彼は日本に陸連の用件で何度も招待されてきているし、箱根あたりの宴会で女たちの唄う茶っ切り節を聞いて、その意味を手帖に書きとめていたかもわかりませんな。それを即座に応用したとすると気がきいていますな。もともと悪知恵も発達しているだけに、ウイットがあります。

柏原のそのときの報告だけでも、ホセ・マルティーヌ・バローナの様子が目の前に浮ぶ。

「ボスはこうも言いましたよ。このプロヴァンスにぴたりのトライアングルを置いた名企画は、だれが発案したものだろうかってね。それはウチの社の木村信夫という企画部長ですというと、ミスター・キムラには一度会った記憶があると言っていました」

四年前に、他社の主催の陸上競技でバローナを招待したとき、そのパーティーに木村は出席した。整理部次長から移ったばかりのときで、いわば名刺を出したていどに過ぎなかった。バローナはそれを憶えていたのである。

「こんど、ぜひ、部長に会いたいと言っていました。会うについてはマドリッドでは人目があって困る。彼が言うには、自分の身辺には、各国の陸連団体関係とか、スポーツ関係のジャーナリストとかが情報を得ようと絶えず出入りし、また競争相手を警戒している。それを避けるために、マルセイユで、内密に会うことにしたい。そこで、いろいろと具体案を練ってみよう。ついては、いま、自分に一つのアイデアがある。これは爆弾的なものだ、といって、ボスはニヤリとしました」

「ほう、なんだね？」

「聞いたぼくが仰天しました。『プロヴァンス・エキデン』に、フランス大統領を名誉会長に担ぎ出そうというのです！」

これを受けて、和栄新聞社の首脳部では直ちに協議に入った。

業務局長は、つね日ごろ編集局企画部にたいして冷淡であるが、この企画を支持し、わが社の部数を伸ばし、一段と雄飛するまたとない機会だと言った。系列会社の「テレビ・ワエイ」は、跳躍する千載一遇のチャンスだと躍り上がった。社長は和栄新聞社の前副社長が就任している。

これに対して編集局長は異論を唱えた。新聞はあくまでも言論に対して自由であり、批判精神を失わず、昔から言う社会の木鐸《ぼくたく》をもって任じなければならない。しかるに最近の新聞社主催のマラソンや継走は世界的な花形プロ選手を加え、一種興行化している。この弊害は年々競争の激化によってますます増大する傾向にある。純真なるスポーツ精神が商業主義、興行化によって金で毒されつつある。とくにスポンサーの名をかぶせた「冠《かんむり》」にいたっては沙汰の限りであり、苦々しい限りだ。わが社にはすでに伝統の年一回の東海道国際駅伝があるから、この上、外国でエキデンを創設する必要はあるまい、むしろ斯界の襟《えり》を正す方向へ向かうべきであろう、と述べた。

これに対して業務局長は言った。編集局長の意見はまことにごもっともである。さりながら、現実にわが社が競争会社の事業の包囲下にあり攻撃を受けている以上、坐視するに忍びない。スポーツは現代の華であり、そのイベントを経営するのは新聞社事業の先端である。さらに、これを関係記事として事前から報道するときは話題を呼んで部数は伸び、その実況放送のあいだ茶の間は約二時間ほど釘づけとなる。一泊二日間の駅伝ならば、二日間は茶の間を独占する。スポーツの興行化傾向は充分に反省すべきであるが、一方、わが和栄新聞の存亡ということも考えなければならない。先制攻撃こそ何よりの防禦《ぼうぎょ》である。

編集局長も業務局長も、ともに専務である。そうして業務局長は「販売の名人」である。和栄新聞を今日の大にしたのは販売部長時代からの功績であった。彼の眼からみると、説明員として出席した木村信夫企画部長が編集局に所属していようと、「社のため」には問題でなかった。

社長は断をくだした。社長は政治部畑だったが、業務局長の言い分を通したのだった。「社の利益」優先のためでもあり、役者の違いからでもあった。編集局長は下を向いて静かにパイプをふかした。

首脳秘密会議が散会したあと、「テレビ・ワエイ」の社長水田順造は木村を呼びとめ、別室につれこんだ。彼はこの企画をなんとでも推進してほしい、と木村に両手を突かんばかりにして頼んだ。

この「プロヴァンス国際駅伝」がテレビに放映されると、選手の疾走する沿道が文学的な絵画になると水田社長はいうのである。出発点のエクス・アン・プロヴァンスは文豪エミール・ゾラと印象派の画家ポール・セザンヌの生地。近くのサント・ヴィクトワール山はセザンヌが晩年まで描きつづけた山岳で、その北斎好みの三つに裂けた山頂はテレビの画面に大写しにしたいものだ。駅伝コースの背景はオリーヴと糸杉だ。アヴィニョンの教皇庁の城壁には、教会分裂時代の因《もと》になったフィリップ美王の操り人形だった教皇クレメンス五世の陰謀がひそんでいる。それにはテンプル騎士団の財宝を奪った美王の邪悪な犯罪と、騎士団の呪われた悲劇を、アナウンサーが語るもよかろう。

サン・レミにはゴッホがアルルから移されて収容された精神病院がある。ここより西へは白亜の山塊のはずだ。廃墟のレ・ボー城と「死者の町」。中世のころ、この城が栄えたころには吟遊詩人らが訪れ、一カ月も二カ月も滞在し、城中の貴婦人たちを弾琴とともに騎士物語や恋歌で慰めた。

近くには一軒の風車小屋がある。ドーデの短篇集『風車小屋だより』から、「粉ひき爺さん」や「アルルの女」の一節を背後のナレーションに流したがよかろう。感動してよい純粋な話だよ。このごろは、われながら恥しくなる俗悪な番組が多い。現場にいくら言っても、社長、これも商売です、といって、ぼくの思うようにならん。

さて、近くにはローヌ川の支流のガール川が流れて、川には古代ローマ時代の雄大な水道橋(三層、三十五のアーチをもつ)のポン・デュ・ガールがかかっている。ゴール近くの選手の疾走する姿の合間に、カットバック式に挿入したいものだね。

アルル。いうまでもなくゴッホの画のメッカだ。テレビの画面を次々と「炎《ほのお》」で埋め尽そう。樹も草も道も海も雲も。想像しただけで随喜の涙がこぼれるよ。

カマルグ。たしかゴッホも漁村の家とそのへんの地中海を描いている。これも選手の力走の姿といっしょに茶の間に届けよう。……

テレビ局の社長、前和栄新聞社副社長は、社会部畑であり、文学好きであった。フランス芸術の夢を南仏の駅伝中継放映に結ぼうとしている。

水田社長の話を聞き、木村は多島通子が東京砂漠の見舞に贈ってきた奥豊後の「タケタ・エビアン」の瓶詰《びんづ》めを思い出した。それには阿蘇の溶岩地帯から湧き出る清流と、それに架《か》かる六連の水路橋の写真がパンフレットにあった。大正期のものだが、ポン・デュ・ガールを彷彿《ほうふつ》とさせる。

アヴィニョンには教皇庁がある。人々はそればかりを言う。だが、その近くのモンドヴェルグの精神病院にカミーユ・クローデルが三十年間も入院していたことにふれる者は少ない。ロダンの女弟子であり、愛人であり、捨てられた女であり、ロダンの芸術上の仇敵であり、それがためロダンに恐れられて、ロダンのために精神病院という牢獄に死ぬまで幽閉された。カミーユ・クローデルはそう信じた。

木村は、多島通子にクローデル展を見せられ、京橋の「地獄の城」に連れて行かれた。画家の兄の挫折と自殺の裏には友人の堕落とその恋人の失踪とがあった。——

はっと木村は、われに返る。

同じ編集局首脳でもテレビ局へ去った人は、その立場で木村の企画を支持する。が、現在の社の編集局幹部は、専務・編集局長をはじめとして「純粋理論」派で、「南仏駅伝」に勢いづく業務局に冷淡であった。新聞社までがスポーツの興行化に狂奔するとはなにごとかという自己批判。それには、専務どうしの次期主導権争いというどろどろしたものがからんでいる。

これで果して成功するだろうか。外部よりも、内部から足を引っ張られそうな気がする。それも最高幹部の周辺からである。将来の禍根の芽が今から出てきつつある思いだった。木村は暗澹《あんたん》とした気持にならないわけにはゆかなかった。

「ぼくも同じ気持です」

柏原尚志はいった。

柏原は、まだ辞令は出ていないが、「プロヴァンス国際駅伝」が発表されたときには、「企画部参与・南仏駅伝推進本部長」の辞令が出ることになっていた。木村は「南仏駅伝推進本部総本部長」が発令される。

「なんですか、いまの社の首脳部の実態は」

柏原は憤《いきどお》った。

「こういう空前の壮挙をやろうというとき社が一丸となっても、まだ成功するかどうかおぼつかないのです。なにしろ前人未到の登山のようなものですからね。社の上のほうが二つに割れている。なんというザマですか。それが次の社長のイス争いという相変らずのケチな根性だからあきれますよ。まだ秘密で、人に言えないだけに鬱憤《うつぷん》を晴らす場がありませんよ」

しかしね、木村さん、と彼は言った。

「衆目の見るところ業務局長が圧倒的に優勢です。新聞社は経営が第一です。どんなに世論をリードする名社説を載せてきても、ロンドン・タイムズの落ち目を見れば、そのことはよくわかるでしょう。新聞社は〝カミ〟(発行部数)を増やすことが至上命令です。業務局長はそれをやりとげました。心配は要りません。われわれは業務局長に一か八かの運命を任せて進みましょう。この初登攀《はつとうはん》に燃えましょう」

「柏原君。よく言った」

木村は、眼の前の霧が断《き》れた。

いま、木村と柏原はマルセイユの「オテル・ソフィテル・ビュ・ポール」にいる。この一級ホテルは旧港東側の丘上に建ち、木村の三階の部屋からは港外に浮ぶ大小二つの島がよく見える。小さな方に巌窟王モンテクリスト伯の入れられた牢獄イフ城跡がある。午前九時の陽は地中海の群青《ぐんじょう》の上に輝き、島の明暗を立体的にくっきりと浮び出させている。

バローナ夫妻用のスイートルームの点検を入念に終った二人は、コースの下検分に出発する前のひとときを、この部屋でコーヒーを喫みながら眺望を愉しんでいたのだが、話は東京からのつづきになった。

「ぼくがマドリッドでバローナと会ったときは、プロヴァンス・エキデンに脈があるかどうかをさぐるだけで精いっぱいで、条件についてはなに一つ話しませんでした」

柏原は、空の一角に黒雲を見るような眼をして言った。

「ですから、このマルセイユ会談でバローナがどんな条件をもち出すか、非常に重要なんです。これが、従来どおり日本国内のマラソンとか駅伝だと、見当がつくんですがね」

これまでの慣例だと、「公認」は世界陸連、「主催」は新聞社と全日本陸連の二者である。その下部に実践機関として、組織委員会が編成され、委員は、主催の二団体と広告代理店の「合同連絡社」から出される。「合連」は新聞社とテレビ局の依頼を受け、広告主《スポンサー》を募集し、もって大会の運営費に充《あ》てるのである。

手数料《マージン》をさし引いた広告代理店からの入金は、主催新聞社へではなく、手続き上、組織委員会に入って、ここにプールされる。その使途は選手の賞金、参加手当金、旅費、宿泊費、大会運営費、その他雑費に使われる。重要なものは上部の主催団体の指示を受けなければならない。広告代理店扱いのものには、新聞社とテレビ局と二つある。テレビ局は放映権の獲得について放映料を主催団体に支払わなければならない。主催が新聞社だとそれは新聞社に入らずに、手続き上、組織委員会に入ってプールされる。

次にテレビの番組提供料ならびにスポットなどのパブリシティーは、テレビ局の収入となる。二時間ものあいだ高視聴率をかせげる番組は、ほかにはない。募集しなくともスポンサーは殺到する。局では断わるのに苦労するくらいだ。広告料金はウナギ上りに上がる。テレビ放映権を獲得したテレビ局は、外国のテレビ局から要請があれば、これを売ることができる。あるいは積極的に販売する。これもパブリシティーの一部分である。

新聞社の収入はどうか。新聞広告に出る「協賛・××マラソン」式の連合広告のオツキアイなどは経費の三パーセントにもみたない。商売にはならないのである。しかし、この「国際駅伝」によって、新聞の部数がふえる。販売拡張につながるのが何よりのメリットである。これにより他社との競争に勝ち、社運を隆々とさせ得る。直接収入と結びつかないが、大きな目でみるとたいへんな利益である。

では、直接的な商売はどこでするか。そこにバローナのボス的な出場がある。上部団体として「公認・世界陸連」という「権威」をうたってあるのはそのためだ。

事実、世界陸連のバローナ会長を通さないと、なに一つできないのだ。

バローナが商売で仕掛けるのは「パブリシティー」の面である。

その面では、バローナと手を組むイタリアのエージェントの存在が噂《うわさ》されている。バローナも儲ける。げにバローナこそは稀代の怪物である。

「ぼくらの心配は」

柏原は巌窟王の城に向かう白い遊覧船を見下ろしながら言った。

「こんどの駅伝がフランスで行なわれるため、万事外国方式によることとです。主催は、わが社とフランス陸連だけです。組織委員会の顔ぶれはウチとフランス陸連と、地元のプロヴァンス陸連協議会から委員が出ます。それにスポンサーを集めた広告代理店の『合連』から委員が参加します。そして、合連が集めたカネは、主催地のフランス陸連の編成委員会にプールされるでしょうな。そこに、世界陸連会長としてバローナが事実上参加しているのが、彼のウマ味でしょう。いまのところ、想像されるのはそんなところですが、じっさいのところ、見当はまったくつきません」

「予想がつかない？」

「なにしろ、初登攀ですからね、視界がまるでわからない。プロヴァンス地方で、バローナ山がどんな山容を持っているかです」

「……」

「ボスも利口だから、裏リベートにしてもいろんな手を使うでしょう。どこまでがビジネスで、どこまでがプライベートだか、そのボーダーラインは曖昧模糊《あいまいもこ》としているでしょうな。腹芸の要ることとです。外国で主催したマラソンの日本団体があると参考に聞いてもみられるんですが、そんなのはいないし、これは極秘ですからね」

「マルセイユに入ったバローナに、直接《じか》に当ってみるしかないね」

木村は太い息を吐いた。

「その話に、鬼が出るか、蛇が出るか、です」

柏原はコップの水を一気に飲んで、

「しかし、このプロヴァンス国際駅伝がうまくいったら、社内首脳部への懸念《けねん》などは吹き飛んでしまいますよ、木村さん。なんといっても勝てば官軍です。勝たんといかんです！」

と拳《こぶし》を振った。

電話が鳴った。

「ガイドが下で待ってるそうです」

受話器を置いて柏原がいった。

「ぼつぼつ出かけようか」

折りカバンに道路マップを入れた。

航空会社の支店で世話してもらったガイド兼フランス語の通訳は三十すぎのまるぽちゃな顔をした日本女性だった。髪型はショートカット。コースの打合せは、柏原が昨日会って知っている。車はベンツ、運転手といっしょにホテルが手配した。

ガイドは田井久里子といった。パリに三年、マルセイユに五年住んでいるという。関西訛《なまり》があった。

「まっすぐにエクスに参りますか」

助手席から柏原をふり返った。そうしてください、と彼は答えた。

車は東北へ向けて上って行く。丘に付いたまっすぐな道路である。旧港と海岸の町がぐんぐん沈んでゆく。空に灰色のちぎれ雲が浮び、ふちが光っていた。

「このあたりはアラブ人の居住区域で、治安がよくないのです。警察でも手を焼いています」

田井久里子は言って、窓から右下を指した。

「あのあたりは高級住宅地で、外国の領事官邸などがあるのですけど、その中心の市営公園にジプシーの集団がキャンプしているんです。キャンピング・カーを何十台も集結させましてね、もう、七、八年くらい住みついてはるんです。市がいくらどいてくれいうても、ああいう人たちですから、効果がありません。子供さんもふえてはるようです」

マルセイユはブイヤベースの港町だけではなかった。

坂上を通り越すとハイウエーのN7号線（NはNational primary route）に入る。ひたすらに北上する。左右はなだらかな丘陵地帯だが、高速道路が堤になっているので、低く見下ろせる。あれはマルセイユ綜合大学、日本人の留学生もかなりいます、と田井久里子は言った。

車の交通量は相当なものだ。トラックがおびただしい、エクス・アン・プロヴァンスと直結する幹線道路である。マリニャーヌ空港は、はるか西側に離れている。明日はその空港にバローナ夫妻を迎えに行かなければならない。

左右の景色に風情はない。ガイドも説明しない。退屈である。が、ここは駅伝の走路とは関係ない。上り勾配《こうばい》はつづく。

マルセイユを出発して十三、四分くらいで前方の連山の麓《ふもと》に青い森が見え、白い街がのぞいていた。

「エクス・アン・プロヴァンスです」

助手席の彼女が言った。

「サント・ヴィクトワール山は、どれ？」

テレビ局の社長の話を思い出して木村は訊《き》いた。

「ヴィクトワール山はここからは見えません。セザンヌのアトリエの旧館が記念館になっています。そのへんからまだ北へ参りませんと……」

テレビ班は数組にも編成しなければならないだろう。

街の中心の大通りに入った。広い道幅の両側からプラタナスの並木が、青葉の枝を手編みレースの目のように重ね合せている。道の両端にある広場には、古代ギリシアの壺に擬した噴水塔から水が溢《あふ》れこぼれている。

これがミラボー通りです。南フランス・アルプスの山塊からの湧き水が流れ出て小川となり、紀元前二世紀にローマがここに町を築いたころから今にいたるまで、この湧き水が市民の飲料水となっております。エクスは「水」の意味だそうです。中部フランスにもエクスの名のつく山間の町がありますが、そこもやはり水の小都市であります。田井久里子はガイドした。

多島通子がこれを聞いたらどういう感想をもつだろうか、と木村は思った。奥豊後の竹田市の水は、阿蘇山系から出る地下水だとパンフレットに書いてあった。市民はこれを飲料水にしている。それを瓶詰めにして発売しているのが「タケタ・エビアン」である。通子が竹田から贈ってくれた。

「田井さん。このエクスに大きなホテルがありますか」

柏原がガイドにきいた。

「あんまり大きなホテルはありません」

「一つでなくてもいいんです。百五十ベッドか二百ベッドぐらいのが二つくらい」

数日前から準備に選手団や役員団はマルセイユに宿泊するが、レースのスタートの前夜にはエクスに泊まらなければならない。それに付随するテレビ班、報道陣の人数を考えて、柏原はエクスのホテルのことをガイドに聞いたのだ。

「そんな大きなホテルはエクスにはありません。せいぜい観光客相手の八十ベッドくらいのが一軒と、五十ベッドくらいのが一軒と、三十ベッドくらいのが一軒だけですよ。あとは文科大学の寄宿寮でも臨時にお頼みにならないと。ここの文科大学は程度が高くて、日本の外務省から外交官補の方や新聞社の若い方がフランス語の勉強に来てはります」

柏原と木村とは顔を見合せた。都会だとは思っても、やはり地方都市であった。

「とくべつなホテルが一つだけあります」

思い出したのではなく、それまで言い出しかねていたようであった。

「とくべつとは？」

「高級ホテルなんです」

「高級ホテルなら、けっこうなんだけど」

「おもにマルセイユの財界や政界の著名人、文化人の方々がもっぱらお使いになってらっしゃいます。会員制ではありませんが、フリの客は断わられます。大きな邸宅をホテルに改装したもので、中に入るとホテルのような感じがしません。こぢんまりとした植物園を中心に放射線形に小径《こみち》がつき、それぞれ独立したハウスがついております」

「すごい。数寄屋ふうだね。経営者はどういう人かね？」

「フランス人ですが、何代にもわたる土地の名族です。その広い荘園の三分の一は自邸です。当主は天体観測家です。邸宅のほうには天文台があります。夫人は日本の方です」

「なに、奥さんは日本婦人か」

柏原が声をあげた。

「なんというホテル？」

「星の館《やかた》です。シャトー・デゼトワール」

「星の館……」

柏原が唇に上《のぼ》せた。

6

車は「星の館《シャトー・デゼトワール》」の正面前を過ぎ、その高い外塀に沿った道を北へ折れた。高台から低地へと下り坂になって、それだけ道路と塀の立ちならぶ台地との差がひろがってゆく。塀の中から木立の繁みが延々とつづいた。

「これが全部〝星の館〟の敷地ですか」

柏原尚志が助手席のガイド田井久里子にきいた。

「三分の二くらいがホテルだそうです。そうですね、このあたりまででしょう」

外側から見上げて煉瓦塀には仕切りがなく、木立も継続していた。坂道を下りて低い位置から見上げるので、林は高い位置で青く繁茂し、中の建物は屋根一つ見えなかった。

「おどろいたな、こんなに広いとは」

「ピエール・トリオレ伯の地所です」

女ガイドは言った。

「トリオレ伯?」

「このへんではそう呼んでいます。昔は貴族だったそうで、いまでも人々は伯《コント》と呼んでいます。先祖代々から、このへんの大地主だったといいます」

「荘園だったかもしれないね。バルザックの小説『人間喜劇』などに出てくるような」

木村信夫が思いついて言った。

「そうです。あの中の『暗黒事件』にあるような地主貴族の荘園に似てます」

田井ガイドが話に加わった。

「あの作品には没落する地主貴族が描いてありますけれど、このトリオレ伯の地所も昔にくらべると三分の一くらいに減っているそうです」

「どうしてかね」

「さあ、ご時世じゃないでしょうか」

車が坂道を降り切って平坦な道路に出たとき、ちょっと停めるようにと彼女は運転手に告げた。

「あれをごらんください」

彼女は後方を指した。

長い煉瓦塀はようやく終っていたが、その塀越しの深く繁り合った森の上に白いドームがそびえ、折からの太陽を受けて眩《まぶ》しく輝いていた。青い空を背景に忽然《こつぜん》として出現した銀色の天《てん》蓋《がい》には、木村も柏原も声が出なかった。

「あれが、さきほどお話しした天文台です。ピエール・トリオレ伯のお屋敷の別館に建ってています。下の森が視界を遮《さえぎ》っていて全体を見ることができないのは残念です。そういうわたしも、まだそこへ拝見を許されたことがありません」

「ずいぶん大きなドームですな。ここから眺めてもあのくらいだから。アマチュアの造った天体観測所の規模としては、おそらく一流でしょうね」

ドームの中には、巨大な望遠鏡を中心に、さまざまな観測設備が格納されているはずだった。その豪華な内景が想像できた。

「トリオレ伯のご趣味は星の観測だそうです」

田井ガイドも眺めて言った。

「それと、伯は狩猟にもご趣味を持ってはります。昔は、この辺からフランス・アルプスの南麓にかけて、トリオレ伯の先祖の狩猟場だったそうです。それから三代前の当主は、十九世紀末ですが、絵画のコレクターでもあったそうです」

「いよいよもって地方貴族だ」

木村がドームから視線を離して久里子に言った。

「そういう家柄だから、ホテルのほうはマルセイユのお偉方でないと食事もお断わりですか」

「普通のホテル式ではなく、お屋敷ふうになっているのと庭園の美しさと、それに料理がおいしいのとで、自然と政財界の方がおもに使われるようになったのです。でも、当主のピエール・トリオレ伯は、お客さまがたの前には出られません」

「どうしてだろう？　気位が高いのかな」

「それよりも人嫌いらしいです。人に会うよりも、星を観測したり、猟犬を供に鹿や野兎を追い駈けたりするほうがお好きなんだそうです」

車はかなり走って、後方をふりかえると、ドームは視界から消えていた。道は西へ向かっている。ミラマまで三十九キロ。柏原は「駅伝」走行路にあたるD10号線の地形と高低を窓から眼で追っていた。

「トリオレ伯は芸術家タイプの人のようですね」

木村と女ガイドの会話はつづいていた。

「そうかもしれません。わたしもお噂だけしかうかがったことがありません。それに伯爵は占星術もご趣味だと聞いています」

「アストロロジイを！　星占いと科学的な天体観測と、どう関係があるのかなア」

木村は少々おどろいて言った。

「望遠鏡に映った星の相から未来の運命を占うのかな。それとも占星術で新星をさぐり当て、望遠鏡で明確に観測しようというのかな」

柏原が横から口を入れた。

「それはよく存じません」

田井ガイドは真面目に答えた。

「伯は芸術家タイプに加えて神秘的な人のようですな。西洋の占星術か東洋の星占いに影響されているかどうかは知らないが、とにかく、印象としては複雑な性格のようだね」

「そうです。伯は変った方だという評判ですわ」

「では、ホテルのきりもりやお客さんの世話はだれがしているのですか。あ、日本女性のトリオレ伯夫人？」

「お客さまのあしらいはマネージャーがやってはります。マネージャーは三人くらい居て、その上に総支配人がおられるということです。どれも老練なその道のフランス人です。マダムはときどき出やはるそうです。きれいなお方やそうですけど、わたしはよそながらでもお目にかかったことはありません」

「伯の年齢《とし》は？」

「さあ、六十近い方やそうです」

木村は夫人の年齢を想像していた。

「トリオレ伯夫妻は結婚して長いのかな」

「いいえ、伯は四度目の結婚やということです。最初の奥さまとは離婚、二度目の奥さまは病死でしたが、三度目の奥さまとも離婚なさったそうです。いまの日本婦人の奥さまのことはよく存じません。なんでも、パリで結婚なさったということだけは噂として耳にしていますけど」

「そうですか」

田井ガイドもそれ以上は知ってないらしかった。木村も個人的な話題に遠慮して質問を閉じた。

「や、あれは水道橋じゃないですか」

柏原がフロントガラスをのぞいて叫んだ。

D64号線の両側は切り通しになっていて、それに両の橋脚をかけた橋が道路の上を高く跨《また》いでいた。三層の橋はアーチ型の連結である。

車を急いでとめさせ、木村も柏原も、助手席の久里子もドアを開けて外に出た。

「ずいぶん高いですな」

柏原は頭を後ろに反《そ》らせて橋を仰ぎ見た。

数えてみると、中層と下層のアーチが二十二連、三層は四十四連、最上部が流水路で明かりとりの窓がならぶ。写真で見るニームの北のポン・デュ・ガールにそっくりである。

「いいえ、ポン・デュ・ガールよりもこっちのほうが二メートルくらい高いはずです。ポン・デュ・ガールは川面から最上部が四十九メートルです。こちらは五十メートル以上です」

ガイドは、いっしょに橋を見上げて言った。橋は茶褐色をうすく帯びていた。

「ポン・デュ・ガールの中層のアーチの数は十一、最上部のアーチは三十五ですが、こちらは中層が二十二、最上部が四十四ですから、ガールよりも多いです。ただ橋の長さが、こちらがちょっと短いですけれど」

「この橋はなんという名です？」

「アクデュク・ド・ロックファヴール、Aqueduc de Roquefavour といいます。アクデュクは水道橋の意味です」

ガイドはじぶんの手控え帖を見ていた。

「見たところ、そう古くないようですね」

「ポン・デュ・ガールは紀元前の古代ローマ時代のものですが、こちらは十九世紀の半ばにナポレオン三世が建造したもので、百五十年ぐらいしか経ってません」

「ナポレオン三世が？」

「第二帝政時代のナポレオン三世はこのエクスを南フランスの発展の根拠地にして再開発して

いたそうです。ミラボー通りのプラタナスの並木も三世が植樹したということです。アクデュク・ド・ロックファヴールはフランス・アルプスの南山麓から流れ出る水をエクスからマルセイユへ運ぶための水道橋ですけど、ポン・デュ・ガールそっくりに石造の三層で、二十連を超すアーチ型にしてあります」

「それにしては、この水道橋はガイドブックにも記載がないし、絵はがきにもないですね」

柏原がいった。

「そうなんです。プロヴァンスには古代遺跡が多すぎるからです。でも、この水道橋かて重要な史跡記念物やと思います。セザンヌのサント・ヴィクトワール山の風景画の中に、この水道橋が添景《てんけい》として描かれています」

田井ガイドはときどき関西弁を出した。

そう言われてみると、セザンヌの画には、たしかにそんな白い橋があったと思う。

木村は多島通子が「東京砂漠」の見舞に贈ってくれた「奥豊後渓の湧水タケタ・エビアン」の瓶詰めに添えられた宣伝の小型パンフレットを思い出した。それにはアーチ型の橋の写真があって、「明正井路《めいしょう》」と説明が付いていた。

(日本一の水路橋。ローマの遺跡を思わせる大きな水路橋です。長さ九十メートル、高さ十三メートル、幅四メートル余の連続アーチ式の石橋で、大正八年に完成したもの。大野川流域に

は多数の石橋が存在しますが、この石橋は六連で、通水用の橋としては日本一の規模を誇ります)

ここに書かれている「ローマの遺跡を思わせる」とは、もちろんポン・デュ・ガールのことだ。しかし、その水道橋の模倣を百五十年前にナポレオン三世がこのエクスの郊外に建造したのも、おそらくポン・デュ・ガールのイメージがあったからだろう。豊後竹田の「明正井路」の設計者はこのエクスの橋を知らなかったであろう。

ロックファヴール水道橋のアーチ型の間を、多島通子の姿が歩いているのを木村は幻影で見た。

「ナポレオン三世といえば」

田井久里子の声に、木村はわれにもどった。

「ピエール・トリオレ伯の先祖は、エクスに置かれた皇帝の総督に仕えていたということです」

「ほう。すると、爵位も知行《ちぎょう》もそのとき皇帝からもらったのかな」

柏原が問うていた。

「いいえ、伯はその前からです。ルイ十二世くらいのときらしいです。そのころからこの辺の大地主でしたから。昔の王朝は、大地主には爵位をくれて官僚制度の中にくみこんだということです。わたしは学校でそう教わりました」

三人は車の中に戻った。

D65号線を西へ走ってD10号線に出た。

左側の窓に鈍く光る湖が見えてきた。霞《かす》む対岸は細い陸地でつながっている。小さな漁船が浮んでいた。

ベールの池です、と久里子はいった。地図にあるÉtang de Berreだった。

湖を北へ離れてミラマ市に入った。ここから東北に走ってサロン・ド・プロヴァンス市。D69号線になった。ミラマから十キロ。サロンは大きな街だ。

ここから、N538号線が高速道路A7号線（AはPrimary route）と並行して北上、アヴィニョンに達する。

柏原は都市に入るたびに、選手団を応援したり眺めたりする道路両側の群衆整理を考えている。交通整理のほうはプロヴァンス陸連協議会の担当となるはずだから、協議会のほうで警察へ動員を頼むことになろう。日本だったら各地の警察署だ。

道幅は十分である。N538号線にしても、Sénasで継がれるN7号線にしても、テレビ中継車が選手団の前後に付いたり、伴走車があったりしてもまだ余裕がある。柏原の窓から見る眼は、そんなことを考えているようだった。

前方から屛風《びようぶ》を立てたような山なみが近づいてきた。野はブドウ畑が多くなった。風が畑の上に吹いていた。

「北風だな。これがミストラルですか、田井さん？」

柏原がきいた。

「中央山脈からくる風には違いありませんが、ミストラルといわれる強い風になるのはもっと南のアルルのあたりです。とくにアルルからもっと南の半島になるカマルグ地方です。そのあたりになると、農家では北側の窓がみんな塞《ふさ》がっています。カマルグのそうした家はゴッホも画に描いています」

「ゴッホはそれをペン画で描いてなかったかね？」

「ゴッホの画にあります。ペン画ではなく葦《あし》ペンで描かれています。葦を切ってペンの代りにしたのです。葦はカマルグに生えています。湿地帯ですからね。フラミンゴがアフリカから渡ってきます。春さきから秋の終りまで、こっちに居ついています」

フラミンゴのことは多島通子の投書にも書かれていた。柏原はその投書のことを知らぬ。

《カマルグの湿地帯では、フラミンゴが飛び、白い馬が走り、野牛が群れています》

多島通子の投書は、これをガイドブックか何かを見て書いたようだった。彼女はもちろん南仏には行ってない。

「フラミンゴはずいぶんいます。水面に浮んでいるときは白い花弁を撒《ま》いたようです。飛び立つと、青い空に雪が舞っているようです」

「あなたは形容が上手だ。われわれは、そのカマルグの Albaron と書いてある名の村に用があるのです。なんと読むのかわからないが、そこでもフラミンゴが見られますかね？」

「その村は知りませんが、どのへんになりますか。わたくしもカマルグにはめったに行ってないので、あまり詳しくないのです」

柏原は地図を彼女に見せた。そこは「プロヴァンス国際駅伝」の折り返し地点の予定になっていた。「教会」の記号が付いている。

「ああ、これはアルバロンと発音します」

田井久里子は地図の文字を見ていった。

「アルバロンか……」

「アルルから南に出た西側の道路ですね。道路をまっすぐに進むと地中海の岬《みさき》になります。そこに有名なサント・マリ・ド・ラ・メールの寺院があります。わたくしはその寺院までは行っていますが、途中にあるこの村のことは存じません」

「われわれも地図を見て、アルルから南へ十五キロの地と見当をつけただけです。じゃ、小さな村だな？」

「きっとそうだと思います。何気なく車で通り過ぎてしまうような」

「なるほどね。地図には、そこに教会の記号がついている」

「教会があるんでしたら、ちょっとした村ですわ。そのへんは白い馬ばかりが放し飼いされているはずです」

白い馬のことも多島通子は書いていた。

「ずっと以前に『白い馬』という評判の映画があったそうです。わたしは見ていませんが」

若い田井ガイドは言った。

「あった、あった。一頭の白馬が主人公《ヒロイン》だった。じゃ、ここがそのロケ地だったのか」

「そのように聞いています」

「空には白い花弁と見紛《みまが》うフラミンゴが舞い、地には白い馬の群れが駆ける。これはテレビでも画になりますよ。茶の間をきっと惹きつける。部長」

柏原が隣の木村へ顔を向けた。

木村には「テレビ・ワエイ」の社長の顔が浮んだ。画になる風景は、どんどんとり入れてほしい。選手たちの走る背景に。──熱意に燃えた社長の顔だった。水田順造という名で、和栄新聞社副社長からテレビに移った人だが、芸術方面が好きだった。

「プロヴァンス国際駅伝」では、テレビが主役であり、利益が大きく見込まれる。社会部出身では肌に合わないわけだが、テレビに移った以上は「商売」に徹する気持になっているらしい。社会部記者時代は名文家の評判をとっていた。

サント・マリ・ド・ラ・メール寺院のことは、ガイドブックに出ていた。

《南フランスの伝説によると、イスラエルを追われたマリア・ヤコブ、マリア・サロメ、マリア・マドレーヌ、その黒人の召し使いサラが奇蹟によって小舟でこの地に着き、そこからそれぞれ布教に出たことになっている。ヨーロッパに住むジプシーたちは、このサラを特に信仰しており、毎年五月二十四、二十五日の二日間と、十月二十二日にいちばん近い土、日曜日には、この地方の人たちと各地から集まるジプシーによって、にぎやかな祭りが行なわれる》

木村は久里子にきいた。

「田井さん。今朝、マルセイユをはなれるとき高級住宅地の中にある市営公園にジプシーの集団がキャンプしているとあなたは言いましたね。そのマルセイユのジプシーたちも、サント・マリ・ド・ラ・メール寺院のお祭りのときは、みんなでお詣《まい》りにやってくるのですか」

「はい、そうです。大型のキャンピング・カーや車で続々と集まるそうです。フランスだけでなく、スペインからも、ハンガリーからもイタリアからもキャンピング・カーやトラックを連ねてやって来ます。それはもう、たいへんな人数やいうことです。サント・マリ・ド・ラ・メールの海岸通りは、そのジプシーたちのキャンプで大混雑です」

ブドウ畑が一面にひろがってきた。葉は見渡す限り緑の絨緞《じゅうたん》となって地を蔽《おお》っている。

「ノーヴの町です」

その町はブドウ畑の端に塵埃《ごみ》のようにかたまって、ちぢこまっていた。

「アヴィニョンは、すぐそこです」

「サロン・ド・プロヴァンスからアヴィニョン市まで四十五キロ」

柏原が前方を見詰め、数字を口にした。


教皇庁の見学は二人にとって二の次で、第二日目のスタート地点をどこに決めるかが先であった。

市内地図でおよその見当をつけてから、車でまわることにした。

まず駅前広場だった。教皇庁の白い城壁が囲繞《いにょう》し、その前に菩提樹《ぼだいじゅ》の並木が茂っている。城壁は十四世紀のもので、銃眼の凹凸がならび、四隅には望楼があった。城壁は石灰岩質の切石を高く積み上げていた。

観光バスやタクシーや乗用車が集まっている。駐車場になっているので、車と人の混雑は激しかった。駅からも観光客が吐き出されてくる。乗合馬車までが待っていた。

ここを「駅伝」の出発点とすると、駐車場はほかに移さねばならない。見たところほかに広場はなく、たとえ朝の一時間にしてもパーキング場を変えるだけの余裕はなかった。

次の候補地は西側のローヌ川の河畔であった。そこへ行くには広い城壁を一周しなければならないが、込み合う道路を車で行くよりも教皇庁内の広場を歩いて横切ったほうが早かった。

その広場は教皇庁の高さ五十メートルにも及ぶ宗教的建築物がたちならんでいる。ガイドに伴われた観光客の団体がぞろぞろと歩いていた。

広場の一方は商店街に面して低かった。その隅で日焼《ひや》けしたラテン系の男が三人、アコーディオンを肩に吊っていたが、木村、柏原、それに久里子の三人が通りかかるのを見ると、急いで合奏しはじめた。「アヴィニョンの橋の上で」のメロディーだった。

「あそこに山なみが淡く見えるでしょう」

ガイドの田井久里子が窓を指した。

「あの山がアルピーユ山地です。その麓にサン・レミの町があります。その右寄りの離れた丘陵にレ・ボーの古い城跡があります」

山の連なりは遠くぼやけていた。

「レ・ボーですか。話には聞いている」

木村もその一点に眼を遣《や》って言った。

「とても変ったところです。まわりの山は全部石灰岩質で、樹木も草もほとんどなく、真っ白な岩が高い崖《がけ》や谷をつくっています。まるで、この世の涯《はて》を思わせるような風景です」

「中世にフランス国王の命令で打ちこわされたレ・ボーの荒れた城址が岩山の頂上にあります。廃墟です」

「そのあたりだな、アルルへ行く道路がうねうねと曲がりくねっているのは?」

柏原にとっては旧跡よりも「駅伝」のロード・コースのほうに関心がある。

「そうです。急坂になっていますから、ヘアピン・カーブがつづいてます」

「そこへは明日バローナ会長をぜひ連れて行かないといけませんな、部長」

「そうだな」

木村は生返事《なま》をして時計を見た。彼にはさっきから別な気持が動いていた。彼は手帖をとり出した。

「田井さん。このアヴィニョンの近くに、モンドヴェルグというところがありますか」

「さあ、わたくしは存じません。このレストランの人に聞いてみましょう」

「そこに精神病院があるはずです。ここから近ければ、その精神病院を訪ねたいのです」

久里子はちょっと怪訝《けげん》な顔をしてテーブルをはなれた。

「その精神病院にもゴッホが入院していたんですか」

柏原が聞く。

「いや、ゴッホとは関係がない。カミーユ・クローデルという女流彫刻家が、長いあいだ療養生活を送っていた。ロダンのお弟子さんでね」

柏原は東京・渋谷で開かれた「カミーユ・クローデル展」のことも、多島通子からの「告白の手紙」のことも知らない。彼は妙な顔をした。

田井久里子が戻ってきた。

「聞いて、わかりました。モンドヴェルグというのは、ここから東で、約十キロのところだそうです。精神病院はたしかにあるそうです」

「ここから車でどのくらいかかりますかね？」

「三十分か四十分ぐらいだそうです」

往復に一時間半とみて、病院の見学に三十分はとる。そのぶんの二時間ほどサン・レミやレ・ボー行きが遅れる勘定になる。

遅れてもしかたがない。行ってみよう。

「折角ここまで来たのだ。モンドヴェルグへ大急ぎで行くと運転手に言ってください」

木村は椅子を引いて立った。

三十分ののち、車はモンドヴェルグの寂しい丘に入った。目印は教会の礼拝堂だった。精神病院の付属になっているとは「カミーユ・クローデル展」の説明パネルにあった。ロダンの女弟子、そして芸術上の恐るべき敵。ロダンのために精神病院に生涯を送った女。

――ロダン作『地獄の門』の彫刻。上部の帯状装飾に置かれたカミーユ・クローデルの首が、『考える人』の背中に向いて見つめている。

多島通子は、日本の画壇の重鎮、N展のボス土屋良孝画伯の経営していた京橋のレストラン「フェカン」を、「地獄の城」と呼んだ。――

《兄を想うわたしの眼には、ロダンの『地獄の門』のなかに、兄の顔があるのです》

手紙の末尾にあった。

糸杉と落葉樹林の間から、十字架の尖塔と、精神病院の白い壁と緑の窓が近づいてきた。木村には、多島通子の手紙のつづきがまだ眼の前にあるような気がした。

7

モンドヴェルグの精神病院では建物を眺めただけで、外観の明るい清潔さにもかかわらず、内部の陰鬱《いんうつ》な病室が想像できた。カミーユ・クローデルが三十年間もロダン一派の手で「監禁された」と信じたままで、ついにここで死を迎えたかと思うと、多島通子が兄のことを愬《うった》えた文面と重なって、やりきれない気分に木村はなった。

「ぼつぼつサン・レミへ行きましょうか、部長」

柏原が腕時計をのぞいて出発を促した。

「サン・レミには、ここからだと三十分くらいで着きます」

ガイドの田井久里子が柏原の性急さを落ちつかせるように言った。

「まだ先で見る所が多いからな」

柏原としては、サン・レミは「駅伝コース」地点だから、早く本来のコース検分にもどりたいところで、モンドヴェルグに来たのは道草であった。

アヴィニョンの南、ローヌ川の支流を越えると、サン・レミまで一面ブドウ畑の中を走る。

道路の幅も広い。選手団が走る道。D571号線である。四・五キロ、十二・五キロと柏原は地図に記された距離と対照しながら、車の走行距離メーターの目盛と窓外に流れる景色とに眼を忙しく転じていた。道は上り坂になり、ブドウ畑のかわりに林や森が多くなった。

サン・レミの町は高地にある。町に入る手前の三叉路《さんさろ》の角に標識が見えた。あ、ちょっと停めて、と助手席の田井ガイドは運転手に声をかけた。

「ここを入ったところに、ゴッホが入院してた精神病院があります。ごらんになりますか」

柏原は木村の顔を見た。また精神病院ですか、といったうっとうしい眼つきだった。

「見よう」木村はすぐに言った。「そりゃ、ぜひ見たい」

車は左に折れた。さらに急な坂である。右側に松林が繁り、左側に長い塀がつづいた。その向こうに教会の尖塔があらわれた。

上り切った広場が病院の正門前だった。そこに観光バスが一台とまっていた。

「あれ!」

柏原がバスの腹に張られた横幕の漢字を指した。

《南仏視察団一行——日本・東京・旭旅行社》

「部長。こんなところまで、日本人の団体観光客が来てますよ」

木村もおどろいた。アヴィニョンやポン・デュ・ガールやニームなどならともかく、サン・

レミの精神病院にまで日本の観光団が入るとは思わなかった。

「わたしも、こんなことは初めて見ました」

ガイドの田井久里子も意外そうだった。

バスの中に乗客の影はなかった。みんな病院の構内へ入ったとみえる。フランス人の運転手が猫のように背をまるめて仮眠をとっていた。

「やっぱりゴッホです。ゴッホが入ってた精神病院やというだけで、日本人の団体さんが来やはるんですからね。欧米人は個人的に訪れるくらいで、団体では来ません。日本人のゴッホ熱いうのんはすごいですね」

田井久里子は昂奮気味になると京訛《きょうなまり》が出るようだった。聞けば宇治に近い生れだという。

わたしたちも入場の許可をもらわなくては、と彼女は言った。

「この精神病院は、現在では女子修道院の経営になっていて、患者さんは女性に限られているそうです。もし、ゴッホの時代からそうやったら、ゴッホかて入院できませんでした」

正門横の受付窓で三人の許可をもらうと、彼女は軽く笑った。

病棟の見えるところまでは、かなり長い歩道になっている。右側は崖《がけ》で、その上にも日本とそっくりな松林があった。柏原が歩きながら木村に向かって頭をかいた。

「部長は慧眼《けいがん》ですよ。ゴッホの『聖蹟』を慕って、日本人が観光バスで精神病院にまで押しかけてくるとは思わなかったですな。こりゃ、サン・レミを選手団が通過する場面に、ぜひゴッホの精神病院をテレビの画面に挿入しましょう。茶の間にウケますよ。スポンサーは満足し、テレビの社長は大よろこびでしょう」

「ここにはローマ時代の遺跡もあるそうだが、ゴッホのほうが日本の視聴者には親しめるだろうね」

柏原が乗り気になって賛成したので、木村も悪い気持はしなかった。

やがて建造物のあるところに出た。そこには一団の日本人がかたまっていた。女性をまじえて三十人近かった。低地になった左側の病棟構内を見下ろし、添乗員の説明を熱心に聞いていた。

木村たちも後からそこへ近づき、間隔をおいて立った。

観光客たちはメモしたり、カメラのシャッターを切ったりしていた。質問を発するではなく、添乗員の口舌《こうぜつ》を黙々と聞いていた。

「この病院は、もとサン・ポール・ド・モゾール僧院といって由緒ある修道院だったのです。それを精神病院にしたのです。ですからゴッホのこの病院の画をよくごらんください。中庭を歩く尼僧の姿が描かれているじゃありませんか。……ここで病状が落ちついたゴッホは、院長から外出許可をもらい、付近の風景を描いています。『舗装工事をする人たち』はサン・レミの街を描いた代表作です。また『黄色い麦畑と糸杉』の遠景に描かれたデコボコした形の連山は、アルピーユ山地のレ・ボーあたりの山々です。それは、ここからでも見えます」

木村は、彼のリズミカルな抑揚、その職業的な名調子に思わず聞き惚《ほ》れながら、参加者たちの様子をそれとなく眺めていた。みんな熱心に眼前の風景を見詰め、マイクの話に耳を澄ませていた。

同じ精神病院でも、モンドヴェルグとはなんという相違であろうか、と木村は思った。彼処《かしこ》にはカミーユ・クローデルを追慕する遠来の訪客は一人もいない。「狂える人」でも、死後の名声はかくも違うものか。ゴッホが「内面の告白」を画布に強烈に表現したなら、カミーユもまた同じことを彫像に刻みこんでいるではないか。ゴッホの生涯はパリの北なるオーヴェールでの自殺で閉じられた。そのドラマが日本人好みとすれば、精神病院に三十年間もつながれて果てたカミーユは内容的に「他殺」ではなかったか——多島通子だったら、そう言いたそうである。

観光団一行が引きあげたあと、木村たち三人は正門前にもどった。旭旅行社の横幕を張ったバスはすでにいなかった。

「さっき旅行団の添乗員が、ゴッホの画にあるレ・ボーがここから見えると言ってましたね」

柏原はそこから前方の空に眼を遣《や》った。

「その山は、もうすこし先に行かないと見えません。これからの予定方向です」

田井ガイドが答えた。

車は病院の塀に沿った狭い坂道を逆に下り、もとの三叉路の角から左折してD571号線に合流すると、そこから南へ向かった。五分もすると、運転手のほうで車を停め、顔を右へしゃくってガイドへ注意を促した。そこはちょっとした峠の上だった。

「あ、あそこにローマ時代の遺跡の死者記念塔や記念アーチがあります。運転手さんは、ここで降りて見物なさいますかと訊《き》いているんですが」

死者記念塔は石造のトーテムのような形であった。古いので石は黒ずんでいる。

記念アーチはどれと眼を移したとき、柏原が、

「おやおや、あの観光団とまた会いましたよ」

小さく叫んだ。

凱旋門が崩れたような形の記念アーチの前で、さっきの精神病院でいっしょだった人たちが前後二列にならび、添乗員の持つカメラに向かっていた。記念撮影である。《南仏視察団一行》の横幕を張ったバスは、広場の隅に憩《やす》んでいた。

「一度会うと、つづけてまた会うものですな。ぼくらはここで降りないで、まっすぐに行きましょう」

柏原の返事に、車はすぐに走り出した。

坂を下ると、サン・レミの町に入った。通りに土産物屋のならぶ小さな町である。

十字路にきた。田井ガイドが助手席から立って指さした。

「これを東にとりますとカヴェヨンに出ます。西へ行くとタラスコンです。ドーデ作の『タラスコンのタルタラン』で知られている町です。東西の道路ともD99号線ですが、南はD5号線です。これはレ・ボーの山のすぐ下を通ります」

もちろん南へ道をとった。「駅伝コース」なのだ。柏原は地図とまたしても首っ引きで、次の岐路点まで九・六キロと言った。

「ごらんください。真正面に見えるのがレ・ボーの山々です。ゴッホの画も、こういうアングルから描いたのんとちがいますか」

彼女は高い声を出した。

ぎざぎざした稜線が眼前にあった。山脈は岩質で、斑《まだら》に白が入っていた。まだ遠かったが、それに陽が明暗をつくり、峻厳《しゆんげん》な立体感を出していた。

ゴッホの『黄色い麦畑と糸杉』はもうすこし角度が北寄りから描いていると思うが、その屈起した山塊の形は同じであった。この道路沿いの畑にも糸杉が画とそっくりに棒のように高々とそびえていた。むろん炎は立ってない。空にも渦巻きの雲はない。

「五月ごろだと、野生のラベンダーが紫色を見せ、そのへんを歩くとよい匂いが漂ってきます」

ガイドの田井久里子もリラックスした気分になっていた。

「レ・ボーは石灰岩質の山で、木も草もほとんどなくて、全山が真っ白で、しかも雨水の浸《しん》蝕《しょく》で、ほんとに気味が悪いような風景をつくっています」

その山がしだいに近づいてきた。

「どうする、山へ登ってみるかね」

木村は柏原を振り向いた。

「そうですな。せっかくここまで来たのですから、レ・ボーを一見しましょうか」

柏原がうなずくと、田井久里子は手を拍《う》った。

「これからすぐにご案内します」

彼女は運転手と低い声で何か打合せをした。道順のようだった。

岐《わか》れ路にきた。村落がある。「Chât」の標識が出ていた。道路を直線に南下しないでいったん西へ折れてから南へ下る。それがD17号線のアルル街道であった。アルル街道は「駅伝」のコースでもある。

街道じたいがレ・ボーの南山麓を通じている山中である。カーブが多くなった。

「いよいよ九十九折《つづらおり》の難所にかかりますかね。箱根の険、天下の険かな。選手の心臓破りのコース」

柏原が木村に言った。

だが、ヘアピン・カーブの場所に出る手前で車は右折し、急斜面の細い道をぐんぐん登りはじめた。これもジグザグ坂道で、忙しく右と左にハンドルが切られる。両側から白い石と疎《まば》らな木立とが突き出ていた。

「レ・ボーを見るには、全体が見渡せるこっちの方へ先に行ったほうがよろしいと思います。普通は、もっと道路のよい反対側の大手門前まで車で行って、あとは城下町の跡を歩きますけど。観光バスなんかは、みんなそっちのほうへ行っています」

女ガイドは二人へ向いて言った。

急坂の両側にあった疎らな木立もなくなり、石ばかりになったと思うと、車は途中の台地上に停まった。ここが展望台になっています、と彼女は二人に告げた。

降りた場所が小さな広場で、それもかんたんに土ならしをしたていどだった。茶店一軒あるではなかった。

だが、眼前に展開する風景に木村は魂を奪われた。

なんという奇怪な光景か。白い岩塊だけが水平線いっぱいにひろがっている。緑の色一つとして点在していない。まるで北極か南極の氷原に来たようである。

氷塊はすべて石灰岩質からなる大小の岩山である。剣のように天へ向かい削り立っているのもあれば、鮫《さめ》の鋭い歯をならべたような、鋸山《のこぎりやま》さながらのもある。あいだあいだに浸蝕による陥没があり、深い谿谷《けいこく》をつくっている。こんな荒涼とした光景をいままで一度も見たことがなかった。

太陽は西へ傾斜し、逆光を受けた岩山群はその縁《ふち》を輝かせている。落ちこんだ谿《たに》は真っ黒で、その底は地軸につながっているかと思われた。まるで神が白蠟《はくろう》を捏《こ》ねて造形したような光景だった。

「ここが地獄谷《ヴァル・ダンフエール》（Val d'Enfer）です」

彼女は言った。

「ダンテは『神曲』地獄篇を書くとき、この景色をモデルにしたそうです。ダンテは政敵のためにイタリアを追放されて、放浪中にこのレ・ボーに立ち寄りました。そしてこの谷を見て地獄篇の舞台のヒントを得たということです」

《断崖《きりぎし》を下らむとて我等の来りしは石が根のこごしき道にして、あまつさへそこには、いかなる目をもそむけしむるものありき。トレントのこなたに、地震《ない》によりてか、支ふるもののなきによりてか横しまに落ち来たれる山崩あり。崩れ出でて山の頂きより平地に至るまで人の攀《よ》じ下る術《すべ》もなきほどなり。

裂けたる岩穴の端には、模造の牛に孕《はら》まれしクレエタ（クレタ島の王ミノスの妻）の名を汚せるものの身をのばし臥《ふ》したりき。彼は我等を見て彼自らを噛《か》みぬ。そのさま裏に憤りの燃え立てるものの如し。

案内者は言ふ「我はこの生ける者と共に断崖より断崖へ下りゆく者にして、彼に地獄を見せむと思へるなり」》（生田長江訳『神曲』より）

ロダンの作『地獄の門』……。多島通子の叫びが聞える。「ここは地獄の城です」。京橋のレストランでの声だった。——

なんともいえない重い気分になり、車の激しい動揺に揉《も》まれて山を降り、大手門前へとまわった。柏原は黙って煙草をふかしつづけていた。彼も凄絶《せいぜつ》な光景を見て衝撃を受けたようだった。


山岳の西側は中世の城址である。道路の左側からして、見上げるような白い断崖絶壁がそそり立っていた。四十メートルくらいはありそうなその断崖の上が、城の本丸にあたる場所だとガイドの田井久里子は言った。

「十一世紀ごろに築城以来、レ・ボー城の城主はたびたび変りました。十七世紀の城主はアントワーヌ・ド・ヴルヌーヴ男爵でした。そのころフランス中の城主はみなカトリックでしたが、このレ・ボーの城主だけは新教を奉じて国王の中央集権に反抗していました。ときのフランス国王ルイ十三世はプロヴァンス地方を強力に統制するため、宰相のリシュリューを使ってレ・ボー城を攻撃してきました。城主アントワーヌ男爵は、やむなく国王に降りました。城主が城を明け渡して他国領に落ちのびたあと、そのころ六千人といわれた城下町の人々は城主に殉じて山を降り、四散しました。いまでは住民がわずか三百人くらいとどまっていて、小さなホテルが一軒、レストラン、コーヒーショップなどが数軒、土産物屋、古物屋にいたっては通りにたくさんならんでおります」

女ガイドはひと息入れてから話をつづけた。

「レ・ボー城のあるテーブル形の台地は、南北約千五百メートル、東西の幅約五百メートルの長方形で、周囲は高さ四十メートルの断崖絶壁をなしております。アルピーユ山地からは浸蝕によって切り離された独立の丘です。そのために周辺の谷は陥没したように深く、谷を隔ててとり巻く山脈の山々は、ちょうど火山の外輪山のようなかたちになっております。外敵がここを攻撃するのは、こうした自然の要塞からして容易なことではなかったのですが、難攻不落のレ・ボー城もさきほど申し上げたような国王の弾圧と、新教へのカトリックの攻撃には抗しきれず、あえなく落城となったのでございます」

ごらんください、と彼女は手を左側の断崖上へ向けた。

「ここからでも見える壊れた砦《とりで》のようなものは、お城の本丸の残骸《ざんがい》です。あとで別な方角からごらんになれます」

大手門の前で城域に入る入場料を払った。石だたみの狭い坂道がそこからはじまった。

「城は破壊されましたが、当時の家々はそのまま遺《のこ》っております。ほとんどの家は岩の断崖をくりぬいた穴の中に造られています。でなかったら、岩山を掘りくぼめ、その中に家の半分を造って、あと半分は外の石造りの家に接合しております。とにかくこの石灰岩の山を上手に利用しての町づくりでございます。でも、落城いらい住民がいませんから、廃墟の町です。ゴースト・タウンという近代の言葉よりも、死者の町と呼んだほうが、この中世の雰囲気にぴったりだと思います」

現代の土産物屋や小さなレストランなど、すべて廃墟の家を利用していた。歩行者が往き来する石だたみ道も、石段も、当時のそれであった。

坂道に沿ってつづく「城下町」の家なみは、古くて黝《くろ》ずんではいても、石の建築構造がしっかりしているため、屋根も軒《のき》も壁も窓も現実の生活を呼吸していた。門口《かどぐち》に立って声をかければ家の奥から返事があって誰かが出てきそうなくらいである。往来で大きな叫びを上げれば、家々の閉じられた窓がすぐにも開き、なにごとが起ったのかと人々の顔がのぞき出そうであった。無人の教会は今にも鐘を鳴らしそうだった。

たぶん家臣でも上士の身分の屋敷だろうが、大きな家があいだあいだに見られた。門を入ると床《ゆか》が大理石の中庭があり、泉池の跡があった。正面の壁には、何の呪術《まじない》か人間の首の彫刻がかかっていた。地下室へ降りる螺旋《らせん》階段がある。また二階へ上がる石段がある。その中世の階段上がり口には「レ・ボー市庁」と現代の看板が出ていた。

もう一軒の大きな屋敷跡はホテルになっていた。屋根は石窟の一部になっているが、その「オテル・ボーテザール」の窓には、パリ製でオレンジ色の絹地カーテンが下りていた。

狭隘《きょうあい》な路地もいくつかあった。下級の家臣屋敷はすべて岩窟の中だった。武蔵国（埼玉県）吉見百穴が連想に浮んでくる。あの百穴の間隔をもっとちぢめて、穴の中に家を作ったら、これと同じになろう。路地の突き当りは巨大な岩壁で、その上部に本丸が乗っていた。

が、本丸へはそこから登れない。順路どおり坂道を歩かねばならぬ。坂道は、でこぼこした石だたみの連続で、欧米の婦人観光客はハイヒールの靴を手に提げ、裸足《はだし》で歩いていた。日本人は一人も見かけなかった。

東側の家のとぎれた間からは、深い谿谷を隔てて対面に連峰が見えた。ジュラ紀の山脈で、春だというのに白い山には植物の色がなく、雪のアルプスをパノラマで眺めるようであった。

こちら側の岩肌にはところどころ緑の斑点があった。窪《くぼ》みを土で埋めて草花の栽培だった。

おや、と思うと採掘の跡を草で隠している。ここで発見された鉱石で、その名をつけたボーキサイトの鉱脈が尽きた跡だった。

道を登りつめたところが白色の土の広場で、とり壊された城の曲輪《くるわ》の跡だった。広場の端に立つと、北はサン・レミ、西は十七キロ先のタラスコン、西南は十九キロ先のアルルが望める。天気のいい日は、カマルグあたりの地中海まで霞の中に浮ぶという。

だが人は同じところに佇立《ちょりつ》していられない。風が強いのである。中央山脈からくるミストラルの烈風で身体が断崖下へ吹き飛ばされそうだった。

広場の南は高台になっていた。本丸にあたる城廓《じょうかく》の遺物が、まるで演劇舞台の大道具のように高く立っていた。望楼らしい円塔の一部がある。崩れた城壁がある。

「このレ・ボー城の盛時には、あの本丸の中で城主や家臣たちが集まって、会議を開いたり、宴会を開いたりしたことでしょう」

ガイドが言った。

「宴《うたげ》には城主の奥方やお姫さまがお出ましになり、重臣の夫人令嬢たちも陪席し、多くの美女たちがそれに侍《はべ》って、それはそれは華やかなものだったといわれています。その一座にいちだんと興を添えたのは吟遊詩人の歌と音曲です。貴婦人たちはそれによってどれだけ心愉《たの》しく、夢見心地にされたことでしょう。殿御《とのご》がたは詩人が吟ずる英雄譚《たん》や戦争物語に聞き入り、ご婦人がたは、勇敢で、心やさしく、貴婦人を敬慕する騎士の恋物語を、そのかき鳴らす竪琴《たてごと》の音楽とともに聞いて心ときめかし、熱き血汐《ちしお》を沸かせたということでございます」

十一世紀末から十二世紀前半にかけて、プロヴァンス地方の城主たちは華やかな宮廷生活を営んでいた。宮廷生活は女性が中心となる。ふつう「吟遊詩人」と訳されているトルバドゥールは、こうした風潮から生れたもので、彼らは芸人や楽士を含み、聖人伝や武勲をたたえる詩などをつくった。だが、彼らが身分の高い、うつくしい婦人たちに迎えられたのは、貴婦人に対する思慕を主題にした恋の叙情詩からであった。彼らトルバドゥールは諸方の城主のあいだを遍歴したが、芸達者な連中は、宮廷や貴族たちの保護を受け、あるいは城主のお抱え芸能家のようになった。

「お抱えではない詩人でも、貴婦人たちのお気に召すと、でき得るかぎり城中に長期滞在を要請され、婦人がたからいたれり尽せりの待遇を受けました。そこに貴婦人と吟遊詩人との恋愛も生れました」

無残にも廃棄されたレ・ボー城が荒土に孤独な残骸で立っているのを木村は見た。これこそまさに、「荒城」だと思った。

廃城の空から中世の竪琴の音律を聴く想いでもあった。

下り道は楽だった。その道に廃址の影が長く横たわっていた。

「三時半だね」

腕時計を見て木村はつぶやいた。陽は西へよほど傾いていた。

「まだ大丈夫でしょう。アルルまで十九キロとありましたね。車で十五分くらいです。駅伝コースにあたる峻険九十九折の視察時間を入れても、四時にはアルルに入れます」

柏原も時計をのぞいて言った。

「いや、ぼくには、ちょっと気にかかることがある。なんだか、今、ふいと胸騒ぎが起ってね。マルセイユの『オテル・ソフィテル・ビュ・ポール』に電話したいけど、このへんに電話を借りられる家があるかな」

「マルセイユに電話？　なんですか」

「ホテルのフロントにね、世界陸連会長のバローナから、ぼくあてに電話メッセージが入ってないかどうかを聞いてみたいんだが」

「バローナ夫妻なら、明日午前十時すぎの便でマルセイユのマリニャーヌ空港に到着しますが」

「そうだけど、その前に、今日、彼から何か連絡の電話が入っているかもわからない。どうもそんな気がしてならないよ」

ガイドの田井久里子が、「オテル・ボーテザール」だと電話できます、と言った。さっき見た窓にオレンジ色のカーテンがおりた岩窟ホテルだ。

その電話を借りに、柏原が彼女を伴ってホテルへ急いで行った。

木村は「死者の町」の路上で、ぽつんと立って待った。帰途につく観光客が傍をぞろぞろと通った。うら寂しい心になった。

柏原が、三十分くらいしてあたふたとした様子で戻ってきた。あわてた様子だった。

「部長のカンはあたりました。フロントでは、マドリッドのミスター・バローナから午後二時すぎにミスター・キムラあてに電話が入ったと言ってます。ミスター・キムラは外出中だというと、バローナはフロントにこう伝言したそうです。……明日午前十時には予定どおりマルセイユに着く。だが、あとの予定を変更して、夕方からモンテカルロへ向かう。したがって、マルセイユでのホテル宿泊はキャンセルのこと。以上です」

「なに、もういっぺん言ってみてくれ！」

木村は、はじめ聞き違いかと思った。

8

午前九時十分、パリからの第一便がマリニャーヌ空港に着いた。

木村信夫と柏原尚志は到着口に彼らを迎えた。ホセ・マルティーヌ・バローナの肥《ふと》った身体は列の終りのほうから出てきた。会長のうすい頭は、スーツと同色のダークグレイのソフトでかくれて若々しく見えた。すぐ後ろには、黒の中折帽をかぶった長身の黒服の男が従っていた。バローナの妻も、秘書の姿もなかった。

「またお目にかかれてうれしい」

バローナは木村の両肩を引き寄せて抱いた。彼の濃い髭剃《ひげそ》りのあとが木村の頬を刺した。

次いで進み出る柏原の背にも手をまわして肩を叩いた。

後ろに立っている人物を、バローナは慣れきった英語で紹き《ひ》合せた。

「世界陸連事務局長のウイリアム・ボールトンです」

あ、これがそうか。木村も柏原も眼をひろげた。名前はつとに聞いていたが、会うのは初めてだった。

世界陸連の事務局はオランダのハーグにある。ボールトン事務局長は、ハーグからバローナ会長と合流するためやってきたらしい。彼はサーの称号を持つように貴族である。

そのサー・ウイリアムは背高い身体を直立させ、上品に微笑《ほほえ》み、二人と優雅な握手をした。

お目にかかれて光栄です、と日本人二人は思わず腰を低く折った。

「奥さんのお姿が見えませんが」

木村はバローナにきいた。

「あいにくとルイサは抜けられない用事があってね、残念ながら今回はマドリッドで留守番です」

バローナは、もりあがった肩をすくめたが、その微笑からすると、まんざらでもなさそうだった。モンテカルロに行くというから、彼にも解放感があるのだろう。惚《ほ》れた女房だがそれは別らしい。

「センデールもマドリッドに残した」

バローナは秘書のことを言った。

「わたしがセンデールをつれてマドリッドから消えたとなると、スポーツ関係者に強い関心が持たれるからね。何かまた新しい計画がはじまったんじゃないか、こんどは何をおっぱじめるつもりで、何処《どこ》へ行ったのだろう、なんて探られるからね。わたしの周囲には世界各国のスポーツ団体やジャーナリストがうようよして動静を監視している。今回、ワエイ・ニュースペーパーのミスター・キムラやミスター・カシハラに会いにマルセイユに飛んだなんて知れようものなら、たいへんだ。ルイサを残したのも、じつはそのカムフラージュもあってね」

車が待つ出口へ、構内の長い歩廊を歩きながらのバローナの話である。

「それほどまでに好意をよせていただいていることに感謝します」

木村は礼を述べた。

言葉どおりであった。本人に会って、身体の中が熱くなってくる。うす暗い構内だったが、眼の前がぱっと明るくなる思いだった。柏原の報告だけではまだ実感がなかったが、バローナとこうしてならんで歩き、彼の呼吸《いき》や咳《せき》を聞いていると、「プロヴァンス国際駅伝」の企画実現はほとんど間違いないように思われた。バローナは、世界陸連のワンマン的実力者だ。世間に誤解があるようだが、そう悪い男ではない。

木村には、「プロヴァンス国際駅伝はバローナ世界陸連会長の全面的な支持」の報で沸きかえる社の業務局が浮んだ。

業務局だけではない。熱気はすでに編集局を巻きこんで社ぜんたいのものになっている。業務局長の実力であり、手腕だ。他社に負けるな。他社の先頭に立て。世界の「ワエイ」になれ。この号令に全社が結集する。フランス大統領が名誉会長になるかもしれないというのだ。「テレビ・ワエイ」の万歳の嵐が聞えた。

空港正面のパーキング場から二台の大型ベンツがすべってきた。先頭車にバローナと木村が乗った。あとの車にはボールトン事務局長と柏原とが乗った。

車中のバローナは機嫌がよかった。

「機上からはプロヴァンスの海岸線がよく見えました。今朝は天気がよかったからね」

彼は車の窓からも晴れあがった空に眼を遣《や》って眩《まぶ》しそうに細めた。

「機が中央山脈を越えると、すぐにリオン湾の弓なりになった海岸線上でした。アルルの赤い町も見えた。ニームの町も見えた。アヴィニョンの白い町も見えた。そしてエクス・アン・プロヴァンスの森の町だ。すばらしいパノラマでした。どうしてこんなチャーミングな場所を、これまで国際マラソンのコースにえらばなかったのだろう。それだけに、これに眼を着けたミスター・キムラのアイデアはすばらしい。われわれはみごとに虚を衝《つ》かれました。まったく感服しました。そのことはミスター・カシハラが、この前マドリッドにきたときに伝えておいたがね」

柏原が打診のため、ひそかにマドリッドに行ってバローナに会ったときの話を彼は言っている。このプロヴァンス地方にぴたりのトライアングルの名企画の立案者は誰か、とバローナが訊《き》いたので、柏原は、それはウチの木村企画部長ですと言ったというのだ。

——多島通子はどうしているだろうか。木村は手帖に彼女の住所を記している。プロヴァンスのどこかの土地で絵ハガキぐらい出したいと思うが、アヴィニョンの精神病院に一生を送ったカミーユ・クローデルと通子自身の実兄のことを書いた「告白の手紙」を受けとっているので、それも躊躇《ちゆうちよ》があった。

マルセイユのオテル・ソフィテル・ビュ・ポールに入った。

木村と柏原は、バローナとボールトンとをボーイの導きで予約した二つの部屋へ案内した。一つは三間つづきのスイートルーム。バローナ夫妻用だった。他の一室は秘書のセンデール用だった。

「すばらしい」

寝室、居間、応接室の設計や調度などを点検したうえ、小島の浮ぶ窓の港湾風景を眺め、バローナは両手をひろげた。

「ルイサを連れてきたら、きっと大よろこびしただろうに。まったく残念だ」

「今夜は、どうしてもモンテカルロにお泊まりにならないといけないのですか」

木村は訊いた。

「それがねえ。急にスケジュールが入ってきた。アフリカの世界陸連加盟諸国の理事たちが明朝十時からニースで会合を開くというんだね。こっちもあわてて事務局長を連れてきたようなわけです」

傍にまるで執事《バトラー》のように行儀よく立っているボールトン卿をちらりと見やって、バローナはつづけた。

「午前十時からの会合だと、明朝出発では間に合わないです。それに向こうの理事たちは今夜モンテカルロに宿泊するから、そこでも懇談したいというんです。こりゃア断われない。世界陸連の発展のためにはね。だから、ミスター・キムラ、たいへん申しわけないが、この事情を了解していただきたい。そのかわり、午後三時まではゆっくりプロヴァンス・エキデンの話合いの時間がある。モンテカルロには、ここから車で四時間足らずだからね」

わかりました、と返事するほかなかった。

両人がひとまず旅装を解くまで、木村と柏原は三階のロビーに降りてコーヒーを取った。

「あの事務局長はですね」

柏原は同乗した彼のことから話しだした。

「さすがに貴族だけにサー・ウイリアムはおっとりした人物ですね。車の中で聞いたんですが、ボールトン家というのはランカスター地方にある地名からきているそうです。つまり十五世紀のバラ戦争では勝ち残ったほうの紅バラ派で、いまでも郷里《くにもと》には観光用にしている城《キャッスル》があるそうです。でも、名家の裔《すえ》も落ちぶれて何か仕事を持たなければならない。サー・ウイリアムはバローナに拾ってもらい、事務局長になっていますが、さすがに血統は争えぬもので、オックスフォードを出た教養といい、英国貴族を眼の前に見る思いがしました」

それは木村にも想像ができた。

「バローナがああいう男なので、その対照がよけいに目立ちます」

柏原はまだ話しつづけた。

「バローナは地方公務員上がりでしてね、無遠慮、厚顔、エゴ、策謀家、あらゆる悪名をひとりで背負っているが、彼のヴァイタリティの前にはサー・ウイリアムはあるかなきかの存在です。むしろバローナのロボットですな。血統よりも雑種、エリート教育よりも学歴なしのほうが勝ちですかねえ」

「人によりけりだね。バローナは一種の天才だよ。カンがいい。カンがいいことが天才の資格の一つだ。それと実行力だね。天才といっては語弊があれば、梟雄《きようゆう》だな」

木村はつぶやいた。

「それは賛成です、部長。プロヴァンス国際駅伝の名誉会長にフランス大統領を担ぎ出すなんてアイデアが、さっとバローナには出てくるんですからな。彼の実行力なら実現できるかもしれませんよ」

「バローナにぜひそれを頼みたい。これから彼がどんな条件を出してくるか、いよいよ幕開きだ。少々、無理な条件でも呑もう。バローナは五期目の会長になる自信をかためているからね」

「五期目か」

「来年二月が会長改選だ。アフリカ加盟諸国の理事たちの会合がニースであるとバローナは言っていたが、あれはウソで、ほんとはバローナが理事たちをモンテカルロに招待しているのさ。改選の事前工作だとぼくは推測している」

「あっ」

柏原が小さく叫んだ。

世界陸連の加盟国は多い。役員の選出には先進国も途上国も平等に一国一票の権利を行使する。この点、ユネスコ（国連教育科学文化機関）の構成と似ている。ただ、世界陸連はスポーツ団体の私的友好機関であるから各国団体からは分担金のかわりに協賛金を得ている。ユネスコの場合は、事務局長の采配《さいはい》ぶりが「偏向」しているといってアメリカ、イギリス、カナダ、フランスなどの大国が脱退した騒ぎがあったが、イデオロギーも政治色もなく、スポーツ精神のみの世界陸連にはそうした騒ぎは起っていない。

そのかわり、発展途上国の一票の重みは会長選挙を左右しかねない。

ボーイがバローナからのメッセージを運んできた。すぐに部屋で会いたいというのだった。

木村は柏原と顔を見合せた。いよいよだった。

柏原は自分の部屋へ大急ぎでルイサ夫人への贈り物を取りに行った。東京から持ってきた「菊慈童」の能衣裳まがいの着物と、パリで買った婦人用高級ブレスレット時計である。

バローナは部屋着でくつろぎ、スイートルームの居間にいた。彼はクッションから立ち上がり、木村の手から妻への贈り物をうけ取った。

特誂《とくあつら》えのスーツケースに入れ、水引をかけた厚い包紙を解いて現れた絢爛《けんらん》とした衣裳を見た瞬間、バローナは大きな手を音高く叩いて飛び上がるように喜んだ。が、彼は無造作にそれをつかみ出し、自分の胸の前に当てて、猪首の顎《あご》を反らせ、木村と柏原にポーズをつくった。彼の首から下が金と銀の錦織りにきらきらと光った。それでも童子の衣裳は、渋くはなく、赤、青がまじって華やかで外国婦人向きだ。

「ゴージャス。じつに豪華だ。こんなみごとなキモノを未だ曾《かつ》て見たことがない。ルイサにはきっと似合うだろう」

長い能衣裳を胸にあてがって引きずり、壁の大鏡の前に歩いた。それに映る白髪のうすい頭と脂ぎった顔が、まるでルイサの首とすげ替えになって見えるようだった。ゴージャスだ、と彼はもう一度うっとりと呟いた。充分に堪能したあと、バローナは衣裳を無造作に床へ脱ぎ捨てた。柏原はそれをたたむのに往生した。外人向けのプレゼントというので本格的な錦織りではないし、百五十万円に下げさせた品だ。

木村は、次に細長い小函《こばこ》をさし出した。バローナは蓋を開け、婦人用時計に眼を落すと、ぴゅうと口笛を鳴らした。

「どうもありがとう。ルイサにかわって深く感謝します」

バローナは木村に握手を求めた。謝意のこもった瞳だが、これは貰い馴《な》れているありふれた品だ。それでも日本円にして百万円はする。ルイサへの贈り物だけでも二百五十万円。

効果てきめん、まず女房に惚れている弱点を衝いたのが成功だったか。

が、それはまだわからない。バローナはプレゼントを貰い馴れている。

そのなかで、特異な贈り物だけがバローナの心を捉える。能衣裳のキモノを受けとったときのバローナのよろこびようは手放しであった。ラテン系だけに身ぶりは大げさだが、まったく子供のように純真だった。高級腕時計は「平凡」だった。

東洋趣味は成功だったようである。

親密な雰囲気の中で、バローナとの内談がはじまった。そのつもりで、彼ははじめからボールトン事務局長をこの場から除外している。彼にはあとで結果だけを知らせてやればいいのである。

「せっかくこの立派な部屋をとってもらったにもかかわらず、惜しくもキャンセルしてニースの会合に出なければならないのは、発展途上国の陸連諸君をわたしが大事にするからだ。知ってのとおり、これはわたしの持論だからね」

バローナは言いだした。

彼のその持論は、会合の機会の演説や、会報の寄稿などに語られている。

《陸上競技はまだほんとうに世界に普及しているとはいえない。よい例がアフリカだ。ケニア、エチオピアをはじめマラソンや長距離はじつに強い。だが短距離はどうか。ある意味で彼らはアフリカ民族の栄光である。アメリカ大陸の黒人選手たちが百メートル、走り幅跳びに恐るべき力をもつことはよく知られているが、かんじんのアフリカではそうではない。その原因は、アフリカには、好記録を出すための人工トラック、短距離レースに欠かせないスターティング・ブロックがないためだ。

さらに言おう。彼らは優秀な素質を持ちながら、施設・器材の不足から実際の力を出す機会を与えられていないのだ。黒人特有のバネをもってすれば、棒高跳びで強くないわけはない。陸上の開発途上地域に住む人々は能力を発揮するチャンスを与えられていないのである。この状態を解消するのが、われわれ指導者に与えられた任務である》

まことに正論で、一点の非の打ちどころがない。

《われわれ指導者》というのは世界陸連の役員のことである。複数で表現しているが、会長ホセ・マルティーヌ・バローナそのひとである。

しかし、当然に世界陸連組織内部には、アンチ・バローナ派がある。スペイン陸連に所属するバレンチオ・ゴンザレスである。

ゴンザレスはバローナを非難する。

《バローナは陸上競技開発途上国地域の援助のためにはカネがかかると言って世界陸連主催の競技の数をやたらとふやしている。昔はオリンピック以外にはほとんどなかったものだ。近ごろのようにいろいろな名目でカネをかけた陸上競技をつくり、あたかも準オリンピックのように見せかけ、世界陸連が主催団体から多額な協賛金を取っているのは、商業主義と結託して、スポーツ界を腐敗させるものである。

世界陸連は、加盟団体から協賛金をとっているが、それはドンブリ勘定で、じっさいにはどれだけアフリカ、中南米、中近東の開発途上地域へ支出されているかわかったものではない。

一部の途上地域の指導者たちは、自分らの陸上競技団体に賛助金をより多く配分してもらうためにバローナにいろいろとおべっかを使っているという噂がたえない。

その他、未確認だが、バローナに関する使途不明金の風聞がしきりである》

もっともバレンチオ・ゴンザレスのバローナ攻撃は、三年前に彼が世界陸連会長改選にのぞんで立候補したときの選挙演説であった。

結果はゴンザレスの大敗に終った。アフリカ、中南米、中近東の票がバローナに雪崩《なだ》れこんだのだった。——

バローナは窓外を見遣る。満足そうな眼だった。眼下の白い埠頭《ふとう》の向こうには群青《ぐんじょう》の海がひろがり、対《む》かい側に大小二つの島がある。

「あの小さいほうの島がモンテクリスト伯が幽閉されたイフ城だね」

陽に輝く一点の崖を木村に指した。

「そして巌窟王が脱出した島だ。なにごとも執念だよ。男の仕事は執念だ。ミスター・キムラ」

バローナは自身のことを言っているのだ。彼の眼も瞬間にオリーヴ油を注いだように光った。

コーヒーでもとりましょうか、という柏原の言葉に、バローナは手で抑えた。

「いや、それよりも昼食前に、仕事の話をかたづけたいと思うが、どうかね？」

十時五十分であった。

「賛成です。お願いします」

気楽に言ったつもりだが、二人とも緊張した声になった。より緊要な内談となるので、ここで一時、柏原は席を外すことになった。

「それでは、実務の話に入りますかな」

バローナは咳ばらいをした。

「ミスター・カシハラの話では、プロヴァンス・エキデンは十億円の予算でやるということだったね。だが、ミスター・キムラ、あなたもご存知のように、こういう新しい競技会を開くときは、かならず余分のカネがかかるんだな」

バローナは、ほほ笑んだ。

「日本の新聞社がフランス陸連と組んで競技会をやるとなると、フランスのマスコミがそれにどう反応すると思うかね？　まず最初に考えられるのは世界陸連が主催する日本の新聞社からカネをもらってその催しをオーケーしたという邪推だね。カネ持ちの日本人に対する一般の反感は強い。そのほかに、フランス陸連の腐敗ぶりをこのさい一気にえぐり出そうというマスコミの動きがかならず出てくるよ。どこの競技団体も、叩けば何かが出てくるんでね」

彼は苦笑を洩らして、つづけた。

「むろん、正規の決算書に載せるフランス陸連への協賛金は必要だが、この額はたいしたことはない。いちばん大きいのはマスコミを沈黙させる手当てです。世界陸連が、そして、このわたしがフランス陸連の先頭に立って対策を講じる。そうして、絶対に問題が起らないように手を打ちますよ。運営をスムーズにするためにね。協賛金以外のカネは全部、わたしの銀行口座へ振り込んでもらいたいね。世界陸連の特別機密費です」

ほら、おいでなすった、と木村は思った。バローナの第一弾である。金額はまだ示さない。フランスのマスコミ対策がどのくらいで済むものか。それは会長の口座であり、世界陸連の特別機密費であるというが、金額は「情勢の見通し次第」で切り出すらしかった。こっちの足もとをゆるゆると見たうえで切り出すらしかった。

「次の話に移るけどね」

彼は太い指をぽきぽき折りながら話頭《わとう》を転じた。

「たとえばだが、四、五年さきに東京で世界陸連競技会を開くとするね、そのときの予算を仮に六十億円とするね。そして、そのテレビ中継はRテレビに決める。R局の発表した放映料は十二億円とする。これはほんの表向きの金額。ほかにも二つの局から申し込みがあるとする。十二億円の放映料じたいにはどこの局も異存はない。それをどこの局にするか、最終的に決めるのはね、このわたしだ。なぜなら、R局はかなりな金額をわたしに払ってくれるからね」

バローナは平然と言って、片眼をつむった。仮定の話に托して、暗に現在の要求であった。

「わたしはね、そのカネを途上国のスポーツ振興にまわすつもりだ。途上国のスポーツ界はわたしの援助をとても感謝している。わたしの世界陸連の会長のポストはアフリカを中心とした途上国の票の上に乗っかっているのです」

彼は脚を組み直した。

「わたしの評判が先進国のあいだでよくないのは百も承知さ。だが、世界陸連会長のポジションは、国連なみに一国一票で決める選挙によっているからね。わたしは、アメリカやイギリスに嫌われるかわりにケニアやエチオピアやナイジェリアの票に支持されたほうがいい。これもおとぎ話として聞いてもらいたいが、イギリスに五百万ポンドやっても右に向いた顔を左に向けなおすことはむずかしいそうだが、アフリカに八十万ドルを上げると二つの票が手に入るというね」

臆面《おくめん》もなく言って、彼は指の関節を鳴らした。

バローナが、マルセイユ泊りをキャンセルし、約束のプロヴァンス国際駅伝のコース下見も破棄し、なにがなんでもアフリカの「有権者」たちとニースで会う理由が、これでさらに明瞭となった。彼にとっては「駅伝」の下見よりも、そっちのほうが切実な問題なのだ。

しかもニースの会合とは名ばかり、じっさいはモンテカルロの高級ホテルに泊まり、カジノでのルーレットと酒と女との歓楽が目的であろう。その遊興費はバローナ持ちであろう。もとより、それが彼のポケットマネーから出るはずはない。

はじめから毒気を抜かれた思いの表情でいる木村を眺めて、バローナはひと膝すすめるように、それでなくても猪首の背をさらに前こごみとなって話した。

「わたしもここまであけすけにうちあけたのだから、どうだね、ミスター・キムラ、プロヴァンス・エキデンを援助するためのわたしの条件を、ざっくばらんに言わしてもらいたいのだが。いいかね？」

「イエス。どうぞ。……」

木村はごくりと生ツバを呑んだ。

「ありがとう。さてと。日本国内のテレビは、きみのほう、つまり〝ワエイ・ニュースペーパー〟の系列の放送局にまかせますよ。そのかわりだな、局が組織委員会に入れる賛助金の一〇パーセントが欲しいね」

バローナが一〇パーセントを要求するであろうとは、木村も以前に柏原と下打合せをしていたので、予想はしていた。彼のこれまでのやりかたからして、業界ではそれが通説となっている。いわば「織りこみ済み」であった。

拒絶すれば、企画そのものが潰《つぶ》されるので、承服せざるを得ない。ずっと前は率が低かったが、世界的陸上競技が年間にやたらとふえ、テレビの人気が上昇し、テレビ局間の競争が激化するにつれ、バローナは公認料、主催料、放映料などの賛助金をひき上げた。これを合せた額の一〇パーセントをバローナ会長が世界陸連の「特別機密費」として個人口座に入れさせる。競技大会は年間に十回以上も行なわれる。「特別機密費」の扱いは簿外である。発展途上国その他に「緊急支出の必要が生じたときに備える」とバローナは言っている。

「わかりました」

木村は「条件」の意味を了承した。

「グッ」

バローナは当然のことのように破顔した。

ついでに、とその顔で頬杖《ほおづえ》を突く。

「日本以外の地域についての放映権の決定は、一切わたしに任せてもらえないかね?」

「………」

「このプロヴァンス・エキデンは、アメリカやヨーロッパでも関心を惹くだろう。全アメリカ・ネット、ユーロビジョン・ネットに乗せるのを、わたしが約束するよ。そっちのほうから組織委員会へ放映料が払いこまれ、その中からテレビ・ワエイへ原放映料が支払われる。これは安い。安いだろうが、ワエイ・ニュースペーパーとして世界的な宣伝効果を考えれば、充分にメリットがあるんじゃないかね。特別機密費のぶんは一五パーセントでいいよ。これもオモテに出ない方法で処理してもらう」

「世界的宣伝効果」が殺し文句であった。

バローナの実力なら、プロヴァンス国際駅伝競走を全米ネットやユーロビジョン・ネットに乗せることも容易であるように思われた。放映料がどれくらいか知らないが、一五パーセントを会長に提供することによって、和栄新聞やテレビ・ワエイが世界的に名が知られるようになれば、宣伝費としては法外に安いものであった。これも承諾した。

バローナは、クッションに背をもたれ、眼を閉じた。彼の静止した肩には窓からの陽光があたっていた。その光は肩から胸のほうへかかっていた。正午《ひる》に近づいているのである。

バローナの瞑目《めいもく》は、何やらほかの発想を考えているようであった。

彼の眼は湿原の隠花のように開いた。木村を見ると、はたして言った。

「プロヴァンス・エキデンのような大仕掛けの競技会になるとだね、ミスター・キムラ。オフィシャル・サプライヤーを指定して、カネを取ってもいいよ。わたしの経験ではね、特定のスポンサーがつく〝冠《かんむり》〟大会よりも、五社か六社のスポンサーをとったほうがうまくゆくね。ぜんたいをカバーする〝冠〟スポンサーはやりかたは簡単にみえるが、金額が張りすぎて立候補する社が限られてくる。それよりも、フィルム、スポーツ用具メーカー、衣料品メーカー、コンピューターなどに分けて、それぞれで競り合せたほうが、金額が上がるんだ。あんたのほうにも都合があるだろうから、われわれのほうに、スポーツ用具メーカーの指名権をほしい。なアに、こんなやりかたでやれば、あんたのほうでオモテで使う十億円は簡単に集まるよ」

「機密事項」を話し終えて、彼はくすくすと笑った。

バローナが、なおも話そうとしたとき、窓を通して港の汽笛が聞えた。

彼はマントルピースの飾り棚の置時計に眼を遣った。

「おや、あと五分で正午だな。道理で腹が空いたと思ったよ」

「では、ダイニングルームへ」

木村が案内するように腰を浮かしかけた。

「いや。それよりもエクス・アン・プロヴァンスへ行こう。あそこの『シャトー・デゼトワール』の主人は、ウチの事務局長サー・ウイリアムの知り合いだ。あそこの主人は貴族好みでね。ボールトン卿だと大歓迎だ。あそこで昼食をとりながら、あとの話をしよう」

バローナは、とつぜん指を鳴らした。

「おっと、そうだ。あそこのマダムは日本婦人だ。ちょうどいい、あんたがたにはね」

「そのホテルのことはちょっと耳にはしています。高級で、紹介者がないと泊めないということでした。主人はトリオレ伯とかいわれるそうですね」

木村は偶然におどろいて言った。

「伯爵といっても地主さんさ。宮廷貴族じゃない。ヨーロッパでは、むかしの地方大地主はたいてい伯爵です。子孫が落ちぶれても、伯の称号は付いてまわる。トリオレ伯のばあいは道楽者だが、まだ身上《しんしょう》が残ったほうだろうね」

「天体観測が趣味のようですね。広い屋敷の一角に天文台が聳《そび》えているのが、外から見えました」

「あれがトリオレ伯の道楽だ。長いことやっているが未だ曾て新星を発見したためしがない。ロンドンやパリの天文台にはしげしげと天体観測に関する情報交換とかの名目で出かけるがね。それも道理で、伯は天文台なんかには行きはしない。足を運ぶのはロンドンやパリやブリュッセルの女たちがいるところだ。伯はプレイボーイでね。新星よりも新しい女を発見するのに学問的な興味を持っている」

初めて聞かされる話だが、マドリッドにいるバローナがどうしてそんなことを知っているのだろうか。

「わたしには世界じゅうのことがわかっている。というのは世界陸連は世界各国に組織を持っているからね。先進国であろうと途上国であろうと。いまのトリオレ伯の内緒話だって、フランス陸連のプロヴァンス陸連協議会の連中がこっそり教えてくれたのさ。全日本陸連の諸君のことも、わたしにはわかっている。いや、これは冗談だがね」

バローナは嗽《うがい》でもするように顔を仰向けてがらがらと笑った。

「いやいや、日本人は立派ですよ、ミスター・キムラ。それはあのマダム・トリオレを見ればわかる。わたしはあまり会ったことはないが、人間の真価は、二回会っただけでわかるよ。人に会うのが、わたしの商売だからね。あのマダムはね、二度の離婚歴のあるトリオレとパリで結ばれた。トリオレの熱心な要請でね。彼女は逃げまわったそうだが、結局、つかまった。トリオレ伯には、なにか普通の人間にはない、ものに執着する、それもひととおりでない、いうなればパラノイアみたいな偏屈なところがあるよ。これはね、これから君がシャトー・デゼトワールに行って当人に会えばわかるよ」

「……」

「マダムは、そんな亭主によく仕えていると思うよ。日本女性の道徳的なことはかねてから聞いていたが、まったく感服する。ご亭主はエクスにいるときは天文台に閉じこもりきりだ。そうでなかったらロンドンやパリで女あそびだ。ホテルのほうはマダムがみて、それで食いつないでいる。しかし、広大な地所もかなりな部分が抵当に入っているという話だがね。あのご亭主じゃ無理もないね。それでも、あのマダムだからもってるのだね」

エクスの街に入った。

亭々と高く繁るプラタナスの並木道、ミラボー通りを上って左に折れると「星の館」になる。まだ、その十字路まで行かないうちに、坂道の上から降《くだ》ってくるバスとすれ違った。バスの胴体には「南仏視察団一行——日本・東京・旭旅行社」の文字があった。

あ、あの観光バスだ。サン・レミで見たバスだ。木村は急いでふり向いたが、小さくなるバスには、レース編み模様のようなプラタナスの梢の影が降りそそいでいた。

9

その館《やかた》はエクスの街を見下ろす小高い丘の上にあった。

丘上にあることが、星の館を意味する「シャトー・デゼトワール」の由緒を物語っていた。現在《いま》は市街地になっているけれど、二十世紀の初めから半ばまでは、この近傍一帯は田園地帯で、未だ十九世紀の名残《なごり》である囲い込みの集落が、あちこちに散在していたものだった。集落の外は耕作地がひろがり、その間をうねうねとした小道がつくられ、それらの小道は丘の下に集中できるようになっている。つまり、館の主は、ナポレオン三世に領地安堵《あんど》のお墨付きをいただいたトリオレ伯の先祖であり、丘の下は見渡すかぎり伯の荘園であった。村びとは、朝な夕なに丘上に聳《そび》えるトリオレ伯のお屋敷を眺め上げ、その年貢の軽からんことを村の教会の鐘が鳴るごとに祈ったものだった。

丘は切り崩されることなく現在も原形を残している。オテル・シャトー・デゼトワールの正面玄関へ行くには、ミラボー通りはプラタナスの並木道の角を西へ折れて八百メートルばかり行くとよい。すると右手が上り勾配《こうばい》となる。左右も樹林なら、正面も樹林である。

ただ、正面の木立の前に赤茶色の大きな甕形《かめがた》の陶器が据わっている。古代中国製にも見えるし、ペルシア風にも見える。そこが自然の前栽《せんざい》であって、道は二つに岐《わか》れ、到着の車は旋回式に左へ向かう。すると樹相はがらりと変り、棕櫚《しゅろ》が葉をひろげ、塀には紅葉の蔦《つた》かずらが垂れ下がっている。

それは側面だけではない。正面にも奥の林間にもある。玄関先には大きな傘松《かさまつ》が一本、まるで門冠《もんかむ》りといった格好で瓦屋根の上に蔽《おお》いかかっている。

車二台はそこで停まった。外から給仕の群れが寄ってくる。

ホセ・マルティーヌ・バローナがさきに降りて、木村はあとにつづいた。

正面出入口は横長の矩形《くけい》、柱は渋い琥珀《こはく》色の大理石で、それに煉瓦積みに擬した紅殻《ベンガラ》色の帯が入る。上は三層で朱の瓦、窓は穹窿《きゆうりゆう》形。左右の建物の切妻が玄関の縁と流れ合っている。

ゆっくり熟視もできないうちに、あとの車から降りたボールトン事務局長と柏原がこっちといっしょになったところへ、蝶ネクタイが玄関先へ四、五人出迎えた。

しかし、バローナはその中の総支配人らしいのには眼もくれず、帽子を脱《と》って胸に当て、禿げた後頭部を見せながらも恭《うやうや》しく歩をすすめたのは、先導するつもりの支配人が身体を退いた奥にいるうす茶色のスーツを着た婦人の前だった。

「これはこれはマダム・トリオレ。しばらくお目にかかりませんでしたが、本日は相変らずおうつくしいお顔を拝見できて大きなよろこびであります」

片膝を突いて、彼女の手の甲に接吻しかねまじきしぐさであった。

黒い髪のマダム・トリオレはつつましく微笑して腰をかがめた。

「うれしいですわ、バローナさま。おひさしぶりでございます。さきほどお電話をいただいて、お目にかかるのをたのしみにしておりました」

それほど流暢《りゅうちょう》ではないが、正確なフランス語で挨拶した。それはホテルの女主人の態度でもあった。

彼女の視線は背後の日本人ふたりにちらりと向いたが、すぐに転じてバローナの横に立つボールトンの長身に向かい、満面に笑みを浮べた。

「サー・ウイリアム・ボールトン。ようこそおこしくださいました。光栄でございます。ピエールがたいへんによろこんでお待ち申しあげております」

「わたくしもまたお目にかかれて光栄です」

ボールトン事務局長はバローナ会長に遠慮してか、慇懃《いんぎん》だが、言葉少なに言い返した。

「トリオレ伯はご在宅だと?」

バローナははたしてすこしく気色を損じたようだった。貴族とはいえ、わしの部下がなぜ尊敬されねばならないのか。

「失礼しました。じつは、ピエールはわたくしとともどもに玄関ポーチでみなさまがたをお待ちしていたのですけれど、わたくしがホテルのほうの主人役なものですから、先にとび出しましたために、ピエールだけはあちらでお待ち申しております」

このようなスペイン人とのやりとりのあいだ、木村は後ろに彳《たたず》んでマダム・トリオレなる日本婦人をしぜんと控えめながら観察できた。

その束ねた黒髪は豊かで、額の上にややせり出した形が廂髪《ひさしがみ》に似ていた。顔は、西欧の小説の表現だと楕円形《オヴアール》ということになろうが、やや面長であった。均整のとれた姿態で、日本女性としては背の高いほうだ。タイトなブラウスに上体をぴっちりと締めつけているが、明るいライト・ブラウンの色がさりげなく緊張を和《やわ》らげてもいる。頸《くび》に巻いた古風な宮廷風の白絹のリボンの結びが垂れて、その多い襞《ひだ》を襟《えり》もとにひろげている。スカートのプリーツがリズミカルに裾野へ流れて、廂髪の形もまたこのネオ古典的な感じの服飾に相応《ふさわ》しかった。身につけた装飾品は一つもないのである。

午後の南仏の太陽は斜め上から彼女の姿へ当っている。バローナと話し、サー・ウイリアム・ボールトンに向いたりして動く彼女の面《おも》には、玄関前の傘松や建物の突出した影がちらちらするが、見たところ三十七、八歳くらいだろうか、黒々とした眼は、水色の眼、茶色の眼、灰色の眼の群れの中でとくに美しく見えた。やや受け唇《くち》なのも魅力的で、そのルージュは淡く、化粧もあっさりとしていた。南国の陽がその顔を真っ白にさせた。

——いったいに宿屋の女将《おかみ》は、その身なりを地味にしてお客さまに引け目を感じさせないことが心得の第一条であると木村は聞いたことがある。欧米のホテルの女主人にはその心がけがなく、客の婦人と競って派手な着飾りで出るのがいる。

さすがに、この「オテル・シャトー・デゼトワール」のマダムは日本婦人だけにそのへんの心得があった。しかも、その地味ななかにも王朝風な意匠をとりいれているのは、トリオレ家の先祖がナポレオン三世陛下の恩顧を蒙《こうむ》ったという家柄をさりげなく誇るかのようだった。それは多分に現当主ピエール・トリオレ伯の趣味によるものであろう。

木村が何分間かそのようなことを考えているとき、マダムの眼が彼の正面へ向いた。

それはスペイン人とイギリス人の挨拶が先になって、さっきから気にかかってならなかったといった眼差《まなざ》しであった。彼女は、つと木村の前に歩を運び、腰をかがめた。

「初めまして。申しおくれましたが、わたくしはこのホテルの経営者ピエール・トリオレの家内でございます。ようこそ、おこしくださいまして、ありがとうございます」

つづいて後ろの柏原に頭をさげた。

東京の山の手言葉だった。東京育ちか、東京に長く住んでいた人をおもわせた。

木村と柏原は揃《そろ》って名刺を出した。

「今日はバローナさんとボールトンさんのお供で、こちらにお邪魔にあがりました。バローナさんもボールトンさんもマルセイユのソフィテル・ビュ・ポールにお部屋をお取りでしたが、ご昼食はどうしてもシャトー・デゼトワールでないといけないとおっしゃるのです。じつは、わたしども、それが仕合せだったのです」

「と申しますのはね、奥さん」

柏原があとを継いだ。

「じつは昨日、こちらの前を通りかかったのですよ。そのときガイドさんが言うには、このホテルは格式が高くて、たとえ食事だけでも、しかるべき方の紹介がないとお断わりだとのことでした。そんなしだいで、世界陸連のバローナ会長とボールトン事務局長に、木村とぼくは感謝しているのです」

「そんなこともございませんけれど……」

彼女は二人の名刺の肩書を見ていたが、心なしか眉をひそめたようだった。

「新聞社のかたでいらっしゃいますか?」

「はあ、そうです」

「こんどわが社でフランスのスポーツ関係のつづきものを紙面に連載する企画を立てましてね。その取材にきたのですが、バローナ会長とボールトン事務局長とには、その取材協力をお願いしたのです」

「国際駅伝競走」は、それが発表される間際までは絶対秘密であった。この企画がすこしでも他社に洩れたら、どんな衝撃を与えるかわからない。ことにバローナと同行と判《わか》れば大騒動になる。対手《あいて》側がどのような妨害に出ないとも限らないのだ。秘匿《ひとく》の上にも秘匿を要した。

このとき、支配人はじめホテル側の人垣が中から割れ、一条の路が開いた。

その奥から長身の、やや痩《や》せ形の紳士が黒いスーツに大型の蝶ネクタイをつけて、にこやかな笑顔であらわれた。マダムは彼の前から徐々に身を退《すさ》った。

「やあ、ムッシュ・バローナ。しばらくぶり」

長身の男は両手をひろげた。

「やあ、トリオレ伯爵」

「これはこれは、サー・ウイリアム・ボールトン。ようこそ、ご入来。またもやお目にかかれて光栄至極でございます」

「わたしもです、トリオレ伯爵」

地方伯の英国貴族にたいしての挨拶は丁重であった。

バローナは木村と柏原とをかんたんに紹介した。彼は日本のプレスマンと言っただけで、余分な説明はつけ加えなかった。

木村にトリオレ伯のほうから握手を求めたのは、もちろん客を迎える側の主人としてであった。握手されたときの力は強く、指先が痺《しび》れるくらいだった。

ピエール・トリオレの風貌は彫刻的であった。彼の髪はあかるい亜麻色だった。その毛髪は絹糸のように細く、そのせいで初老の年齢というのに白髪がなかった。広い額にも横皺《よこじわ》が少なかった。スラヴ系の血が入っているかのように皮膚は白く、眉のあいだが逼《せま》り、灰色の瞳があった。唇は横にひろく、頤《おとがい》が張っていた。その顔が小さく見えるのは、背が高く、肩幅が広いからだった。胸と胴体が締まり、脚が長くて身体の均整がとれていた。貴族の末裔《まつえい》にふさわしい姿であった。

バローナとボールトンと木村と柏原の四人の客と、それに主人トリオレ伯とが囲む昼食のテーブルは、一般客の野外テーブルの列がならぶ庭園のつづきではあったが、それよりは北に近い小高い場所にあった。そのあいだに木立の群れがいくつもあって——木立や林は、このホテルの屋敷内にはいたるところにある——一般と区切られ、そうしたテラスは特別席のようにもなっていた。バローナとボールトンとが上席にならび、対面にピエール・トリオレが坐り、その左右に木村と柏原が腰かけた。マダム・トリオレが座を占めるべきバローナとサー・ウイリアム・ボールトンとの間は詰まっていた。

そのマダムはというと、バローナと夫のピエールから離れてその中間に佇《たたず》み、料理長《シエフ》や給仕人たちが秩序ただしく運んでくる料理の品々を視線で指揮していた。

「マダムもどうぞ、われわれとごいっしょのお席におねがいできませんか、トリオレ伯」

バローナが揉《も》み手《で》をして申し出た。

「ありがとう、ムッシュ・バローナ。したが、タカコはこのレストランの総支配人《ジエラント・ジエネラル》でしてね。責任上、仕事中は、お客さまとお食事するわけにはまいらないのですよ。どうぞ、悪《あ》しからず。おゆるしください」

——タカコというのか。

夫のピエールの口から初めて聞いた名だった。どういう日本字を書くのだろう？　タカ子か、高子か、多可子か、鷹子か。——木村が漢字当てを考えているとき、給仕人たちの動きを眺めていた彼女が、くるりと客四人へ顔を向けておじぎをした。

「まことに申しわけございません。お仕事のあいだは残念ですけれど、失礼させていただきます。いえ、これはピエールではなくて、このレストランの責任をひきうけましたとき、わたくしがじぶんで決めたことでございます」

「しかし、マダム」

バローナが礼儀正しく立ち上がって言った。

「お心がけは、失礼ながら敬服いたしました。経営者の心得として、このバローナめも大いに見習わなければなりませぬ」

「あらバローナさま」

「したが、この席はいわば半ばプライベートな親睦《しんぼく》の集まり、ほんの少しのあいだでもこの席におかけねがって、しばしのあいだ、この山海の珍味——おお、聞きしにまさる結構なお料理ですな、この美味をマダムと共にできる光栄に浴したいものです。このサー・ウイリアム・ボールトン、ならびに日本からのお客ご両人も、同じ希望と存じますが」

サー・ウイリアム・ボールトンが上品に拍手したので、木村も柏原もその拍手に和した。

マダムはそれに深く頭をさげたが、その場に坐ろうとはしなかった。

「ありがとうございます。ご親切は身にしみてうれしく存じます。そのご好意にそむくようですが、ほんとに心苦しいのですけれど、今日のところは、どうかおゆるしをねがいとうございます」

頭をすこし上げたままで、まだ眼を伏せておどおどしたように小さな声であとをつづけた。

「まことに失礼ですが、この次の機会には、前もってご入来をお報《し》らせねがえれば、そのさいはお目にかかるお時間をゆっくりと用意させていただきたいと存じます。今日はなにぶんにも思いがけないお出ましだったものでございますので」

彼女は詫《わ》びるように、もう一度腰をかがめた。

バローナがやおら片手を胸の前に水平に当て、恭しく彼女に一揖《いちゆう》した。

「これは恐れ入りました、マダム。まこと前もってアポイントメントもとらずに不時にお伺いしたのはこちらの不調法、なんともはや心づかぬことをいたした次第。そのうえ、お忙しいマダムにご同席を願ったりして、いやはや国際人のバローナとしたことが面目次第もございませぬ。それというのが、美しいマダムとわれらが陪席したいあまりに、つい、その礼を忘れたわけで、どうぞお許しをねがいます。そのかわりいまのマダムのお言葉を信じて、この次はかならず一週間くらい前には予約の手紙を出しておうかがいしますゆえ、きっと伯爵ともども愉しいお話合いのお時間をくださるようねがいますぞ」

「ええ、どうぞ、バローナさま。お待ち申しあげております」

マダムはうつむいた顔で微笑《ほほえ》んだ。

このとき、支配人が静かな足どりで来てマダムに別の客席へ行くように要請しなかったら、バローナはいましばらく彼女へ話しかけたかもしれなかった。支配人に促されたマダムは、最後に腰をかがめて、ブーゲンビリアとも見紛《みまが》う紅く色づいた蔦かずらの房が垂れさがる樹木や仕切塀の間を歩いて遠ざかった。そのうす茶色のスーツの背中には日ざしと枝と葉の影とが斑《まだら》になって動いていた。その木陰一帯が庭園テーブルで、先に行った突き当りが本館の裏側である。そこにも蔦かずらが屋根を蔽《おお》っていた。

マダムを見送って立っていた紳士たちは椅子に戻った。このとき木村は隣のピエール・トリオレの横顔に何気なく眼がむき、その表情に気づいて、はっとした。

ピエールは視線を庭園テーブルの広場のほうへ向けているようにも思われ、また本館の屋根へ投げているようにもみえた。彼の眼は、その顔貌と同様に複雑で、焦点がどこへ定まっているのか、よそ見にはちょっとわからないくらいだった。だが、その眼光はオリーヴ油の一滴を注いだようにぎらぎらと光っていた。

木村が胸を衝《つ》かれたのは、この異常ともいえる瞬間の眼の光であった。これは感情のこもった光である。庭園テーブルや屋根を睨《にら》むのに感情が混じるわけはない。視線は、あきらかに立ち去った妻の後ろ姿であった。すでに消えたあとに。——

「伯爵。あそこに見える白いドームが」

このとき、向こう隣の柏原が英語で質問して、ピエールの視線をかき乱した。

「あれが伯爵の天文台でございますね？　昨日、お屋敷の外から通りがかりにドームの部分を拝見しましたが」

いちだんと密集する林に遮《さえぎ》られた彼方《かなた》の白亜の高い館を指した。

「そうです。あれが、わたしの小さな天文台です」

伯はたちまち微笑を柏原へ振り向けた。そのとき、異様な眼の光は瞬時にして拭《ぬぐ》い去られていた。

「小さな、とご謙遜《けんそん》なさいますが、堂々として立派な専門的天文台ではございませんか」

トリオレ伯は短い言葉で、施設の説明をした。新鋭の反射望遠鏡のレンズの直径がどれくらいであるとか、それを補完する望遠鏡の特殊装置がどうなっているとか、付属設備がどういうものであるとかいったことを術語を交えて言った。

「時間の余裕があれば、ご案内したいところですが、それができないのが残念ですな」

バローナはそっと腕時計に眼を落した。食卓には食後酒の赤葡萄酒《ぶどうしゅ》が出ていた。ペシュヴェイユ地方産のシャトー・タルボの一九二八年ものだった。

「天体観測というと、伯爵は助手を何人ほど使っていらっしゃるんですか」

柏原がまた訊いた。

「いや、助手なんか居ませんよ。ぼく一人です」

「けど、天体観測は夜間でしょう?」

「そうです。空が晴れているかぎりは、夜どおしです。ぼくは徹夜で観測しているのですよ。そのために天文台の中には、ぼくの寝室と写真現像室と記録室と書庫と書斎とがあります。まあ、あそこがぼくの城砦《じょうさい》のようなものです」

トリオレ伯は木村に後頭部を見せて柏原と話している。が、その会話を聞きながら、伯がさっき妻の去った方へ向けた眼を思い出した。

木村の耳底には、このシャトー・デゼトワールにくる前、バローナと二人きりのときに彼が言った言葉が蘇《よみがえ》った。

(天体観測がトリオレ伯の道楽だ。長いことやっているが未だ曾《かつ》て新星を発見したためしがない。ロンドンやパリの天文台へ星の情報交換とかの名目でしげしげと出かけるということだがね。それも道理で、伯は天文台なんかには行きはしない。足を運ぶのはロンドンやパリやブリュッセルの女たちがいるところだ。伯はプレイボーイでね。新星よりも新しい女を発見するのに学問的な興味を持っている)

(マダムは、そんな亭主によく仕えていると思うよ。日本女性の道徳的なことはかねてから聞いていたが、まったく感服する。ご亭主はエクスにいるときは天文台に閉じこもりきりだ。そうでなかったらロンドンやパリで女あそびだ。ホテルのほうはマダムがみて、それで食いつないでいる。しかし、広い地所もかなりな部分が抵当に入っているという話だがね。あのご亭主じゃ無理もないね。それでも、あのマダムだからもっているのだね)

(あのマダムはね、二度の離婚歴のあるトリオレとパリで結ばれた。トリオレの熱心な要請でね。彼女は逃げまわったそうだが、結局、つかまった。トリオレ伯には、なにか普通の人間にはない、ものに執着する、それもひととおりでない、いうなればパラノイアみたいな偏屈なところがあるよ。これはね、これから君がシャトー・デゼトワールに行って当人に会えばわかるよ）

そのバローナ会長は木村の正面にいてワインのグラスを重ねていた。木村が心に思っていることが通じたのか、どうだい、おれの言ったとおりと思わないか、というように片眼をつむってみせた。

そうだ、さっき妻の後ろ姿を睨《ね》めつけるように見送ったピエール・トリオレの眼つきは、パラノイアにも似たそれだったと木村は気づいた。どこを向いているのか定かならぬ視線も、そう解説されてみると何かしら納得がいった。

マダム・タカコが昼食のテーブルを共にしなかったのは、レストランの責任者（総支配人）の立場からであり、事実、その経営がこのトリオレ伯家の経済を支えているからなのだ。天文学に凝《こ》り、ロンドンやパリで漁色して家を顧みない夫のせいで、先祖から継承した荘園の残された敷地のほとんどが負債の抵当に入っている。その原因は、タカコが彼と結婚する以前に生じていた。つまり二度の離婚歴という輝かしい彼の生活による浪費であり借財にちがいない。

それを四度目の妻のタカコは孜々《しし》として働いて、利息を入れ、元金を少しずつ返しているのであろう。

まさに、孜々として働くというわけだろうが、それでいて、その身支度は地味ななかにも典雅な宮廷ふうな意匠をとりいれている。それはもちろん伯爵の趣味であろう。彼女は、いったん嫁したら最後、わがままな夫に従う日本伝統の道徳性を守る婦人なのだろうか。

客にすすめられても昼食の席を共にしなかったのは、剛直で、偏屈な夫を懼《おそ》れているためか、それともじぶんから夫の意志に柔順に従い、その場を遠慮したのか、どちらともとれた。——

「占星術《アストロロジイ》は……」

トリオレ伯がサー・ウイリアム・ボールトンにそう話しかけたので、木村は聞き耳を立てた。

「占星術は、むかしから著名な天文学者たちも信じていました。天文学という科学と、占星術という神秘とは両立しないようですが、神秘というだけで、なんでも迷信に持ってゆくのはよくありません」

トリオレ伯は、おとなしい英国貴族に向かってつづけていた。

「著名な天文学者というのはですな、占星術の揺籃《ようらん》期のギリシアやローマ時代から居たのですが、ルネッサンス以後も相当にいます。もっとも有名なのはデンマークのティコ・ブラーエという十六世紀半ばの大天文学者と十七世紀はじめの天文学者ヨハネス・ケプラーです。ここで、一般に馴染《なじみ》のうすい天文学者の名をならべても仕方がありませんから、著名人でいうと、引力を発見した自然科学者のアイザック・ニュートンも、ドイツの文豪ゲーテも、同じくシルレルもみな占星術を信じ、かつその支持者でした」

「それはとても興味あるお話ですな、伯爵」

サー・ウイリアム・ボールトンがおだやかに微笑しているだけなので、隣のバローナ会長が話し相手を買って出た。

「しかし、われわれ素人どもに解《げ》せかねますのは、天文学は天体の運行を観測する科学ですが、占星術はその自然科学的な星の運行から、何か運命的な予言法則を見出すのですか、それとも占星術が天体観測に予測を与えるのですかね？」

「両者ともまったく関係ありません」

伯は、ナプキンで広い口のあたりを拭い、やや控え目に答えた。

「占星術——アストロロジイとかギリシア語のアストロノミアというのは星占いによって未来を予知するという意味でして、その星占いには古代から一つの決まった法則があります。それを様式にしたのがホロスコープです。ホロスコープは、いわば星占いのための星座の相関図のようなもので、中国の占星術は、太陽と月を陽と陰にしているようですな。五つの惑星は各個人の身の上にも及び、人は生れた星の下で、すでにその性格や行動の方向が予見できるだけでなく、将来の運命もわかるというものです」

「占星術の範囲はおそろしく広いですな」

「広いです。大にしては宇宙、小にしては人間個人です」

「伯爵は、ご自分でも占星術をおやりになっていますか」

「やっています。まだ練習の段階ですがね。ぼくは好奇心が強いほうですからね。ブリュッセルに行ったとき、骨董屋《こっとうや》の店頭で一枚のホロスコープ入りの暦《こよみ》を見つけたんです。十六世紀の木版画です。骨董屋のおやじは高い値で吹っかけましたが、掘出しものと思って言い値で買いました。その入手したホロスコープが病みつきになりましてね。占星術関係の本を買い入れて勉強しているわけです」

「やはり、あの天文台の中で？」

バローナは窓からもう一度、白いドームのほうを見遣った。

「そうです。あの城砦の書斎でね。近代天文学の粋《すい》である反射望遠鏡をのぞいて観測する一方で、ホロスコープで未来の事変や戦争を予測する、またはそれぞれ個人の運命を判断する。なかなか乙《おつ》なものですよ」

トリオレ伯の声は一瞬歓喜を帯び、その逼《せま》った眉の間の筋肉がぴくりと震えたくらいであった。

伯は頬高《ほおだか》な横顔を木村に振り向けた。が、すぐにまた正面のバローナへ顔を戻した。

「ムッシュ・バローナ、ならびにサー・ウイリアム・ボールトン。この日本からのお客さまが、どうしてあなたがたと、このエクスの地でお会いになっているか、ぼくの練習する占星術の上達程度をご披露する意味で、座興としてお耳に入れるのをお許しくださるでしょうか」

「まあ、とんでもありませんわ、ピエール」

いつのまに来たのか、マダム・トリオレが給仕人たちのあいだから声をかけて現れた。それを見て紳士たちも急いで椅子から立ち上がった。

「みなさま、どうぞおかけあそばして。……ねえ、ピエール。お客さまの重要なお話合いに、あなたの占星術を座興に持ち出したりしては、あまりに失礼ですわ。どうか、やめて」

ピエールの後ろにきて、懇願の表情だった。

理屈だけにピエールもぐっと詰まって黙った。バローナもとっさに声が出ないでいる。座が白けかけたとき、マダムは笑顔でおじぎをした。

「ピエールはいま占星術とかに凝《こ》っていまして、どなたにでも見さかいなく星占いを押しつけているのでございます。まるで幼児《こども》が新しい玩具《おもちゃ》を手にしたようなぐあいでございます」

客の間に笑いが洩れた。

「なんでもはじめると凝り性なんです。一時は猟に凝りました」

「ほう、猟をおやりですか」

とバローナ。

「はい。主人は猟友会に入会したりしました。いまではそれにも飽いて、シーズンになっても猟銃を握ろうともしません。そのかわり天体観測の望遠鏡のほかにホロスコープとやらが加わりました」

「お黙り」

ピエールが苦々しそうな顔で制した。ほんとうは一喝するところだろうが客の手前、そうもできず、そのへんで踏みとどまったという顔だった。

「しかしな、これだけは、ぼくの予想として皆さんに申しあげておきたいです。お話合いの内容にはわたらぬとして、みなさんはもう一度ここにおいでになります。少なくとも日本人のお客さまお二人は確実に」

「ほほう。ホロスコープを見なくても、それがわかりますか」

バローナがまた身を乗り出して聞いた。

「それくらいは予見ができます。そして、近い将来に、日本人のお客さまは、もっとたくさんの人数でおいでになるでしょうな」

バローナは一瞬、鉛を呑んだような顔になった。サー・ウイリアム・ボールトンは眼をみはった。

木村はびっくりした。トリオレ伯は、名称こそ口にしないが、あきらかに「プロヴァンス国際駅伝競走」のことを暗示していた。

——近い将来に、もっとたくさんの人数でおいでになるでしょうな。

柏原が唸《うな》るような声を洩らした。

バローナは満面に笑みを浮べて、大仰に両手をひろげた。

「これはおどろき入りました、トリオレ伯。伯爵の占星術がかほどまでに先の先までご洞察とは神わざですな。バローナもすっかり恐れ入りました。このとおりでございますよ、マダム」

彼は前に立っているマダム・トリオレに話しかけた。

「さあ、どうでしょうか。日本のことわざ《プロヴエルブ》に、当るも八卦《はっけ》、当らぬも八卦という言葉がございます。八卦は東洋の運命予想です」

「おお、ハッケ！　あれは古代中国の占星術からきています。古代ギリシアやローマの占星術よりは中国の占星術のほうが古くから発達しているという説がありますが、ぼくは東洋の占星術にも強い興味を抱いています」

伯は、話が好きな占星術になったので、たちまち機嫌が直ったようだった。

そして顔を木村と柏原と両方へ振り向けた。

「あなたがた日本の方は、東洋の占星術にお詳しいですか」

「いえ、そのほうはさっぱり知識がありませんでして」

二人とも降参した。

「そうですか。では、いかがですかな、次の機会に大勢でおいでになるときは、このオテル・シャトー・デゼトワールにお泊まりになっては？　このエクスには、ほかにろくなホテルはありませんから」

「まあピエール。そんなことをおっしゃってはいけませんわ」

「いや、本当です」

柏原が手をあげて言った。

「じつは、われわれも昨日市内を見てまわったのですが、これといったホテルがありませんでした。もし、こちらに宿泊させていただけるなら、こんなにありがたいことはありません」

選手団はマルセイユのホテルだが役員団だけでもここに、という肚《はら》が木村にあった。選手団の集合場所もこのエクスになることだ。

「このシャトー・デゼトワールは、屋敷のプランをホテルに改装したので、ほうぼうにヴィラがあります。数にして、さよう、およそ八。一つのヴィラに独立した小住宅が三軒。されば二十四の離れコテージがあるというわけです。本館のほかに、その全部を提供してもよろしい。なあ、タカコ」

ふりかえって妻の名をよんだ。伯は上機嫌に一変していた。

「はい。お泊まりいただけましたら」

「ヴィラのいちばん高いところからは、特徴ある火山形の山が遠望できますぞ。あのセザンヌの描いたサント・ヴィクトワール山です。その裏山が南アルプス山塊です。キジ、野ウサギ、ムフロンなどが野生しています」

「それが猟友会の会員でいらっしゃる伯爵のよき獲物ですか」

やはり狩猟に趣味をもつらしいサー・ウイリアム・ボールトンが久しぶりに口を入れた。

「いいえ、家内が申しましたように猟銃は長いこと革袋《サック》に納めたままです。目下は占星術です。……あ、そうだ、申し忘れるところでしたが、日本のお方がお泊まりでしたら、〝ウキヨエ〟をぜひごらんに入れたいですな」

「浮世絵をお蒐《あつ》めですか」

木村がきいた。

「ぼくではありません。祖父と亡き父です。百二十枚ほどありますが、ぜんぶオリジナルです」

「ご先代のコレクションですか」

「キヨナガ、ウタマロ、ホクサイ、クニサダ、エイセンなどです」

「それは凄《すご》い」

先代のトリオレ伯は先祖代々の遺産を護《まも》っての資産家だったのだ。それを息子のピエールがほとんど蕩尽《とうじん》したらしい。それでもコレクションだけは手もとに残しているらしい。

昼食会は終りに近づいた。

ホセ・マルティーヌ・バローナが椅子から立ち、なにげなく木村の傍にぶらぶらと歩み寄ってきて、彼の手の中に折りたたんだメモを素早く握らせた。

木村はそっと開いた。走り書きがあった。

フランス大統領をエキデンの名誉会長にするには、運動費がかかる。その用意を頼む。
モンテカルロのホテル代両人分の支払いをたのむ。ホテルの電話番号は――。
このメモはただちに火中のこと。
Merci, Monsieur Kimura. Sayonara.

10

エクスから西へアルルまでは、ほとんど一直線のコースである。エクスを離れてサロン市まではA8とN7号線のハイウエー。サロンからはN113号線に変る。これは平野に白い糸をアルルの方角に引いたようなものである。駅伝のコースと違うのでタクシーの中の柏原も気が楽だった。運転手はマルセイユからずっと傭《やと》ってきたうちの一台である。柏原は窓を開け、四月上旬のさわやかな風を受け入れていた。陽は遠い西の中央山脈へ落ちかかっていた。沿道の麦畑は熟れかかっており、それがなだらかな丘の上まで延びている。そこには糸杉が立ち、橄欖《かんらん》の樹で囲う防風林の上に教会が聳《そび》えている。そのような風景がローヌ川がくるまでつづくのであった。

車内で木村と柏原は希望に満ちた声で話し合った。世界陸連会長というよりは斯界《しかい》に君臨するボスのホセ・マルティーヌ・バローナがあのようにしっかりと和栄新聞社とテレビ・ワエイとの企画・主催する「プロヴァンス国際駅伝競走」の実現を保証してくれたのだ。

だいいち、彼がマドリッドからそのために隠密裡《り》に出てきて会ってくれるというそのことじたいが、いかに彼が乗気であるかを示している。おそらく今まであまりなかったことであろう。ハーグから世界陸連の事務局長サー・ウイリアム・ボールトンを帯同してきたことも、極秘とはいえ半ば公式の表明だ。

木村は、バローナが出した条件を柏原にうち明けていた。マルセイユのオテル・ソフィテル・ビュ・ポールの窓から「モンテクリスト伯」のイフ島の見える一室では、秘密の話合いというので柏原を入れなかったが、バローナにしても木村が柏原に相談するのはわかっている。バローナの条件を、二人はいままで車内で何度も反芻《はんすう》した。

それら条件には世界陸上競技振興の目的という大義名分が付いている。その名分を具体的にしてきた指揮者は世界陸連会長として任期を重ねること最も多いバローナである。彼の長いあいだの経験とそれから生み出された世界陸連のための献金技術。それは従来の会長が及ばぬ卓絶したものだった。

世界陸連の財政的基礎を固める目的からでもあったが、その中で若干の「含み」も加算されていた。組織に経済的不安のないようにすると同時に、役員たちの私的な“stability”「安定」をはかることも考えねばならなかった。会長はトップである。

どのような種類のものがバローナによってそのために案出されたか。その着眼たるや彼は天才的であった。そのアイデアには誰もが及びつかない。まさに詩的な創造といってよかった。

バローナはその陸上競技を美術化するように努めた。ショーの印象を与えないように気をくばった。スポーツが興行化してきたという非難を逸《そ》らすために、一定のスポンサーが付く「冠《かんむり》」はなるべく排して、多数の候補から択《えら》んだほうがよいという意見もそれである。が、その裏には、その方法がスポンサーを募りやすく、競争心を煽《あお》り立て、プラス「α」もあるという商略があるのを一般の者はあまり気がつかない。

ショーも美術もその質は紙一重である。ショーを美術のように見せかけるのは容易である。大衆のスポーツ熱に乗って、バローナはこれを「芸術」にまで高める。若者にしても高級車を志向する現代である。そしてロック音楽の如く、ますます大衆を熱狂させようとはかる。

バローナが木村たちに出す条件の石は「混乱」と「曖昧《あいまい》」とから出来ている。混乱の石を一つ一つ築いて彼の城砦《じようさい》ができている。世界陸連公認の競技は年間に回数が頻繁《ひんぱん》である。

しかし、バローナはアフリカや中南米の黒人が来たるべき陸連の選手団の新勢力であることを信じ、機会あるごとに彼らに、設備を、援助を、と叫んでいる。世界陸連の援助はその方面へ流れている。彼の石はそこへも積まれる。

神によってわたしたちと血のつながる兄弟よ
あなたと最初に握手をかわす前に

はるかにわたしはあなたを知っていた

かくて彼の城砦は、バローナ万歳のブラック・パワーの歓呼にとりまかれる。

「ローヌ川です。この二つ目の橋を渡るとアルルの西岸中心街です」

運転手が英語で言った。

東の橋は小さく、運河に架《か》かっている。本流は大きく、南が河口だった。流れはゆったりしている。岸辺に町工場や倉庫の黒い影がならんでいた。東西の貫通道路には両側にプラタナスの並木があり、歩道がその両脇にあった。商店街は引っ込んだところにならんでいて、店には灯が点《つ》いていた。

まっすぐにカマルグの「オテル・ル・ブレ」に行きますか、と運転手はきいた。このホテルはマルセイユの「ソフィテル・ビュ・ポール」のフロントマンが教えてくれたもので、アルル市内に泊まるよりも、まわりが農村地帯だから風情《ふぜい》があるという。

地図を見ると、アルルからカマルグ半島へ向かって西南へ十五キロ、"Albaron"の地名がついている。これこそ東京を出るとき大きな地図を見てあらまし予定に入れた「駅伝」の最終折り返し地点アルバロンであった。すぐさま、その場でフロントマンに「ル・ブレ」に二部屋の予約を申し込んでもらったところ、いま団体客が入っているけれど、二部屋くらいは都合できるということだった。

おかしいな、あのホテルは夏だと避暑客で満員だが、いまはシーズン・オフで閑散としているはずだ、団体客が入るのは珍しい、それとも秋のカマルグの景色は素晴らしいので最近評判が高くなってきている、そのせいかもしれない、とフロントマンは呟《つぶや》いていた。

だが、このままカマルグに直行するのも味気なく、せめて古代ローマ遺跡の円形闘技場を外からでも眺めておきたかった。駅伝競走の選手団は、レ・ボーの難路を南へ越えてアルルの市内に入り、いったんそこを通過して西南十五キロのアルバロンに走り、折り返して闘技場のゴールに到着するのである。

「ゴッホの画の場所を見るのは、明日ですな」

柏原は膝に『ゴッホ画集』をひろげていた。

「そういうことになるね。このドライバーはマルセイユの人間らしいけど、ゴッホの場所は詳しいかしら」

木村が危ぶむと、マルセイユのタクシー運転手は観光客を始終アルルにつれてきているから大丈夫でしょうとは言ったが、念のために運転手にたしかめた。

「わたしでもひととおりはご案内できますが、詳しいことをお知りになりたいなら市の観光課の案内所がそこにあります。ゴッホの画とその場所を書き入れた『ゴッホ地図』も備えていますし、係員が親切に教えてくれます」

「それは便利だね。その案内所は今からではダメかね」

「午後五時半までです」

プラタナスの繁る並木通りは、陽が落ちてますます暗くなってきた。そのぶん商店街の灯が輝きを増した。アーケードの下を人々がぞろぞろと歩いている。ふと見ると、通りに面したホテルのテラスがレストランになっていて客席のテーブルのあいだを「アルルの女」の民族衣裳をつけた女性が眩《まぶ》しい灯を浴びてサービスしてまわっていた。

「まるでゴッホの『夜のカフェ』の画そっくりですね、部長」

柏原はよろこんだ。

運転手はこの大通りをブールヴァール・デ・リスと教えた。繁華街だ。すこし先に行くと「夏の公園」がある。公園の角の大通りを北へ折れてまっすぐに行き、さらに西へ曲がると円形闘技場の外壁につきあたった。このへんは高台であった。

闘技場の円形周辺はところどころ広場になっているが、駐車の影は十台足らずで、ほとんどがこの近くにある小さなレストランの客だった。昼間は観光バスや自家用車がひしめいて、まわりを埋め尽すという。土産物屋も戸を閉じはじめていた。

「この容積だと、駅伝のゴールの観客を収容するには大丈夫ですかね」

柏原は星がうすく瞬きはじめた夕空に黒々と聳える巨大な外壁を仰いで言った。

「観客席は、どのくらいあるものでしょうか」

「さあ。いまは出入口の門が閉まっていて中に入れないが、明日なら入場ができる。だが、写真で見ると、観覧席は三階ぐらいに見えて相当に大きいよ」

木村は言ってから、運転手に訊いてみた。

「この円形闘技場《アレーヌ》は、ローマ時代には二万一千人の見物人が入ったといわれています。もとは四階があったのが、最上階が崩れ、その後何度か修復して、いまは二階になっています。それでも一万人は入るでしょう」

運転手はガイド口調で答えた。

一万人としても相当な収容人員である。もっとも古代遺跡である石の観覧席が「駅伝競走」の催物などに使用が許可されるかどうか。国の貴重な文化的財産なのだ。

このとき、木村にはバローナが手に押しこんだメモの一行が浮んだ。

《フランス大統領をエキデンの名誉会長にするためには、その運動費が要る。その用意を頼む》

バローナは現大統領とは懇意な間だと言っていた。世界の名士の間に顔のひろい彼のことだから、あり得ないことではない。もし、大統領が名誉会長になれば、アルルの闘技場の使用は大統領の指令で許可されるのは可能だ。いまの大統領は独裁的に近い実力者である。フランス大統領の「エキデン」名誉会長を実現させるには、もとより多額の運動費を必要としよう。しかし、そのうちの何割かは手品師のカードの如く、バローナ氏のカフスからすべりこんでポケットの中に入ってゆくのは間違いない。「大統領の運動費」を考えつくことじたいが、彼の詩的な創造力のあらわれの一つであった。

それでもよい。たとえそのことによってバローナに寄進することになっても、フランス大統領の名誉会長という世界スポーツ界には空前の出来事、ましてや日本のマスコミ界、テレビ界を驚倒させる壮挙となれば、これ以上の本懐はない。

「バローナがそこまで条件を出すのですから、実現は絶対です。あの男は、えげつないですが、そのかわり、見込みのないものは、はじめからノンと首を振りますからね。そこはハッキリしてますよ。こんどのようにあいつからのめりこんでいるのは珍しいです。成功疑いなしです。部長、おめでとう」

柏原は木村の手を握りしめた。

「きみのおかげだ、ここまで漕ぎつけられたのは。これからも、しっかりやろう、気を引きしめてね」

「そうです。これからが大事です。ですが、すべり出しは快調ですな」

車はアルルの街をはなれてD570号線を南下した。陽はまったく昏《く》れた。その暗黒の中に曠野《こうや》が海のようにひろがってきた。森林も村もない。ヘッドライトが白い一本道を照らして走る。左右は小麦畑かと思えば、光に映し出されるのは硬質の葦の密生だった。川が流れているらしい。ときおり窓を潰《つぶ》した農家が走り過ぎる。乾燥地帯は小麦の栽培。ゴッホも画にしている。ひとむれの林の影が走り去る。ミストラルの強風除《よ》けの家は、さらに防風林でまわりを囲う。

空と地と分たぬ広漠《こうばく》とした闇に、紅い光がならんでいた。野火である。が、野焼きにしては時期が遅すぎる。沼沢《ぬま》から邪魔な水藻を引き上げて乾したうえで焼くのだと運転手は言う。カマルグの南は広い湿地帯である。

暗黒の水平線に点々と燃え立つ炎は、空へ昇る煙に赫々《あかあか》と映えて、神秘な漁火《いさりび》とも見えた。

——

ふいに柏原が歌いだした。

鹿児島はなれて南へ八里

トコヨイヤサッサ

波に花咲くヤサホイノ
佐多岬《みさき》トコヨイーヤサッサ
…………
西に永良部《えらぶ》　東に種子島《たねがしま》
トコヨーイヤサッサ
中でそびえるヤサホイノ
屋久《やく》島の山トコヨイーヤサッサ

鹿児島浜節《はまぶし》である。渋い、いい咽喉《のど》だった。嫋々《じょうじょう》としたその声は、漁火漂う波間ならぬ南仏湿原の野火燃ゆる闇空へ揺曳《ようえい》して行く。聞く木村の眼底も熱くなってきた。

「失礼しました」

柏原は頭をさげた。

「きみは鹿児島生れだったたね」

「望郷ですな、この異郷の夜景を見て。恥しいですよ、いい年をして感傷的になったりして」

「そんなことはない。感傷性は人生には大事だ。近ごろの人間はあまりに乾きすぎている」

「同感ですな」

「しかし、きみはいい声をしている。おどろいたな。もういちど、ぜひ聞きたいね」

「恥しいです。しかし、こんなお粗末な声が思わず出たのも、こんどの駅伝が成功疑いなしと思うと、うれしくてたまらないからです。そのうれしさと感傷とがいっしょくたになったんです」

「わかるよ、それは」

圧倒されるような闇に包まれた平原。そこにただ一筋ほの白くついた道D570号線をタクシーは心細く照らしながら進む。対向車の光も来ない。座席で話でもしないと、こっちの車が暗黒の地域に吸いこまれて行くように感じられる。

とつぜん、ヘッドライトが十字路の標識を浮び出した。

“Albaron”

ここがアルバロンか。——「駅伝競走」の折り返し地点だ。身を乗り出してフロントガラスをのぞくと、葦の群れがあたり一面に生い立っていた。

葦を背景にして立っているのは地名の標識だけではなかった。それよりもずっと大きい白い横看板があった。

“Hôtel le Boulet”

運転手はハンドルをぐっと右へ切る。橋がある。橋を渡ると十字路から岐《わか》れた村道らしい小さな道がまっすぐにつづく。だが、橋を渡らずに細い道に入った。つきあたりに建物があるところをみると、「オテル・ル・ブレ」の広場であった。

その建物まではまだ距離がある。運転手は徐行させた。左側はさっきの橋の架かった川に面した側だと思って木村が窓をのぞくと、外灯に照らされて柵《さく》で囲った中に白い馬が二頭つながれていた。カマルグの名物だから、ホテルで観光客用に飼っているのだろう。

柏原が木村の肘《ひじ》をつついた。

「やっぱり、来てますよ」

右側に眼をむけさせた。

そこにはポプラの暗い木立の下に大型の観光バスがひっそりととまっていた。その胴体の横幕には「南仏視察団一行——日本・東京・旭旅行社」の文字が見えた。

サン・レミのゴッホ精神病院で見た一行であった。記念アーチやエクスのミラボー通りでもすれ違った。

「またどこかで遇《あ》うと思ってましたが、こんどは同じホテルに泊まり合せるとはね」

柏原はおかしそうに小さく笑った。

ホテルは平屋建てであった。巨《おお》きな天幕を上から吊り下げたような円錐形の屋根をもつ建築が隣り合せにあった。集会場か大食堂らしい。

せまいフロントには栗色の髪を散らした若い女が縞《しま》のシャツに紐ネクタイをつけ、ジャンパーを羽織って立っていた。きりっとした顔だちだった。客の名前を聞いて予約簿を開き、「オーケー」と健康な微笑をした。この二人の日本人客はフランス語がダメだとマルセイユのホテルでは紹介したらしい。

運転手が後部トランクから二人の荷物を二往復して運んできた。木村はチップをはずんだ。彼はこれから夜道をマルセイユまで帰るのである。

フロントの女性は客に二つのキイを渡すと、指を鳴らした。たちまち同じ年かっこうの、二十三、四ぐらいの同じくジャンパー姿の女があらわれたが、これも整った容貌であった。彼女ら二人は、木村と柏原の相当に重いバゲージ六個を両手に提げたり両脇に抱えこんだりして、横手のドアを靴の先で蹴《け》って真一文字に開けた。ブーツをはいていた。さすがに「弾丸《ブレ》」という名のホテルだけに、フロント係からポーターに早変りしたフランス娘の動作は勇ましかった。

彼女たちのあとについて行くと、そこはうす暗い、やや広い部屋であった。つき当りが細長い窓で、舞台装置のようにオレンジ色の灯が輝いて、こまかなガラスの色彩が光り合っていた。スナックバーだった。

客室への通路にはこのスナックバーを通過して行くらしい。カウンターの前に二人づれの客が後ろ向きに掛けていて、白服の雲突くようなバーテンと向かい合っていた。その客が闖入《ちんにゅう》者らの荒々しい物音にふり返ったとたん、あっ、といったように高いとまり木からすべり落ち、木村と柏原に向かって、手をあげ、笑って頭をさげた。日本人であった。

「これはこれは。サン・レミのゴッホ病院でお見かけしたお方ですね。まさかこのホテルでごいっしょできようとは夢にも思いませんでした」

「いや、どうも」

この「奇遇」に柏原は如才がなかった。

「まことに奇縁です。さきほどサン・レミでお見かけしたバスがこのホテルの横にとまっていたので、ここに入っていらっしゃるとはお察ししていましたが」

「いや、われわれはあの観光ツアーにたまたま参加しただけで、ほかの団体客の皆さんとは別であります。じつは、こういう者ですが……」

顔の四角な、二十七、八のその男はすこし酔っていて、すばやく内ポケットから名刺入れをとり出し、一枚を抜いてさし出した。うす暗くて、活字が読めないのを察して、「大分日日新聞であります。大分日日新聞社会部の野中と申します。こちらは社会部次長の田村であります」

横の、三十年輩の小肥りの男は、名刺を出さずにていねいに腰を折った。

「大分日日新聞の田村と申します。どうもお着き匆々《そうそう》のところをご迷惑をおかけします」

女ポーター二人は横のドアのところで六個の荷物を床におろして腕組みしてこっちを睨《にら》んでいた。

木村は仕方がないから、田村という社会部次長の人に言った。

「申しおくれまして失礼しました。われわれは東京の和栄新聞社の企画部で、わたしが部長の木村、これが次長の柏原と申します」

「え、和栄新聞社の方でしたか」

向こうの二人はおどろいていた。

「同業のお方にお目にかかれてうれしいです。ただ、われわれはスコットランドからフランス中西部にかけての企画をすませ、そのあとの骨休みにこっちへまわったわけです」

「そうですか。それはそれは」

フロントにいたほうの女がたまりかねたように、二、三歩寄ってきて、「ムッシュ」といくらか険しい声で呼んで催促した。

「それじゃ、また、いずれ」

「どうも失礼しました」

客室は、裏側のプールを中心に三方に建っていた。平屋の木造バンガロー式。ベッド付の居間と浴室。洗面所。ブーツの娘が荷物を戸棚の中と小机の横の台にどすんと活発に置く。すらっと伸びたいいスタイルである。

「弾丸《ブレ》」とはまた勇壮な宿の名前を付けたものだね、と木村が英語で言うと、彼女はきょとんとしていた。たしかフランス語の Boulet も弾丸ではなかったかね、とキイに付いたホテルの名を指し、砲丸投げのしぐさをしてみせると、彼女は首を振って笑い、背を曲げてブーツの上をすこしさげ、自分の膝坊主のぐるぐるを撫《な》でて、ホース、ホースと言った。

ははあ、Boulet には馬の膝関節という意味もあるのか。さすが白い馬の群れが疾駆するカマルグのホテルだ、洒落《しやれ》た名前を付けたものだと感心した。彼の納得いった表情にポーター娘も健康な歯を見せてにっこりした。

シャワーを浴びて木村と柏原は大食堂へ向かった。二人は隣り合せの独立部屋である。プールをめぐってバンガローふうの客室がならんでいるように避暑用のホテルだった。

大食堂は、ここへ来るときに見た吊りさがったように尖った円錐形の屋根で、入ってみると、その天井には黒褐色の棒縞が頂点から四方へ流れていた。ラフで、スマートなデザインである。

ここは男のボーイばかりだった。客はフランス人が十二、三組あちこちのテーブルについていたが、泊まり客とはかぎらず、ニームあたりからドライブで来たのが多いらしかった。

旭旅行社観光団一行の日本人は一人も見当らなかった。すでに夕食を終って部屋に引き揚げたらしかった。

窓の外に闇の原野がひろがっている。ホテルの外灯が寂しそうにぽつりぽつりとならんでいた。

口髭いかめしいシェフがすすめた料理。

フジークの生カキ。ブイヤベース。アンチョビ・ソースのシタビラメ、グラタン。「野牛《トロ》」の赤葡萄酒《ぶどうしゅ》煮込み。サバヨン・ソースつきアバラロースソテー。ワインは、Châteauneuf du Pape と Domaine de Mont Redon Rouge。

闇に包まれた荒涼とした窓外をのぞきながら食事するのに奇妙な興味をおぼえてきた。

「昼食はエクスの『星の館《シャトー・デゼトワール》』、夕食は『弾丸《ブレ》』、今日は変っていますな」

柏原が言った。

「いや、ブレには弾丸のほかに馬の膝関節の意味があるらしい。先刻、バゲージを運んでくれた可愛くて勇ましいフロントのお嬢さんに言われてフランス語の辞書を引いてみたら、たしかにそうあったよ」

「馬の膝ですか。なるほど、やっぱりカマルグですな」

柏原は笑って、「野牛《トロ》」の赤ワイン煮込みを口に入れた。これは看板で、じつは普通の牛肉。カマルグでは、じっさいの野牛《トロ》の群れが牧夫に追われて湿地帯の葦の中を走る。

「『星の館』といえば部長、あの夫妻、とても印象深いですな。主人のトリオレ伯はひどく個性的だし、日本人のマダムはなにか謎を秘めたような魅力がありますね」

木村は生返事して、うなずいた。

バローナの「条件」はマルセイユのオテル・ソフィテル・ビュ・ポールの部屋で出されたのだが、そのあと、バローナがトリオレ伯夫妻の話をした。トリオレは天体観測に凝って、ロンドンやパリの天文台をはじめブリュッセルの天文台にまでも研修にたびたび行っているが、それは口実でじつは土地に居る女たちと遊ぶためだという。伯はプレイボーイで、これまでも二回の離婚歴がある。いまの日本人の夫人とはパリで結ばれたが、そうなるまでに彼女のほうが逃げまわっていた。伯はいちど眼をつけたらどうしても逃さない不思議な吸引力と執着心とを持っている、と、これはフランス陸連のプロヴァンス陸連協議会から得た情報だということであった。

しかし、この話を木村は柏原に打ち明けていない。シャトー・デゼトワールの後庭のテラスで昼食をとりながらトリオレ伯夫妻を眼のあたりにした後では、バローナの内緒話を柏原に暴露する気にはなれなかった。伯のほうはともかくとして、あのマダムの好印象を破壊するに忍びなかった。

木村は、「タカコ」と伯が呼んでいた夫人の様子をそれとなく見ていたのだが、夫とのあいだになんとなく距離があるように思われた。マダムとしての彼女にはレストランの仕事があるので落ちつかないのは無理もないとして、それをいい口実に夫の傍から離れようとしているふうだった。その間には見えないカーテンが仕切られているように思える。

が、夫のほうはそのカーテンを破って妻へ鋭い眼を向けているように感じられる。彼のときどきにきらめく眼光が青い光を帯びているように気味悪いのだ。伯はパラノイアみたいな偏屈なところがあるよ、とバローナは言ったが、あの眼の光がそれでもあるのか。

してみると、妻が夫から距離をとっているのは、その狂気を懼《おそ》れているようでもある。マダムには憂愁の影があるように木村には思えた。

「あのトリオレ伯はなかなか愉快ですな。変り者のようですが面白い男ですよ」

柏原はそんな事情は知らぬ。

「科学的な天文学をやりながら、アストロロジイというんですか占星術をやっている。従来の大天文学者も同時に占星術をやっていたとか信じていたと威張っていましたね。自分では、あのドームのある天体観測所に一人でこもって、ホロスコープとやらをいじってひと晩じゅうでも星占いをやってるというんですからね。そんな変り者の亭主に、あのマダムはよく仕えていますよ」

「そうだね」

「謙虚で、しとやかで。やはり日本の女性ですよ。魅力がありますよ」

「いい奥さんだ」

「ダンナがあんな変人なので、いいとり合せなんでしょうな。世の中はよく出来ていますよ。……あ、そうだ、トリオレ伯の星占いもバカにはできませんよ。近い将来、日本人が大挙してこのエクスにやってくると言ったじゃありませんか。おどろいたなア。あれを聞いたときは、びっくりしましたよ、もう」

「うむ、あれにはぼくもおどろいた」

「部長。その占星術だけでもプロヴァンス国際駅伝競走は実現間違いなしです。もう一度、乾杯とゆきましょう」

もう一度グラスを合せたとき、柏原が、おや、という顔で入口のほうを見た。二人の男が頭をさげながら急ぎ足でこっちのテーブルに近づいてきていた。スナックバーで遇った大分日日新聞社会部の両人であった。

「どうも、さきほどは失礼しました」

小肥りの社会部次長が言った。

「失礼ついでに、ちょっとお願いがあります。じつは、うちあけて申しますと、わたしどもは、わが郷土の大分県竹田地方がこのプロヴァンス地方の風景から文物まで非常に類似点の多いことから、ゆくゆくは姉妹都市にしようと、紙上で一大キャンペーンを起そうと考えて、その取材に来たのです」

「ははあ、そういうことですか。そんなに大分県の竹田地方とこっちとはよく似ていますか」

木村は立って聞いた。先方の二人は、なにやら急ぐらしく立ったままであった。

「竹田市というのは、豊後《ぶんご》の岡城の城下町です。『荒城の月』の岡城です」

社会部次長が言葉を添えた。

「ああ滝廉太郎作曲の？」

「そうです、そうです。それとこっちのレ・ボーとが似ています」

「レ・ボーはぼくらも行きましたが、どこが似ているんですか」

「レ・ボーも城がうちこわされて、城垣の石がすこし残っているだけです。中世の荒城です。あそこには曾て諸国を回る吟遊詩人が立ち寄ったり、滞在したりして貴婦人たちのために竪琴《たてごと》を奏《かな》で詩を歌っていました」

「ああ、トルバドゥールですね」

「そうです。トルバドゥールは竪琴を弾じて、高楼の美姫《びき》たちから『その歌、鶯《うぐいす》よりもめでたし』といって迎えられたそうです」

「ロマンティックですなア」

「すごくね。そのほか共通点はいっぱいあります。豊後の大野川に対して、こちらのローヌ川。竹田地方の水路の橋に対して、こちらのポン・デュ・ガール」

木村は、多島通子を思い出す。東京渇水のときに彼女が送ってくれた「タケタ・エビアン」に付いていた小型パンフレットのことだ。それには煉瓦形の切石を積んだアーチ型の橋の写真があり、説明に、「日本一の水路橋。明正井路。ローマ遺跡を思わせる大きな水路橋です。長さ九十メートル、六連の連続アーチ式石橋」とあったのを憶えている。

あのときは次長《デスク》の辻もいっしょに読んで、調査部からポン・デュ・ガールの資料などを借り出して、その明正井路の水路橋と比較したものだった。

思えば、その多島通子の投書一通からこの「プロヴァンス国際駅伝競走」の企画が発足した。そうして、その実現のために今夜ここにこうして自分が来ているかと思うと、ふしぎな運命に引かれているような、なんともいえない気持に木村はなった。

「なに、竹田地方にも水路橋があるのですか」

柏原がきく。

「ポン・デュ・ガールとは比較になりませんが、それでも大正期にできた六連のアーチをもつ石造りの水路橋です」

「ははあ」

「それに湧き水が澄んで飲料水になっています。阿蘇の溶岩の間から出るのです。それは、こっちのエクス・アン・プロヴァンスと同じです」

柏原は感心していた。

「まだあります。画家は田能村竹田《たのむらちくでん》や帆足杏雨《ほあしきょうう》。こっちはゴッホやセザンヌ。ね、なにからなにまでこんなに共通点の多いことはないでしょう? けど、いちいちお話しすると長くなります。それよりも先に、観光バスの皆さんが、そこの吊り橋を渡った池の畔《ほとり》で勢揃《せいぞろ》いして、半月の出た葦の原を見渡しながら、『荒城の月』を合唱しようという趣向です。ぼくらがおすすめしたんです。みんな『荒城の月』の歌詞はご存知ですからね」

「ははあ」

「伴奏用のアコーディオンはバスの添乗員の人が持っていました。いかがですか、あなたがたもご参加くださいませんか」

「部長、行きましょう」

柏原が勢いよく言った。彼は「鹿児島浜節」の咽喉《のど》を、テノールにして聞かせるつもりらしかった。「大分日日」の二人の案内で、ホテルの入口とは反対方向へ歩いた。川があり、そこに吊り橋があった。十字路のコンクリート橋の上手《かみて》にあたっていた。案内の田村次長は懐中電灯で足もとを照らした。

葦いちめんの中についた道に黒い人影が集まっていた。懐中電灯に導かれた新参加者に拍手を送った。

冷たい夜風が人々の顔を吹いている。まだミストラルほど強くはなっていなかった。

雲が切れて半月が出ていた。葦の草原にかかった蒼《あお》い霧が、うっすらと光った。

アコーディオンは『荒城の月』の前奏を静かに弾いた。

合唱の声が、淡い月光の霧の上を流れる。

人々の顔が、やがて泪《なみだ》で濡れはじめた。

11

朝六時半、木村の室内電話が鳴った。柏原からの「起し」だった。朝食の前に、近くを散歩する約束にしていた。

十五分すると、ドアがノックされて隣の柏原が迎えに来た。

「お早うございます」

「お早う」

空は曇っていて、日の出前のように暗かった。プールの水は静かで、雨滴の模様はなかった。二人は昨夜とは逆にスナックバーから、フロントの前を通り表に出た。従業員たちが掃除をしていた。左手を見ると大食堂の向こうのポプラの樹の陰に「旭旅行社」の観光バスがうずくまるように停まっていた。大食堂もまだひっそりとしていた。

二人は吊り橋のある方へ歩いた。昨夜『荒城の月』の合唱へ加わりに行った道である。ホテルの裏口で、アルバロンの十字路の西道へ出る近道である。

昨夜は暗くてわからなかったが、川は清冽《せいれつ》な水でほとんどまっすぐに流れていた。両岸に葦が生い繁っている。そこに立って南のほうを眺めると、曇り空の平野には一面に白い霧がたちこめていた。

「このへんだったね、『荒城の月』を合唱したのは」

木村は立ちどまった。

「そうです。あれはたいてい中学校くらいで教わりますからね。みんな知ってます。昨夜は雲間から半月が出てよかったです。日本を離れているから、みんな望郷の念といったものに胸が逼《せま》り、声が慄《ふる》えていました」

「われわれはその前に闇の中に燃える野火を見た。野火かと思えば藻刈り焼く火だった。玉藻焼くなんてのは万葉集にはなかったと思うが、海藻を島で焼く火を詠んだ歌謡があったような気がするな」

「部長は詩人ですな」

「いい年をしている人間をつかまえて、あまりひやかさないでくれ」

二人は歩き出した。川はゆるやかに曲がった。岸辺の葦原も、道も曲がった。霧は霽《は》れなかった。

道ばたに古い農家が二軒あった。重いワラぶき屋根である。小さな窓があり、それも釘付けになって閉ざされていた。北向きだった。窓の下は枯れた葦を組んで垣根にしていた。

「ゴッホが描きそうな農家ですな」

家の奥の南側が正面出入口だが、木立が繁って路地が暗く、人が住んでいるかどうかもわからないくらいだった。

しばらく歩くと視界がいっぺんに展《ひら》けた。左手が湖水だった。そこにも霧は這《は》っていて、遠い対岸ははっきりわからなかったけれど、近くの岸は林を持って黒く浮び上がっていた。霧に閉ざされているため鈍い光の背景には、うすぼんやりとだが教会の尖塔が浮んでいた。

ははあ、地図に付いている教会の記号はこれだったのかと木村は思った。湖水の岸辺にも、むろん葦は密生していた。

「まるで水墨画のようですなア」

柏原が感嘆して見惚《みと》れた。

このとき、後ろから戞々《かつかつ》と馬蹄の音を聞いた。ふり返ると、白馬にまたがった黒の山高帽に乗馬服の騎乗者二人が速歩で近づいてきていた。二人は避《よ》けた。が、道が狭いので、距離がそうとれない。

馬は眼の前にくる。緋の上着、白のシャツ、白のズボンに拍車の付いた黒長靴、片手に長い鞭《むち》、その白い手套《しゅとう》の片方の指先が山高帽のひさしをわずかに押し上げ、

「メルシイ、ムッシュ」

と会釈《えしやく》した声は若い女だった。帽子を上げた顔を下から仰ぐと、昨夜ホテルのフロントに立ち、途中でバゲージを部屋へ運んでくれたポーターに早変りの二人であった。

こちらは声を呑んでいると、女性騎乗者は白い馬を速歩のまま湖水の中に乗り入れて行く。白い飛沫《ひまつ》を上げ、湖面に輪がひろがる。葦の群れからはずっと離れたが、さりとて湖心に向かうのでもない。岸に沿って即《つ》かずはなれずに進む。あんがいに浅瀬で、馬の膝の下ぐらいまでしか水に浸してない。その姿は霧に消えた。

「馬は高貴な白馬、騎乗するは仏蘭西の佳人両人《ふたり》、背景は雲煙過眼の水景。末広鉄腸か矢野竜渓なら、さっそく明治調の名文をものにするところですなア、部長」

柏原はため息をついて言った。

「おどろいたね。明治文学でも、そんな古いものを知っているとは思わなかった」

「生《なま》かじりです。それよりもおどろきは、あの昨夜のフロント兼ポーターの女性が、乗馬クラブに入って朝からあんな格好で乗りまわしているとは思いませんでしたな。道理で、荷物運びも、ドアをブーツの先で蹴って開けたりして勇壮活発だと思いましたよ」

湖水の手前は狭く、まもなく通りすぎた。道はつづく。農家はあったが、道からは遠かった。川も道から離れて、ここも葦の密生になっていた。対岸に避暑用の小さな別荘らしいのが点在していたが、そこにも霧が粘《ねば》りついていた。雨は降りそうで降らない。木村が足をとめて柏原の肘《ひじ》をついた。

「なんですか」

「あすこを見たまえ。あの葦がいっぱい生えている間を」

木村は指さした。

「葦の丈《たけ》が高いから、ちょっとわかりにくいが、あそこに楓《かえで》の木が二本かたまって立っている。その右側だ。その川岸のところで葦を折っている人がいるよ。立ったり、しゃがんだりしている。葦が邪魔してよくわからないが、どうも葦を折っているようだね」

「なるほど、そのようですね。後ろ向きですが、防水帽のようなものをかぶっているようですな。レインコートを着て」

柏原もその方角に眼を凝らしていた。

「詩人だよ、あの人は。川岸に下りて葦の原を歩き、葦を手折《たお》るなんて。朝霧の中をね。さすがにヴェルレーヌなどを出した象徴詩人の国だな」

「一人じゃありませんよ。あそこにもう一人、伴《つ》れがいますよ。同じように葦を折っているようです」

こんどは柏原が指した。

「そうか。やっぱりランボーがいたか」

「え?」

「いや、ヴェルレーヌと年下のランボーは師弟の間だが、相愛の仲でもある。ヴェルレーヌにはマチルドという恋女房があった。ヴェルレーヌはこの両者の間で悩み、ついにランボーをピストルで撃つ」

「ピストルで?」

「ランボーは死にはしなかったが、ヴェルレーヌは監獄へ一年半ほど入れられる。このへんはなかなか深刻だよ。……ところで、葦を折るランボー氏はどこに居る?」

「さっきまで見えていましたがね。黒っぽい姿をしていましたが。すらりとした背格好でした」

「フランス人はプロポーションがいい」

「その人も黒い防水帽をすっぽりかぶっているふうでした。なんだか優《や》さ男の感じでした。なにしろ葦の間にちらりと見えただけです」

「なに、優さ男だって?　それじゃ、ますますランボーだ。あ、見えた。はっきり姿がわからないのが残念だな」

「油断していると見失いますな」

「おや、また霧が濃くなってきた」

「この霧で、ますます見えない。……部長。詩人のほうは幻影として、ぼつぼつ帰ることにしましょうか」

ホテルの吊り橋のところにさしかかったとき、後ろでおびただしい馬蹄の音を聞いた。ふり返ると道路を白い馬が三十頭くらい一列に行進していた。先導するのは山高帽のフロント娘、後衛は同じく緋の乗馬服をつけたポーター娘であった。

二人は乗馬クラブの練習で朝駈けしていたのではなく、あの湖水のどこかにある飼育場に白い馬を連れ出しに行き、これからカマルグの草原に放し飼いに遣《や》るところである。二人の娘「牧童」はまっすぐに正面を向いて厳粛そのものであった。

ボーイに出遇った。

「あの二人は牧場の娘さんです。このホテルにはパートで働きに来ているんです。道楽なんですよ。じつはあのお嬢さんたちは三十頭の白馬を草原の放し飼いに連れに行くだけではないのです。乗馬クラブへ持って行くのもあります」

「乗馬クラブで?」

「プロヴァンス地方の紳士、淑女のみなさんが会員です。白馬にまたがるのはだれしも貴族的な気分になりますからね。それだけじゃありません。サント・マリ・ド・ラ・メールには五月と十月にヨーロッパ各地からジプシーが集まってお祭りをしますが、その開会式でも白馬に乗ったジプシーの騎士の行進があるのです。そのほか白馬は、各国の王室や政府へ元首の乗馬用に売られます。カマルグの白い馬は用途が広いですよ」

フロントに大分日日新聞の社会部次長と記者の置き手紙があった。

《お先に出発しますが、昨夜はたいへんお世話になりました。とても愉快でした。カマルグの夜の『荒城の月』の合唱は一生の思い出です。帰国したら紙上で奥豊後とプロヴァンスの共通性をじゃんじゃん書きます。よきお旅のつづきを祈ります。いずれ日本でお目にかかる機会があると愉しみにしております》

朝食が終ったころ、アルルから呼んだタクシーが来た。運転手は三十半ばの、威勢のよさそうな男だった。彼も英語が話せた。

ホテルの正門へ向かう。右側の囲いの中に白い馬が二頭つながれていた。

十字路の橋に出た。

アルルへ引き返して、駅伝競走のゴールになっている古代闘技場を見るのがほんとうだが、せっかくここまで来たのだから、ジプシーの祭りがあるというサント・マリ・ド・ラ・メール寺院へ行ってみたい。ジプシーといえば、マルセイユの高級住宅地の中にある公園にはジプシーがキャンプを張って半永住地にしていた。

「サント・マリ・ド・ラ・メールの農家はゴッホが画に描いていますよ。それに、そのあたりの海もね。ぼくは、ここにその画集を持ってきています」

柏原は言って、抱いている画集を上から敲《たた》いた。

それなら、ぜひ見に行こうということになった。

この道をまっすぐに南下すればその寺院へ達する。ここから二十五キロだ。左へ行けば"Villeneuve"まで十五キロ。

「ヴィルヌーブは」

と運転手は車を停止させて言った。

「バカレ湖の北岸を回ったところにあります。カマルグはバカレ湖を中心に二つの半島に分れていて、西側がピオ・バデ地区、東側がル・サンブ地区です。白い馬や野牛が牧草地に放し飼いされているのは東側の半島地区です。フラミンゴが渡ってくるのもそこです。湿地帯ですからね」

運転手は、外国観光客に馴れた流暢《りゅうちょう》な英語で説明した。

「東の半島地区へ行くには、サント・マリ・ド・ラ・メール寺院から、いったんこのアルバロンまで引き返さなければならないのかね」

「いいえ。寺院の前から東へバカレ湖の南を横断するドライヴ・ウエーが付いていますよ。約七分です。そしたらすぐに空を舞うフラミンゴが見られます。また、運がよければ野牛の群れを追う牧夫に遇えるかもしれません」

「運がよければ？」

「そのへん一帯が特別保護区域で、立入り禁止地帯なんです。動物学者でも許可された人でないと入れません。一般の者は道路の端に立って双眼鏡で見るだけです。それに湿地帯には葦や水草がいっぱい繁っています」

「とにかく先に、ジプシーが信仰する寺院へ行こう」

タクシーは平野の中についた坦々たる白い道を走る。道はときに曲がっている。そこは防風林に囲まれた小さな集落で、北側に窓のない家々が屈《かが》んでいる。自転車に乗った若者の列が背に荷を負ってペダルを踏んでいる。左右は小麦畑のひろがりである。昨夜はこの闇に向かって、皆で合唱した。

今日は午前十時近くなって晴れてきた。執拗《しつ》こかった霧も遁《に》げた。サント・マリ・ド・ラ・メールの町に入った。白い城塞のような寺院が聳《そび》えている。尖塔も十字架もない。

ずっと手前の広場でタクシーを駐《と》めた。寺院へ行くには路地のような狭い道を歩いて行かねばならなかった。通りの両側は、レストラン、コーヒー・ショップ、土産物屋などの近代的な建物がならぶ。

「待ってくださいよ」

柏原は抱えていたゴッホの画集を開いて、ページを繰った。

「ほら、ここに『サント・マリ・ド・ラ・メールの通り』という画があります。油彩でもあるし、そのデッサンにもある。寺院は出てないが、三角形の構図で坂道の正面は切妻の白い壁の家、右側は紅い花をつけた灌木《かんぼく》が大きくひろがっていて、その向こうに家の屋根がのぞいている。道の左側は苫屋《とまや》が五軒ならんでいる。これが一八八八年夏のサント・マリ・ド・ラ・メール寺院前の風景ですな」

木村も画集をのぞきこんだ。

「なるほどね。デッサンを何枚も描いているね。このほかにも散逸しているのがあるにちがいない。一枚の油彩画を仕上げるには、素描を何度も描かないといけないんだね。素描だって美事なものだね。素描の用紙には vélin というのが多いね。ヴェランというのはどういう紙だろうな」

「さあ」

「それに葦ペンにセピアのインキとある。または鉛筆と葦ペン。ほら、このデッサンの『プロヴァンスの農家』でも『モンマジュール』の風景にしてもさ」

「どういうわけで、葦ペンを使うのでしょうな」

「鉛筆では線が細いからだよ。力強さが出ない。線と棒の違いだな。葦を切って、その斜め切り口にセピアのインキをつけて描くと線が棒になる。そこがゴッホの……」

と言ったとき、木村の脳裡《のうり》には今朝早くホテルの川の上流で霧の中で見た「詩人」二人の影が過ぎた。葦の間に入って葦を折っていた。

あれは詩情を持つ人が葦を折っていたのだろうか。それともゴッホのように素描用に手ごろな葦を見つけて折っていたのだろうか。

一人は防水帽を深くかぶり、レインコートの衿を立てて、後ろ向きになっていた。葦が人間の高さ以上に伸びているうえに、男は葦を折るたびにしゃがむから、よけいに姿がわからなかった。霧がそれを上から隠した。

もう一人は、細い身体つきで、これも葦の間をよく動いた。二人は仲間だが、声は交わさなかった。せっせと葦を折っていた。

象徴詩人の「ヴェルレーヌ」と「ランボー」だと思って、その影を見ていた。もっと濃い霧が流れはじめ、二人をその白い闇の奥に消した。

あとで、木村に残像が蘇《よみがえ》った。「ランボー」のほうにである。一瞬の目撃だったが、あの細身の輪郭《りんかく》は女性の感じだった。

が、これは柏原には黙っていた。

サント・マリ・ド・ラ・メール寺院へ行った。中世の城塞造りである。最上部に銃眼の防壁がある。出入口も石段はあるが扉は狭い。その上の壁に、十字架の下が碇《いかり》になっている黒い紋章が、海の守護神《おまもり》のように顕現していた。

寺院の由来は、イスラエルから三人のマリアが奇蹟によって舟に乗ってこの地に脱《のが》れて上陸した。その侍女に黒人のサラがいた。ジプシーの信仰はサラに集まる。ジプシーの祭りは、サラのために行なわれる。

等身大のサラ像は祭壇の地下室の暗いところに飾られてある。黒い肌の像には造花の首飾りや、手編みの帽、衣裳が信者たちによって着せられ、さまざまな供物が置かれて、あとを絶たない。日本のお地蔵さまかアワシマさまのようなものである。

木村たちが行ったときも、栗色肌の婦人がお詣りにきて、裸ロウソクの光のもとでサラに向かい手を合せ、長いこと語りかけていた。サラに祈願すれば、なにごとも叶《かな》う。

サラに祈ろう。サラは黒い顔にまるい白い眼を炎に赤く耀《かがや》かせている。

サラよ。プロヴァンス国際駅伝が実現し、そして成功するよう導きたまえ。

12

木村のもとに大分市から「大分日日新聞」が連日送られてくるようになった。帯封の社名の横には「野中準吉」といつも書いてあった。折りたたんだ新聞には小さな付箋《ふせん》が貼ってあり、披《ひら》くと社会面の対ページに「南フランスに見るもう一つの奥豊後」という続きものが載っていた。六段の囲みつきで、かなり大きなスペースだった。

第一回は「エクス・アン・プロヴァンスの巻」である。

野中準吉といえば、カマルグの入口にあたるアルバロンの「オテル・ル・ブレ」で遇った大分日日新聞の社会部の記者だ。彼は、小肥りの田村次長に随《したが》っていた。プロヴァンス地方をまわる東京の旭旅行社主催の観光団体バスに乗っていた。サン・レミのゴッホが収容された精神病院でも一緒だったのだ。

その新聞が送られてくる二日前、木村は田村良夫から手紙をもらった。

「無事ご帰国のことと存じます。アルバロンではたまたま初めてお目にかかりましたが、いろいろと御教示に与《あずか》りありがとう存じました。野中があの調子で『荒城の月』の合唱にお誘いしたりしてご迷惑をおかけいたしました。でも、いまとなってはわたしどもには忘れ得ぬ印象深い思い出です。さて、そのさいにちょっとお話し申し上げましたプロヴァンス地方とわが郷土大分県（とくに奥豊後に特徴）とを『姉妹都市』にすべき目的の紙上キャンペーンの一つとして、プロヴァンス漫遊記の連載を開始することになりました。第一回はエクス・アン・プロヴァンスの巻です。これは小生と野中が執筆を担当し、アヴィニョンとサン・レミは野中、レ・ボーは小生、タラスコンとポン・デュ・ガールは野中、ニームとアルルは小生、カマルグは野中と小生という分担です。

取材はこのとおりの順序だったのですが、エクス・アン・プロヴァンスにはもう一度行きました。それは柏原さんからエクスにシャトー・デゼトワール（星の館）というすばらしいホテルがあり、所有主は旧い貴族で天文学者のトリオレ伯、その夫人はホテルの経営を任された魅力ある日本女性だと聞いたからで、エクスの再踏査を兼ねて、『星の館』にお邪魔したのです」

シャトー・デゼトワールのことを大分日日新聞の二人にしゃべったのは柏原で、旅先のホテルで行き遇《あ》った同業という気やすさからでもあった。それにしても柏原の一言で、すぐにそこを訪ねて行く大分日日新聞の取材意欲も相当なものだと思った。

「シャトー・デゼトワールに着いたのが午後二時半ごろでした。旭旅行社からマルセイユ在住の通訳（日本人）を世話してもらうなどに時間がかかりました。訪問すると、日本婦人のマダムはあいにくと不在でしたが、トリオレ伯が日本からきた新聞記者だというので会ってくれました。そしてわたしどもの企画の趣旨を聞くと、了解してくれ、いろいろと協力してくれました。伯爵は旧い家柄の当主ですが、洗練されたフランス人だと思いました。その学問的に専門としている天文台の施設をくまなく見せて説明してくれ、また西洋の占星術の話もしました。それから先々代や先代の伯爵が蒐集された日本の浮世絵を見せてくれました。先代や先々代がパリであつめたものだそうです。国貞、広重、英泉などで、四、五十枚ありました。また十九世紀の印象派画家の油絵やデッサンのコレクションもありました。先代は美術好きだったようです。

伯は、きみたちはどうしてここを訪ねてきたかと質問しました。われわれは木村さんたちのお名前を許可なく出すのがはばかられたので、日本を出発する前に、マルセイユに駐在したことのある外交官からこちらの話を聞いたととりつくろいました。トリオレ伯はうなずき、駐マルセイユ日本総領事もここには食事に見えると言っていました。が、そのあとで、そういえば先日、やはり日本の新聞社の人が二人、じぶんのよく知っているイギリス人とスペイン人とここで昼食をされたとつぶやいていました。伯は名前は言いませんでしたが、木村さんたちのことだなと思って聞いていました。

トリオレ伯は非常に機嫌よく話してくれました。話題は多岐にわたりました。わたしにフランス語ができたらもっと話がはずんだと思います。

マダムに会いたかったのですが、一時間半のあいだ彼女の帰りはありませんでした。残念でした。伯も、妻がご挨拶できなかったのは申しわけないです、と別れの握手のときに言っていました。

駄文の掲載紙をお送りする前に、お礼旁々《かたがた》御挨拶申し上げます。エクスでは、まずセザンヌのところから入りました。不勉強で汗顔の至りです。不一」


木村は、エクスで世界陸連会長バローナとの話合い以来、東京で全日本陸連の幹部三人と接触をつづけている間でも、郵送されてくる「大分日日」の続きものを読むのが愉しみであった。彼は、毎日机の上に配達されてくる郵便物の中で、この地方紙の帯封をまっさきに取り上げた。

連載の回数は進む。

《セザンヌ画のサント・ヴィクトワール山の一枚に、麓《ふもと》に白い橋が描かれたのがある。アーチ型の橋脚が十数個も連結して川を渡っている。これが水道橋かどうかはわからないが、エクスの郊外にはナポレオン三世が造った石造の水道橋があり、エクスの澄んだ湧水をマルセイユに運ぶ通路にしている。十九世紀の建造物のため、古代ローマ時代のポン・デュ・ガールの名声に押されて人々には一顧だにされないが、その高さはポン・デュ・ガールを抜いている。エクスは「水」の意味。エクス・アン・プロヴァンスとはプロヴァンスの水の都である。

ここもわが奥豊後の竹田地方と似ている。阿蘇溶岩地帯からの清冽《せいれつ》な湧き水は豊富な水量で流れ、付近の人家の飲料水となり、田畑の灌漑《かんがい》用水となる。水の及ばない谷間には、水路を渡し、煉瓦形の切石を積んで橋を造り、上に通水路を架け、水を村落に供給する。これが明正《めいしょう》井路であり、明正水路橋である。

明正水路橋はアーチ型で六連、農林省から大分県に出向した技手矢嶋義一が設計し、工事監督したもので、大正八年に竣工した。橋の長さは九十メートル、幅四メートル余、拱矢《きょうし》三・三メートル、アーチの数六。当時としては壮大なもので、五連のうち一連の下を竹田・高千穂街道が通り、他の四連は緒方川の支流をまたいでいる。道路の石橋の上は四段の壁石が両側に築かれ、中央の溝が通水路。水が流れやすいように供給村落へ微妙に勾配《こうばい》をつけて設計されている。

設計・監督の矢嶋技手はこの難工事に独力で向かい、単身赴任のため付近の農家を借りて寝起きし、朝早くから馬に乗って工事現場を見回り、作業員を督励した。資材費の高騰で不足分の予算の金策に走りまわるなど工事のほか資材係も担当し、県庁にたびたび陳情に出るなど、ひとり奮闘した。かくて五年の歳月を経て「奥豊後のポン・デュ・ガール」は遂に完成した。

しかし、思わぬ工事の大幅延期と予算の超過で、責任を感じた矢嶋技手は、晴れの工事落成

式の年を待たずに、自室において自刃した。現在、その地にはその功を偲《しの》んで「矢嶋義一顕彰碑」が建っている》

木村は多島通子が送ってくれた瓶詰め水「タケタ・エビアン」に付いていた宣伝パンフレットの水路橋の写真とその説明をひさしぶりに思い出した。しかし、あのパンフレットには水路橋についてここまで詳しく書いてなかった。さすがに大分日日新聞は地元紙だ。郷土のことになるとお手のものである。

四月下旬、美術展の仕事で北海道へ出張していた木村は、週明けに出社すると、溜まっていた「大分日日」に手をのばした。

《エクス・アン・プロヴァンスは水の都市。プラタナスの並木が両側に茂るミラボー通りには噴水が上がり、市民の飲み水になる湧き水が流れる。美術館の街であり、大学の街であり、音楽祭の街である。

ミラボー通りの途中から四辻を西へ折れてみよう。このへんは坂道。坂道の下は低地で田園風景となる。傍らは高台で木立に囲まれている。その中に館《やかた》と形容していい建物が見える。一見して昔の荘園主の屋敷を想わせる。まさにピエール・トリオレ伯爵が経営する「オテル・シャトー・デゼトワール」(星の館)である》

田村良夫は木村に前もって手紙で知らせた内容とほぼ同じことを、もっと詳細な記事にしていた。

木村は読んだ。

手紙にはないことが書いてあった。

《トリオレ伯は博学だ。その専門とする天文観測のほか占星術についても造詣《ぞうけい》が深い。占星術は古代バビロンの僧職たちが太陽と月と惑星の規則正しい運行から運命の法則を考え出して、これを君主や国家に当てはめた。中国星占いは国家の命運のみならず個人の宿命と将来の予見にまで拡大した。西洋の占星術と中国のそれとの関係はよくわからないという。占星術の話を伯から聞いても複雑すぎて、素人のわれわれにはよくのみこめなかった。

伯の先代が集めたという浮世絵のことについて質問したとき、伯の話は面白かった……。

伯爵は絵に造詣が深いですね、と水を向けると、伯は細面に微笑を浮べ、わたしの趣味は、天文学と占星術のほかに、戸外に出るといっては健康のために裏山で狩猟することと、各地の美術館をのぞくことです。このコート・ダジュールをはじめフランスじゅうには公立、私立の美術館が乱立しています。私立といっても、財団が造った立派なもので、一流のコレクションが陳列されています。八月はどこも休館だが、そのほかはいつでも公開されています。わたしの愉しみは、それらの美術館をまわって贋作《がんさく》を発見することです。

——贋作をですか。

贋作や偽画は絶えませんよ、と伯は肩をすぼめて言った。どんなに経験の積んだ鑑定家でも美術史家でも、贋作家の腕のほうがその水準の上をいっているのです。美術専門家は専門家という意識のためにかえって純粋な鑑賞眼が狂うのです。末梢的な技術に捉われすぎてね。そこが贋作家の落し穴にはまるところです。わたしなら一目で、これはニセ画だと見抜きます。直観力です。しかし、わたしは黙っています。気の毒ですからね。公立美術館だと大金を出した購入者の責任になる。個人美術館だとコレクターに恥をかかせることになります。

——しかし、いつかは誰かによって贋作は指摘されるでしょう?

他の人が指摘するのはかまいません、わたしにはできません。伯は答えた。

それというのが、贋作を指摘しても各美術館には倉庫に所蔵品をしまいこんでいて、それを次から次へと掛け替えている。それがまた贋作で、ドガあり、モネあり、セザンヌあり、ゴーギャンありでね。いろとりどりというところです。

——その贋作家たちはどこにいるのですか。

それはわからない。パリかもわからないし、田舎町かもわからない、と伯は笑って言う。というのはね、贋作家は画商が付いている。画商が贋作を描かせているのです。その画商も、いわゆる風呂敷画商ではない。れっきとした店舗を持った大画商でね。一流の美術評論家たちとコネを持っている。それに新聞社の美術担当記者で半ばお抱えのような者もいる。こういう連中を抱きこんでおけば、贋作は罷《まか》り通りますよ。

——贋作者集団はどれくらいの人数ですか。

集団だって？　そんなには多くはいない。二人か三人で充分です。なにしろ一人でヴラマンクも描けばピカソも描く、ルノアールも描けば、モジリアーニも描く、ユトリロも描くといった器用なものです。

贋作には証明書が付いている。が、それも古そうな証明書は適当に偽造できる。紙にしても時代を経たようにいくらでも茶色っぽく色づけすることができますからね。現代の権威だったら、いま言ったように画商とコネのある美術評論家が書いてくれる。美はあくまでも主観に立ってのことだから、どんな強引な言葉でも言える。科学的な標準はないわけです。そういうルートでくる贋作は、よほど目のきく美術館の購入係やコレクターでないかぎり、見破れません。

——それを看破されるのですから、伯爵の鑑定眼の鋭さはたいへんなものですね。

どういたしまして。わたしは、ただ虚心に鑑賞していることと、人よりは多少多く画を見てきているためでしょうね。親父が好きでしたから、しぜんと画の見方を教えられたのですよ。それでニセモノがわかるのです。わたしは、ときたまですが、妻を引っ張り出してニースやマントンあたりの美術館へ出かけ、そこに展示されている贋作を小さな声でささやいて指摘すると、妻も同意します。

——マダムが。

妻は、いまはやめていますが、ほんらいは画家なんですよ。日本にN展というのがあるでしょう?

——伝統的な官展系の美術団体です。

妻はその展覧会に入選した経歴を持っています。だから画がわかるのです。

——N展に入選! そりゃたいしたもんです。そんな権威ある画家歴を持ってらっしゃるとは、ちっとも存じませんでした。セザンヌの生地、奥豊後と共通する水の都での思わぬ発見です。

きみ、ちょっと待ってください、と、これまで悠然とかまえていたトリオレ伯がにわかに狼《ろう》狽《ばい》の様子を示した。

妻が画家だったことやN展に入選したことは、新聞には書かないでください。いまは宿屋のおかみさんだからね。画のほうもとっくにやめています。妻も画家だったことを客に知られるのを好ましく思っていません。いま、妻が留守なので、わたしも、つい、口がすべった。どうかいまの話はオフレコということにねがいたいです。

しかし、われわれはトリオレ伯の謙虚に感銘した。伯とのその場の約束を破るようだが、伯

の謙遜《けんそん》に打たれて、伯夫人の話をあえて紙上に紹介する次第である。……》

木村は新聞を、ばさっと閉じた。

鍵のかかった机の抽出《ひきだし》の底から分厚い手紙をとり出した。多島通子からのものだ。

木村は文面要点に眼を走らせた。何度も読んでいるので、意味は頭に入っている。

（B子さんは画家志望のひとで、兄の友人A小宮栄二の恋人。……小宮はその年の秋のN展に二回目の特選を取る。同じ期にB子さんは初入選。わたしの兄は落選。……それにはN展のボス土屋良孝画伯の意図が働いています。……小宮栄二は自分の女のB子さんを王様の土屋画伯に献上して「寵臣《ちようしん》」になったという陰口がささやかれました。そのために兄は蹴落されたのです。……兄の流浪がはじまります。……数年経ってボスの土屋画伯が死ぬと、小宮栄二もN展の画壇から没落します。B子さんが皆の前から姿を消しました。……兄は自殺同様な死に方をします。……）

木村は調査部へ自分で出かけた。N展の資料を見るためだ。だが、そんな展覧会の目録のようなものは保存してないだろう。あとはN展事務局にでも行って見るしかない。

ふと思いついたのが学芸部の沼田である。彼は美術担当記者で取材上美術団体や画家や画廊に出入りして顔がきく。彼の「展覧会評」のとり上げかた一つで画家や画廊の人気が左右されるくらいだから、強面《こわおもて》と同時に裏ではとかくの評判がある。

手がかりはN展に小宮栄二が第二回の特選になったときの初入選者である。その中に「タカコ」の名のつく女性があったはずだが、その姓名《フルネーム》を知りたいと木村が沼田に言うと、沼田はニヤニヤして、なんだか企画部もお安くないようなプランを考えているようですな、と言い、ちょっと待ってください、そんなのすぐわかります、と受話器をとり上げ、交換台にN展事務局へつながせた。

向こうの交換台が出ると、事務局長の何々さんへと言い、やあ事務局長さん、沼田ですよ、いつもどうも、ときにこれこれだが、ご面倒でもちょっと見てくださいな、はあ、いますぐです、どうも恐縮と有無を言わせぬ態度だった。先方が調べている間、受話器を片方の肩で支えて耳に当て、煙草をくわえてライターをつけ、左足を机の上に乗せた。

タカコ——ホセ・マルティーヌ・バローナとサー・ウイリアム・ボールトンと、それに柏原を交えたシャトー・デゼトワールの庭園の食卓で、トリオレ伯は妻の名をそう呼んだ。白いレース布のかかったテーブルから離れて静かにほほ笑んで立つ日本婦人の撫《な》で肩には南仏の陽ざしが繁る木の葉を通して網の目の影を落していた。彼女は料理を運んでくるボーイたちを指図し、別の客のテーブルへ挨拶に回る。その、すらりとした背にも梢の影が動いた。タカコ——どういう字を書くのだろう、と思いつづけていた。

「やあ」

沼田の大きな声に木村はわれに返った。

「あ、そう。豊島《とよしま》高子ね。豊島は、ユタカな島、タカは高い低いの高子。豊島高子。小宮栄二の第二回特選の時に、『秩父の山村』の画題で初入選。間違いなし。……そう。どうもありがとう」

がちゃんと受話器を置いた。

「木村部長。お聞きの通りです」

どうです、ぼくの威力でことが早いでしょう、と沼田の自慢顔であった。

木村は席に戻った。

事情を言わずに次長の辻秀三を呼んだ。

「きみ、すぐに多島通子に連絡をとってもらえないか」

「多島通子ですか。ずいぶん久しぶりですね」

「うん。半年ぐらいご無沙汰だね。向こうで手紙を寄越すなと言ってたからね。しかし、急にこっちから話したいことがあるので、会いたいのさ」

「この時間だと大手町の会社のほうですかね」

「そうだね。いちおう電話をしてみるか」

辻が戻って報告した。

「多島通子は会社を辞めたそうです。フランスに行くのだといって」

「なに」

木村は思わず椅子から立ち上がった。

「フランスはどこだ?」

「わからないそうです。会社の友だちには何も言わないし、ハガキも来ないそうです」

「辻君。彼女がいた井草のアパートの家主のところへ車で行ってくれないか。電話では駄目だ。家主のところだと、彼女の消息を知っているかもしれない」

二時間もすると、辻は木村の机の前に帰ってきた。

「部長のカンは当っていました。アパートの家主の奥さんには多島通子から手紙が来ていました。エクス・アン・プロヴァンスです」

「エクス……」

木村は、予感が的中しすぎて、呆然《ぼうぜん》とした。

「アドレスはここに書き取って来ましたが、彼女はホテルに住んでフランス語の勉強にそっちの学校へ通っているそうです。家主の奥さんに寄越した手紙には、東洋の占星術というのですか、星占いの本を三、四冊と、易断所発行とやらの年間の〝暦〟と、易《えき》だか八卦《はつけ》だかの関係の本を至急に航空便で送ってくださいとお金が入れてあったそうです。……アドレスはこれです」

木村は唸《うな》った。

《Solotel-Chemin de l'Hôtellerie Aix-en-Provence, France》

文字の上に、「わたしは占星術を趣味にしていますのでね」というトリオレ伯の気どった声が重なっていた。

13

多島通子は、なぜ急にエクス・アン・プロヴァンスに行ったのか。——

木村は思案に沈んだ。

思いあたるのは「大分日日新聞」のピエール・トリオレ伯訪問記だ。彼は連載記事の切抜き貼り込みノートを机の抽出《ひきだし》からとり出し、該当箇所をひらいた。

《妻は、いまはやめていますが、ほんらいは画家なんです。日本にN展というのがあるでしょう？　妻はその展覧会に入選した経歴を持っています。……妻が画家だったことやN展に入選したことは、新聞には書かないでください。いまは宿屋のおかみさんだからね。……妻も画家だったことを客に知られるのを好ましく思っていません。……》

これだ、と思った。多島通子はこの記事を読んだのだ。

郷土紙の「大分日日新聞」を通子はその本社に購読料を払いこみ直接郵送させていたか、全国の主要な地方紙を売っている店で買っているかしていたのだろう。有楽町駅界隈にはそうしたスタンド売りがある。

だが、そうだとしても、通子はこれだけの記事からトリオレ伯夫人がどうして豊島高子と判ったのだろうか。

木村は「シャトー・デゼトワール」でバローナたちと昼食をとったとき、トリオレ伯が「タカコ」と妻の名を呼んだのを耳にしている。それを手がかりに学芸部の美術担当記者沼田からN展事務局に問い合せてもらい、豊島高子の実名を知った。

以前に通子からきた手紙に「N展で小宮栄二が第二回特選になったとき、B子さんは初入選した」とあったからだが、この最後の手紙は彼女の兄に関しての「告白」になっていた。

N展事務局では、豊島高子の入選作は『秩父の山村』という画題だったと沼田を通じて答えてきた。もう間違いない。

しかし、「大分日日新聞」の簡単な記事だけでピエール・トリオレの妻が豊島高子だと通子が知った理由が、木村にはまだのみこめなかった。

そこで一つの仮定がある。

通子は日本を去った豊島高子がフランスに居ると想像していたのではなかろうか。

N展のボス「土屋良孝の女」だった高子は土屋の死によって「解放」された。だが、恋人の小宮栄二によってボスに「献じられた」彼女は、もう小宮のもとには戻ることができない。彼女と土屋良孝の関係は画壇に知られている。彼女は日本に居られなくなって外国へ去ったという。外国とすればなにかの縁故を求めてフランスに渡ったかもしれない。
そこまでは通子に見当がついたとする。それからさきの豊島高子の行方が通子には知れない。彼女の性格だから周辺の人々にずいぶんと聞き出そうとしたであろう。だが、身の上を恥じた高子はその所在をだれにも教えはしなかった。
通子の兄多島明造は親友の小宮栄二のため画壇的生命を絶たれた。小宮が高子を土屋良孝に呈上した結果、土屋が小宮を引き立てる目的で小宮のライバルの多島明造を突き落したからだ。通子にとって高子は小宮と同じく兄の仇敵《きゆうてき》であった。通子の「告白」の手紙にはそう書いてある。
《小宮栄二は、自分の女を王様に献上して「寵臣《ちようしん》」になったという陰口がささやかれました。おそらく、そのとおりだと思います。……小宮と雁行《がんこう》した兄は蹴落されたのです》
土屋が死ぬと、後光を失った小宮栄二も没落した。彼は画壇から消えた。その後の消息もはっきりしない。
《兄は小宮栄二の犠牲となり、土屋良孝に殺されたのです。わたしは、両人とも許せません。B子さんを含めてです》
画壇から抹殺された多島明造は三年間消息を絶っていたが、ある日、とつぜん通子に電話してきた。通子が会うと、明造はやつれはてた姿をしていた。彼は、その間インドを乞食のような暮しで歩き回っていたという。彼は画家としての再起を決心し、銀座の一流貸し画廊で個展を開く。通子はその費用を提供した。

「多島明造画伯インド滞在作品展」のポスターと目録とはおどろくほど豪華版であった。彼は借り集めた金をほとんどその印刷費用に投入した。

だが、画のほうは一枚も売れなかった。

一カ月ほど経って、愛媛県のある土地で小、中学生相手の画塾を開いているという兄からのハガキが通子にくる。

それからまた一年半ほど経って手紙が来て、その三カ月後に明造はその土地で死んだ。

《夜、兄は酒に酔って国道をふらふら歩いているとき、トラックにはねられたのです。……形は交通事故ですが、兄は自殺したと思います。

あの個展に出ていた兄の作品に『ベナレスの死者の家』という画があります。ガンジス川の河畔にある廃屋のような三階建てのアパートです。白壁は剝《む》げ落ち、乾《ほ》し煉瓦が剝き出ています。岸辺には焚木《たきぎ》がうずたかく積み上げられ、夕空を背景に真赤な炎が立ち昇っている。屍《しかばね》を焼くのです。焼いたあと、聖なるガンジスに流し、成仏させるのだそうです。廃屋のアパートと見えるのは、野焼きの順番を待つ死者か、または助からぬとわかっている瀕死《ひんし》の病者たちの収容所です。家族が枕頭《ちんとう》に黙々と付き添っています。そういう兄の説明でした。

R市で小、中学生相手の画塾を開いたあとの兄は、ちょうど『死者の家』に居るような心地だったでしょう。いや、その心理はすでに画壇のボス土屋良孝のために排斥せられ、小宮栄二に蹴落されてインドを放浪するときにはじまったと思います》

交通事故に見えるけれど、兄は自殺だ。——通子の声が文字の行間で叫んでいる。兄をそこまで追いこんだのは土屋と小宮だ。豊島高子も同罪だと通子は言いたげであった。

兄想いがそこまで昂じているのか、生来のエキセントリックな性格からか、通子の激しさはかなり異常である。

それにしても豊島高子がフランスに居るらしいことを、どうして通子は知ったのだろうか、と木村は訝《いぶか》った。

高子の周辺から人伝《ひとづ》てにそう聞いたのだろうか。いうところの「風の便り」である。

ここまで考えてきて木村は、はっとなった。

通子が社に投書で提供した「プロヴァンス国際駅伝競走」のアイデアのことである。

新聞社主催の駅伝競走も例年そのコースが決まりきっていて、うんざりである。このへんで目先を変える必要があるのではありませんか、という文面にはじまっていた。

《それには海外がいいと思います。……アメリカの主催ですら、日本語の"EKIDEN"が使われている現在です。いわんや本家の日本は、外国にコースを求めるべきではないでしょうか。

その候補地として、わたくしの考えでは、南フランスのプロヴァンス地方がいいと思います。マルセイユ、アヴィニョン、アルルの間を走るコースです。その略図を書いてみました》

プロヴァンス地方各都市の「名所」がならべられてあった。古代ローマの遺跡、ヴァン・ゴッホやセザンヌなど有名画家に因《ちな》む話、さらに空にフラミンゴが飛翔《ひしょう》し、地に野牛の群れが走る湿地帯。

《このコースを「国際駅伝競走」に選べば、広重の版画「東海道五十三次」や「木曾海道六十九次」に匹敵する風景や情緒が見られます。木曾の馬籠《まごめ》よりも古い宿場がプロヴァンス地方のいたるところにあるそうです》

このアイデアに木村は乗った。たしかにすぐれた企画だ。意表を衝いている。どうして今まで これに目をつけなかったのだろうか。

それこそ一気に採用した。まるで天の啓示のようにすら思えた。

しかし、いま、冷静になってみると、これは多島通子の深遠な計略ではないかと考えられてきた。南フランスの国際駅伝競走を新聞社に持ちこみ、その華やかな催しと報道を利用し、フランスのどこかに居る豊島高子をあぶり出そうというのではないか。

げんに「大分日日新聞」の記事がその役目を果している。その記事は柏原が同社の社会部記者にアルバロンのホテルでエクスの「星の館」やトリオレ伯夫妻のことを教えたからである。

通子が考えた「新聞社の利用」は、そうした形で役に立ったのだ。

その証拠に、彼女は勤め先をさっそくに辞めてエクスに飛んでいる。いまはホテル暮らしらしいが、もとのアパートの家主の妻に「星占い」の本を送らせているところをみると、「星の館」のトリオレ伯に会うつもりのようである。伯爵が天体観測と同時に西洋の占星術に凝《こ》っているのは、「大分日日新聞」の訪問記事にもある。

しかし、と木村はまた思案する。

彼女はトリオレ伯に近づいて何をしようというのだろうか。同邸には伯の妻になっている高子が居る。通子は若いときの高子の顔を知っていようが、高子は通子の顔を知らない。

通子がトリオレ伯に近づくことは高子に接近するためであろうが、その目的は何だろうか。

まさか高子に向かって直接仕返しをするつもりではなかろう。高子は仇敵《きゅうてき》の一人だが、主役ではない。主役は小宮栄二だ。

では、今は消息の知れない小宮の所在を高子から探り出そうとするつもりか。

まさか、と木村は自分の推測を捨てた。

もし、この推察どおりだと、高子は未だに小宮とひそかに連絡を取り合っていることになる。夫のトリオレ伯にかくれてである。しかし、そんなことはあり得ようか。小宮は高子を画壇のボスに売った男だ。彼女は小宮を憎悪しているはずだ。彼のために日本に居られなくなった女だ。その彼女がどうして夫の眼を嫆《ぬす》んでまで未だに小宮との連絡をとっていようか。そんなわけはない。

それに、もしエクスの高子から小宮の所在を探り出そうとするなら、小宮もまたフランスに居住していなければならないはずだ。

まさか、と木村は二度目の言葉を呟いた。それではあまりに想像に走り過ぎる。

もしそうなら、通子は小宮がフランスのどういう場所に居るかを知っていなければならない。通子にどうして、それがわかったのだろうか。筋道が不明である。想像が空想となり、論理を失っていた。

多島通子の行動がわからない。——

新聞に、最近ヴァン・ゴッホのスケッチ画が発見されて、それが六百十万ポンド（約十四億円）でアメリカの大企業に購入されたと大きく報道してあった。見出しにデザインのような写植の文字が躍っている。

ゴッホの画が発見されたのはアルル市郊外の旧い農家だった。その付近は工場建設のために農家数十軒が立ち退きとなったのだが、その農家は、移転で家財道具をとり片づけている際、がらくた物を詰めている古い木箱の底から問題の画を見つけたというのである。画は底敷きの反古《ほご》紙に混じっていて、皺《しわ》だらけになり、紙も変色していた。だが幸いなことに破損はなかった。いまの戸主がもしやと思い画のわかる人に見てもらったところ、ゴッホらしいということになった。それから専門の鑑定家に持ちこんだところ、紛れもなく真物だとわかった。

画用紙に描かれたそのスケッチは、一面に広大な麦畑がひろがっている。近景にはナラの木と灌木《かんぼく》とがあり、その間に百姓家が二軒のぞいている。畑には農民の男女三人が働き、遠景には町の小さな家々が横長く伸びている。そこには教会のような建物も見える。空は光に満ちて、点描で表わされている。新聞にはアメリカの有名企業が買ったその画の写真が出ていた。

アムステルダムのゴッホ協会に所属する美術評論家は、これは、サント・マリ・ド・ラ・メール付近をゴッホが写生したものだと言った。

サント・マリ・ド・ラ・メール付近を描いたゴッホのスケッチは四枚ほどある。その一枚は写真だけ残っていて所有者不明となっているが、それを含めた四枚のスケッチと、今回発見されたスケッチとは、同じサント・マリを描いても、視点《アングル》が異なり、当然に構図も違っている。ゴッホがこの地を訪れたのは一八八八年六月であった。こんど新発見のスケッチは、ゴッホの好むヴェラン紙（犢皮紙《とくひし》に似せてつくった上質な画用紙）で、およそ百年を経た変色を示していた。茶色っぽい古色なのだ。彼の得意とする葦《あし》ペンに茶褐色のインキで描かれているが、それが変色した紙にほどよく調和していた。

この所有者はアルル市郊外の「一農家」とのみあって、実名は明かされていなかった。名前を公開すればその人がたいへんな収入を得たことがわかって迷惑するからである。だが、ほかにもう一つのかくれた理由があると新聞は報じる。

ゴッホからこのスケッチをもらったのは、どうやらアルルの娼婦《しょうふ》らしいからだ。その娼婦が所有者の縁故にあたるのか、または第三者として他から貰《もら》い受けたのか、それはわからないにしても、ゴッホから直接にこのスケッチをもらったのが娼婦だった可能性は充分にある。というのは、ゴッホは娼婦にたいして非常に優しかったからである。ゴッホはゴーギャンとの仲違《なかたが》いで自分の片方の耳を剃刀《かみそり》で切り落したが、その耳を与えたのも娼婦にだった。

このスケッチをもらった娼婦は、たぶん、こんな名もない画家（まだ発狂する前）の画なんかつまらないと思って、がらくた物を詰める木箱の敷き紙にしたのかもしれない。なにしろゴッホの油彩画をニワトリ小屋の穴封じにした婦人だっていたのだから。

サント・マリ・ド・ラ・メールに行ったゴッホはそこの地中海の波浪と漁船とを描き、この地に多い苫《とま》屋根の農家を葦ペンでも写生し、また油彩でも描いている。しかし、麦畑のひろがる彼方《かなた》に町の民家を望む風景は、スケッチのみで、油彩にはない。

このスケッチは葦ペンの太い線による奔放にしてリアルな描法といい、たとえそれにサインはなくとも、まさにゴッホである。ゴッホ協会関係の美術評論家はそう折紙をつけるのである。

新聞は、これについて日本の美術評論家の談話を載せている。

A氏は言う。

《写真で見てもたしかにゴッホのスケッチだ。サント・マリのスケッチのなかでも傑作ではないか。ゴッホの作品はゴッホ協会に登録されて一連番号が付けられている。その番号が追加されてゆくのは新発見によるからだ。しかし、それは油彩画のことで、葦ペンのスケッチが新しく見つかったことは珍しい。アルルにはまだまだゴッホの作品が残っているのではないか》

B氏の談話。

《ゴッホ協会関係の美術評論家が鑑定したのだから間違いはない。一八八七年ごろ、ゴッホは浮世絵に魅せられてすっかり日本趣味に熱中した。パリ時代に渓斎《けいさい》英泉の『おいらん』を模写しているのは有名だが、彼がアルルに行ったのも「そこに日本がある」と思ったからだ。アルルに着くと、弟のテオへ手紙を送って、「ぼくはまるで日本にいるような感じがする」と書き、そのあとでも「アルルでは日本の画を見る必要はない。なぜかというと、ぼくは日本に居るからだ」と書いている。このサント・マリの風景は広重の手法で描いている。このスケッチが百年ぶりに世に出たのだから、地下のゴッホもよろこんでいるだろう》

C氏は語る。

《英国の競売でゴッホの油彩『ひまわり』を二千二百五十万ポンド（約五十三億円）で日本の

損害保険会社が落札したことがあるので、このスケッチが十四億円でアメリカに渡ってもふしぎではない。日本人とともにアメリカ人のゴッホ熱は凄いね。早く実物を見せてもらいたいものだ》

新聞を読んだといって和栄新聞社系列の「テレビ・ワエイ」の水田社長から木村に電話がかかってきた。

「木村君、新発見のゴッホのスケッチのことが派手な報道になっているね。サント・マリ・ド・ラ・メールというのはたしかカマルグにあったね？」

「そうです。カマルグの南端です」

「じゃ、順路と関係があるね？」

「折り返し地点のアルバロンから二十五キロほど南になります」

「テレビではそこがうたえるね。今日の記事は素晴らしい花火だ。素晴らしい。まったく素晴らしい」

水田は浮き浮きした声で電話を切った。

「プロヴァンス国際駅伝競走」の企画は社内にも極秘にしてある。知っているのは幹部だけだ。水田が「花火だ」とだけ言ったのはテレビ局の連中にも秘密にしているからである。

専務取締役業務局長・館野桂一郎に木村は呼ばれた。

専務室へ行くと、業務局の販売部長など幹部四、五人が円卓で会議をしていたが、館野は木村が入ってきたのを見ると、じゃ、このへんで、と会議をとつぜん終了させ、皆を追い出した。館野専務だけが残った。

「今朝の新聞を読んだが、ゴッホのスケッチが十四億円とはすごいもんだね」

館野は機嫌よく話しかけた。「テレビ・ワエイ」の水田と同じ反応だった。

「アルルは、こんどの計画のコースに入っていたね？」

館野が言った。

「申し上げましたように、アルルの古代ローマ闘技場がプロヴァンス国際駅伝のゴールになっています」

「非常にいい。ゴッホの画がアルルで発見されたというニュースで、駅伝のゴール地の地名が新聞の読者の頭には強い印象となるね」

館野専務は切れ長な眼をいっそう細めた。

新聞社内でも南仏駅伝競走の企画は秘密にしてある。他社に洩れるのを防ぐためだ。この世界も競争が激甚である。企画を耳にしたら、それを先取りされる危険があった。

「その後の進行は、どうなっているかね」

専務がきいた。

「それをご報告しようと思っているところでした。全日本陸連の上村幹事から連絡がありまして『アレンジ会議』の開催日が五月十八日と決まったそうです。先日申し上げたように、今年はフランスが担当国ですから、パリで行なわれます」

「アレンジ会議」のことは、すでに社長と両専務の業務局長、それに編集局長には木村から報告してあった。

「アレンジ会議」というのは、次の年の国際マラソンや駅伝競走についてヨーロッパ諸国とアメリカ、それに日本の陸連組織が参加して一年間のスケジュール編成を協議するのをいう。年間の数多いイベントを各月に配分し、その調節をする会議である。

この会議には各国の陸連から役員が三、四名ずつ出席する。世界陸連の傘下《さんか》国はヨーロッパ、ソ連、東欧圏のおよそ三十数カ国。役員だけで百二、三十人くらい集まる。それに報道関係、広告代理店関係がオブザーバーとして参加するから、約百五十人にふくれる。広告代理店はスポンサー獲得を業務とする。

世界陸連会長のホセ・マルティーヌ・バローナが議長役で、彼の司会のもとに行なわれる。

「全日本陸連の山辺会長、大沼代表幹事、それに上村幹事には内密に会って聞いてみたのです。すると、来年の十月のスケジュールだけが、いまのところ空白なのです。そこをぜひわが社のプロヴァンス国際駅伝競走に獲得したいと三人には強く希望しております」

「全日本陸連では、どう言っているかね」

館野専務がきいた。

「はい。この前にバローナ会長とウイリアム・ボールトン事務局長とわたしがマルセイユで会って、わが社の駅伝企画をうちあけ、助力を頼んだところ、バローナさんは、それはいいアイデアだからできるだけ応援すると言い、フランスの大統領にはその名誉会長になってもらうように自分のほうから頼む、とたいへん積極的だったことを伝えたのです。すると山辺会長も大沼代表幹事も上村幹事も、バローナがそこまで言えば間違いない、ドンのお墨付きをもらったようなものだ、五月十八日のアレンジ会議は絶対有望ですよ、と口を揃《そろ》えて言ってくれました」

「五月十八日というと、あまり間がないね」

専務が卓上のケースから煙草をつまんで言った。木村がすぐにライターの火を近づけた。

「そうなんです。アレンジ会議はこれまで十一月の初旬と決まっていたのです。その時期だと一年間の陸上競技関係の行事がすべて終ってしまいますから」

「どうして早くなったのかね?」

館野専務はゆっくりと煙を吐いた。

「バローナ会長の都合らしいです。全日本陸連の幹部三人自身も予定が早くなったのであわてていました。各国の陸連もおそらく同じでしょう。だが、表だって抗議はできません。世界の陸連を動かすバローナさんはワンマンですから」

「たいへんな人だね」

「会長としてもう四期目ですから。威力があるんです。陰口はいろいろとささやかれていますが、だれも逆らう者はありません。バローナさんに睨《にら》まれたらひどい目に遭うからです。その国の陸連はマラソンにしても駅伝にしても何ひとつ出来なくなります。彼のご機嫌を損ねないようにひたすら努めなければなりません。不都合な話ですが、それが現状です」

館野専務は苦笑した。木村がバローナとマルセイユで会う際、夫人への高価なプレゼントの予算のことでは承諾を得ている。その予算も、この企画を隠すために別の項目にしていた。

「どうだね、アレンジ会議が例年よりも早く開かれるようになったのは、わが社のこんどの企画にとって有利なのかね？」

「アレンジ会議が早いほど、わが企画にとって有利だと思います」

木村は確信に満ちた声で答えた。

「と申しますのは、会議を開くまでの期間が短いほど、他の方面から邪魔される気遣いが少ないからです。定例の十一月だと、あと半年くらいあります。その半年の間に、わが社の企画が外部に洩れないとは限りません。各国陸連の間だけではなく、国内でも各社の企画競争が激甚ですから。五月十八日に会議開催となると、この企画を察知される率がそれだけ少なくなります。たとえ情報を入手してこっちと競い合おうにも準備が立ちおくれています。時間的な余裕もありません。バローナさんはそのへんをわれわれのために考慮して、異例の早期会議招集にしたのだと思われます。それに、この前にマルセイユで会ったときも彼の条件はすべて受け入れています。バローナさんはとてもよろこんでいました」

「われわれとしてはなんとか実現したい。そのためにはかなりな出血もかまわない。社の宣伝費と思えばよろしい。それで〝紙〟が伸びれば安いものだ。木村君、頑張ってくれ」

販売畑の館野専務は木村の肩を叩いて激励した。

──バローナが「アレンジ会議」を半年も早めたのは「アフリカや中南米の黒人選手国の都合だ」とは全日本陸連の大沼代表幹事から聞かされた。ホセ・マルティーヌ・バローナは、なにごとも黒人国第一である。黒人選手育成が彼の口癖だ。事実、マラソンや継走に黒人男女選手の進出はめざましいものがある。が、バローナのもう一つの肚《はら》はアフリカ・中南米諸国の人気を集め、その票を獲得して次期も世界陸連の会長に当選しようというのだった。そのために「育成」の名を藉《か》りて、これら開発途上国の陸連団体に世界陸連のカネを注いでいる。

「黒人国のために、アレンジ会議を六カ月も早く開く必要はないようですがね」

大沼代表幹事も小首をかしげていた。

「バローナさんはいつもウラのある人ですから、それはたんなる口実のような気がしますね。ほんとうは、やはり、おたくの企画のためじゃないですか。邪魔が入らないようにね。しかし、そのバローナさんの好意におたくでも酬《むく》いる必要がありそうです」

大沼は冗談のように笑った。バローナに対する「冥加金《みようが》」の増額を意味している。全日本陸連の幹部も、和栄新聞社がこれまでもバローナに相当なウラ金を約束したことは想像しているらしかった。

大沼や山辺会長、上村幹事の全日本陸連の最高幹部三人男には木村も「プロヴァンス国際駅伝」をうちあけていた。日本の代表選手を参加させるためには、この三幹部にだけは了解をとっておかなければならなかった。

三人とも、この秘密を絶対に洩らすようなことはない。それはいままで他社の企画をこちらが発表のぎりぎりまで気がついてなくて、じつはこの三人がとっくに協力していたというケースでもわかるのである。

まず全日本陸連の三人の了解をとりつけておいて、そのあとで広告代理店に企画を話す。それが順序だ。カネを調達するスポンサー集めは広告代理店が行なう。そのカネは世界陸連の組織委員会にプールされるが、広告代理店はその重要な委員でもある。したがってそのイベントの実務的運営の主体は代理店である。だが、それは企画が具体化されたときのこと、事前に代理店にうちあけると、すぐにそれが他社へ洩れてしまう。広告代理店は多くの新聞社と広告主とを取引先に持っている。マラソンや駅伝競走のスポンサーはたいてい有名運動具店だが、ここから業界に企画が知れわたってしまう。

バローナ会長の性格をよく知っている大沼代表幹事が、それでもそう請け合ってくれるからには、わが社の「プロヴァンス国際駅伝」に有利とは思ったが、木村には一抹《いちまつ》の不安があった。五月十八日、パリでの「アレンジ会議」の前にもう一度バローナ会長に会って確かめてみたくなった。そうしないと気持が落ちつかなかった。

木村は柏原を呼んだ。

「そりゃ、部長の取り越し苦労ですよ」

柏原は明るく笑った。

「バローナ会長がマルセイユでもエクスでも、あれほど固い約束をしたんですからね。狂いようはありません。全日本陸連の大沼さんの言うとおり、アレンジ会議の開催を早めたのは、われわれのためです。邪魔が入らないためです」

「そうだとは思うがね」

木村は頭をごしごしと搔《か》いた。髪が乱れた。

「そうだとは思うがね。わたしの癖で、いったん気になったら落ちついてはいられなくなるのだ。五月十八日というと、まだ二十日近くある。それまで待つのが苦しいんだ。苛々《いらいら》してね」

木村には大きな責任があるのだ。社の実力第一の館野専務がこの企画に絶大な期待を寄せている。この「プロヴァンス国際駅伝競走」の宣伝を跳躍台として、発行部数の飛躍を予想している。批判的だった社長も今では積極的な姿勢だ。「テレビ・ワエイ」の水田社長にいたってはその夢がふくらむばかりだ。この背後の圧力が木村を深刻にしていた。

「わかりました」

木村の様子をじっとみていた柏原が、息を吸いこむようにして言った。

「じゃ、安心のためにバローナと今、話しますか」

「今?」

「マドリッドに電話をかけるんです」

「電話か」

「気が乗らないようですね」

「電話では頼りない。やはり当人の顔を見て、じっくりと話し込まないとね」

「マドリッドまで出かけるんですか」

柏原は目をまるくした。

国際電話をかけたが、バローナはマドリッドに居なかった。オランダのハーグにある世界陸連本部事務局へ昨日から行っているという秘書の話であった。

ハーグに電話した。

事務局長のサー・ウイリアム・ボールトンの気どり屋《スノッブ》の英語が出た。

「会長のミスター・ホセ・マルティーヌ・バローナは昨日の夕刻、当地へ着かれましたけれど、本日午後から西ドイツの陸上運動競技界の視察にお出かけになりました」

「会長はいつごろハーグにお戻りですか」

「さいざんすね。三日後だと承知しておりまするが……」

14

木村信夫は柏原尚志を連れて五月五日の夕刻、アムステルダム行の航空機で成田を発った。

世界陸連会長のホセ・マルティーヌ・バローナが、毎年十一月を恒例として開かれる翌年分のイベント・スケジュールを決める「アレンジ会議」を彼の意志で急遽《きゅうきょ》五月十八日にパリで開催と変更した。

この「変更」が、和栄新聞社が内密に話を進めている「プロヴァンス国際駅伝競走」にとって吉報なのか凶報なのか。木村にはかいもく判断がつかなかった。

全日本陸連の山辺会長、大沼代表幹事、上村幹事には木村も日本選手を獲得する必要上、この計画を極秘にうちあけているが、これは従来、他の新聞社主催のイベントも同様で、三人とも口は固かった。実現ぎりぎりまで他に企画が洩《も》れるようなことはなかった。

その全日本陸連の実力者といわれる大沼によると、バローナが「アレンジ会議」を半年も早めたのは、和栄新聞社の企画に邪魔が入る余裕を与えないためであろうというのだった。ただし、と大沼はつけ加えた。バローナのその好意には和栄側も酬《むく》いる必要がありそうだ、と。

バローナ会長の性格からすると、大沼の助言はもっともで、会長の好意に酬いるとは、すなわち彼の出す条件をできるかぎり呑むということなのだ。

これまでバローナとマルセイユやエクス・アン・プロヴァンスで会ったときも彼の条件を受け入れた。この上、さらに彼は何を持ち出そうというのか。

「プロヴァンス国際駅伝競走」の欧米での放映権は、バローナに譲渡することに決定している。彼はそれを各テレビ局に切り売りする。しかし、その価格は知れたものだ。バローナの真の狙いはスポーツ用品メーカーと提携しての商売である。たとえば、ドイツには「アディダス」という世界的に販路をもつスポーツ用品メーカーがある。そのクラスのメーカーはアメリカにも二、三ある。日本にもある。バローナはその目星《めぼ》しいメーカーと組んで儲《もう》けているという噂《うわさ》だ。

しかし、木村は少々の無理をしてでも、バローナの申し出を受け入れようと思っている。もう、あとには退《ひ》けなかった。社の館野専務は、すでにこの企画が成就《じょうじゅ》したくらいに思って、全面的な期待を寄せている。今は極秘だが、発表の暁には「全社を挙げての未曾有《みぞう》の壮挙」になることは間違いなかった。とくに「テレビ・ワエイ」の社長水田順造などは、ひそかに準備にとりかかっているようだった。しかし、かんじんのバローナ会長の意図を確認しようにも、彼はハーグの世界陸連本部事務局に出向いて留守であった。事務局に電話すると、事務局長ウィリアム・ボールトンが出て、会長は西ドイツに行っていると言う。

西ドイツの各地陸連を回っているなら、数日中にはバローナはハーグに戻ってくるはずだ。木村は東京にじっとしていられない気持だった。ハーグへ行ってバローナをつかまえようと決心した。

ハーグの世界陸連本部事務局へ国際電話を入れた。ボールトン事務局長が出て、木村の言うことを聞き、おどろいた声で言った。

「そんな、急に、こちらへおいでになっても、バローナ会長にお会いできるかどうか、わかりませんけれど」

「西ドイツの各陸連を訪問中だそうですが、ぼくらがハーグに行くことをご連絡くださいませんか」

「さように努力いたしますが、うまく連絡がとれますかどうか。……会長はご多忙ですので、わたくしにも所在がつかめぬことがございます」

「われわれは五日の午後六時四十分ナリタ発のKLM機を予約しました」

「そんなことをおっしゃっても困ります。……会長は入れ違いにマドリッドにお帰りになるかもしれませんから」

「そのときは、マドリッドまで追い駆けます」

オランダ・スキポール空港には、六日の午前六時すぎに到着した。機内で木村はよく眠れなかった。柏原は羨《うらや》ましいくらいに熟睡していた。

アムステルダムからハーグまでは一直線のハイウエーがついている。山の手の雑木林とポプラの並木道だった。右側の低地はライデン市などがある旧道で、チューリップ球根畑で花ざかりのはずだが、朝靄《あさもや》で見えなかった。四十分くらいでハーグ市内に入った。

世界陸連本部事務局は、ビネンホフの目立たないビルの三階にあった。

ビネンホフは官庁街で、国会、総理府、外務省などが集まっている。また「騎士の館」と呼ぶ外国皇族や貴賓のレセプション会場もあった。美術館もある。

世界陸連本部の入っているビルは、三階窓上に突き出たポールに世界陸連旗（国連旗のデザインによく似ていた）が翻《ひるがえ》っていることで、それと知れた。ビルは外務省の外郭団体の経営らしく、旧式な建物で、あたりの堂々たる官庁ビルにくらべてはなはだしく見劣りがした。それでも三階のフロア全部を事務局が占めていた。

どの部屋のドアも閉まっていた。まだ八時前である。開館は十時からにちがいない。

その間を利用して、二人は今夜の予約を入れたホテルを確認に行くことにした。ホテルは、Des Indes（デ・ザンデ）というので、旅行社を通じて予約していた。

（もっとも格式のあるホテルです。日本の天皇や各国の大統領、首相、政財界の方々が泊まられます）

東京の旅行社では言った。そんな豪華なところはと尻ごみしたが、六日の宿泊はこのホテルしかないと言うので、やむなく予約した。

「ホテル・デ・ザンデ」のフロントに行ったが、東京のホテルを見馴れている眼には、想像したほどの華麗さでもなかった。部屋を下検分したが、これとても普通程度である。

二十二階のダイニングルームに上がった。朝食のせいか、客はリラックスした服装だった。窓から遠く海が見えた。北海だった。朝霧にかすんでいた。

「あのへんがスケフェニンゲンの海岸らしいですね。保養地です」

ガイドブックを見ていた柏原が言った。

木村は、ふと、フロントで宿帖に記入するとき、横の壁間に催物の告知板が金縁の横枠の中に入っていたのを思い出した。その文字に「近代有名画家作品模写展示即売会」と英語で書いてあったように思う。

柏原に確かめると、さあ、気がつきませんでしたな、と言っていた。

給仕に聞くと、その催物は八階だと言った。八階で降りると、催事場は閉まっていて午後一時から開場とあった。しかし「近代有名画家作品模写展示即売会」の内容案内はスタンドに出されていた。

画家——リューベンス。ヴァン・ダイク。レムブラント。ドラクロア。マネ。モネ。コロー。

ターナー。ドーミエ。クールベ。ルノワール。ドガ。スーラー。ゴッホ。セザンヌ。ゴーギャン。ロートレック。シャバンヌ。ムンク。ピカソ。ダリ。カンディンスキー。モジリアーニ。シャガール。等々。

「うわア、これはたいへんなものですな」

一読して柏原が叫んだ。

「日本流だとさしずめ近代巨匠展ですね。しかし、模写を展示して即売するというのは？」

「ルーブルでもそうだけど、各美術館では画学生が陳列作品の前でその模写をしている。そういうの出来のいいのを売っているんじゃないのかね」

「面白そうですね。どうせこのホテルに泊まるのだから、あとで覗《のぞ》いてみたいものですね」

木村もその気になっていた。

十時にはまだ時間があった。柏原はその間を利用してスケフェニンゲンに行ってみようと言い出した。タクシーで回れば四十分くらいである。「ホテル・デ・ザンデ」はビネンホフの近くだから世界陸連本部とは近距離である。

ハーグの街を北にはずれると砂丘になっている。傭《やと》ったガイドを兼ねたタクシーの運転手が、ここは第二次大戦中にナチス・ドイツ軍がイギリスへ向けて当時の新兵器Ｖ２を発射した土地だと説明した。しかし、若き日のヴァン・ゴッホがハーグの画商に勤めていたころ、この砂丘から見下ろすスケフェニンゲンの家々やその土地の女たちを描いたと言ったら、木村の眼もデ・ザンデの「巨匠模写展」に行く前に新しいものになっていたろうが。

が、運転手が見せたのはスケフェニンゲンの海岸広場通りに林立するホテルだった。そのホテルではカジノが催され、夜を徹して音楽と遊興が行なわれるという。高層ホテルがならんでいるところは熱海に似ていた。その裏側にまわると北海の海水浴場だった。砂浜にならぶ小屋には紫外線に全身を灼《や》く半裸体の女たちがマットの上に仰向けにならんでいた。日光の少ない北欧の国から女たちは、ここにあこがれて、まだ肌寒くともやって来る。

ロッテルダムやアントワーペン（アントワープ）に入港する日本漁船の船員は、スケフェニンゲンを「助平人間《すけべ》」と呼んだ。

ウイリアム・ボールトンは、ビル三階の世界陸連本部の事務局長室で木村らを待っていた。秘書がそのドアをノックしたのが十時半であった。

局長室は二室つづきだった。廊下を隔てて対《むか》い側の三部屋つづきのスイートルームに会長室の標示が掲げてあったが、ドアはぴったりと閉まっていた。

サー・ウイリアム・ボールトンは、マルセイユやエクスで会ったことのある日本からの客二人を迎えて礼儀正しい挨拶をした。しかし、彼の貴族的な微笑の中には、当惑げな表情が浮んでいた。

木村は、こちらが押しかけた形だったので、恐縮してその失礼を詫びた。

「お気持のほどはよくわかります。会長もそれは充分に了解なさっておられます」

ボールトンは、長い指先を重ね合せて、もの静かに言った。

木村は、まず、ほっとした。

「で、バローナ会長とは、電話で西ドイツと連絡がとれたのですか」

「申しわけありません。会長は、昨日のパンナム便でニューヨークへ発ちました」

「えっ、ニューヨークへ?」

「さいざんす。それからボストンのほうへ回るように申しておりましたので」

木村の眼には、瞬間、部屋が傾き、ボールトンの背後にあるさまざまな飾り物、それはスポーツ関係の賞牌《しょうはい》の彫像だとか大カップとか盾《たて》だとかだが、それらがいっしょくたになって、ボールトンの長い顔のまわりを回転しているように見えた。

木村は咽喉が乾《ひ》からびて、声も出なかった。

隣の柏原は椅子の脚を鳴らした。顔色を変えたのは確かだった。

「けれどもでございますね、会長からミスター・キムラに宛てて親書を預かっております」

ボールトンは上眼づかいに木村の顔をちらりと見て、白チョッキのポケットから革のキイホルダー入れをとり出すと、金色の鍵を抜き取り、それを机の抽出《ひきだし》に差しこんで静かにまわした。抽出が開くと、一枚の封筒をとり出し、それを両手に持って丁重に木村の前にさし出した。

「これでございます」

封筒のサインは、たしかにホセ・マルティーヌ・バローナであった。

「さっそくですが、この場で失礼して、拝見します」

ボールトンがすかさず瀟洒《しょうしゃ》な鋏《はさみ》を貸してくれた。

《親愛なるわが友よ。

貴下がハーグに六日午前中に飛来されることは、ボールトン事務局長の連絡で承知しています。しかしながら、実に残念なことに世界陸連関係で、にわかによんどころない急用が出来てニューヨークとボストンならびに他の都市に出張することになりました。私としても貴下にお目にかかれないのがまことに心残りな次第です。

貴下がハーグにおいでになった用件については、私も充分に拝察することができます。すなわち『アレンジ会議』がいつもよりは六カ月も早くなって五月十八日にパリで開催される決定についてのご懸念《けねん》かと存じます。しかしながら、これは貴社のエキデン企画については、いささかの影響もなく、支障するところもありません。『アレンジ会議』の開催を早めたことは、いろいろな点からむしろ貴社にとって利益であることを、ここに断言いたします。

ただ、私が念のために申し添えたいことは、エキデンの地元であるプロヴァンス陸連協議会に充分なる了解と連絡をとっていただきたいのであります。プロヴァンス陸連協議会はフランス陸連の傘下《さんか》ですが、組織としては独立的なものになっています。フランス陸連は世界陸連の一翼として、会長の私の意志どおりになりますが、現地組織のプロヴァンス陸連協議会は以上のような状態ですから、私が表立って出ないほうがいい面もあります。

プロヴァンス陸連協議会はマルセイユの Bd.d'Athene（アテーヌ通り）にあります。理事長はムッシュ・セルジュ・ボーシュです。同氏は年齢四十二歳、元マラソン選手。数々の記録保有者。誠実な人物です。うまくやってください。

フランス大統領に名誉会長を承諾させる工作は、私がアメリカからマドリッドにいったん帰国して、十八日のパリでの『アレンジ会議』が終ってすぐにはじめます。私は十六日までにはパリに入るつもりです。——以上、とりあえずご連絡まで。幸福を祈ります。

五月五日午後。ニューヨークへ出発前。ハーグにて。

貴下の親愛なる友　ホセ・マルティーヌ・バローナ》

木村は、柏原にこの手紙をまわした。

柏原は読み終って、ポケットから手帖を出して繰りはじめた。彼は探し当てたページの一項目を、木村に示した。

《五月十二日。ニューヘブン・マラソン競走》

木村と柏原は眼を見合せた。バローナのボストン行は、これだなと思った。

ニューヘブンはアメリカ東海岸の都市でニューヨークとボストンの中間にある。主催はアメリカ・スポーツ・アソシエーション・センター（ＡＳＡＣ）だ。ニューヘブン・マラソンは新興イベントで、バローナが肩を入れている。精力的で忙しい男なのである。

ボールトン卿は事務局長とはいっても、バローナのたんなる取り次ぎ役にすぎず、なんの権限もなかった。フロックコート、シルクハット、手には晴天の日でも雨傘を持参するエーボン卿（Ａ・チェンバレン元首相）的な威厳をつくろっているが、所詮《しょせん》は英国の没落貴族、バローナにすがっているだけであった。

木村と柏原は立ち上がって、貴族に対する堅苦しい礼を述べた。

どこにお泊まりかと聞くので、「デ・ザンデ」だと答えると、ボールトン卿は眼をまるくし、二人を俄《にわ》かに日本の皇族でも見るような表情になった。このホテルには各国の王家が泊まる。日本の高貴な方もお泊まりになった。卿はドアの外まで見送ったが、古びたビルの廊下に気がひけたか、近いうちにこのビルも改築されて総理府なみの建物になる予定ですと見栄《みえ》を張った。

各国旗が玄関先にはためくホテル・デ・ザンデの十階にある木村の部屋に柏原もいっしょに入った。

「なあ、柏原君。バローナの行先がはっきりしたいま、きみはこのままニューヨークからボストンへ飛んでもらえないかね」

「そうくると思いましたよ。ボールトンの部屋でバローナの置き手紙を見てから、ここへ戻ってくる間、部長の顔色を観察していましたからね」

柏原は笑ったが、表情がいきいきと蘇《よみがえ》ってきた。

「わかったのか」

「そりゃ、読みとれます。燃えていますよ、部長は。男がこの勝負に賭けたという感じですよ。こんな潑溂《はつらつ》とした表情を見たことがないですよ」

「まあ、あんまり調子に乗せないでくれ。ただね、柏原君。ぼくにはまだ一抹《いちまつ》の不安が拭《ぬぐ》えないのだ」

木村は椅子に腰を落し、脚を組み、気持を落ちつかせるように煙草をくわえた。

「われわれがハーグに来たのは一方的で、しかも急だったから、バローナが先約で西ドイツの陸連や競技場まわりをしていたのは仕方がない。しかし、われわれの今朝のハーグ到着はボールトン事務局長に連絡してある。それを承知の上で、バローナは昨夜アメリカへ飛び去った。逃げた、とわたしはそのとき直感したね」

「………」

「バローナは複雑な男だ。露骨にいうと一筋縄でも二筋縄でもゆかない。たしかに彼のこの置き手紙は、彼との約束の保証のようにみえる。しかし正式な契約書はまだ交わしていない。彼は、それまでに、もっと有利な条件をわれわれから抽《ひ》き出そうと引き延ばしにかかっているようにみえる。そのために『アレンジ会議』がくるギリギリまで契約書のサインをしないつもりなんじゃないか。この置き手紙は、われわれとの約束には何の保証にもなってない」

「そういえば、そのとおりですな」

「ぼくの不安はね、きみ、バローナの変心だ」

「変心?」

柏原は眼をひろげた。

「うむ。わたしの取り越し苦労かもしれないが、他にもっと有利な条件で誘いがあったら、そっちへ転ぶかもしれない、とね」

「まさか。まさか、そんなことはありませんよ。彼は煮ても焼いても喰えない男ですが、最後の信義の線は守りますよ。過去にも、部長の言うような背信行為は一度もありません」

「その点はね、実は調査してみた。きみの言うとおりだった。わたしは疑い深すぎるのかもしれない。バローナがアメリカへ昨夜発ったと聞いて、われわれを避けて逃げたとすぐに思ったが、十二日のニューヘブン・マラソンに出席するためとわかって、一応、誤解がとけた」

「そうですよ、部長」

「けどね、ぼくの心の隅に浮んでいる一片の黒い雲は容易に消えてくれないんだよ」

「責任者の立場では当然かもしれません。ご同情申します。ぼくの力でお役に立つなら、どうしたらいいですか」

「これが杞憂《きゆう》で終るなら、どんなにいいかしれないがね。そのためにはボストンに行ってバローナの意志をもう一度よく確認してもらいたいのだ。どんな条件でも呑むと言ってくれ」

「どんな条件でも？」

「わたしが責任を持つ」

柏原はおどろいて木村を見返した。

「バローナには、思い切ってそこまで言わないと、わたしは安心できないのだ。そして『アレンジ会議』の前に、是《ぜ》が非《ひ》でも契約書を作成してサインしてもらいたいとね」

「やります、部長」

柏原は木村の手を両手で包みこみ、かたく握りしめた。

「そうときまったからには、命をかけてやりますよ」

木村は、泪《なみだ》ぐむ柏原の眼から顔をそむけた。

「きみのボストン滞在費と準備金とは、本社からニューヨーク支局あてに送金させる。ぼくが本社へそう電話しておく。ニューヨークでうけとってくれ」

「わかりました。善は急げです。今夜はハーグの代りにニューヨーク行の飛行機の中です。スキポール空港は国際線の銀座駅ですから、どの旅客機でもつかまえられます」

「そうくるだろうと思ったよ、きみのことだから」

「やり返しましたね」

二人は、はじめていっしょに笑った。

「で、部長は？」

「ぼくはパリに行く。マルセイユ行の最終連絡便にはたぶん間に合うだろう。間に合わなければパリ一泊で、明日の一便でマルセイユに行く。プロヴァンス陸連協議会のボーシュ理事長に早く会わなくちゃいかん。置き手紙にあるバローナの指示だ」

「ご苦労さまです」

「どうだね、この格式あるホテルをキャンセルしたのは残念だが、空港に行くまで時間がありそうだから、ホテルにきた記念に、八階催事場のいわゆる有名画家模写展を覗いてみようか」

「賛成ですな」

八階の催事場は大広間を全部占めていた。展覧会場のように長い三列の仕切り壁を設けてその両側と、窓側ならびに廊下側の壁をコの字形に囲んで大小の画がびっしりとならび、そこに入った瞬間、棒立ちになるほどの壮観だった。

掲示板のとおりドラクロアからピカソ、シャガールにいたるまで「巨匠」の作品が目白押しだった。

「模写」と標示してなかったら本物と寸分変らない。ただ、サインがないのと、仮の額ぶちに入れてあるだけの違いであった。ドラクロアなどは本物と変らぬ古色がついているし、絵具が剝落《はくらく》したところも寸分違わなかった。

木村は、画学生が習作に描いた模写かと思って入ってきたのだが、その予想はまったく消し飛んで、その迫真力ある画技に驚歎した。思わず見惚《みと》れて、一枚の画の前に立ちどまることが長かった。

会場の出入口の横に受付のコーナーがあり、販売係が三、四人たむろしていた。その中の一人が立って二人の後ろから声をかけた。レムブラントの『サスキア』『十字架降下』の画の前で長いこと動かなかったのを見たからだろう。

「いかがでしょうか、このレムブラントは」

販売員は満面に得意と愛想笑いを浮べて言った。

「この市のビネンホフのマウリッツハイス王立絵画館はレムブラントの『トュルプ博士の解剖

学講義』『レムブラントの母』『サスキアと自画像』などの代表作を展示していることで世界的に有名でございますね。ところで、その横に、この『サスキア』『十字架降下』をならべますと、おや、いつ、よその美術館からここに移ってきたのだろう、と参観者は思われるでしょうね」

その言葉のとおりだと木村も柏原も思った。

「お値段は五千ドルでございますよ。この国宝級の画が、サインがないばかりに、たったの五千ドル」

このホテルに泊まる王族や政財界相手の商売であった。

「ハーグ市立美術館はオランダが生んだ天才画家モンドリアンの世界一多い所蔵品があることで有名でございます。その数およそ二百五十点。てまえどもも、モンドリアンのお好きな方にはモンドリアンを在庫しております。こちらへどうぞ」

模写画を売る画商は、二人を壁の裏側へ慇懃《いんぎん》に案内した。

モンドリアンは、ピカソ、ブラック、レジェなどの作品の一群に入っていた。彼の特徴をあらわす前期の「木」の連作の時代が二点と、後期の正方形と長方形の時代が二作あった。

販売員が「在庫」という言葉を使ったように客の注文に応じてどの有名画家の模写でも、画商は倉庫の中からとり出して、あるいは模写画家に命じて描かせ、いくらでも提供できるようであった。

「モンドリアンにしましても、模写をして生活の道を立てていたくらいです。ここに展示してあるのは、みんな腕ききの画家による作品でございますよ」

「あなたのほうは、このハーグのホテルに出張しているわけだが、販売元はどこですか」

木村がきいた。

「パリにございます」

「模写の画家たちも、パリ？」

「いえ、それはパリとはかぎりません、フランスのほうぼうに在住しております。スペインにも居りますし、このオランダにも居りますし。みな、てまえどもと契約しておりますが、これは営業上の秘密でして……」

「もっともです。とにかく圧倒されますよ。ゆっくり拝見しますよ」

どうぞ、と言って販売員は離れた。

元のほうへ歩を移した。印象派の世界。

「あ、部長、ゴッホのスケフェニンゲンの風景がありますよ」

柏原がささやいた。

《砂丘から見たスケフェニンゲンの家》（一八八二年七月、鉛筆と黒と白チョーク。水彩。43・5×60センチ）

眺め下ろした漁村。海は密集した朱色の屋根で見えない。空と近景の広い空間が紙の地色を生かしたうす茶色で砂地をあらわす。砂崩れを防ぐ木柵がある。左隅の家の前で民族衣裳を着た主婦が漁夫と立ち話をしている。鉛筆で克明に描いた上に黒チョークでアクセントをつけ、白チョークでハイライトを浮かせる。

「今朝行って見たスケフェニンゲンとは隔世の感がありますな。もっとも百年以上も経っているのだから当然ですがね」

その隣。

ゴッホの《海浜のスケフェニンゲンの女》(一八八二年八月)油彩である。濃い灰色の空と海と砂浜を背景に黒いマントを着た女が中央に横向きに立っている。肩から長く垂れた緋色のショール。背景の横一線の荒浪と女のオランダ帽とが白。人物と波と十字形の構図。

「おどろきましたね。これが真夏の八月ですって。まるで真冬のようじゃありませんか。いま、公衆の面前でハダカをずらりとさらして寝そべっている女たちのスケフェニンゲンからは想像もできませんね」

その隣に歩を移した。

ゴッホの《ハーグの洗濯工場》(一八八二年二月)

水彩だった。砂地に建った工場を横から見た全景。紙の地色を利用して曇天と砂地とを表現し、鉛筆の線の上にセピアの淡彩をつける。

「あ、この右側にある小山のような砂丘は、スケフェニンゲンに行くとき車の窓からも見えましたね。そうか、百年前から今も変ってないんですなア」

美事な出来に、模写というのを忘れてしまい、二人とも魅せられて見入った。

「いらっしゃいませ」

耳の近くで、若い女の日本語が聞えたので、木村も柏原もおどろいて振り向いた。横には清《せい》楚《そ》な青いワンピースを着た日本女性が、にこやかに立っていた。

「もちろんご存知でいらっしゃいましょうけれど、これはゴッホのハーグ時代の秀作でございます。ゴッホは、アルルに行く前に、このハーグでは勤めていた画商を辞め、この南のデルタ地帯にあるヌエンネンという土地の牧師館の寺男の部屋をアトリエにして描いた画は、わかっているだけでも約百二十五点のデッサン、二百十五点の水彩、百八十五点の油彩があるといわれています。このハーグ時代を含め、ゴッホの生涯のもっともみのりの多い時代だったと言われています」

三十にはまだ間があると思える丸顔の彼女は、曖昧《あいまい》でない微笑を絶やさずに淀《よど》みなく言った。

「あなたは、この模写の画商の人ですか」

「はい。臨時雇の使用人でございます。日本人のお客さまが多うございますので」

「じつにみんな立派な模写です。いや、模写とは思われません」

「みなさまには、そのようにお賞めいただいております。これらの模写画家たちは、対象を追求して懸命に描いているのでございます。ちょうどルーブルでは、モナ・リザの前で画架を立てるように、ドラクロアの前には何日も何日も画架に向かっているように、またスーラの前では点描の一点でも手抜きすることなく眼を腫《は》らしております。対象する画家その人の魂に迫っているのでございます」

木村はゴッホのスケフェニンゲンの鉛筆画を見たときから気にかかっていることがあった。

「ハーグやヌエンネン時代のゴッホには、葦《あし》ペン画はないのですか」

「ございません。葦ペン画はゴッホがアルルに移ってからでございます。葦はアルルの南にあるカマルグという湿地帯に生えているそうで、ゴッホはそれをペン代りに利用したということです」

「あなたは詳しい」

木村は彼女の顔を見た。

「いいえ。ただ、画が好きで、ナマかじりしているだけでございます。いかがでしょうか、ご来場記念にゴッホの模写を一枚お求めになっては？」

「高いでしょうな」

「複製とは違いますからお値段が張ります。とくにゴッホは格別でございます。ご存知のように日本でもアメリカでもたいへんな人気です。お値段の点はご相談に応じさせていただきますが、この鉛筆水彩画で二百五十万円が定価でございます」

「こんな迫真力ある出来栄えだと」

木村は冗談めかして彼女に言った。

「これにゴッホのサインを入れても、本物で通るかもわかりませんね」

日本語だから周囲の参観者には理解できなかった。

「いいえ、ゴッホの素描やスケッチにはサインがないのが普通です。油彩にもサインのないのが多いんです。……でも、そんな悪いことをする方はないと思いますわ」

彼女も、こんどは曖昧な笑いになっていた。

サント・マリ・ド・ラ・メールの麦畑を描いたゴッホの葦ペン画が最近発見されて、アメリカの企業へ六百十万ポンド（約十四億円）で売られたというニュースを、彼女も脳裡《のうり》に掘り起していたにちがいない。

——木村は、アルバロンの朝霧の這《は》う中で葦を切る二人の人影を眼に浮べていた。

15

七日の午前十一時すぎ、木村はマルセイユの「オテル・エトワール」に入った。

昨日の午後三時四十分スキポール空港発パリ行は、マルセイユ行最終便の連絡に間に合わなかった。昨夜はパリ泊りだった。そのかわり、東京の本社に電話して業務担当の館野桂一郎を呼び出すことができた。東京時間の午前十一時すぎであった。

「どうだった？」

館野専務は木村がパリから電話しているというので意外に思ったらしく、バローナ会長とのハーグ会談はもう終ったのかと言った。

「じつはバローナ会長には会えませんでした。と申しますのは……」

バローナが五月十二日に開催されるアメリカ東海岸のニューヘブンのマラソンの視察のため、五日の夜、こっちとは入れ違いにニューヨークへ出発した。しかし、バローナの置き手紙を世界陸連の事務局長ウイリアム・ボールトンから渡されたと言い、その内容を述べた。

館野専務は、うむ、うむ、とその文章を聞いていたが、

「バローナ会長がそこまで言うのだったら、絶対大丈夫だな」

と、すこしも疑念を挟まず、機嫌のいい声だった。

「しかし、専務。念には念を入れよということがありますので、柏原君にはバローナ会長のあとを追わせて、アムステルダムからニューヨークへ発たせました。それからニューヘブン、ボストン、さらにマドリッドと、どこまでも会長と同行し、アレンジ会議が開かれる二日前の十六日にパリに来て、わたしと合流することにしたいと思います」

「そんなことをして、会長にうるさがられないかね？」

「かもわかりません。でも、わが社の極秘プランに、他から邪魔が入らないようにするためには仕方がないと思います」

「うむ、うむ」

「ついては柏原君にカネを渡してやりたいと思います。ニューヨーク支局で受けとるように本人には言っておきましたが」

「どのくらい要《い》る？」

木村はその金額を言った。

「そうか。もっと出させておくよ」

販売部出身で、「販売の名人」の業務担当専務は気が大きかった。が、それだけに、この

「プロヴァンス国際駅伝」に賭ける館野の情熱がわかった。木村はうれしかった。

「わたしのことですが、バローナ会長の置き手紙にあるように、プロヴァンス陸連協議会のボーシュ理事長に会い、今回の国際駅伝についての懇談や打合せをしたいと思います。なんといっても地元ですから、ここをしっかり固めておきませんと、あとで支障をきたしても困ります」

「もっともだ。きみのほうにもカネがかかるだろう。どこへ送ったらいいかね」

「ありがとうございます。マルセイユあたりからまたご報告しますので、その折に」

逗留《とうりゅう》はマルセイユにならないだろう。エクス・アン・プロヴァンスの「星の館」になりそうだった。館野の激励には心が震えた。

「オテル・エトワール」はカヌビエール大通りとリュートー通りとが交差する東南角にあった。三ツ星で表記されているが、この前、バローナ会長とボールトン事務局長を迎え入れたオテル・ソフィテル・ビュ・ポールの豪華な建物とは比較にならない地味さだった。

カヌビエール大通りは旧港をまっすぐに東北へ向かっているマルセイユの中心幹線である。ここの商店街にはパリのモードが集まる。

オテル・エトワールのロビーに木村を訪ねてきたのは、二十三、四歳の日本青年だった。一見して留学生とわかる。

「ご指名の通訳の田井久里子さんの都合が、どうしてもつきませんので、ぼくが代りに伺いました。ぼくは中林と申します」

木村はパリから田井久里子の所属するマルセイユの通訳協会に電話しておいたのだった。京訛の田井久里子に会えないので、ちょっとがっかりした。

「あ、そりゃどうも。よろしく頼みます。きみはこっちの大学に？」

「はあ。はい、マルセイユの工科大学建築科の研究科にいます」

木村はマルセイユからエクスに行く途中、ハイウエーの右側に見えた綜合大学の赤い建物を思い出した。

「あの、どういうところをご案内したらいいでしょうか」

丸顔の中林は馴れない態度できいた。

「いや、わたしは観光ではなく、交渉ごとで人と会うのです」

「むずかしい交渉ごとですか」

中林は困った顔をした。気楽な観光案内とはちがい、厄介な仕事だと思ったらしかった。

木村もここで初めて気がついた。他に洩れてはならないプロヴァンス陸連協議会理事長との交渉を留学生に通訳させるのが適当かどうかだ。とくに日本の新聞社主催の南仏駅伝競走となれば好奇心が湧こう。だれかれとなく吹聴《ふいちょう》したくなるだろう。

マルセイユはパリに次ぐフランスの第二の都市、付近の観光を兼ねて国際会議もよく開かれる。この青年の吹聴からどんな噂になって、ライバル関係の耳に入らぬともかぎらぬ。

もし、セルジュ・ボーシュ理事長が英語を話してくれたら通訳なしにすむのだが、と木村はそれを心頼みにした。

「わたしの訪ねて行く先はね」

アテーヌ通りのプロヴァンス陸連協議会事務局だと言うと、中林は眉一つ動かさなかった。スポーツには興味がないのかもしれない。

その場所でしたら、歩いても十分ぐらいです。ちょうどこのホテルの横の通りになります、と学生は言った。

しかし、木村はタクシーに決めた。もしボーシュ氏が英語を話すなら、留学生はそこから帰ってもらうことになるからだ。

タクシーで行くと言うと、中林は目をまるくしていた。車だと二分くらいなのだ。

「年寄りだからね、十分間も歩くと疲れる。それに、先方が留守の場合は、そのタクシーで市内の観光をしてもいい」

わかりました、といって中林はホテル前にいるタクシーに手をあげた。なんと、アテーヌ通りはすぐ横の通りだった。

カヌビエール大通りを中心に十字形に南北に交差している通りの北側がアテーヌ通り、南側がリュートー通りだという。リュートー通りをまっすぐにずっと行けば高台の高級住宅地になり、各国の領事公邸などがありますと中林は説明した。

反対方向のアテーヌ通りは商店街であった。あっという間に着いて降りた目の前に五階建てのチョコレート色のビルがあった。その二階の窓にプロヴァンス陸連協議会事務局の横看板が出ていた。ほかの窓にも、いろいろの社名がならぶ貸しビルだった。

タクシーの運転手には用事が早く済むかもしれないからといって三十分ほど待ってもらうように中林に伝えさせ、彼といっしょにビルの中に入った。二階だからエレベーターを使うまでもなかった。

ビルはまだ新しく、階段もハーグの世界陸連本部事務局よりはきれいだった。もちろんハーグのような荘重さはないが、あの陰気な黴臭《かびくさ》さのかわりに、ここには簡素なビジネスの空気があった。

プロヴァンス陸連協議会事務局は二階のフロアの表側半分しか占めていなかった。

受付のドアからわざわざ廊下に出てきたのは、頬の高い、面長な顔の三十四、五くらいの男だった。

ボーシュ理事長にお目にかかりに来たという木村の来意を留学生が通訳すると、それが終らないうちに、彼は気の毒そうに後ろ頭に片手を当てて、かなり長い言葉で答えた。

「ボーシュ理事長は、木村さんが今日の午前中にここへお見えになることを昨日、ハーグの世界陸連のボールトン事務局長から連絡を受けて、承知していたとのことです。けれども、今日は先約があって、どうしてもアヴィニョンまで行かなければならないので、申しわけないが、午後五時半にもう一度ここへお越しいただけないでしょうか、そのように理事長から言われております」

中林が日本語で言う間、その男は大きな瞳を木村と中林と両方の顔に興味深そうに動かしていた。

「失礼だが、この方のお名前は？」

木村の問いを中林がとりついで答えた。

「プロヴァンス陸連協議会事務局次長のベルナールさんと言われます」

木村は中林を通じて質問してみた。

「ボーシュ理事長は、英語をお話しになるでしょうか」

「あまり上手ではありませんが、複雑な内容でなければ、英語をお話しにはなるそうです」

木村は、心の中で手を拍《う》った。

そうして、さらに一つの思いつきが浮んだ。午後五時半といえば、ほどなく夕食時間である。フランス人の夕食は七時か八時ごろからはじまるとしても、食事を共にしながら用件を話し合ったほうが、より効果的ではなかろうか。

木村の脳裡をよぎったのはエクスの「星の館」であった。

彼はすぐにこう言った。

「もしボーシュ理事長のご都合さえよければ、本日の七時から晩餐を共にする光栄を得たいと存じます。そこでいろいろと理事長からお話をうけたまわりたいと思います。つきましては、その場所を、エクスのシャトー・デゼトワールのレストランにしたいと考えますが、いかがなものでしょうか」

「ムッシュ・ボーシュが帰りましたら、さっそくに申し伝えます」

通訳の言葉が終ると同時に、ベルナールは太い眼を細めた。

「エクスのシャトー・デゼトワールをご存知でしょうか」

「おお、あそこはムッシュ・ボーシュもよく知っています。マダムが魅力的な日本女性で有名です」

「星の館」をマルセイユの著名人がよく利用するという話を木村は思い出した。

「もし、理事長にお出《い》でいただけるのでしたら、あなたもごいっしょだと、ありがたいのですがね、ベルナールさん」

「よろこんで」

ベルナールは、うれしそうに眼をいっそう細めた。

話合いには、プロヴァンス陸連協議会の実務者ベルナールを加えたほうがいいと木村は判断したからだった。

「それではボーシュ理事長のご都合を聞きに、五時半ごろにこちらへもう一度訪ねて来ましょうか」

それには及ばないとベルナールは言った。わたしのほうからあなたのホテルに電話する。そのうえで、七時にエクスのシャトー・デゼトワールでムッシュ・ボーシュと自分があなたをお待ちしている。

ベルナールは木村のホテルの名を聞き、彼と握手したがそれには力がこもり、長い顔に満面の笑みがひろがっていた。

待っているタクシーに戻った。

「いったんホテルに戻ろう。エクスのシャトー・デゼトワールに七時からの予約を電話で申しこまないといけないからね」

たぶん大丈夫だろうと木村は思った。この前、バローナやボールトンと館《やかた》の主人トリオレ伯を囲んで昼食を共にした。電話でそう言えば、たとえ混んでいるにしても支配人は都合してくれるはずだ。でなかったら、マダムの高子を呼んで頼むことにしよう。

——高子を。

木村にはまた脳裡に閃《ひらめ》くものがあった。その高子に関連してのことだ。

多島通子は果してシャトー・デゼトワールの主人に近づき得ただろうか。西洋占星術に趣味を抱くトリオレ伯の興味を惹《ひ》くために、彼女は東京・杉並区井草の元のアパートの家主から「易断」や星占い関係の本をエクスのホテルに送らせている。伯から夫人の高子に接近するのが通子の意図だろう。

「中林君、エクスのこういうホテルだけどね」

タクシーがオテル・エトワールに着いたとき、木村は手帖から文字をメモに写して彼に渡した。

《Solotel-Chemin de l'Hôtellerie》

「そこに日本女性のミチコ・タジマがまだ滞在されているかどうか、出発されているのだったら、その日付はいつか。こちらは東京のキムラという彼女の知合いの者だと言ってください」

「わかりました。……このタクシーはどうしましょうか」

「このままキープしておこう。電話がすんだら街をひとまわりするから」

中林は運転手に伝え、木村の後につづいて降りた。

ロビーにならぶ公衆電話で、二人はそれぞれ受話器を握った。木村は手帖を開いたままでダイヤルを回した。

シャトー・デゼトワールのフロントは、女の声できれいな英語だった。木村は、先月バローナ氏やボールトン氏といっしょにトリオレ伯にお目にかかり、そちらで昼食をした東京のキムラという者だが、支配人と話をしたいというと、すぐに重厚な男の声に代った。

支配人はもちろんその事実を記憶していて、礼を言った。

「生憎《あいにく》とマダムはちょうど不在でして。主人もいま観測所のほうに居りまして手放せない研究をしておりまして」

「いやいや、そんな用事よりも、まず、今夜の食事の予約をしたいのです。七時から三人の席をおねがいできませんか」

「七時から三名さまですね。少々お待ちを」

一分間待たされた。

「なんとかご都合をおつけいたします。混んでいまして、少々騒々しいのをお許しねがえれば」

「そんなことはちっともかまいません。都合をつけてもらっただけで、どんなにありがたいかわかりません。お客さまは、マルセイユのプロヴァンス陸連協議会理事長のボーシュ氏とその次席の人です」

「ああボーシュさまで？　あの方にはよくお見えいただいております」

木村はよほど多島通子のことを訊こうかと咽喉《のど》まで声が出かかったが、危うく呑みこんだ。

先に電話を終った中林が向こうのほうで待っていた。

「エクスのこのホテルに電話しました。タジマ・ミチコさんは、たしかに四月二十三日から宿泊されておられましたが、五日ばかりで引きあげられたそうです。行先はわからないけれど、出てからホテル宛にきた郵便物は自分でとりに来ているから、エクス市内からそう遠くないところに住んでいるのではないかと言っていました」

多島通子が「星の館」のすぐ近くに居る疑いが強くなってきた。あるいはその隣のアパートかもしれないのだ。

もしそうだとすると、じつに執念深い女だと木村は多島通子の行動に舌を巻いた。彼女はあきらかに狙っている高子に、一歩一歩近づいている。

その直接の手がかりが「大分日日新聞」の「南仏の旅」の続きものの記事だった。彼女が勤め先を辞め、エクスに飛び立ったのはその記事を読んだからに違いない。

「大分日日新聞」の田村良夫にトリオレ伯が自分の妻のタカコが曾《かつ》てはN展で入選したことが

あるということを話さなかったら、田村の「星の館」の訪問記事にはならなかったろうし、通子もその事実を知らなかったろう。

プロヴァンス国際駅伝競走のプランを木村のもとに投書してきた多島通子の遠大な意図は、彼女の目的とする人物を焙《あぶ》り出した。いま現実にその人物の包囲距離を短縮しつつあるかと思うと、身震いを感じ、高子への責任に身を切られるようであった。——

「どちらへ行きましょうか」

中林がきいた。

「そう。旧港にでも」

午後一時近くであった。中林とブイヤベースの店にでも入るつもりであった。

旧港へ下りて行くため、カヌビエール大通りの十字路で信号待ちになった。このとき同じ大通りを上から降りてきた車の群れがリュートー通りへ左折するために、同じく信号待ちになっていた。信号が変り、両方の通りの左折車が動きだした。

カヌビエール大通りからリュートー通りへ曲がる車の群れの先頭にタクシーがあって、その座席に日本女性が坐っているのを木村は見た。窓ガラスが陽に白く光って、その姿の半分も視野には入らなかったが、長めのヘアカットの髪と、その横顔と、グリーンのスーツとがちらりと映じた。

あ、あれは多島通子だ、と思った瞬間、こっちのタクシーはカヌビエール大通りへと折れた。木村は急いでふり返ったが、そのタクシーの後にはほかの車の群れがつづいて、もう見えなくなっていた。

「いま、そこを曲がったタクシーの後を急いで追って」

木村は中林に言ったが、こっちの車の交通規則は、厄介なことに右側通行である。一ブロックを右へ右へと迂回《うかい》して、もう一度アテーヌ通りから十字路を横断し、リュートー通りを南へ走らなければならなかった。

そんな時間のかかっている間に、めざすタクシーはもう消えてしまっていた。

たしかに、一人でタクシーに乗っていた女のあの横顔は多島通子だった。

窓ガラスがあんなに太陽に反射しなかったら、もうすこし確認できたものを、と木村は残念でならなかった。

それとも、あまりに多島通子のことを考え過ぎていたために、他人の顔までそれと見えて、白昼に幻のごとくに浮んだのだろうか。

「中林君。この辺に何かの施設がありますか」

施設があれば、多島通子はそこへ行ったのかもしれぬと思ったからだった。

「そうですね。その先に、美術図書館があります」

美術図書館。——

そこだ、と思った。多島通子の行先としていかにも似つかわしい施設だった。

美術図書館の中には多島通子の姿はなかった。閲覧室はそれほど広くはない。木村は室内の後方に立って、机にうつむいたり、司書から本を借り出したり返したりしている人々を熟視したが、日本人は一人もいなかった。グリーンの服の女性も見えなかった。

木村は靴音を忍ばせて出ると、建物の正面の石段を下りた。中林がタクシーの傍に立って待っていた。地面に彼の濃い影が落ちていた。

「見つからなかった」

誰のこととも言わず、木村は首を振ってタクシーに入った。

中林は助手席に坐って木村をふり返った。

「この通りを少し先に行って左へ曲がったところに、あまり大きくない広場があります。まわりは高級住宅地で、広場はポプラの並木に囲まれて公園のようにもなっていますけど、そこはジプシーの半永住的な宿営地なんです」

「ジプシーの？」

「マルセイユはジプシーの居住地帯としても知られているんです。カヌビエール大通りの広い区画は北アフリカ系のアラブ人街になっていて異様な光景で有名です。それと、この先の広場もジプシーに占拠されているような状態です。市当局が退去を頼んでも立ち退かないからです。道順のようなものですから、前を通ってみましょうか」

木村はまだ実際のジプシーを見たことがなかった。

タクシーは別な道に入り、そこからも折れた。五分もかからないうちに、運転手は車を道路わきの家の前に停めた。留学生は木村を促して降りた。

道路を隔てたすぐ前に葉の繁ったポプラがならび、その並木が両側の小道の奥に入りこんでいた。反対側は見えないが、その樹木で公園を囲っている。

そのまわりは四、五階ぐらいの白亜の高級アパルトマンふうな建物がならんでいた。垣のようになっているポプラの間を、こっちから覗《のぞ》いたが、幹と幹の間が詰まり、葉が多く、暗いだけで何も見えなかった。

「公園にはジプシーの大型キャンピング・カーがいっぱい置かれていて、それが彼らの住宅がわりになっているのです。バスの住宅もあります。電灯と水道は市当局から供給されています。そうしないと、治安上悪いからです」

「ジプシーに居すわられると、周辺の治安がよくない？」

「それほどでもありません。しかし、こちらから彼らのキャンプに近づかないほうが安全です。

両側の小道には年寄りがぶらぶらと歩きまわっているが、それは警戒のためです」

「生活はどうしているのかね」

「若い男や壮年の男は、昼間は日雇い労働に出て行きます。女は内職です。肩かけとか靴下などの編物をしているらしいです。若い女は、夜になると酒場に出るようです」

「ここに居るジプシーは、どこからやってきたのかな」

「もともとハンガリーあたりから移ってきたという噂です。ハンガリーはマジャール人が多いですからね」

「そういえば、マジャール人のジプシーを主題にした曲があったっけな」

「有名なのはリストの『ハンガリー狂詩曲』やブラームスの『ハンガリー舞曲』、それにサラサーテの『チゴイネルワイゼン』でしょう」

スポーツには興味を示さなかった留学生は、音楽となると活気づいた。

「スペインのヴァイオリニストでもあるサラサーテは、十九世紀後半に好んで近東各地を演奏旅行しましたが、あるとき、ハンガリーの首都ブダペストでジプシーの歌を聞き、あとでそれをテーマに、代表作の一つ『チゴイネルワイゼン』を作曲したといわれています」

「なるほどね」

木村に奇妙な想像が起った。

もしかすると、多島通子は、このジプシーのキャンプに入って行ったのではないだろうか。美術図書館とこのジプシー・キャンプとは近い。カヌビエール大通りをリュートー通りへ左折すれば、両者とも同一方向になる。

彼女のタクシーは大通りを北東から下ってきたから、エクスからここへまっすぐにやって来たようであった。

しかし、木村の想像は、つづく中林の言葉で砕かれた。

「サラサーテ作曲を、ヴァイオリンの高度な技巧と美しい音色のウィーン・フィルハーモニーの演奏で聞いてこそ素晴らしいのですが、現実にはここのジプシー・キャンプなんか、まったく幻滅です。何も知らない旅行者がふらふらと入りこんで、ホールドアップさせられ、身ぐるみ剝《は》がされたという話もあるくらいです。凶悪犯罪はないが、子供なんか旅行者を狙ってスリをやってます」

そんなキャンプに多島通子が一人で行くわけはなかった。

やはり、あのタクシーの窓に見かけたのは、他人の空似《そらに》だったのか。

「そういうジプシー集団に公園に居すわられて、周囲の住宅の人たちは、どういう思いでいるんだろうかね」

「そりゃ迷惑していいます。やはり、その、なんというか一種の民族的な臭いがしますからね。

彼らの生活からくるものです。市当局に何度も苦情を申し入れているんですが、いま言ったような事情で、市当局がどうにもならないのです。付近の住民は公園側には窓を閉めてロックしておくより自衛策はありません」

「………」

「ただ、毎年五月二十四日が近づいてくると、この公園広場がガラ空きになります」

「あ、カマルグのサント・マリ・ド・ラ・メールのジプシー祭りだね」

「そうです。ヨーロッパじゅうのジプシーがカマルグのあの寺院に集まってくる、あの盛大なお祭りです」

そう言うと、留学生は木村のためにタクシーのドアを開けた。

16

アパルトマンの四階にあるその一室は、ジプシーが屯《たむろ》する公園空地側にカーテンを引いていた。

部屋はアトリエになっていた。外側の壁が両方とも天井近くまで切りとられ、大きなガラス枠がはめられていた。この最上階の三部屋つづきの部屋を買った人が、アトリエ向きに改造したのだった。

アトリエ用のこの部屋の東南にあたる窓下がジプシー居住地にあたるが、そこの窓をカーテンで遮断しても、まだ天窓は開いていたし、カーテンと採光用のぶんだけ開けておけば片側光線にはならなかった。「散光」にもさしつかえなかった。

西南近い位置に大きな画架が据えられてあった。画家の休息する安楽椅子、コーヒーなど飲みものを置く小卓、接客用の椅子とテーブルなどがある。数少ない家具がある。

しかし、家具はモデルの着更《きが》え用のものではなく、中は画家の仕事着とかスケッチブックの類が押しこんであった。モデルは要らないみたいだった。接客用のセットにしても、二人ぶんくらいの椅子が置いてあるだけだった。それも、ときたまの訪れがあるくらいにしかみえなかった。

このアトリエは変っていた。どの壁面にも画が一枚として掛けてなかった。たいていは画家が自作の画を、三十号ぐらいから小品にいたるまで、ならべておくものだが、それがまったく見られなかった。カンバスに描いたままを床の隅に積み重ねているのもなかった。

ここの主人は画を描いているのだろうか。

カンバスの乗ってない画架の横の台二つには、パレット、さまざまな絵具、たくさんの筆などが置かれている。絵具は、セザンヌのアトリエにあるパレットの土くれのように乾燥したものではなく、新鮮に輝いている。画家が、ちょっと中座したといったところである。

焼物の小型の壺がある。絵具をつけてない筆をさしこんであるが、鉛筆、木炭、ペンなどに混じって、珍しい細長い軸《じく》形の植物が四、五本突っ込んであった。その一本をとり出してみれば、植物は葦《あし》で、その先が斜めに切られてペンの役目をしていることを知るであろう。

このアトリエは、なにやら秘密めいた雰囲気を持っている。孤独に、ひっそりと。――

スイートルームの奥の部屋は画家の居間であった。この部屋には趣味的な調度がならべられ、クッションが置かれている。

ここでも、ちょっとそぐわないのは隅に置かれた大きすぎる簞笥《たんす》だった。これはヨーロッパの中世の隠し箪笥のように抽出《ひきだし》が何段にも付いている。漆地《うるしじ》、金箔《きんぱく》の唐草文様、ロータスは螺《ら》鈿《でん》。日本の蒔絵《まきえ》に似ているが、ロココ期の古美術品らしい。

その抽出から画家がとり出したのは、ゴッホ、ゴーギャン、マネなどの精巧な複製画だった。それで、はじめてわかる。アトリエにモデルを必要としない理由が。モデルはこれら大家の複製だった。

アトリエの壁面に画は一枚もかかってなかった。掲げてはならなかった。複製を模写していることが、万一にも知れてはならないからである。

その秘密を知っている女がここに居る。彼女が対しているのは、このアトリエの主《あるじ》、小宮栄二。女は豊島高子。いまはトリオレ伯の妻である。

彼女は人目に立たないように髪を地味に束ね、黒っぽいワンピースを着ていた。

両人の間にある机の上に、包紙を解いて現れたヴェラン紙が、三十枚以上重ねられてあった。その紙の色はやや黄ばんでいた。

「ピエールが、どうやら、うすうす気づいてきたようよ。彼の眼を盗んで、これだけ持ち出すだけでも、わたし、薄氷を踏む思いなの」

小宮栄二は、その血の気のない彼女の顔と、トリオレ伯先代蒐集に成るゴッホ当時の画用紙とを、交互に見た。

「シャトー・デゼトワール」の庭園にランターン形の外灯が点じ、紙片を撒《ま》いたように配置されたテーブルには裸蠟燭《ろうそく》の炎の先が揺れていた。

さきほどまで空の一隅に残っていた水のような蒼い色は消え失せ、あたりは夜のとばりに閉じられていた。

テーブルのそれぞれには男女が愉しげにグラスを傾け、皿に手を動かしていた。七時過ぎともなると、この広い庭園のほうぼうに立つ林の梢を渡る風も春さきに戻ったように涼しかった。海に面したマルセイユは蒸し暑い。客の多くはマルセイユから来ていた。

外を好む客たちは庭のテーブルを択《えら》ぶ。蔦《つた》かずらの這う本館の窓にも灯の色はみなぎっていたが、これからは屋内よりも屋外のテラスが指定席だった。

伝統のある古い庭であった。なにしろナポレオン三世（在位一八五二—七〇）よりも以前からあるという地主貴族の家だ。その後、何度か手を加えられたにしても、いまどきこんな庭はめったに見られるものではなかった。

庭の広場からは、半ば放射線形に細い路地が岐《わか》れていた。その入口も奥のほうも木の茂みになっている。突き当りには、それぞれに小さな建物があるが、これは往時の召使いの住居《すまい》だった。現在は家族的な短期滞在客用の「離れ」となっている。もちろん予約制度で、一年も前から申し込まないと取れないという。

レストランのマダムは各テーブルの間をまわっていた。この日本婦人の経営者が近づいてくると、紳士たちは椅子から腰を上げ、淑女たちはうれしげに微笑《ほほえ》む。マダムは客に人気があった。このレストランが繁昌する大きな理由の一つは彼女の魅力にあった。謙虚で、ほどよい愛想があり、淡泊《あっさり》とした態度だった。客に対しては別《わ》けへだてがなかった。どのように地位の高い人に対しても、また長いあいだの常連客にも、彼女は特別な扱いをせず、平等であった。愛想は言っても、口かずが少なく、つつしみ深かった。

さきほどから夫のピエールが屋敷の中からのぞいている双眼鏡の焦点は、高子の動きに合わされていた。

屋敷の別館が天体観測所で、その五階は「天体物理学研究室」となっている。ピエール・トリオレはアマチュアだが、設備だけは世界の天文台に準じていた。

天文台は大口径反射望遠鏡を備えて観測を行なっているが、最近の主流は位置天文学よりも天体物理学の研究になっていた。

以前の天文台は長大な屈折望遠鏡と子午環とがその象徴だったが、新しい天文台は大反射鏡とシュミット望遠鏡に代表されている。

《天体をたんに位置を変じる光点としてみる立場から、天体の物理学的性質や構造を短波の光波から電波の光波までを含む電磁波の分光観測によって研究する》立場をとる趨勢《すうせい》になっている。

そのために観測場所と観測の結果を整理したり研究したりする場所とが別々となっている天文台が少なくない。よく例に引かれるのは、ウイルソン山とパロマー山天文台で、研究室はパサディナにある。なかには研究所だけで、天文台の付属しないのもある。

だが、大口径反射望遠鏡の施設を持つ天文台でも、星の観測に欠かしてはならない条件がある。空気が澄明であること、人里離れた場所であることだった。市街や工場の灯が輝くと、その光に邪魔されて精密な天体観測ができなくなるからだ。

シャトー・デゼトワールはその条件をかなり満たしていた。エクスは小さな町である。十九世紀のナポレオン三世時代に開拓された優雅さが未だ残っているくらいで、その西にあるトリオレ伯の屋敷は、先祖が造った十七世紀の荘園主の館の面影が残っていた。エクスの町がひろがってきたとはいえ、工場もないし、密集した団地もないのである。

空気は高原のように澄んでいた。もともと南アルプスの南端が迫っている土地で、セザンヌが好んで描いたサント・ヴィクトワール山はその屹立《きつりつ》山岳の一つである。

ピエール・トリオレは屋上に大きな反射望遠鏡を備えているが、その観測結果を整理して天体物理学的に研究する機能はなかった。五階に研究室はあっても、アマチュアの悲哀で、その能力に欠けていた。助手もいなかった。

ふつうの天文台は、受信局と発信局を設け、一日中連続して無線電信で送信される報時信号を受けているが、ピエールにはそれほどの技術的余裕はなかった。

そのかわり、彼の研究室にはロッカーが壁のようにならび、その中の特誂《とくあつら》えの抽出にはグリニッジ天文台やパリの天文台、オランダの天文台、ベルギー、アメリカの天文台などから送られてくる月間報告書や論文などがいっぱい詰まっていた。彼が契約購入したものだ。

しかし、じっさいのところ、ピエール・トリオレはそれらのおびただしい報告書類を読もうともしなかった。読む必要はないのである。それらは部屋の装飾品だった。彼は、おれは専門家ではないと心に言い聞かせていた。ロンドンやパリやブリュッセルには、その地の天文台と連絡するという口実で出かけるが、じつは女遊びのためだった。

いま、ピエール・トリオレ伯は研究室の窓ぎわに立って双眼鏡を眼に当てている。室内をうす暗くし、カーテンを絞って、スコープをさし出すため真ん中だけを開けていた。

その双眼鏡は彼が狩猟のとき使用するフランス軍用のものだった。レンズの焦点は庭園のテーブルの間を動く高子の姿をさきほどから追いつづけている。姿態だけではなく、客たちに対する彼女の表情、眼もとの微笑み、口の動きが、すぐそこにあるように映じていた。ピエールはあたかも読唇術を心得ているように、妻の唇の動きからそのフランス語を読みとっていた。

彼は六十歳近い年齢だ。しかし、体格は均整がとれていた。顔が小さく、身体が大きかった。両肩も広かった。顔色も赭《あか》いとはいえないが、決して悪くはなかった。

ピエール・トリオレの横には多島通子が立っていた。彼が新しく雇い入れた研究室の助手という名目だった。

ピエールは双眼鏡をはずした。三角形の眼があらわれた。硝子体が多く、瞳は小さい。

彼は眼を擦《こす》って、双眼鏡を横の多島通子に渡した。

「樅《もみ》の木の下にあるテーブルを見なさい」

フランス語が充分でない通子に、彼はいつも英語で言う。

通子は、言われたとおり、双眼鏡を向けてピントを合せた。

「あら、マダムがいらっしゃいますわ」

「家内と話しているテーブルには、フランス人二人のほかに日本人一人がいる。ミチコは、あの日本人の紳士に心あたりがあるかね?」

通子は動悸《どうき》する胸を抑えて、

「存じません」

とさりげなく答えた。

「わたしは見おぼえがある」

トリオレ伯は言った。

「ほんの一カ月ぐらい前だから、忘れてない。バローナとウイリアム・ボールトンとが、ここのレストランに昼食に来た。そのとき、日本人の客は二人だった。その際も、やはり家内がサービスにあたった」

「……」

「もっともバローナもボールトンもわれわれ夫婦は以前からよく知っている。ホセ・マルティーヌ・バローナは世界陸連会長でね。世界各国の陸連をとりしきっている。ボールトンはその事務局長だ。サーの称号を持っている英国の没落貴族さ。そのとき、バローナとボールトンからあの日本人紳士を紹介してもらったが、さあ、なんという名前だったかな。日本人の名は憶えにくい」

ピエールは扁平《へんぺい》な顎《あご》の下に手をやった。

「……そうだ、やっと思い出したぞ。たしか、キムラといったっけ。ミスター・キムラ」

その和栄新聞社の木村信夫が、中年の肥ったフランス人とテーブルで話しているのを、通子の双眼鏡はさっきから捉えていた。

テーブルの前には高子が佇《たたず》んでいたが、その姿はすぐに双眼鏡から横に切れた。

「キムラは、日本人には多いネームです」

ピエールはふたたび双眼鏡を眼に当てた。方向も前の場所なのである。

「おや、タカコがいなくなっている。本館のほうへ歩いている。木立の陰で見えなくなった」

ふたたび双眼鏡をのぞき、彼はつぶやいた。

「あそこでミスター・キムラと話している男だがね。豚のように肥っているほうだ。セルジュ・ボーシュといって、ここにはちょくちょく酒飲みにやってくる。元マラソンの選手でね。いまはプロヴァンス陸連協議会の理事長をやっている」

伯は首をかしげた。

「はてね。ミスター・キムラは日本の新聞社の人だと言っていたが、陸上競技に関連ある話で、こっちへたびたび出張しているのかね。前回はバローナ、今度はボーシュといっしょだが」

通子は沈黙した。キムラを知らないと言った手前、これは返事ができなかった。

しかし、和栄新聞社に投書した「プロヴァンス国際駅伝競走」の提案は奏功しつつある。いま、ピエールが語る木村と世界陸連会長のバローナとが一ヵ月前にここへ来た話、さらには現在、双眼鏡に捉えている木村とプロヴァンス陸連協議会理事長との話合い。ことは予定通り確実に進行している。

木村信夫に出した通子の最後の手紙に書いた「告白」には、彼女が木村に隠していることがあった。

兄の明造が愛媛県の田舎で交通事故で死んだ十日ばかり後だった。阿蘇山麓の坊中の家を守る義兄から通子あてに明造の遺品が小包郵便で届いた。義兄は愛媛県に行って兄の遺体確認と荼毘《だび》と後始末を済ませて帰ったのだった。

送られてきたのは兄明造のスケッチブックが三冊だった。三冊とも厚手の渋紙で包み、紐《ひも》をかけ、明造の筆跡で「通子へ与える」と書いてあった。だから義兄はそれを解かずに、東京の女子大寮にいる彼女へ直送したのである。

それを見ても兄は、トラックにはねられたといっても、じっさいは自殺だったことが推定できた。トラックの前に、よろよろと飛び出したのはその手段であった。「通子へ与える」と記した包みは、兄がかねてから用意していた遺品《かたみ》だった。

スケッチブックに描かれたのは風景の写生ばかりであった。ほとんどが鉛筆画で、茶色のクレヨン素描がすこしある。が、どれにも色を付けてなかった。

その一冊はインド旅行のスケッチだった。旅行というよりは放浪である。銀座の貸し画廊に出ていた油彩の『ベナレスの死者の家』のスケッチは十枚以上描かれてあった。ガンジスの畔《ほとり》に建った古びたアパート、そこには死を待つ人々と付き添いの家族とが絶望的な生活をしている。戸外には死者を野焼きする炎と煙が上っている。野焼きされた遺体が次々とガンジスに流されている。その近くの水で子供たちが泳いでいる。

画廊に掲げた『ベナレスの死者の家』の油彩は、そのスケッチを元にしたものとはじめて通子にわかった。その油彩画の前で、兄は通子に説明するのに熱心だった。素描も細密であり、饒舌《じょうぜつ》だった。画壇の将来から突き落された兄は、自身が「死者の家」の中に坐っているようだった。

他のスケッチでも、いわゆる名所らしい場所は一つもなかった。洪水で荒れた田園と寂寥《せきりょう》たる海岸。町を写しても、狭い路地にサリー（女性の衣裳）かドゥーティー（男性の衣裳）の長い裾を地面に曳いてうずくまる婦人か老人だった。そうでなかったら橋を渡る群衆の一人ひとりの疲れた顔のクロッキーだった。

場所の名はそれぞれに書きこんであるが、普通の地図を見ても発見できなかった。よほど小さな町か村へ行ったようである。ところどころその地名が地図に載っていることがあった。それを見ても、兄のインド放浪が、どのように広範囲だったかがわかった。

スケッチの最後を見終ったとき、その表紙裏に茶色の封筒が貼り付けてあるのに通子は気づいた。それはハトロン紙の手製で、小型で薄かった。上部を開けて三方の隅を糊付《のりづ》けしてあった。

中に入ったものを取り出すと、三枚の写真がばらばらに出てきた。三十五ミリのカメラで撮ったモノクロの密着焼付であった。それはインドの場面ではなかった。

画面が小さすぎるが、三人の人物のうち、兄明造の顔がすぐにわかった。あとの二人は通子の知らない男と女であった。男は兄と同じ年ごろのようである。「小宮栄二」とあった。女性の名はなぜか書いてなかった。

一枚はその男女がいっしょにならんで立ち、カメラのほうを向いて微笑んでいた。すこし照れたような表情だった。一枚はその女性の肩に手をやった兄が口を開けて豪快に笑っていた。女性は静かに微笑している。もう一枚は女性を真ん中に三人がいっしょにならんでいた。一様に口もとをほころばせていた。

女性と男とがならんだ場面は兄が撮り、兄と女性とならんだのは男が撮り、三人いっしょの場面は、たぶん通りがかりの人にシャッターを押してもらったにちがいない。

背景に植物の繁る低い段丘があった。やわらかい日光が林の上に降りそそぎ、人物の半顔にもあたっている。インドにはこんな温和な光線はない。もっと強烈なはずだ。それに、その写真はずっと古かった。

兄の顔は若かった。伴《つ》れの男女も若い。ひと眼で直感したのは、男と女性とが恋人で、その男と兄が親友で、兄にとっては親友の恋人であるその女性とも交際があるらしいことだった。

兄が女性の肩に手を置いて大笑いしている無邪気さが、その関係を証している。が、男と女性は、兄の向けたカメラに、照れたように微笑している。

通子は、この密着写真をDP屋へ持って行き、複写してキャビネ判に伸ばしてもらった。よく外国旅行をする人にこれを見せると、その人は南フランス地方だろうと推測した。斜面を蔽《おお》っている低い植物はブドウ畑で、オリーヴの林も隅のほうに見えるようだ。遠景に高く黒い棒のように立っているのは糸杉である。どうやらプロヴァンス地方のようだと、その人は言った。

他のフランス通に見てもらうと、これはプロヴァンス地方に間違いない。画面の左端、ブドウ畑の陰からのぞく民家の屋根にもその地方の特徴が見える。しかし、プロヴァンスのどの場所かとなると具体的には見当がつかない。こういう風景はプロヴァンスのいたるところにあるからだ、と答えた。

しかし、通子は思い出した。兄が外国へ写生旅行に行ったのは、通子がまだ坊中の中学校に行っているときだった。今から十数年前になる。お土産にパリのネッカチーフを送ってもらった。

兄はそのとき芸大生であり、画塾にも通っていた。

スナップ写真の男が小宮栄二であり、女が豊島高子であるのを通子は後年になって知った。

三人の関係とその経緯《いきさつ》とともに。

N展系画壇の支配者土屋良孝が死ぬと、高子は日本を去った。ひとりでパリに行ったというが、その後の消息は、誰にもわからない。また土屋の死後、小宮栄二も没落した。そして姿を消した。

(あの二人は、いっしょにプロヴァンス地方に隠れ住んでいる!)

通子の直感であった。プロヴァンスは、兄の遺品にあった旅先のスナップ写真三枚からだった。

通子はこの直感を疑わなかった。自分に霊力があるかのようにそれを信じた。

高子にとって、プロヴァンス地方は愉しい思い出の地である。若いとき、恋人の小宮栄二と旅した土地だ。フランスに渡った高子は、パリなどにはいないだろう。隠れているならプロヴァンスだ。たぶん、小宮といっしょに。

兄はスケッチブックの裏に封筒を貼って、小宮、高子と三人で写ったプロヴァンスのスナップ写真だけを入れていた。説明の手紙は一切なかった。しかし、兄は、プロヴァンスを背景にした三人の写真そのもので通子に説明しているのだった。

たんなる説明ではない。通子だけにそれを与えていることが、兄の暗示であり、「遺志」であった。直感はそこから生じた。理由のあることであった。

（あの両人を何としてでも探し出さねばならない）

この執念が和栄新聞社に投書した「プロヴァンス国際駅伝」への着想となった。向こうからこっちの計略に木村企画部長がひっかかった。ひっかかったという言い方は悪いが、乗ってきたのだ。企画が意表を衝いて面白いというのである。非常に新鮮だと賞めた。

先方があまりに積極的になりすぎて、社員が来たり、木村自身が直接会って詳しく話し合いたいなどと申し込んできたりするので、かえって気持が悪くなった。投書の動機が後ろめたかったこともある。今後は自分に接触しないでほしいと手紙を出した。その理由があの「告白」の手紙となった。

木村への手紙にそのような「告白」までしたのは、渋谷のデパートで開かれた「カミーユ・クローデル展」の後で、木村を土屋良孝らがよく使った京橋のレストラン「フェカン」に誘って、ここは「地獄の城」です、と言い、その理由を少し話したいきさつがあったからだった。

カミーユとロダンの関係は、土屋良孝と兄の関係に似ている。またカミーユはロダンが自分の作品を盗作したと主張して精神病院に送られた。彼女は病院からもそれを訴えつづけた。ロダンは彼女の作品を自分の肥料《こやし》にした。兄の画は、行き詰まった土屋画伯の肥料となり、土屋を再生させた。

カミーユとロダンのもう一つの関係は男女の愛欲だった。カミーユはロダンに捨てられて狂った。豊島高子は土屋の欲望に供せられ、献じた小宮は土屋のおかげで特選を二回もとったが、小宮とはライバルだった兄は蹴落された。

しかし、豊島高子の所在は思いがけないことから知れた。郷土紙として有楽町駅のスタンドで売っている「大分日日新聞」の記事から、彼女がエクス・アン・プロヴァンスの「シャトー・デゼトワール」のマダムになっているとわかったのである。

そこのホテルとレストランの女経営者が、エクスの名家トリオレ伯の夫人であった。新聞記事は、彼女はタカコという名であり、過去に官展系のN展に入選したことのある元画家であると書きたてていた。

「大分日日」の記者が何故《なぜ》そんなところへ取材に行ったのか、通子にはわからない。が、和栄新聞の木村企画部長が、自分の投書したプロヴァンス国際駅伝競走のアイデアをとり上げて、それを実現の段階に移し、その下見に現地に行ったときに、「大分日日」の記者と接触したのではあるまいか。

いかなるはずみで高子のことが地方紙の新聞記者に知られたかはわからない。あの慎重な態度の木村からは考えられないことだった。

しかし、通子にとってこれはまさに天のたすけであった。もしこの郷土紙を買わなかったら、豊島高子の所在は永久にわからなかったろう。木村がこの地方紙をして高子の所在をあぶり出してくれたようなものである。高子だけでなく小宮栄二の居所までも。——

「今日は何処《どこ》でタカコの姿を見失ったのかね？」

ピエールが訊いたので、通子の想念は琴の糸のように断《き》れた。

「リュートー通りの美術図書館のあたりです」

通子はうなだれた。

「わたしのタクシーが信号にひっかかったとき、マダムのタクシーが先に走って距離があいたのです」

「美術図書館だと、タカコに縁がありそうだね」

「わたしもそう思って、タクシーを待たせて美術図書館の中に入ったんです。マダムは居られませんでした」

「閲覧者に本を出し入れする司書に聞いてみたかね」

「司書には聞きませんでしたが、閲覧者にきいてみました。日本婦人だから髪は黒いし、マダムのスーツの色についても話しました。そんな婦人はここに入って来なかったというんです」

「三日前はノートルダム・デュモン教会のあたりで見失ったと言ったね？」

「ええ」

「教会はオーバニュ通りだ。方向は同じだ」

「教会は閉まっていました」

「タカコはその教会にはあまり行かない。男と逢引《あいび》きする前に教会に行けたものではあるまい」

「サンヴァンサン通りでした。あの小路は道が狭くて、人通りが多いものですから」

「どっちにしてもあの辺の区域だな」

ピエールは禿げ上がった広い額に手を当てた。彼の脳裡には、その区域の地図がひろげられた。

「リュートー通りには小路が多い。くねくねと折れ曲がったりして複雑だ。東の端の小路がそうだね。しかし、あのへんは高級住宅地だ。アパルトマンにしても高級なのが建ちならんでいる。あそこに広場があった。ええと、なんという名だったたっけな」

彼は額を拳《こぶし》で叩いた。

「そうだ、ジャンジョレス広場というんだ。小さいが市民公園になっている。だが、うす気味悪い場所だ。市民は寄りつけない」

「どうしてですか」

「ジプシーたちがそこを占領してキャンプしている。むかしは天幕生活だったが、いまはキャンピング・カーが集まって村を造っている。マルセイユ市当局が彼らの立退きを強制執行すれば、ジプシー連中が暴れだしてどんな騒動が起るかわからない。ジプシーは自我の強い異民族だ。グループの団結がかたい。敵にまわすと厄介なことになるので、市当局も、いまは諦めている。連中は、それをいいことに、すっかり生活の根をおろしている」

ピエールは唾《つば》を吐きそうにした。

「まさかタカコはそのジプシー村に逃げこんだのじゃあるまいね」

「そんなことは絶対にありませんわ。誇り高いマダムがジプシーのキャンプに入るなんて」

「タカコは今日は男と逢ったはずだ。必ずね。わたしがそう仕掛けたんだよ」

「えっ、伯爵が?」

「そう。餌《えさ》はヴェランだ。古い画用紙のね。現在も市販されているが、わたしの家にあるのは父親が集めた十九世紀末ごろの製造だ。タカコはそれを欲しがっている。欲しがっていることは、わたしには言わない。なぜかというと、その画用紙を情夫《おとこ》に与えることを、わたしに察知されるからだ。彼女の情夫は画描きだよ。ミチコ」

「………」

「ヴェランはわたしの居間つづきの庫《くら》の中に置いてある。半年前からそれが少しずつ減っている。タカコがわたしの留守に忍びこんで盗んだものだ。はじめは気がつかなかったが、一カ月前からそれがわかった。そこで、昨日は庫を開け放しにして、わたしは朝から天文台にへばりついていた。夕方に庫の中を見ると、やっぱりヴェランが減っている。こんどはかなりの量だ。タカコはきっと今日はその画用紙を持って情夫に会いに行くと思ったから、ミチコに彼女の後を尾行してもらった。今日でそれが四度目だったね？」

「そうなります」

「こんな役は嫌《いや》かね？」

「いいえ」

通子は首を振り、低い声で答えた。

ピエールのために高子の行動を追跡しているのではなかった。自分の目的を果すためだった。目的は高子のあとから小宮栄二の所在を突きとめるにあった。

ピエールは、またもや双眼鏡を眼に当てた。

「おや、セルジュ・ボーシュがさかんに飲み食いしているよ。部下の男とね。ミスター・キムラとだいぶむずかしい話し合いのようだな。やつにタカられているらしいミスター・キムラは、懸命に何ごとかを頼んでいる。ボーシュは人を見ては、のらりくらりとかわして、じらすのがうまい男だ」

ボーシュがプロヴァンス陸連協議会の理事長というから、木村は「プロヴァンス国際駅伝競走」のことで、ボーシュにいろいろと頼んでいるらしかった。

投書が、通子の眼前でますます現実化しつつあった。

「タカコはね」

ピエールは話を変えた。

「わたしがミチコを研究室の助手に採用した本当の理由を知らない。きみがここにやって来てね、東洋の占い法を述べて、わたしの西洋の占星術に挑戦した。わたしはきみの利口なのに感心し、研究室の助手にしたいと妻に言ったら、何も知らない彼女は同意した。頭脳《あたま》のいい方ですね、とミチコのことを賞めた。研究室には助手がいないから、ちょうどいいじゃありませんかと賛成したよ」

「マダムには申しわけなく思っています」

通子はうなだれた。

「それじゃ、きみはここを早く辞めるつもりか」

「いいえ、辞めません。わたしは、マダムよりも、伯爵に忠誠心を持つことを誓います」

「ふむ、その理由は?」

ピエールの鋭い瞳が通子の顔を射た。

「マダムは伯爵夫人です。人妻です。それなのに愛人を持っておられます。許せないと思います。だから、伯爵の側に立つのです。たとえマダムがわたしと同じ日本人でも」

「姦通は許せないというわけだね？」

「……………」

ピエールは、うすら笑いを浮べ、またもや双眼鏡をとりあげた。こめかみが慄《ふる》えるように動いた。

「タカコの姿がどこにもない。どこかに引っ込んでしまった。昼間の情事で、お疲れとみえる」

冷笑ともつかぬ奇妙な口調だった。

「売女《ばいた》め！」

フランス語の俗語で吐いた。

「相手の男は画描きだ。画描きだが、どんな画を描いていると思うか、ミチコ？」

「さあ」

「東洋の占いは神秘的な予言をするはずだ。きみは的中させることができるだろう？」

「日本の八卦《はっけ》は中国から来たものです。西洋の科学的な占星術から天文学が生れましたが、中国では昔からの陰と陽の民族思想にもとづいて、政治をはじめ人間個人の行為や運命を占っています」

「では、タカコの相手の画描きは、どんなものを描いている?」

「それを占うには道具が必要です。ゼイチクといって細い竹の棒が数十本です。それとご本人のお生れになった年と月と日とおよその時刻をお聞きして、木、火、土、金、水のどのような惑星の宿縁のもとに居られるかを承知し、ゼイチクを無念無想のうちに繰って卦を顕《あらわ》すのです。けれどもマダムはここに居られませんし、たとえ居られても、まさか面と向かって生年月日をおたずねするわけにはゆきません。ゼイチクもここに用意しておりません。すぐには予言できません」

「はてさて面倒なものだね。したが、そんな複雑な手順は要らんよ、ミチコ。ヒントはヴェラン紙だ。それも十九世紀末のね。いまどき、そんな古い画用紙で描く画家が居るかね?」

「………」

「わたしの占星術で言おう。その男はね、後期印象派画家のニセ画を描いている」

17

ピエール・トリオレの趣味の一つは狩猟であった。

もともと貴族と「狩り」とは、昔から切り離せない生活である。先祖のトリオレ伯がこの地を開拓して広大な地域の地主になったときには、その領内のいたるところに森林があり、密林の丘陵があって狩猟をするのに不自由がなかった。

だが、その地帯が荘園化し、穀物や野菜の生産地となり、村ができ、牛や羊が飼われ、牧草地となると、ハンターは獲物を追ってエクスの裏山、つまり南アルプスの南麓《なんろく》の山々へと分け入らねばならなかった。

歴代の荘園主には狩猟を好む者もあり好まない者もあった。好まない者でも、ほうぼうから客を呼んで客館に泊め、狩猟でよろこばせた。

当代のピエール・トリオレ伯はことのほか狩猟が好きであった。多趣味な彼だが、これだけは素人《しろうと》離れがしていた。

ピエールはプロヴァンス猟友会の幹事であり、全フランス猟友会の会員であった。彼の「狩猟の間《ま》」には競技会で獲得した優勝トロフィー（動物文様の意匠になっていて、ペルシアの工芸品に似ている）が多くの賞状とともに飾られているが、それよりも訪問者の眼を奪うのは彼の獲物が剝製《はくせい》にされて壁や床の端に陳列されていることだった。虎だとか豹だとかの熱帯密林の見栄《みば》えのする動物はないが、クマやオオカミやトナカイやオオツノジカなどはあった。ピエールが猟友といっしょにノルウェー、フィンランド、スウェーデンに行って自身で仕留めたのである。

それとならんで美事なのはライフル猟銃だった。銃架には世界で有名なメーカーのものがずらりと整列して光っていた。その中には、骨董《こっとう》ものの名品もあった。

「狩猟の間」は、天文台研究室の一階下のフロアで、ピエールの寝室に近かった。その位置でもわかるように、この部屋に彼はこもって猟銃の手入れをするのが何よりも心やすまるようであった。

いま、彼の銃の手入れは終った。そのライフルはフィンランド製で、彼の愛用の一つだった。分解した数々の小さな部品を机上にひろげた柔らかいマットの上で丹念に掃除し、磨き、元どおり組み立てた。柔らかい布で愛玩品の全体を何度も拭いていた。

彼は時計を見た。十時四十五分であった。

向こうの庭園には外灯が見えるだけである。レストランは十時にはクローズする。その後方の本館の窓にも灯が少ない。

彼はライフルにスコープ（望遠レンズ）を取り付けた。銃床を肩に乗せ、スコープをのぞく。倍率は二・五。レンズには十字の線が入っている。この目盛をレティクルという。

廊下でひそやかな足音がした。小さなノックだ。ピエールはそれを待っていた。大きな声で言った。

「お入り」

ドアが開いた。

照準を定めたスコープの正面に高子の顔が映った。レンズについた目盛りの十字の中心の一点に彼女の眉間《みけん》がぴたりと収まっていた。

瞬間、高子は表情を緊張させた。が、すぐに動いて後ろ向きに歩きドアを閉めた。ピエールは眼をいったん望遠からはなした。構えた銃はそのままである。

高子は和服でいる。藍《あい》の濃淡の間に黄の筋が入った粗い縦縞《たてじま》の一越《ひとこし》である。それに、臙脂《えんじ》の綴錦《つづれにしき》帯。帯のお太鼓の直線上に白い襟足がのぞいていた。束ね上げた黒髪の生えぎわにうぶ毛があった。

「その格好だと、何かあったのかね？」

ピエールは妻にきいた。

「今晩八時から本館でエクスの市長夫人や市会議長夫人、それに商工会議所会頭の夫人、銀行支店長の夫人など、ご婦人ばかりの宴会があったのです。市長夫人から、その席にご挨拶に出るわたしに、ぜひ日本のキモノで出てくるようにと前もってお電話をいただいたのです」

妻は、銃の照準にされているのを無視したように事務的に答えた。

「市長の女房は、以前《まえ》にもおまえさんのキモノ姿を見ているのか」

「二度くらいあります。やはり婦人の集まりでした」

「フランスの女には、おまえさんのキモノの趣味はわかるまい。シックで、エロティシズムを包んだエレガントなところがね。彼女らには、日本のコイノボリ（鯉幟）のような派手なキモノで充分だ」

「ひどいわ」

「原色に馴れたフランス女は中間色の深みを知らない。日本の女ほど中間色をコンクエートしているのは世界にない。そのキモノだって、上品な中に、男の心をそそる無限の魅力を包みこんでいる」

銃の狙いを妻の後ろ姿に定めたままピエールは言った。眼窩《がんか》の底に青白い光が出ていた。

高子はこちらへ向き直った。夫にちらりと視線を走らせたあと、オオツノジカの首が懸かっている壁の横に置かれた椅子にかけ、裾前《すそまえ》を合せた。

ピエールはふたたびスコープをのぞく。大写しの高子は、銃口の正面に向かって眼を見開いていた。瞳は自若《じじゃく》としていた。

「銃のお手入れですか」

そのフランス語にも落ちつきがあった。

「怕《おそ》ろしくないかね？」

「べつに。あなたのお持ちの猟銃は見慣れていますから。お気に入りのだわ」

「三十口径だ。これは軍用の銃でね。弾倉には三十発が装塡《そうてん》できる。一般には容易に手に入らない」

「その大口径で、ここに剝製《はくせい》でならんでいるクマやオオツノジカを仕留められたのですね。みごとな腕前ですわ」

「北欧に遠征したのは、おまえさんと一緒になる前でね。もう十年以上だ。向こうの国でもだんだん猟区を狭《せば》めてきたり、高い入場料を取ったりして、せちがらくなった。それに、もう遠征の意欲がなくなった。ぼくも歳をとってきたんでね」

「………」

「おまえさんは若い。こうしてスコープの望遠レンズで見ていると、つくづくそう思うね」

「そんなことはありませんわ。あなたもお若いですわ」

「ぼくはもうダメだよ。……どうだ、銃が怕ろしくないか」

ピエールは片眼をつむり、スコープを覗《のぞ》いたまま聞いた。

「ぼくはおまえさんの額に狙いを定めている。そう、眉の間に縦皺《たてじわ》がある、そのすこし上だ」

「イヤね。名士夫人のお集まりのため、お化粧を濃い目にして、皺を隠したつもりです。キモノに似合うように真っ白く塗って」

フランスふうのドーラン化粧ではなかった。

「気の毒だな。このスコープはね、星明りの下でも赤外線で三百メートル先にいる人間がわかるんだよ。軍事用に開発されたのでね」

「おお、怖《こわ》いこと。スコープのほうが銃口を向けられているよりも気味悪いわ」

「ぼくは引き鉄《がね》に指をかけている。なぜ、震えない？」

「実弾が入ってないからですわ」

「そうか」

ピエールは、思案するように、ちょっと黙った。

「今日は一日中、ぼくは天文台の研究室にいた。ミチコを見習助手にしてね」

彼は話頭を転じた。

「ご勉強ですこと」

「きみは午前九時から十一時半ごろまで外出していたそうだね」

「マルセイユに行ったんです」

妻の眼もとに複雑な微笑が浮んだ。

「ロシュ通りのサン・アントワーヌ・ドゥ・パドウ教会にお詣《まい》りに行きました」

「信心深いことだ。今日は日曜日でもないのにミサがあったのか」

「ミサはありませんでした。でも、わたしは入口からはいって身廊《しんろう》の後ろの席に坐り、正面の祭壇に向かって、黙ってお祈りしてから出て行くのが好きなんです」

「誰かがそこに居たかね」

「どなたもいらっしゃいませんでした。がらんとしてましたわ。神父さまも出てこられませんでした。わたしはそういう静かな雰囲気が好きです」

「サン・アントワーヌ・ドゥ・パドウ教会にはよく行くのか」

「ときたまです。神父さまがわたしを知っておられるかどうかわかりません。ミサにもお詣りしたことがないし、信者さんの居ない席にひとりで坐って、五分くらいで教会をあとにするんですから」

「それから何処へ行った？」

「旧港の魚市場です。いつも朝の買出しには調理場の人ばかりを遣《や》っていますから、ときどきは挨拶ぐらいにわたしが顔を出しませんと」

「そうでもないだろう」

「え?」

「夜明けごろ港へ帰った漁船の荷が競《せ》りにかけられる。その時間に間に合うようにと午前四時ごろ、おまえさんは自分の車を運転してエクスを出たことが五、六回あった。ぼくがパリやロンドンの天文台を訪問している留守中のことだ。雇い人から報告を受けたよ。べつにスパイとして雇い人を使っているわけじゃないがね」

スコープに瞳を当て、銃口を高子の顔に固定したままである。

「レストランのマダムは、自身でマルセイユの市場へ仕入れに行くのがほんとうなんです」

スコープに向かって彼女の眼は屹《きっ》となっていた。

「厨房《ちゅうぼう》の料理人任せだと、いい加減なことをされて、材料が落ちるし、味も落ちます。やはり、わたしが市場へ出向いて材料を選んだほうがいいのです。でも、そんなにたびたび早起きして出て行っては、あなたへのサーヴィスができません。あなたのご機嫌も悪くなります。ですから、パリやブリュッセルへいらしたときに、わたしはマルセイユの市場へ仕入れに行きます」

ピエールは銃を肩から下ろした。スコープサイドのピンを抜いてスコープを銃からはずした。

彼は銃を横たえ、箱型弾倉を機関部からゆっくり取り外した。

高子は初めて悄然《きようぜん》となった。

実包が装塡《そうてん》されていたのだった。

ピエール・トリオレは、うす笑いしてうつむき、ライフル実包を指先でつまみ出し、それを、一個ずつ机上の柔らかいマットにならべはじめた。赤銅色の、尖《とが》った先端が灯に光った。

高子は声を呑んで夫の手もとを見つめた。実包がこめられていたのを初めて知った。

「ぼくの道楽もね」

ピエールは伏し眼になり、子供が悪戯《いたずら》するように実包をならべながら言った。

「……おまえさんのおかげで続けられるようなものだよ。地代の収入だって、たいしたことはない。いままでもずいぶん土地を処分してきたからね。ぼくの専門家設備なみの天文台も、土地の切り売りで作れた。研究に没頭できる設備の拡張もそれでできた。これ以上、土地を減らすと、トリオレ伯爵家の体面にかかわるのでね。ナポレオン三世時代以前いらいの栄誉ある家柄が、ぼくの代で落ちこんだと言われては不名誉だ」

実包は一列にならびきれない。机の端近くで直角に新しい列をつくりはじめた。彼の動作も口調もゆっくりとしていた。

「といっても地代を少しぐらい値を上げたところで知れたものだ。第一、借地人が値上げに反対する。第二に、彼らはトリオレ伯だから、そんな欲深いマネはしないだろうと思っている。

どっちが強欲《ごうよく》かわからないがね。こっちも体面があるから争わない」

赤銅色の小さな砲弾はカギの手の列でもおさまりきれず、ふたたび直角に折れて、凵形の列となった。

「けれども、おまえさんがレストランのほうでよく稼《かせ》いでくれている。大助かりだよ」

ピエールはなおも箱から出した実包をならべながらつづけた。子供の遊びだった。

「もし、レストランの収入がなかったら、またもや先祖が遺してくれた土地を切り売りしてゆくしかない。先細りだよ。それを喰いとめているのが、おまえさんの腕のお蔭だ。レストランは繁昌して、立派に黒字だ。それでもってトリオレ家は支えられている。繁昌の原因は、マダムの魅力だ。そう言われて、お客に評判がいい。ぼくはなんの役にもたたないがね」

「あなたもお顔をお客様の前にお出しになったらいいのに……」

「いやいや、レストランとかホテルの亭主は顔を出さんほうがいいのだ。それに、ぼくは陰気な印象を人に与えるらしいよ」

赤銅色の実包は、彼の手もとにまだ剰《あま》っていた。それを横の列につくりはじめた。このままだと正方形になってくる。

「それよりも、おまえさんのおかげで、なんの心配もなく趣味がつづけられる。ぼくはどんなに感謝しているかしれない。……おまえさんも少しぐらい気晴らししなさい」

高子は心臓が急激に波打った。ピエールは顔を上げようともしない。弾丸をならべるのに夢中のようであった。

「この檻《おり》の中で働いてばかりいては身体に毒だからね」

ピエールは彼女に呟《つぶや》くように言うと、突然、子供のように手を叩《たた》いた。

「やあ出来た！」

弾丸の列が正方形に完成した。円錐形に尖《とが》った弾頭が光の点になっている。

「かっきり三十発で真《ま》四角な形になったよ。面白いね。正四角。……これから何を連想するかね？　旗の形かな。囲い垣かな。運動場かな」

自分で首をひねってみせた。

「そうだ、広場だ。広場に似ているよ。そういえば、マルセイユには広場が多いね」

「………」

「マルセイエーズ広場、マルレー広場、九月四日広場、ジョリエット広場、カステラーヌ広場。それにジャンジョレス広場なんてのもある」

ピエールは高子を見た。くぼんだ底にある青灰色の瞳は何やら愉しげであった。

ふいに、彼は唇をまるくし、ハミングを唱いはじめた。靴先を床に動かし、リズムをとって。

それが二分間ほど続いて、はたと止《や》んだ。

「むろん、知ってるだろう、この曲を？」

妻にきいた。靴先の動きもとまった。

「『チゴイネルワイゼン』です」

高子は蒼褪《あおざ》めていた。無意識のうちに椅子から立ち上がっていた。

「そう。ジプシーの曲だ。……マルセイユの広場のなかでもジャンジョレス広場はそれほど大きくない。そこは市の公園だが、ジプシーが集まって村をつくっている。半永住的にね」

「……」

「その広場のことを知ってるか？」

「存じません」

——突然、ピエール・トリオレの内部に嵐が生じた。それは今まで彼が心に矯《た》めていたものだった。行動を抑えていたのは、自制というよりは弾《はず》みのつくのを待っていたようだった。衝動を激発させたのは、愕然《がくぜん》として椅子から立ち上がった妻の姿にあった。藍縞の裾からは洗朱《あらいしゅ》の裏地がめくれた。こぼれた淡い紅色がピエールの眼を灼《や》いた。

彼はテーブル上に作られた実包の正方形の列にやにわに両手をかけて崩すと、テーブルの端へ押しやった。実包は金属性のけたたましい音を立てて床に落ち飛散した。

「おまえさんは今日は疲れている」

妻を凝視し、声が変っていた。

「ぼくは天文台研究室からスコープ望遠レンズで今夜のレストランを覗いていたのだ。百メートル離れていても、指の先にあるように近く見えた。おまえさんは、テーブルをまわって客たちに挨拶していたが、いつもとは様子が違っていたよ。元気がなかったな」

高子は眼を伏せた。

「望遠レンズでおまえさんの唇の動きが、手にとるようにわかった。客たちにお追従《ついしょう》を言われ、おまえさんはそれに愛想よく応じていたね。唇の動きで、何を言っているのかぼくにわかった。だが、それはとおりいっぺんの言葉だ。うわの空《そら》だったよ」

「………」

「テーブルには日本人が一人いた。プロヴァンス陸連協議会のセルジュ・ボーシュと彼の部下と三人だ。あの日本人は、いつか世界陸連のバローナとウイリアム・ボールトンと一緒にきた新聞社の男だ。たしかキムラという名だったな?」

「ええ。……」

「ほんらいなら、同胞のいるテーブルの前で、おまえさんはもっと話し込むはずだ。しかし、その様子もなかった。ぼくは望遠レンズの焦点をおまえさんの唇から上へと移した。眼もとや頬の皮膚が疲労困憊《こんぱい》していた。おや、と思ったとき、おまえさんは、すっとレンズから横に切れた。いつも閉店近くまであしらいをするおまえさんが、途中で引っ込んだきり、戻ってこなかった。今日の午前中、マルセイユに行ってきたのが、よほど身体にこたえたとみえるね」

「違います。夜八時からの市長の奥さまがたの宴会に出る準備のために、庭のテーブル席から早く切りあげたんです」

ピエールは一歩進んだ。高子は前を引っ張って、二歩退《すざ》った。彼は妻の言いわけを聞かなかった。

「旧港の市場には通い慣れているはずだ。それに、今日は教会のお詣りのあとに問屋に顔を出しただけというじゃないか。べつに魚の仕入れに行ったわけではない」

高子は、身を引いた。ピエールの広い額に乱れかかった数本のうすい髪の毛と、光を増した眼とが、何の前触れかを知っていた。

「マルセイユへ魚の買出しなら夜明け前の四時だ。いつもは料理人を連れて行くおまえさんが自分でひとりで行ったのは、ぼくがパリに行ったときと、ブリュッセルに行ったときの留守中だった。ブリュッセルは今から一カ月前だ。ぼくの居ないあのとき、おまえさんの行先はマルセイユではなかったはずだ。返事は要らない。どうせいい加減な言いわけにきまっているからね。ぼくが国外に出て一週間は戻らないと安心して、誰かと遠出をしていたのだ。どこへ遊びに行くんだ？　カンヌか、アルルか」

――高子の前に白い霧がいちめんに立ち罩《こ》めている。朝の七時ごろだった。アルルの南、アルバロンでの葦の原だった。小宮も自分も防水帽に防水着であった。葦を探して葦を切っていた。ゴッホの葦ペンを求めて切っている。……

「相手の男のことは訊くまい。正体はいずれわかる」

ピエールは自分の言葉に自分で喘《あえ》いだ。咽喉が乾いたように声が嗄《か》れていた。

「だが、情夫《おとこ》はマルセイユに住んでいる。ジプシー村のあるジャンジョレス広場の近くだ。おまえさんは、彼に逢いにときどき通っている。今日もそいつと逢ってきた。おまえさんの愛する情夫の住居《すまい》はどんなところで、どんな設備になっている？　さぞ欲情を誘うような仕掛けになってるんだろうな。二時間ほど、たっぷりとその部屋で満足してきたんだからな。疲れた顔でわかる」

ピエールは猟銃にちらりと視線を走らせた。が、銃は取らなかった。床に落ちた実包も拾わなかった。両の拳《こぶし》を固く握っていた。

「ぼくの、ぼくの趣味はおまえさんによくわかっている。一緒になって八年、この嗜好《しこう》はなおるどころかひどくなった。自分でも制禦《せいぎょ》できないのだ。それというのが、ますます歳を取ってきたからだ」

ピエールは額の横皺を深めた。眼尻、鼻の両わき、口の両端から顎《あご》にかけての皺が陰影をよじり、ぴくぴくと、動いた。

「おまえさんの可愛い男は若い。だからおまえさんは正常なセックスに溺《おぼ》れられるのだ。ぼくの眼には、そういう際のおまえさんの狂乱した姿態が見える。祖父や父親が蒐《あつ》めて秘蔵していたウキヨエのポルノグラフィックのようにな」

ピエールは、壁ぎわに竦《すく》む高子に迫った。剝製《はくせい》のクマの眼玉に人間の影が揺れた。その手首を強くつかんだ。一方の拳には何か武器でも握られているようだった。

彼は高子を廊下に引きずり出した。

突き当りが夫婦の寝室だった。廊下の突き当りとT字形になった長いスイートルームだった。真中の小食堂を境に北側と南側と四部屋ずつがシンメトリーに分割されていた。常は夫婦で部屋も寝室も異にしていた。

内部は、広いベッドルーム、浴室、居間二つ。中央のサロンが主軸となって両翼の間取りは同じである。が、プランは左右対称的でもなかみは不整合だった。それはピエール・トリオレと高子の相違であった。調度とか室内飾りとかの相違も夫婦の間に横たわる秘密がそれをつくらせた。高子は夫からの隔離のために、寝室のドアにロックをする習慣だった。

ピエールが高子を連れこんだのは、自分の寝室だった。中は仄暗《ほのぐら》かった。広いベッドが浮び上がっていた。楡《にれ》のサイドテーブルはロココふうで、ふちには螺鈿《らでん》入りの細かいアカンサス文様が刻してある。上に水差しとグラス、ブランデーのボトルが置かれ、小さなシャンデリアに鈍く光っていた。その照明具も燭台型ではなく、灯油のランプを模していた。狩猟でスウェーデンに行ったとき、山中の民家で見たのが気に入って、特誂えしたのだった。

ピエールは、最初の荒々しい行動にもかかわらず、すぐには妻をベッドの上に倒しはしなかった。彼はベッドから離れたクッションに彼女を坐らせた。その長椅子も美術品ものだった。

「一枚の画を見せてあげよう」

ピエールはグラスにブランデーを注ぎ、スイッチをおした。シャンデリアの光は、たちまち眩《まぶ》しく寝室じゅうに満ちた。

「あれを見なさい」

顎《あご》をしゃくった。そこには中世騎士の狩猟図を織り出したタペストリーが垂れているのだが、今は取りかたづけられ、代りに素描が壁に懸けてあった。

高子は眼に針を刺されたようになった。一瞬、瞳の前に血が散るのをおぼえた。

「よく見なさい。ヴァン・ゴッホだ」

よく見る必要はなかった。小宮の画であった。茶褐色のインキをつかって葦ペンで描かれ、黒チョークをまじえてある。樹木と畑の風景。

高子はピエールの最初の鞭《むち》を感じた。いきなり脳天に向かって打ちおろされたような衝撃だった。

ピエールは、いつ小宮のアトリエを突きとめ、誰かに忍びこませ、彼の画を盗ませたのか。小宮のその画をわざわざ眼前に見せつける。ピエールらしい懲罰《ちょうばつ》であった。

「この画が、どうしてぼくの手に入ったか。タカコにわかるか」

ピエールはグラスを呷《あお》った。

（あなたです、ピエール！）

息が詰まって、すぐには声が出なかった。

「今日の夕方、アルルから知り合いの人がこれを持ってきてくれたのだ」

とつぜん彼の声が鬱《うつ》に変った。

彼はグラスに酒を注ぎ足し、長椅子へ歩み寄って、高子の横に腰をおろした。背を曲げ、顔を壁面の画に向けた。

「来年は、アルル市でヴァン・ゴッホ没後百年記念大展覧会がある。市の主催でね。だが、アルルにはゴッホの作品は一枚も残っていない。ゴッホが描いた風景だけはアルル付近にある。だけど、かんじんのゴッホの画がない。画はオランダにいちばん多い。残りはアメリカやイギリス、それにベルギーとか日本にある。それらを借り集めてゴッホ展をやろうというアルル市の計画だ」

ピエールの口調は沈んでいた。彼の感情の波は激しく、躁《そう》と鬱《うつ》が交互にくる。その交替がくる間の平穏が長いときもあり、短いときもあった。

「ゴッホ展のことはアルルから来た人の話だ。その人はゴッホ展に出品する作品の審査委員会の委員をしている。委員会はアムステルダムのゴッホ協会から専門家も参加して真贋《しんがん》の鑑定にあたる。ゴッホの贋作《がんさく》が多いからな」

ボルドー製のラベルのある瓶を傾けて、壁の「素描」を見つめた。

「見なさい。これはゴッホの模写だ。パリが発売元らしいがね。しかし、複製だと、はじめから模写として一般に売り出されている。贋作でも偽作でも偽画でもない。はじめから模写として一般に売り出されている。しかし、複製だと、画のどこかにその点を明記してあるが、模写にはそれがない。模写といえども、その作家が製作したんだからね。だから、出来のいいのは、画商が真作として客に売りつける。そこが複製と違うところだ。その出来栄えがよければ画の専門家も欺《だま》される。そこで、アルルの審査委員会では、世間に出まわっているゴッホの模写も集めて鑑定し、厳しく峻別《しゅんべつ》している。この画は委員会にひっかかった一つだ。たしかに、これは拙《まず》い模写だな」

「…………」

「模写なら通る。だが、真物《ほんもの》にはならん。画商がどう口先でゴマカして素人客に売りつけようとしても、客が鑑定家に相談したら、それっきりだ」

ピエールはボトルを握り、壁面を凝視しつづけていた。

「懸命に模写をしている。あるていど器用な技術を持っている。しかし、才能のない画家だ」

彼は断を下した。

高子は耳を掩《おお》いたくなった。

小宮栄二と自分の十数年前の過去が電光のように閃《ひらめ》く。小宮のN展での特選二回は彼の実力ではなかった。官展系の大御所・土屋良孝の特別な引き立てからだった。小宮よりはずっと才能の豊かな新進画家がいた。小宮の親友で多島明造だった。だが、多島は小宮の出世の犠牲になって画壇から落伍《らくご》し、埋没した。N展の画壇を太陽のように支配する土屋良孝に画商らは追従し、落ちた多島を拾う批評家もいなかった。

小宮栄二を画壇に出すために、高子は土屋良孝に接近した。それが忌《いま》わしいアトリエでの出来事になった。小宮は、踏みにじられたわが恋人の前に手を突いて頭をさげ、土屋先生の意志に従ってほしいと頼んだ。小宮がN展の特選を二回獲得したのは、それからであった。

「おれより多島のほうが、ずっと出来る」といつも言っていた小宮は、陰で多島明造に詫びていた。

土屋の死がすべてを解消した。高子はパリに逃げた。商社の支店長をしている縁戚のもとに一時身を寄せた。そこにピエール・トリオレ伯の出現となった。彼の執拗《しつよう》な求婚に、高子の虚脱が従った。

小宮との奇遇は二年前、マルセイユの街頭でだった。小宮は「模写」作家として、画家としての生命を自ら抹殺《まっさつ》していた。――

「才能のない画描きだよ、こいつは！」

ピエールは、もう一度、ゴッホの模写に毒づいた。

高子は、彼の嘲罵《ちょうば》が自分に投げつけられているように思えた。

「葦ペンで、樹木と畑とを描いている。アルル時代だな。葦ペンの使い方はそう悪くはない。ゴッホに似せようとずいぶん練習したようだ。葦ペンになりそうな葦を求めにカマルグ地方をずいぶんうろついたにちがいない。手ごろな葦は少ないから、それを探しまわるだけでも苦労だ」

ピエールは言葉の鞭を鳴らした。

「ゴッホは樹木を好んで描いている。枝を刈りこんだポプラ、繁茂する糸杉、繁ったリラの木、蔦《つた》のからまる巨樹などをな。樹木ほど無気味なものはない。まるで魔女群のようだ。ゴッホの神経は神髄を本能的につかみとっていた。ゴッホにはそういう魔性《ましょう》がある。それは芸術家が言うデーモンとも違うんだ。淫虐《いんぎゃく》性だ。ゴッホは殺人もできるよ」

ピエールはまだ模作をためつすがめつ眺めていた。

「この模写画家は、それでもゴッホの世界に逼《せま》ろうとしているのが見える。たとえば、麻薬でも飲み幻覚を起すようなことまでしてね」

「……」

「しかし、そんな努力をしても所詮ダメだ。この前、ニューヨークのオークションで法外な高値で落ちたゴッホの葦ペン画があった。新発見というふれこみだったがね。あれだって怪しいものだ。模写の出来のいいのかもしれない。模写といっても、ゴッホ協会に登録された既製画をなぞるようなことはしない。ゴッホのアングルから少しずらした視点で描く。つまり、その模写が『新発見のゴッホの作』にいつでもなり得るものをめざして描いているのだ。そこに模写画家の意気ごみがある」

ピエールは瓶からブランデーを口飲みし、壁の画を見遣った。

「新聞に騒がれたニューヨークのオークションで落ちた新発見のゴッホの葦ペン画は、こいつとは別の模写作家が描いたものだ。この才能のない画家には絶対にあそこまでは描けない。このヘタ糞な、へっぽこ画描きの腕ではできない」

足もとをよろよろさせながら壁の画に歩み寄った。

「たとえば、この葦ペンの使い方だがな……」

眼を近づけ、指で画紙にさわった。ふいと紙質をたしかめるようにその指で撫《な》でた。

ピエールは首をかしげた。言葉も途中で切れた。彼は胸のポケットから老眼鏡をとり出し、紙に近づけた。眼鏡の奥からの眼が検査していた。

高子は、息を詰めて、ピエールの行動を見つめた。

ピエールは眼鏡を外してポケットに収めた。彼は高子に向き直った。形相が変っていた。

「この紙は古いヴェランだ。ヴェランはいまでも市販されているが、これは百年以上も経っている。ゴッホと同時代だ。この貴重な紙を、このへっぽこ画描きめが、どこで手に入れたのか」

ピエールは、やにわに画を壁から外して足で踏みつけた。仮額縁を破壊した。

「こんな古いヴェランを持っているのは、この屋敷の中しかない。曾祖父《そうそふ》と親父の蒐集《しゅうしゅう》だ。出所《でどころ》は限られている」

ピエールはボトルを壁に投げつけ、画を引き裂いた。

狂暴の嵐が倍加して彼に揺りもどってきた。彼は高子に突進し、長椅子から引き立てて、ベッドに突き倒した。野ウサギのようにうつ伏せた高子の襟首をつかんだ。髪を乱し、着物を剝《は》ぐため帯に手をかけた。帯が崩れ、紅色の川が流れた。

高子は声を上げなかった。

「おまえは、おまえは……」

ピエールの荒々しい呼吸《いき》が裸の背中の上にかかった。彼のうちおろす鞭《むち》が皮膚を破り、なまあたたかい血が筋になって肌を滑った。

いつもの妖《あや》しい折檻《せっかん》だった。高子は歯を喰いしばって堪え、シーツをかきむしった。いつのまにか小宮に抱きついている気持になった。すると苦痛がいつしか快感に変っていった。せわしない息づかいで、鼻翼《こばな》が慄えるように動いた。

ピエールは歓喜の絶叫を上げていた。

18

小宮栄二は外出先からアパルトマンに戻った。下の管理人室の窓に人影が動いて、二人の男が出てきた。

「ムッシュ・コミヤですか、画家の？」

そうだというと、警察手帳を示した。アルル警察署の捜査員だった。中年のほうが、帰りを待っていたと告げた。態度は丁重だった。

「どういうご用ですか」

「われわれにもよくわかりません。アルル署に来ていただければありがたいです。一時間かそこいらでお引きとりねがえると思います。参考人ていどですから」

うす茶色の短い口髭《くちひげ》を蓄えていた。

小宮の脳髄《のうずい》に電流のように走るものがあった。マルセイユ署でなしにアルル署から来たのだ。

「形式的なんですがね、いちおうお部屋を拝見したいのですが」

別の紙をちらりと見せた。家宅捜索の令状らしかった。

昇降機で四階に上がり、小宮が鍵で部屋を開けた。

若い刑事がまっ先にかけこんだが、思いがけなく広いアトリエにちょっととまどったようだった。

口髭の古参刑事はさっそくカーテンをいっぱいに開け、太陽をアトリエの中にいっぱいにとり入れ、ついでに窓の外をのぞいた。

「ほう、下はジプシー村ですな。ここからだとよく見える」

珍しそうに眺め下ろしていた。

若い刑事は、次の部屋に入った。しきりとごとごと音をたてて何かやっていた。

「どうか立ち会ってください」

口髭は窓際を離れるとき促した。

そこは「居間」だった。くつろぎのために、長椅子、弓なりの椅子、彎曲《わんきょく》したテーブル、茶道具の戸棚、置物台、本棚、テレビなど。自作の画が大小となくまわりの壁面を埋めている。

若い刑事は家具の中を全部開けていた。

「お独りでお暮らしですか」

画をのぞいた古参刑事は訊《き》いた。

「独身です」

フランス人で小宮の年齢の独身は珍しくない。

「寝室は？」

「次の部屋」

「失礼します」

二人で入った。

「物置はどこですか」

獲物のない寝室から出てきて刑事はたずねた。

「その次です」

ここは長く居た。三十分間くらい物音を立てていた。現れたとき、古参刑事の手に幅の広いハトロン紙包みが両手に抱えられていた。包装は上が破られ、タマゴ色がかった紙がのぞいていた。

刑事たちが先に立って居間に引き返した。壁の絵をあらためて見上げた。

「どれもこれも抽象画ばかりのようですが、こういう画をお描きですか」

来客用のクッションに坐って古参刑事は微笑を含んできいた。

「そうです。目下はこれに熱を入れているんです」

「目下は？」

「目下はこういう画が売れるんです。抽象でもぼくのは幾何学的な線の構成でなく、ファンタジーを起させる点の拡散と集合ですから。ファンがあるんです」

「画商が付いているのですか。それとも直接コレクターに売られているのですか」

「画商です」

「このマルセイユにですか」

「いや、パリです」

いつのまにか若い刑事が、小宮の言うことを横で手帳に走り書きしていた。

「パリは、どこの画商ですか」

「どこといっても、一軒ではないですな。三、四軒あります。しかし、それは打ち明けることはできません。ぼくにしても画商の一軒ずつと内密に取引してますからね。その方法で画料の値崩れを防いでいるんです。画商どうしにしても、そのことによって客に売る画の値の競り上げをやっています。画商との関係を訊かれても、ぼくは黙秘権を使うしかありません。自衛のためにね」

「ほほう」

「断わっておきますが、こんな、わが身に過ぎたアトリエが持てたのも、ぼくの腕です。画商のお蔭ではありませんよ」

「けっこうなお住居《すまい》ですな。羨《うらや》ましいです。わたしなんぞは、アルルでも工場の騒音が絶え間ない、うすぎたないアパルトマンに住んでいます。その工場というのは、ローヌ川の傍ですよ。ゴッホが描いていますがね、百十何年も前に」

「……」

「ところで、ムッシュ・コミヤ。いま、物置から見つけてきたのですが、この紙はなんですかね。ずいぶん骨董《こっとう》ものらしく、大事にされているようですが」

膝の上に抱えたハトロン紙包みの破いた一端の中を、画家に見せた。

「ああ、それですか、それはね、ヴェランという画用紙です。vélinです」

「vélin。めったにない紙ですか」

「犢皮紙《とくひし》に似せて作った紙ですから、いまもパリあたりでは売っています」

「しかし、これはずいぶん時代がかっているようじゃないですか」

「よくわかりませんが、リヨンの古道具屋に古いのがあると聞いて、知り合いを通じてとりよせたのです」

「このヴェランで画をお描きになったことがありますか」

「そうですねえ、三、四枚ぐらいは習作を描いたかもわかりません。よくおぼえていません」

「何枚ぐらいリヨンから買われましたか」

「三十五枚ぐらいです」

「ここにあるのが全部ですね」

「そうです」

「これをお預かりしていいでしょうか。すぐにお返しできると思いますが」

「どうぞ」

小宮は気軽に承諾した。

刑事が若いほうにそれを大事そうに手渡すのを見て、小宮は言った。

「ところで、刑事さん。ちょっとお耳に入れておきますがね。ぼくのこのアトリエにも、空巣泥棒が入りましてね。半月前のことです。夕方帰ってみたら、画が一枚盗まれていたんです」

「ほほう。で、マルセイユ警察署に被害届を出されましたか」

「届けませんでした」

「ははあ」

刑事はチョビ髭を指で撫《な》でた。

「というのは、その盗まれたのが五十号ぐらいの油彩画《タブロー》じゃないんです。そのヴェランで描いた習作なんです。宝石じゃあるまいし、そんなものを被害届にして出したら、マルセイユ警察署に嗤《わら》われますからね。むしろ、ぼくの画の愛好家が、その一枚の習作を盗んで行ったかと思うと、姿なきコレクターに乾杯したくなりましたね」

「きれいなお気持をうかがって胸が清々《せいせい》しました。わたしからも署長にその話を伝えます。では、ご面倒でもアルルまでごいっしょねがえませんか。ほんの二時間足らずで済みそうです。お留守のあいだに、お約束の方が見えたら、適当な伝言《メモワール》を管理人に手渡しておかれたら如何《いかが》ですか」

——小宮の脳裡に高子が浮んだ。高子が来るかもしれない。または電話をかけてきて、自分が出ないとわかると、管理人に電話をかけ直して様子を訊くかもしれない。管理人に伝言を置いて、アルル署に任意出頭したことなどは隠したほうがいい、高子を動揺させてはいけない、と小宮はすぐに判断した。彼は刑事の助言に従った。

その場で、置き手紙をフランス語で簡単に走り書きした。誰に宛てるというのではなく、留守中の訪問者や電話のかかってきた先への文章にした。刑事が素知らぬ様子で、小宮の肩越しにそれに視線を走らせた。

階下に降りて管理人に伝言メモを手渡した。古参刑事は、口髭を動かして、愛想よく管理人へ片手を挙げて前を通った。

「モデルは使ってないのですか」

車に乗ってから、口髭は聞いた。

「ごらんのとおりの抽象画だからね、モデルは要らないです」

管理人に留守中の伝言を書くようにすすめたのは、その魂胆《こんたん》があってのことかと小宮ははじめて気づいた。モデル女は画家の恋人にちがいないというのが彼らの考えであろう。独身だが、陰に情婦がいる。その情婦を「置き手紙」から探ろうとする謀《はかりごと》であった。

小宮は、しまった、と思った。高子のことを思い浮べた瞬間、自分の表情が動揺したにちがいない。刑事はそれを見て取ったろう。「置き手紙」の文を一般向けにしたつもりだが、高子宛ての文章になった。あれも作文するのに思案の間があった。その作為も刑事は見抜いたろう。

——老練な刑事は、自分の仕掛けた罠《わな》が成功したのを知った。あとは、女は誰か、ということだけである。

運転する若い刑事は、マルセイユ・アルル間のA8号線を百三十キロで西へ飛ばしていた。

五月の風が逆に来て鳴る。

「あなたが描いたゴッホの模写を、人に命じてあなたのアパルトマンのアトリエに忍びこませ盗ませたのはピエールです」

高子は小宮のもとに奔《はし》り来て言った。

いま、その声が風の中で聞える。

その模写は、ゴッホの麦畑の風景だった。サント・マリ・ド・ラ・メールの遠景。ゴッホが描いたのとはアングルを違えてある。その特徴が小宮のものだと高子は知っている。大家の模写ばかりを扱うパリの画商へ渡す前に、アトリエから盗まれたのだ。

ピエールが高子にその画を見せつけて、さんざん毒づいた末に引き裂いた。ピエールが妻の自分に加えた憎悪の行為までは、さすがに彼女は洩らすことができなかったが、ピエール・トリオレ伯の偏屈な性格はマルセイユにも聞えていたから、小宮は充分に想像することはできた。

多島通子さんはピエールが天文台研究室の日本人助手として勝手に雇い入れたひとです、と高子は言った。占星術の知識があるというのがピエールの気に入ったのです。彼女は、はじめから目的を持ってピエールに近づいているのです。わたしが気になったのは「多島」という姓と多島明造さんの関係です。ピエールに、多島通子さんの履歴書を見せてくださいと頼んだところ、そんなものはない、といっぺんに断わられました。たいへんに不機嫌でした。通子さんはピエールの命令で、庭園から岐《わか》れた離れの別館の一つを与えられ、前のルームは古くから居るメイド、奥のルームは通子さんが使用しています。わたしはなんとか通子さんと仲よくしようと思い近づこうとするけれど、通子さんはわたしを避けているようです。多島という姓だけで、多島明造さんの妹さんとは決められませんが、わたしには、どうもそんな気がしてなりません。

というのは、わたしが小宮さんのアパルトマンへ忍んで行くたびに、わたしの車をエクスから尾行するタクシーがあります。はじめはわからなかったが、そのうち気がついてあちこち回って尾行をふり切るようにしました。けれども、けっきょくは、このアパルトマンを知られ、ピエールに通報されました。一度、その尾行のタクシーがまごまごして、すれ違ったことがあったけれど、その窓からちらりと見えたのが通子さんのスーツでした。

あれはピエールの指図で、通子さんがわたしの行動をさぐっている。

彼女は、なぜそんな忌《いま》わしいことをするのか。雇傭主《こようぬし》のピエールに忠実なのだろうか、と小宮は高子に言った。

(いえ、そうではないでしょう。多島通子さんはきっとお兄さんの多島明造さんのことで、小宮さんとわたしを怨《うら》んでいると思います。当時は何も知らなかった通子さんですが、あとで事情を知ったはずです。通子さんが目的を抱いてピエールに近づいたといったのは、その意味です)

警察の車はサロンの街を過ぎた。N113号線。

アルルまでは一直線である。若い刑事は飛ばしつづけている。

右手の遠方にアルピーユ山地が見えてきた。山の東側の峠道を往けばヴァン・ゴッホが入院生活を送っていたサン・レミの精神病院がある。

道路が流れてくる。

窓の左側は広々とした平野だ。そこには小さな運河が走り、掘割が縦横にある。集落には防風林があり、ところどころに低くて小さな丘陵がある。十年前からすると新しい家がふえているが、風景はさほど変らなかった。

小宮は、高子と多島明造と三人で十数年前に南フランスに団体ツアーで行った。そのとき五日間、一行から離れて自由行動をとり、ベール湖の南、マルティグの町のさらに地中海に臨むクーロンヌ岬にまで歩いた。その途中の村で、木立を背景に三人で写真を撮り合ったことがある。あのときが、多島明造との友情の最高潮期であり、破綻《はたん》の淵《ふち》への墜落だった。

多島明造は才能があった。天才に近かったと思う。自分などははるかに及ばなかった。

そこに魔性の人物が現れた。土屋良孝だ。この魔神のために自分が高子を魔の淵に沈め、多島明造を巻き添えにした。

(通子さんがわたしの居場所を知ったのは、地方紙の「大分日日新聞」に載った記事からだと思います。その新聞社の記者の人が、わたしがN展に入選したことがあるということを主人から聞いたのです。そんなひとがエクスのレストランのマダムになっているのは珍しいといって記事にしたんでしょう)

高子はそこで口をつぐんだ。

いずれにせよ、その記事によって高子の所在が、彼女の言葉によると「隠れ家」が、通子に知られた。

向こうにポプラ並木が見えている。ローヌ川が近いようだ。古参刑事はさっきから横で居眠りしていた。短い口髭に洟水《はなみず》が少しかかっている。中央山脈の吹きおろしは、年配者には冷たい。

ポプラとゴッホ。——タラスコンへの街道を画架を背負い、両手にも提げて歩いて行くゴッホの自画像スケッチが弟のテオ宛ての手紙に描いてある。

青木繁からみると、ゴッホはずっと幸福者《しあわせ》である。ゴッホは両親の生活をみる責任はなかった。父親はオランダの牧師である。ゴッホは初め大きな画商につとめたが、解雇され、助教員となったが勤まらず、書店の店員もすぐにやめ、牧師になろうとしたが、これも放棄した。画を描く以外には、生活無能力者だった。弟のテオがゴッホの生活いっさいをひきうけ、カンバスも絵具も兄の要求するままにパリからその費用を送った。一枚も売れない兄の作品なのに。しかも無茶苦茶に量産する兄に苦情一つ言わずに。

羨ましいゴッホ。画だけを描いていればよかったゴッホ。友人らは彼からことごとく去った。だが、彼は神のように純粋な世界にいた。現実の苦労を知覚するところがなかった。狂える人の幸福。

小宮はアルルの街へ流れてゆく白い道路を見つめていた。

土屋良孝に自分が魂を売り、豊島高子を犠牲にした。その罰は永劫《えいごう》につづいている。責苦《せめく》は二人の上にのしかかっている。自分たちは地獄だ。

高子のいうように多島通子は、おそらく明造の妹であろう。その目的も、高子の想像どおりにちがいない。通子は、兄の将来を破壊した小宮栄二と豊島高子とに懲罰《ちょうばつ》を加えようとしている。——

（通子さん。気持はよくわかるけど、もうすこし待ってちょうだい、とわたしは心で彼女に頼んでいるんです。もうすこし、もうすこしね。わたしたちはスウェーデンに発つ準備をしているところなの。早くから準備はしているんだけど、ピエールの監視がきびしくてなかなか脱け出せないのです。スウェーデンにひとまず脱《のが》れて、二人の生命の最終の地、イギリスのスコットランドに入り、そこの森と湖のあるところで二年間夫婦らしい生活を送りたいと思います。それまでは見逃してください）

その話はジプシー村の見えるアパルトマンの部屋で逢っているうちに、どちらからともなく言い出して成立した。二年間はせめて夫婦の暮しを、というのは高子の希望が強かった。

だが、あのしっかり者の多島通子がそれを許すかどうか。通子はピエール・トリオレに使われているようで、ピエールの嫉妬心と異常心理を利用して彼を操縦しているように見える。

マロニエの並木が白いロウソク形の花をつけている。いまが花ざかりだった。

アルル警察署の前に着いた。

小宮は両側を刑事に付き添われて古めかしい装飾のある警察署の入口を入った。このへんの官庁は、どれもローマ時代を思わせるようなギリシア式建築物になっている。〝サツ〟まわりの新聞記者は来ていなかった。

小宮は、取調室だか応接室だかわからない小綺麗《こぎれい》な部屋に通された。

「ここで、ちょっと待っていてください」

髭の刑事はヴェランの包みを抱えて出て行った。見張りの巡査はいなかった。いい匂いが部屋に漂っていた。片隅の花瓶に、ラベンダーが挿《さ》しこんであった。紫色が束ねられて膨《ふく》れ上がっている。蠅《はえ》が一匹、まつわっていた。十分ほど経った。紅茶を持ってくる者がない。やはり招待された客ではなかった。

二十分経って、半白の髪をきれいに分けた警部が現れた。階級は官服を着ていることでわかった。顎《あご》が長い。後ろに口髭の古参刑事が神妙な顔で立っていた。警部の坐るテーブルの前にヴェランの包みがあった。包装は完全に解かれていた。

「ムッシュ・エイジ・コミヤですね」

警部は、刑事の書いたメモを眺め、パスポートの提示を求めた。

「あなたは画家ですね。どういう傾向の画をお描きですか」

「それは、あなたの部下が二人で急にぼくのアトリエに来て、寝室まで調べたからお分りと思います」

「パルドンの報告では」

初めて古参刑事の名が知れた。

「抽象画だと書いてある。あなたの抽象画には、いい画商が付いているそうですね。アトリエが立派だとパルドン捜査員の報告に書いてある」

「お蔭さまで」

「しかし、失礼ですが、ムッシュ・コミヤの画に、そんなに人気があるとは聞いてませんが」

「かくれた愛好者がいるのです。そのうちに警部さんの耳にも入ってくるように人気が上昇してくるでしょう」

ラベンダーにまつわっていた蝿が机に移った。警部はハンカチを出して叩いた。蝿は逃げた。

「画商はどこかね？」

「ほうぼうです。具体的には名を出せません。パルドン刑事さんにも言ったとおりです。彼らの商売を保護してあげなければなりません」

「この画用紙はヴェランですね。ずいぶん古い。リヨンの古道具屋で買ったそうですが、店の名は？」

「人に世話してもらったのですが、その人の名も店の名も忘れました」

「ふん、黙秘権かね」

「どうしてそんな質問をなさるのですか」

「ムッシュ・コミヤ、こちらの質問に答えてください。あなたはこのヴェランに鉛筆、ペン、また葦ペンで画を描いたことがありますか」

「画家ですから、いろいろな試みはします」

「その試みの中に模写がありますか」

「警部さん。ぼくがここに喚《よ》ばれたのは、犯罪容疑者ですか、それとも参考人ですか」

「まず参考人だね、現在のところ」

警部は渋い顔で言った。

「いまのところ参考人だが、訊問次第では、いつでも容疑者に切り換えて逮捕するというわけですか」

「まあね」

顎を撫でた。

「模写のことを訊かれましたが、それは模写と関係があるのですか。ぼくは、ドラクロアの模写もしていればミレーの模写もしています。ミケランジェロもダ・ヴィンチもレムブラントも描いています。ぼくは画家ですからね」

「このヴェランにかね」

「ヴェランに描いたり、ほかの画用紙を使ったりして」

「模写した有名画家はそれだけかね、ほかにあるはずだ。ヴェランに葦ペンや鉛筆を使って」

小宮は眼を閉じた。

警部がその彼の顔を見つめた。蠅が机の端からそっと現れた。警部はハンカチを出さなかった。パルドン刑事が小宮に瞳を凝《こ》らした。

一分ほど経った。

「その答えでしたら」

小宮は眼を開けて言った。

「アルルの市長さんの前で申しましょう」

警部は啞然《あぜん》となり、次いで腹立たしげに叫んだ。

「市長とわれわれとは関係ない！」

「市長はアルル市の公安委員会の顧問をしているはずです」

「……」

パルドンが口髭を押えた。

「ぼくは法律論争をするつもりはありません。あなたがたが何をぼくに言わせようとしているのか、それによって、どのようにぼくをひっかけようとしているのか、それがわかっているからです。ぼくは、ぼくの答えをアルル市民を代表する市長さん、助役さん、広報局長さんたちの前で述べたいと思います。ここの警察署長さんにも聞いてもらいたいのです」

「きみは気でも狂ったか」

「正気《まとも》ですよ、警部。これは市にとって名誉に関する問題です。重要な、世界的といってもいいゴッホのアルル市における作品問題です。……そうだ、では、こうしましょう、市長さん、助役さんらと会うとき市庁内にあるゴッホ作品審査委員会のどなたかに同席してもらいましょう。ヴァン・ゴッホ没後百年を記念して、来年は盛大なゴッホ展がアルル市で開催される。その期間、ゴッホの画が世界中から集まる。ついてはあらかじめその出品画に贋作《がんさく》があってはならないということから、その鑑定にあたる専門委員会が組織された。それがゴッホ作品審査委員会と聞いています。そうでしたね」

「そのとおりだが……」

警部は口を開けたまま言った。

「で、きみの言うアルル市にとっての名誉に関するゴッホの作品問題、当市における重要なゴッホ芸術問題というのは、おおげさに過ぎないかね」

「否《ノン》、真実です」

「わたしにちょっとでも話せないかね。さもないと、わたしがホラふきを市長や助役に取り次いだことになり、署長から責任をとらされるかもしれないからね」

「お気の毒ですが、絶対に言えません。ぼくは黙秘権で防衛します。ぼくをここへ出頭させたことそのものの証拠がきわめて薄弱ですから、判事は逮捕状が出せませんよ。もし判事がそれを強行するなら、ぼくは日本人ですから、マルセイユの総領事館に連絡して身分の保護を依頼します。総領事は、パリの大使館に連絡するでしょう。無理をなさると、外交問題に発展するでしょう」

蝿が舞い上がって警部の耳もとをかすめた。警部は激しく首を振った。

「ぼくをこの警察署に引っ張って来るようにさせたのは、どのあたりの工作かは、だいたい見当がついていないでもありません。その一つがゴッホ作品審査委員会です。しかし、ちょうど幸いです。いい機会です。ぼくを早く市庁の審査委員会へ連行してください」

19

小宮栄二は、市庁の会議室に坐っていた。

庁舎じたいがローマ古建物であった。中央ホールは三階まで吹き抜けになっていた。フロアでもエンタシスまがいの円柱でも両側についた階段でも、すべて大理石で出来上がっていた。しかし、建ててから相当年月が経っているので、全体としてくすんでいる。それがまた古色を付けているようで味わいがあった。道路を隔てたすぐ前にも、ローマ時代の建造物があった。会議室はそれほど大きくはなく、市の役員や幹部職員が二十名くらい集まるといった広さだった。いまは、そこに十二人が来ていた。

小宮は廊下の出入口から入って右側の壁近くに与えられた椅子に坐っていた。前のテーブルの上にはマイクが置かれていたが、これは彼の口述が室内によく通るためと録音用であった。

小宮の対面には少し距離を置いて八つの肘掛《ひじかけ》椅子がやや半円形にならび、さまざまな顔つき、いろいろな年齢の紳士が、それぞれのポーズで掛けていた。

ひとりの人物を正面の中心に坐らせて、それをとり囲むように気むずかしい顔をして対《むか》い合っているのは、講演会などではなく、あきらかに査問会の雰囲気であった。査問会はまだ始まらなかった。

十人の椅子の眼は、小宮のかけている椅子の背後の壁――それも建物の歳月と共にクリーム色になったマーブルなのだが、その窓ぎわ近く、外光がよく当るところに掛けられた二枚の額縁入りの画に眼を注いでいた。

十二の肘掛椅子のうち、二つは列外といった格好で、他からは横のほうに離れていた。市の重要な地位の人が坐っているのだった。

窓にアルル市の紋章を染め抜いた旗とフランス国旗の頭とがのぞいている。会議室は四階だった。窓を閉めたのは下の道路の喧騒を防ぐためでもあった。道は古代劇場と古代闘技場へ向かうコースになっていて、観光客の声がかしましい。

前列の右端の男が空咳《からせき》をして椅子から立ち上がった。咳払いが木槌《きづち》を打つ代りだった。一同は壁の画から、禿げ上がった前額で丸顔の、肥っちょの五十男のほうへ眼を移した。

「それでは、これからゴッホ作品審査委員会を開催いたします。ここに列席の方々はわたしが審査委員会委員長グラン・セレスタンという名であるのをよくご存じですが、正面に坐っておられる日本人画家ムッシュ・エイジ・コミヤにわたしははじめてお目にかかることですから、どうかお見知りおきください」

セレスタン委員長は微笑して軽く頭をさげた。小宮は目礼を返した。

「まずムッシュ・コミヤに誤解のないように確認したいことがあります。ほかでもありません。アルル警察署長から聞きますと、ムッシュ・コミヤは、ヴァン・ゴッホの絵画芸術に関しアルル市にとって非常に重大な、それも世界的な名誉にかかわる問題が存在している、さればこれはアルル市民全体の名誉の問題であるから、市長、助役、上級職員、またはゴッホ作品審査委員会の前で開陳したいというご希望とのことでした。そうでしたね?」

両手を重ね合せて紳士的な態度であったが、眼は下からすくい上げるように小宮に当てていた。

「そのとおりです、委員長」

小宮はやわらかい笑みを唇の端に浮べて答えた。

「われわれはムッシュの重大なお話というのを拝聴にここへ集まったのです。アルル市にとってゴッホの芸術性の重要な問題、それも世界的な名誉問題となりますと、とうてい聞き流しできませんからね。来年は、ゴッホ没後百年記念展覧会や催物を見に、世界各国から一千万人と見込まれるゴッホの愛好者や観光客が集まる予定です。市民にとっても、われわれにとっても絶大な関心事です、どうかお聞かせください」

「わかりました。その前に一言申し上げたいことがあります、委員長。というのは、ぼくはまっすぐにこの委員会に出てきたというのではなく、アルル警察署を経由していることであります」

小宮は皆へ眼を配って言った。

「ぼくはフランス語が充分でありません。意味の不明なところがあるかもわかりません。そのときはお聞き直しください。……さて、ぼくは、本日午後一時ごろ、マルセイユの自宅に突然アルル署の捜査員の訪問を受け、家宅捜索をされたうえ、形式的には任意出頭ですが、アルル署に連行されたのであります。そのことは、この席にお顔の見えるアルル警察署長さんが、よくご存知のことであります」

十人の中の半白髪の署長がうなずいた。

「警察は、ある嫌疑でぼくを取調べようとしました。しかし、それにはなんら物的証拠がないのです。違法にも捜査員は家宅捜索をしましたが、あの家宅捜索令状もはたして判事が発行したものかどうか確認しませんでしたけれど、とにかくそんな無理を敢《あ》えてしても、証拠は出なかったのであります。そこで警部さんと捜査に当ったパルドン刑事は、ぼくに心理的な訊問を試みました。……ぼくにはわかっていたのです、警察がぼくから何の答えを引き出そうとしているかを。そこで、その答えは、ゴッホの芸術作品のことで、アルル市にとって国際的な名誉に関する問題だから、あなたがたの前では言えない、署長さん、市長さん、助役さん、ならびにゴッホ作品審査委員会の方々の前で述べたいと言ったのです」

「わかりました。あなたのお望みどおり、こうしてあなたのお話を聞くための公聴会が開かれました。あそこに居られるのはフェードル市長です」

列外の二つの椅子のうち、右側に掛けている五十半ばの人物がちょっと微笑を浮べた。彼は顔も身体も四角で血色がよく、企業家タイプといったところだった。

「そして、シャヴァル助役です」

シャヴァル助役は四十代であった。頭髪が黒く、それがちぢれ加減でもじゃもじゃとかたまっていた。丈が高く、スポーツマンのようながっしりした体軀《たいく》をしていた。

「お目にかかれて光栄です」

小宮は椅子から立って、その方へ一揖《いちゆう》した。

「さて、ムッシュ・コミヤ。あなたの希望どおり、このように当方の代表が揃って公聴会を持ちました。ということは市民の代表による公聴会であります。そこで、あなたに委員会の名において一つの警告を発したいと思います。もし、これからあなたが述べられることが、まったくの事実無根であり、徒《いたず》らに当アルル市の名誉を傷つける結果になると判断した場合、当市はあなたを名誉毀損《きそん》または誣告罪《ぶこくざい》等で告発する用意のあることに、ご留意ください」

「充分にそのことは了解いたしました。委員長」

小さなざわめきが列席者の間に起った。

「それでは、お話をいたします」

小宮は顔を背面の壁に向けた。窓ぎわの光線を受けて二枚の画が掲げられてある。さきほどまで列席の人々が覗《のぞ》きこんでいた、セピア色のインキで描かれた線の太いペン画だった。

一枚は民家の風景。一枚は三階建ての建物の中庭風景である。「民家」は、三軒の農家が鼎《てい》立《りつ》してならび、一軒は切妻の白い壁と小さな入口、一軒は瓦屋根の小屋が手前左に半分、一軒はその中間の奥に横向きとなっている。この三軒の間は空地で畑になっていた。もう一枚の「中庭」の風景は、アーチ型の窓のついた二階と三階と、地階がアーケードの廊下になっている学校か病院のような建造物だった。近景には高い樹木と灌木《かんぼく》の群れが繁って泉池のまわりを囲んでいるというかなりこみいった構図だった。

「この二つの素描画とも」

小宮はいった。

「ぼくが描いたヴァン・ゴッホの模写です」

どよめきが一時に起った。人々は画面と小宮の顔にすばやい視線を往復させた。それはびっくり仰天という表情ではなく、やっぱりそうだったのかという納得顔だった。そうしてこれについて小宮の告白がこれからどのように行なわれるか、それが彼の言わんとするゴッホ作品とアルル市の国際的な不名誉問題とがどうかかわりあうのか、興味津々《しんしん》という面持であった。

委員長はまわりの委員たちと低声《こごえ》で一分間ばかり相談していたが、さらに興奮した顔で小宮のほうへ向き直った。

「これは驚き入ったお言葉を承りました、ムッシュ・コミヤ。しかし、さほど意外でないお言葉でもあります」

くすくす笑いが列席の間から洩れた。

「と申しますのは、いまのお言葉は、われわれゴッホ作品審査委員会の結論とまったく同一だからであります。ただ、用語が違います。あなたは『模写』といわれましたが、委員会ではこの種のものを『贋作《がんさく》』と評定しております」

「異議があります、委員長。ぼくは贋作をしたおぼえはありません。あくまでも模写です」

「贋作者は、一般的にですが、そのような言い方で主張します。贋作を目的として描いたのではないとね。模写だといいます。ゴッホの画の場合はサインのないのが多いです。とくにスケッチ画ではね。ヴィンセント・ヴァン・ゴッホはたいへんな量の画を描いている。褐色インキによる葦ペン、鉛筆、黒チョークを使っての素描は、まだ市井に埋もれていて新発見の可能性がないとはいえません。ゴッホは、同一対象を追求して執拗《しつよう》に写生をとっていますから。現在知られている作品以外に、同一構図の素描が見つかってもふしぎではないです。もっとも、その発見の機会は非常に確率が少ないです」

セレスタン委員長は静まり返っている後ろの委員席を意識しながら、斯《か》く言い、壁の画に眼をやった。

「さて、こちらの民家のスケッチは『サント・マリの家』ですね。一八八八年二月、パリからアルルにきたゴッホは、六月にはじめてサント・マリ・ド・ラ・メールを訪れ、ここに滞在して近傍を描きつづけました。『サント・マリの家』や『サント・マリの道』の農家のスケッチだけでも六枚は確実に遺《のこ》っています。あなたが模写されたというこの画は、F１４３８をおもにしてF１４４０が混合されたものと判断しますが」

「そのとおりです。F１４３８の画には女の姿が窓に出ていませんが、ぼくはF１４４０を参考にアルルの服装をした農婦を描き加えたのです」

（注。Fは、J. B. de la Faille『ヴィンセント・ヴァン・ゴッホの作品——油彩と素描』の略。数字はファイユがつけた作品番号）

「それは注文によってですか」

小宮は答えた。

「贋作なら画商からの注文があるでしょう。模写ですから、それは画家の自主的な製作です。ゴッホだってミレーの『種まく人』や『晩鐘』、ドラクロアの『善きサマリア人』『ピエタ』、レムブラントの『天使』『ラザロの復活』など数多くの素描の模写があるじゃありませんか。ヴァン・ゴッホは注文があって、それを描いたわけじゃありません」

委員長は詰まって、またも空咳をした。後ろで忍び笑いが起った。

「ゴッホの模写の場合は」

セレスタン委員長は審問の戦術を変えた。

「彼の死後、その多量の作品群とともに弟のテオに遺産として贈られ、さらにテオが死ぬと、その作品の七百点ほどが、テオ未亡人に引き継がれ、未亡人はそれをアムステルダム市に寄付しました。現在の国立ゴッホ美術館です。また、国立森林公園の中にあるクレーラー・ミュラー美術館にゴッホのコレクションが二百七十点ほどあります。

また、あなたが挙げられたゴッホの模写、ミレー、ドラクロア、レムブラントなどからの作品の模写は、ゴッホの作品目録にも載っているので、出所は明瞭です。それに、これら巨匠の画はすべて油彩の大作であり、ゴッホはそれを鉛筆やペンで部分的に模写したにすぎません。模写といっても根本的に違います。

しかしながらです、ムッシュ・コミヤ。いいですか、あなたが認められた、あなたの手によるゴッホの『サント・マリの家』の模写は、西ドイツのミュンヘンのあるビール会社の社長が、当委員会に来年のゴッホ没後百年記念展覧会の出品を希望してきたのでありますぞ。そうしてそのビール会社の社長さんの話をうかがえば、東ドイツのドレスデン市の旧家が古くから秘蔵していたもので、それを聞きつけたデュッセルドルフ市の画商がドレスデンにお百度参りし、拝み倒してビール会社の社長殿に斡旋《あっせん》したということです。もちろん途方もない値段でしょうが、その金額は申されませんでした」

列席の間に波紋が生じた。人々の眼は一斉に改めて画と小宮の顔を往復した。小宮はうつむいたが、苦笑が浮んでいた。

「この『病院の中庭』の風景は」

セレスタン委員長は窓ぎわに近い画を指した。

「申すまでもなく、当市アルルの市立精神病院の中庭を描いたものであります。これもF519を主体にしてアングルをすこし変え、それにF1467を混ぜてあります。角度を違えたというだけで、独創的とは申されません。もちろん模写ですからな、ムッシュ・コミヤ。この『病院の中庭』もあなたはあなたの模写として認めますか」

「認めます」

ざわめきが起った。

「けっこうです。たいへんにけっこうです」

委員長はさも満足げに二、三度うなずいた。両手の指先をチョッキの両ポケットに突っ込み、

「あなたが率直にお認めになったから、これ以上は申し上げますまい。ただ参考までに言い添えますと、この模写なるものは、スペインのバルセロナ市の資産家、カジノやミュージカル劇場などを経営される実業家が出品を希望されたものであります。もちろんゴッホの真作と信じて他から購入されたものです」

セレスタン委員長は椅子から離れて、つかつかと壁の画の前に歩み寄った。彼は胸のポケットから眼鏡をとり出し、もったいぶった格好でハンカチでグラスを磨くように三、四回拭《ぬぐ》うと両耳にかけた。腰をすこしかがめ、『サント・マリの家』を舐《な》めるように見入った。

「ふん、ふん。葦《あし》ペンですな。鉛筆、黒チョーク。葦ペンがたいへんです。こればかりは手づくりですからね。葦はカマルグに生えている。ゴッホもサント・マリに一週間泊まりこんでいます。彼のスケッチに『小屋のあるカマルグの風景』というのがありますが、サント・マリの近くです。F1498でしたかな。あなたもカマルグへ行かれたようですな、ペンにする葦を探しに？」

「………」

「ほう。この画用紙がたいしたものだ。時代がかったヴェラン。これだと少なくとも七、八十年は経っている。われわれ専門家が見てもゴッホの時代だと鑑定しますよ。どこで手に入れられましたか」

「そのことは警察に申し上げてありますよ。委員長」

「そうでした、リヨンの古物屋ということでしたな。で、画商は？」

「画商？」

「あなたはこの二枚の画をご自分の描いた模写だとお認めになった。ところが『サント・マリの家』はミュンヘンのビール会社の社長が、『病院の中庭』はバルセロナの実業家がコレクターでした。いずれもそれぞれ画商の周旋によるものです。したがってその総売り捌《さば》き元なる画商が存在するはずです。あなたはあなたのゴッホの模写をその総売り捌き元に入れたわけです。総売り捌き元はそれを各地の画商に真作と贋作の中間《ちゅうかん》としてお売りになったのです。『中間』というのは微妙な表現ですが、要するに灰色です。灰色の画は、そのようないかがわしい模写を扱う画商の常套《じょうとう》手段です。いわゆる模写の出来のいいものは、真作として買い手に売りなさい、売りこみの腕とともにね、と末端の画商にすすめるのです。その大手画商は大資本を擁してヨーロッパのどこかの大都市に本店をもち、各国のいくつかの首都にも支店を持っているのが二つか三つあると聞いています。表向きは立派な画商です。そのような画商はゴッホの若いときからありました。彼が最初に勤めたハーグの画商グーピル商会がそれです。これはロンドンに支店を持っていましたが、その商売のあこぎさにゴッホは腹をすえかねて店主と不仲になり、解雇されました」

委員長は長広舌に気がつき、両手の指先を揉み合せた。

「ところで、ムッシュ・コミヤ。あなたのグーピル商会、つまり、そのゴッホの模写の注文がしきりとあって、それに応じられた大手画商は何という名前で、どこに存在するのでしょうか」

「答えを拒絶いたします、委員長」

「ほほう。けれどもアルル市のため、いやゴッホのためにご返答ねがえませんか。権威あるド・ラ・ファイユの『ヴィンセント・ヴァン・ゴッホの作品目録』が出版されてからすでに三十年近くになろうとしています。その後に見つかった鉛筆画などのスケッチもあります。また、もっとも多作だったヌエンネン時代は全容がつかみきれていません。そういう事情もあって、ゴッホ作品の新発見という砂金を探す人たちのために、模写の流砂が世にはんらんしているわけです。とくにアルル時代の葦ペン、鉛筆のスケッチは評価が高いのです。それがひょっこりと出てきても、ゴッホは描いたスケッチをまわりの人たちにだれにでも気やすく呉《く》れてやっていたからふしぎとは思われない。例の耳切り事件では、切り落した大事な自分の片方の耳を馴《な》染《じみ》の娼婦《しようふ》のもとに届けに行っているくらいですからね。アルルにはゴッホからもらった写生画を、その値打ちを知らないままに曾祖父母や祖父母がもらったままに農家の小屋の隅にある箱の中か、ミストラル除《よ》けの窓の目張りに重ね合せて使っているという伝説があります。それが画商の模写という贋作を売りこむ商売に利用されているのです。……さあ、どうぞ、アルル市のために、その大手売り捌き元の画商の名をわれわれに明かしていただけませんか。なんでしたら、別室の秘密会でもよいです。われわれはその画商を法的に告発するつもりはありません。ゴッホの模写を画家たちに注文し、または買い上げることを中止してほしいと依頼するだけですよ」

「その画商が否《ノン》と答えたら？」

「そのときは委員会または市として法的処置をとるか、あるいはキャンペーンを展開して、社会的にその画商を糾弾《きゅうだん》するだけです」

断乎《だんこ》とした決意が、禿げ上がった額の下のセレスタン委員長の濃い眉毛にあらわれていた。

「委員長、発言してもいいでしょうか。画商のこと以外で？」

「え？」

セレスタンは腰を折られたように動きをとめた。

「約束です。市長さん、助役さん、ならびにゴッホ作品審査委員会のみなさまがたの前でないとお話しできないと警察でお約束したことです。ゴッホの芸術のことでアルル市にとって重大な名誉に関する件です。一画商の問題ではありません。だが、ぼくのこれからの陳述は、それも自然と関連するでしょう」

委員長が鉛《なまり》を呑んだように声が出ないでいると、列外の椅子に坐っていたシャヴァル助役が隣のフェードル市長とささやき合っていたが、助役は立って運動選手のような体格をグラン・セレスタン委員長の傍に寄せて大股に近づき、彼に何やら耳うちして席にまた颯爽《さつそう》と戻った。

「ムッシュ・コミヤ。どうぞ、ご発言ください」

委員長は、いくらか不満そうな表情で言った。

「許可をいただいて感謝します」

小宮は眼を列外の市長と助役に送って頭をさげた。

「列席の皆さま。これからぼくが述べることはアルル市民の各位に申し上げることだと思ってお聞きとりをねがいます」

彼は自分の言葉を整理するように、ちょっと黙った。列席者も固唾《かたず》を呑んだ表情で、彼の口もとの一点を凝視《ぎようし》した。

「来年はヴァン・ゴッホ没後百年記念展覧会が当市で行なわれます。しかし、アルル市にはゴッホの絵は一枚もありません」

小宮は「陳述」をはじめた。

「展覧会に展示するゴッホの作品は、みんな外国から借りてこなければなりません。オランダから、イギリスから、アメリカから、そして日本その他の国ぐにから。なぜでしょうか。それは、百年前のアルル市民がヴィンセント・ヴァン・ゴッホの芸術も絵画も理解しなかったからです。彼の画を買ってやらなかったからです。一説によると、ゴッホは自作品を石炭運搬車に山と積んでアルルの街を売り歩いたが、一枚も売れなかったということです。そのうえに、冷酷な仕打ちを彼に加えたのです」

どよめきが波のように湧いた。が、こんどのそれは質が違っていた。鉄で打たれたような衝撃であった。

「ゴッホはパリから南の光を求めてアルルに来ました。ここには明るい太陽がいっぱいでした。アントワープで、パリで、安物のウキヨエを集めていたゴッホは、アルルには日本がある、とよろこびました。彼はアルルには一年と三カ月ほどいました。そのうち四カ月以上は、市立精神病院の中です。その後はサン・レミの精神病院です。ぼくが模写したこの『病院の中庭』はアルルの精神病院です。……この市立病院のオリジナルな建物は、惜しいことに取り壊されて新しい建造物になりましたが。ゴッホの描いた遺跡が、アルル市立精神病院を最後にして、すっかり失われてしまいました」

委員長も聴衆も沈黙。――

「しかし、ゴッホはアルルで快適に暮らしたのではありません。彼はテオ宛ての手紙にこう書いています。アルフォンス・ドーデがあれほどさかんに口にして賞めていた南国の陽気さなどは、このアルルにはすこしもない。逆にあらゆる種類の気取りと不潔と、だらしなさがあるばかりだ、と。また、プロヴァンスの人間は怠け者で、頽廃的《たいはい》である、とも書いています。アルルの女たちはたしかに美しい。しかし、それは曾《かつ》ては美しかったと言い直さなければならない。今のアルルの女は昔ほどの魅力はない。アルバート・ルービンの『ゴッホ伝』を読むと、身なりかまわないゴッホはアルル市の人々の嘲《あざけ》りの的であり、大きなツバの帽子をかぶって、対象を観察するため、ひとところにじっと立って一点を見つめているゴッホを、子供たちが笑いものにしたとあります。それでもゴッホは画を描きます。ミストラルと蚊の襲来に悩まされながらです」

小宮は陳述をつづけた。

「それでもゴッホは画家が一人もいないアルルを不幸な町だと思い、パリからゴーギャンやベルナールやテオらを呼び寄せ、『黄色い家』を共同生活体の本拠にして、民衆のために版画を創る計画でした。そしてアルルやプロヴァンスの若い人々に情操教育をほどこし、芸術から彼らの怠惰《たいだ》と無意味な気どりを救おうとしたのです。だが、その計画は駄目になりました。ゴッホの孤独感と精神的な苛立《いらだ》ちが昂《こう》じ、『黄色い家』にゴーギャンだけは呼びよせたものの、ゴーギャンが自分から逃げるのではないかと疑い、外出するゴーギャンのあとを剃刀《かみそり》を持ってつけます。気づいたゴーギャンがふり返って睨《にら》むと、ゴッホは震え上がって家に逃げ帰り、手に持った剃刀で片耳を切り落します。

だが、ゴッホは病院では病気が癒《なお》って二週間後には退院しているのです。ゴーギャンが去った『黄色い家』で画を描きにです。すると近所の衆が騒ぎ出しました。やあ狂人が帰ってきた、また剃刀を振るって何をしでかすかわからない、こんどは近所の誰かが殺される、不安でならない。抗議が警察署長へ殺到する、病院長へ向けられる。ゴッホは、たったの一晩だけわが家のベッド、彼の画にもなっているあのベッドに眠っただけで、またもや市立病院へ逆戻りです。これがアルル市民、みなさんがたの二代前か三代前の市民がゴッホに加えた仕打ちでした」

一同、粛然《しゆくぜん》、そして悄然《しようぜん》。なかには慙愧《ざんき》に堪えられぬように、両手で顔を掩《おお》う者もいた。

「ゴッホはそれからサン・レミの精神病院へ移されます。鉄格子の付いた窓から『囲われた畑』や『塀の向こうの山の景色』などを描いています。少し軽症になるとアルル市立精神病院へ戻される。だが、またサン・レミへ。画面の教会堂は歪《ゆが》み、太陽は割れ、糸杉も草も炎と燃えています。一八九〇年七月、ゴッホはパリの北にあるオーヴェールにガシェ医師を頼って行ったが、烏《からす》の群れ飛ぶ『麦畑』を遺《のこ》し、ピストル自殺を遂げました。彼が死ぬ前に、高い木の上で、ああ、もう駄目だ、もう駄目だ、というゴッホの呟《つぶや》きを通行人が聞いています。

ゴッホはアルルを離れて、なぜ北へ行ったのでしょうか。ガシェ医師なら自分の精神病を癒してくれると信じていたからでしょうか。いいえ、絶対にそうではないと思います。パリからアルルに来た当初こそ、ゴッホはプロヴァンス人が怠け者で、ホラふきで、気どり屋ばかりで嫌いでしたが、そのうちにアルルがだんだん気に入ってきたのです。とくにカマルグがオランダの故郷の地形に似ているので、サント・マリ・ド・ラ・メールに腰をすえて滞在し、毎日写生をしています。カマルグの平原を流れるグラン・ローヌとプティ・ローヌの大小二つの川とが、彼の生地オランダのズンデルトにあるライン川の河口とその支流のマース川に似ているからです。ミストラルと蚊には困りはてながらもゴッホはアルルに永住するつもりだったかもしれません。ド・ラ・ファイユの作品目録には、アルル時代の作品目録として約百五十点の油彩、百点の素描、十点の水彩が収められています。

そのゴッホを性急にも精神病院へ収容させ、疫病神《やくびょうがみ》のようにアルルから北へ追放したのはアルルの市民です。彼がこの市で描いた精妙で、おどろくべき多量の画はどこへ行ったのでしょうか。『アルル時代』と呼ばれるゴッホの絶頂期の画です。黄金期です。それがみんなここにはない。アルルの市民が石もてゴッホを逐《お》った結果です」

セレスタン委員長は苦しそうに下を向き、大きな指をひろげて鼻と口に当て、洟《はな》と呻《うめ》き声を抑えていた。

「現在のアルルの人々のなかには、アルルにはゴッホの画はないけれど、『ゴッホの描いた画の場所』があるといって肩をそびやかしていますね。しかし、どこに『ゴッホの画の場所』がありますか。『跳ね橋』は観光用の複製です。ゴーギャンと共同生活をするためのマルティーヌ広場に面した『黄色い家』は、今は地方銀行の建物に変っています。『夜のカフェ』のモデルとなったカフェ・アルカザールは、もちろん跡形もありません。黄色い家の前にあった『公園』は、いまは車の雑踏する大通りです。『陸橋』も残っていなければ、彼が好きだったポプラ並木の見える『麦畑』は、今は殺風景な工場地帯です。……」

小宮はひと息ついた。

「来年はヴィンセント・ヴァン・ゴッホの没後百年記念展覧会。それに合せて外国に散ったゴッホの画を集め、石を投げてアルルから追放したゴッホを祭壇に祀《まつ》り上げ、世界各国からものすごい数の観光客を呼び集めて金儲けをしようとなさる、その計画、その商売根性が鼻持ちならないのです。アルル市の名誉にかかわることです。二代前、三代前のアルル市民の不明の責任は、その子孫であるあなたがたの責任です。それをいっさい頬かぶりして、そのゴッホで金儲けをするとは、いったい、どういうことですか。無知というよりも恥知らずです。そういう国際的な批判がかならず起りますよ。来年の開催日までにはまだ間に合います。ぼくはいまのうちに、アルル市長の名において世界の美術界に対し懺悔《ざんげ》の声明文を発表なさることをおすすめします」

沖合から寄せてくる海嘯《かいしょう》にも似た、低いが、地に響くようなどよめきが深刻な表情の一同の間から起った。

まっさきに拍手する者がいた。椅子から立ち上がったフェードル市長だった。それは悲痛きわまりない拍手だった。つづくのはシャヴァル助役だった。

小宮は椅子を引いて立ち、両人に深々と頭をさげた。

「言い過ぎた言葉をお詫びします。……しかし、ヴィンセント・ヴァン・ゴッホは、世に報われぬ画家・芸術家にとって希望の太陽です。絶望から救ってくれます。かならず将来があると信じさせてくれます。永劫《えいごう》の太陽です」

小宮の頬には泪《なみだ》が伝わっていた。

マルセイユのアパルトマンに戻ったのが午後八時半だった。アルル署で返却してくれたヴェラン紙の包みを持って、小宮は部屋の前に立った。三分間、聞き耳を立てた。そっとキイを回した。

ドアを細めに開けた。中からは物音がしない。急にドアを押し開いた。暗がりから飛び出す影はなかった。壁のスイッチを押した。広いアトリエじゅうに光があふれた。アルル署の刑事と出て行ったままの状態だった。異状はなかった。

居間に入った。寝室に入った。変りはなかった。グラスにウイスキーを注ぎ、呷《あお》ってから人心地がついた。クッションに坐りこんだ。しだいに自分が回復できた。

不意に音楽と歌声とが波のように起った。はじめは近所のステレオがボリュームを上げているのかと思った。が、すぐにその音律がときどき聞いているのと同じなのを知った。

小宮はアトリエの窓へ寄った。音楽はその窓の下から湧いている。

ジプシー村に異変が起っていた。キャンピング・カーの位置が移動し、広場の周囲を外壁のようにとりかこんでいた。その中に炎が高々と上がっていた。火の色に公園の樹木の葉は赤く染まり、または黒々とした影《シャドー》になっていた。外壁代りに囲んだキャンピング・カーも黒影だった。火焔の柱は、その中で立っている。キャンプ・ファイアであった。

荒野を彷徨《ほうこう》し、疎外者として養われてきた敵愾心《てきがいしん》、それが血族的な誓約となって、自尊心の高い情熱を注ぎこませた。歌詞はスペイン語でもあり、イタリア語でもあり、ハンガリー語の祖型マジャール語でもあるようだ。だが、よくわからない。

村がキャンプ・ファイアを張るのは春と秋の二度。春は五月二十四日からの三日間、サント・マリ・ド・ラ・メール寺院のお祭りに、大挙してお詣りする。

今日は二十二日、今宵はその前々夜祭だ。キャンピング・カーの先発隊がカマルグへ向かって出発するのは明日からである。サント・マリ寺院の周辺広場は、ヨーロッパ各地から集まる数万人のジプシーの宿営で埋め尽される。

小宮が居間に戻ったとき、電話が鳴っていた。さっきから鳴りつづけていたらしい。彼は躊躇《ちゆうちよ》してから受話器をとった。

「高子です」

いきなり言った。声が喘《あえ》いでいた。

「お帰りを、ずいぶん待ってたわ。なんど電話しても通じないんですもの」

「すみません。で、何かあった？」

「すぐに逃げてください」

「………」

「ピエールが銃を持って、今夜そちらのアパルトマンに行きそうなの。わたしも、ここから逃げます」

「ここに来ては駄目だよ」

「違うところで落ち合いましょう。前にカマルグに葦を切りに行ったとき、アルバロンという土地に『ル・ブレ』というホテルがあったのを知っていますか」

「そういえば、記憶がある」

「そのホテルで落ち合いましょう。ホテルのほうには、ミセス・トヨシマの名で予約をとっています」

「………」

「いま直ぐですよ。荷物なんかはそのままにして。もう時間がありません」

20

「オテル・シャトー・デゼトワール」の三階、庭に向いた窓ぎわに木村信夫は立っていた。午後一時ごろだった。

広い中庭には強い太陽が降りそそいでいる。レストランのビーチパラソルが一面に花と開き、その陰のテーブルで客は昼食をとっていた。陽射しの移行につれてボーイがパラソルの傾ぎぐあいを直していた。繁る木立ぎわのテーブル上には緑色が濃く溜まっている。

いつものお午餐《ひる》の風景だった。女主人の高子が微笑《ほほえ》みを湛《たた》え、それぞれのテーブルの間をまわっていた。シェフが従い、客の注文を恭《うやうや》しく受けていた。

遠い対《むか》いは林である。繁り合う葉が城壁になっていた。葉の上のほうは強い太陽を受けて白っぽくなっている。五月二十三日ともなれば、南仏は夏の季節に入っている。

空は透明な藍色《あいいろ》を重ね、雲を浮べていた。その雲よりも白いドームが森の城壁の上に抜き出ている。このレストランやホテルの名になっている「星の館《やかた》」の主人公ピエール・トリオレ伯の天文台だった。

ドアに低い音を木村は耳にした。

ルーム・サーヴィスでとりよせたワゴンのテーブルをまわってドアに歩き、細く開けた。

離れて立っていた多島通子が、ぴょこんと頭をさげた。

「なァんだ、きみか」

「なァんだ、はないでしょ」

笑って入ってくると、入口の隅に身を寄せるようにした。

「カーテンを閉めてくださいます?」

窓に眼を向けた。

木村が白いレースのカーテンを合せると、通子はそこから出てきた。

「トリオレ伯は?」

「伯爵はいま外出です。でも、近くですから、いつお帰りになるかわかりません。お帰りも裏側からなので、だれも気がつかないの」

「伯がご帰館になると、あの天文台からレストランの庭園を双眼鏡で見まわすんだね。ついでに、こっちの三階の窓もレンズの中に入る。その窓に助手のきみの姿があるとなると、拙《まず》いわけだね」

通子はそれには答えないでワゴンのテーブルを見て、上に蔽《おお》った白布の端をめくった。

「あら、お食事はまだでしたの？　冷めちゃってるわ」

皿のフード・カヴァーをとってコーヒーポットに手を当てた。

「運ばせてから一時間くらいになるからね」

「食欲ないんですか。なんだか元気ないみたい」

木村はまだ窓ぎわに立っていた。通子が彼の視線を追った。二人ともレースカーテン越しに庭園に向かっていた。

「マダムを見てらっしゃるの？」

「……」

「マダムはいつもと変りなくお客さまのサーヴィスをしてらっしゃるわね。でも、ほんとうは内心で苛々《いらいら》してらっしゃると思うんです。それを様子にお出しにならないところが偉いわ」

木村は通子を椅子へ引っ張って戻った。

「どういうことだね？」

——木村はこのオテル・シャトー・デゼトワールに泊まった翌日、多島通子を発見した。だが、彼女の「発見」はその前で、マルセイユの「プロヴァンス陸連協議会」を訪ねた折が最初だった。

通子はタクシーに乗っていた。窓に映った一瞬の横顔がたしかに多島通子だと思い、こちらもタクシーで後を追ったが、しかし、美術図書館のあたりで見失った。その先には広場があり、公園がある。公園はジプシーたちが恒久的に宿営していると、同乗の中林通訳が言った。五月二十四、五日は、アルルの南、カマルグのサント・マリ・ド・ラ・メール寺院で行なわれる聖女サラの祭りにヨーロッパじゅうのジプシーが集まると中林は教えた。美術図書館付近で消えた通子は、まさかジプシー村に行ったのではあるまいかと、そのとき木村は思ったものだ。

木村はその晩、夕食にプロヴァンス陸連協議会のボーシュ理事長と事務局次長ベルナールとをレストラン・シャトー・デゼトワールに招待して「プロヴァンス国際駅伝競走」の協力を要請した。世界陸連会長ホセ・マルティーヌ・バローナの示唆《しさ》によった。

その晩から、このホテルに泊まった。ボーシュ理事長との連絡のためにはマルセイユがいいのだが、エクスの「星の館」にしたのは、旧姓豊島高子がピエール・トリオレ伯夫人として、またこのレストランとホテルの経営者として居たからだ。

豊島高子がN展に入選したことがあることは、木村が再度フランスに来る前に社の学芸部の沼田を通じて調べている。彼女が入選の年、小宮栄二が特選になっていた。

ことの発端は、大分日日新聞に連載された南仏の中世都市レ・ボーとの姉妹都市のためのキャンペーンとしてとりあげたプロヴァンス漫遊記であった。「大分日日」の取材記者にシャトー・デゼトワールのアマチュア天文学者トリオレ伯の夫人が日本女性だと洩らしたのは同行の柏原尚志だった。駅伝の折り返し予定地点になっているアルバロンの「オテル・ル・ブレ」で、そこのスナックバーでであった。

連載記事には、社会部次長の田村と野中という「大分日日」の取材記者がトリオレ伯と会って、その談話を載せている。天体観測家である伯は、ヴァン・ゴッホの贋作《がんさく》の話を語っていた。そのときに話している。

《妻はその展覧会（N展）に入選した経歴を持っています。……妻が画家だったことやN展に入選したことは、新聞には書かないでください。いまは宿屋のおかみさんだからね。……妻も画家だったことを客に知られるのを好ましく思っていません。いま、妻が留守なので、わたしも、つい口がすべった》

この記事が、多島通子からもらった「告白の手紙」に木村を結びつけた。

《B子さんは画家志望のひとで、……A（小宮栄二）とB子さんとは恋愛関係にあったそうです》

《兄の破局は思いもよらないところから起りました。兄のN展入選が少なくなったのです》

と、木村が最後に受けとった通子からの手紙には書いてあった。

《土屋良孝の生前のことです。……ある日の夕方、B子さんは小宮栄二の使いで土屋良孝のアトリエに行きました。土屋はB子さんを（自己が経営する）レストラン「フェカン」に誘い、ワインをすすめ、食事をいっしょにし、……アパルトマンの居間に連れこんで鍵をかけたのです。そうして、小宮栄二の将来はぼくに任せてくれと何度も言って、彼女に逼《せま》ったのでした》
《小宮栄二は自分の女を王様に献上して「寵臣《ちようしん》」になったという陰口がささやかれました。……小宮と雁行《がんこう》した兄は蹴落されたのです》
それでも多島明造は這《は》い上がろうとする。土屋に付いている画商に欺《だま》されて描いた画が、衰えた土屋良孝の「新生命」復活の具に提供されているのを知る。多島は絶望して、国外に出る。三年間インドを放浪して帰ったときは、土屋良孝は死に、小宮栄二の消息もB子の行方も分らなくなっていた。
通子の兄は東京銀座の貸し画廊で個展をひらく。「多島明造画伯インド滞在作品展」の派手なポスター、豪華なカタログを大量につくった。たいへんな費用だった。東京の女子大にきていた通子に、兄は金を借りにきた。兄の再起のためだと思い、彼女は貯金の二十万円を出した。『ベナレスの死者の家』と題した作品の原色写真入りのポスターは私鉄の駅にも出ていた。
通子は会場に行った。蓋《ふた》を開けて三日目だった。入場者はだれもいなかった。『ベナレスの死者の家』など原色版の多い作品パンフレットが受付の机に山積みになっていた。
《やあ、よく来てくれたね、と兄はうれしそうにわたしを迎えました。……初日と昨日とはたいへんな参観者でね、画の友人連中もやって来て、イモの子を洗うようだったよ。おれはもうくたくたになった。今日は第三日で、中ダルミというところさ。どの展示会でも三日目あたりが中ダルミになる、明日からまたもりかえすというパターンだな、と受付の若い女には届かぬような声で言うのでした。

これはベナレス付近にあるガンジス河畔の風景で、「死者の家」、これはマハーバリプラムの海岸寺院と砂上の物乞い……と自作を兄は説明します。……三年間のインド放浪のあいだに生活が荒《すさ》んだのか、それともいったん画を棄てたのが尾を引いているのか、画の荒廃は眼を掩《おお》うばかりです。売約済の赤札は一枚も下がっていません。……わたしは二度とその会場をのぞきませんでした》

多島明造は東京から愛媛県のR市に赴《おもむ》く。そこで小、中学生むきの画塾をひらいた。成功しなかった。

四国の兄から通子宛てに手紙がくる。

《近ごろ健康に自信が持てなくなっている。そこで万一を考えて生命保険に入った。たいした金額ではないが、受取人は通子の名にしてある。通子からの借金分に充てる。剰《あま》ったら結婚費用の足しにしてくれ。そう書いてありました》

《三カ月後に兄は死にました。……形は交通事故ですが、兄は自殺したと思います》

——B子とは豊島高子であった。

大分日日新聞の記事が出たあと、多島通子は会社を辞めてアパートを去った。アパートの家主の妻の話から彼女の行先がわかった。南フランスのエクス・アン・プロヴァンス市の〈ソロテル・オテル〉であった。アパートの家主の妻に「易」の参考書を航空便で急送するよう依頼してきた手紙が手がかりだった。

「大分日日」の記事は書いている。

《トリオレ伯は博学だ。その専門とする天文観測のほか占星術についても造詣が深い。占星術は古代バビロンの僧職たちが太陽と月と惑星の規則正しい運行から運命の法則を考え出して、これを君主や国家に当てはめた。中国星占いは国家の命運のみならず個人の宿命と将来の予見にまで拡大した。西洋の占星術と中国のそれとの関係はよくわからないという。占星術の話を伯から聞いても複雑すぎて、素人のわれわれにはよくのみこめなかった》

これだ、と木村は多島通子のエクス・アン・プロヴァンス行に思いあたったのだった。

木村が連絡場所を便利なマルセイユのホテルにしないで、エクスのオテル・シャトー・デゼトワールにした直感は当った。

多島通子はまさに木村の眼前に居た。

庭園から岐《わか》れた小径の「離れ」といった別館に居室をあてがわれていた。ピエール・トリオレ伯の天体観測研究室の助手だった。

ここの庭で初めて顔を合せたとき、多島通子は悪びれたふうでもなかった。とうとう見つかっちゃった、と言いたげに、歯の間から舌の先を出しそうにした。そのときは互いに知らぬふりをした。

その晩八時ごろ、多島通子のほうからこっそり訪ねてきた。

木村さんに見つかるとは思っていました、プロヴァンス国際駅伝競走のお仕事でエクスにいらっしゃるはずですから、と通子は言った。

「プロヴァンス国際駅伝競走のプランをわが社に投書したのは、小宮栄二と豊島高子の所在を、新聞社の企画騒ぎを利用して探り当てようと目論《もくろ》んだのかね」

木村のかねての推測だった。

「そんなはっきりとした計画じゃなかったんです。万一、うまく行けばと考えただけなんです」

「可能性《プロバビリティ》の期待だな。それは期待以上に手応えがあったわけだ。きみは大分日日新聞を有楽町駅あたりのスタンド売りで買って読んだ。郷土紙だからね。そこから豊島高子がシャトー・デゼトワールのピエール伯の夫人になっていることを察知した」

「あの記事で、豊島高子がエクスの伯爵夫人にもぐりこんでいるのがわかっただけでもうれしかったんです。小宮栄二も、かならずここから遠くないところにいます」

「なぜ、高子さんと小宮とが南フランスに居ることがきみにわかったのか。それが漠然とわかっていたからこそプロヴァンス国際駅伝競走のプランをつくって、ぼくらの利用を考えついたのだろう?」

「高子さんにしても小宮にしても、プロヴァンス地方へ行っていることにわたしは確信があったんです。二人は相ついで日本を去ったという噂《うわさ》だったけど、隠れているところはアメリカでもない、イギリスでもない、ドイツでもオランダでもスペインでもない。南フランスしかないんです。南仏でもプロヴァンス地方とは考えたけど、それが何処《どこ》かとは見当がつかなかったんです」

「どうしてプロヴァンス地方に目標を定めたのか」

通子がハンドバッグから三枚の写真をとり出して木村に見せたのは、一日置いた次の夜だった。彼女はやはり木村の部屋をこっそり訪問した。

「自殺した兄が、わたしにだけ送ってくれたスケッチブックの間に、この写真があったんです」

木村はスタンドを点《つ》けて明かりを当てた。

「マダム！」

二人の青年に左右をはさまれた女。運動帽をかぶり、あらいチェックのブラウスにスラックスをつけ、登山靴のようなのをはいている。二十代半ばの高子であった。

「若い！」

木村は口の中で叫んだ。

高子はあどけなかった。現在の彼女からは想像できなかった。写真の高子はカメラのほうを見て微笑している。陽が正面から当って顔が真っ白だった。

ピクニックの途中での小休止、三人が寄り添うように立っている。素人のスナップ写真である。

笑っているのは二人の男も同じである。どちらも二十代後半。向かって右側のは、もつれた髪が首まで伸びている。小肥りであった。左側のはいくらかちぢれ毛の頭だが髪を後ろに撫《な》でつけ、眼と頬《ほお》が落ち、光線の加減でそこだけが黒くなっていた。背は伴《つ》れの男よりは高かった。

写真はもう二枚ある。その一枚は小肥りの男が高子の肩に手をやって愉しそうに笑っていた。もう一枚は高子と背の高い男とがならんでいる。どちらも高子は明るく微笑《ほほえ》んでいた。

背景は林で、低い段丘の上に繋っている。

「若いときのマダムです……」

通子が三枚の写真の女を指さして言った。

「この豊島高子さんの右側に立っている髪の長い、小肥りの男がわたしの実兄です。高子さんの肩に手をあてて豪放に笑っているのも兄です。多島明造です」

通子はなつかしげな声で言った。

「三人で撮《と》った高子さんの左側の男が小宮栄二です」

急に憎悪の声に変った。

「これが？」

「そう。兄と二人だけでならんでいるとおわかりでしょうけど、小宮栄二は痩せて、上背《うわぜい》があるのです。わたしは本人に一度も会ったことがありません。でも、百回も二百回も会ったように、この顔はわたしの眼底に灼《や》きついているんですよ」

「………」

「写真の女性の名を、兄は説明していません。それは重要な意味を持っていたのです。けど、しばらくはそれに気がつきませんでしたわ。ただ兄が十数年前に画学生だったころ、仲のいい小宮栄二という友人と、その共通の女友だちと三人でスケッチ旅行に出かけたのだと思ってたんです。それから半年ばかり経って、このなんでもない記念写真が、じつはわたし宛ての特別な遺品《かたみ》だったのではないかと気がつきました」

「どういう意味で？」

「四国からわたしに送られたインド旅行のときのスケッチブックの後ろに袋を作ってこの三枚の写真が入っていたのです。そのスケッチには『ベナレスの死者の家』が素描で十何枚も描いてあったのです。ガンジス河畔の死者の家では、瀕死《ひんし》の患者と付き添いの家族とが絶望的な生活をしています。戸外では死者を野焼きする人と炎とがあります。灰になりきってない屍《しかばね》が川に悠々と流れ、近くでは子供たちの泳いでいる姿があります。そういうインド放浪自体のスケッチ帖の後ろに、十何年も前のこの写真が入れてあったのです」

「河畔で野焼きされる死者を描くお兄さんに、自殺を読みとったのだね」

「木村さんはさすがに鋭いわ。そう、そのとおりです。銀座の貸し画廊で開かれた『多島明造画伯インド滞在作品展』の豪華なポスターもパンフレットも、兄の予告だったんです。画家らしくね。パンフレットの巻頭は『ベナレスの死者の家』でした」

「それに十何年も前の旅行写真が挿《さ》しこんであった意味は？」

「兄の絶望が、この写真のスケッチ旅行からはじまったということだと思います」

通子は三枚の写真をならべて、じっと見入った。

「これでみると、仲よし三人組です。高子さんは小宮栄二にも兄にも平等に友情を持っているようです。男二人が彼女に好意をもっていることは、彼女を旅行に誘ってきたことでもわかります。兄が高子さんの肩に手を置いたりして、いくらか親密そうです。けれども兄は知らなかったのです。その旅行中の出来事を……」

通子は、あとを黙り、うつむいた。

木村は促さなかった。聞かなくても、その先が想像できた。

木村にはこんな場面が泛《うか》ぶ。

旅先のホテルの部屋で多島明造が夜なかに眼をさます。ツインベッドの一つから小宮栄二の姿が消えていた。室内の手洗いからは物音が聞えない。庭に出たのかと思う。時間が経っても戻ってこない。

多島明造はドアの音を消して廊下にすべり出た。足音を忍ばせ、階段下の裏側にうずくまる。やがて自分らの隣の部屋のドアが小さく開いた。女が顔を出し、廊下の左右を見まわした。人影はなかった。女は豊島高子である。

彼女の顔が引っ込むとドアが半分開き、小宮栄二の姿が滑り出た。彼も廊下に眼を配ったあと、細く閉じたドアに向かって、おやすみというように手を振った。小宮の長身の背中は、友人が熟睡しているはずの部屋へ忍んで戻る。高子のドアの錠がかちりと鳴った。――

これは木村の想像である。空想である。だが、現実性を感じた。

問題は、三人旅行の場所だ。

「プロヴァンス地方です」

通子はふたたび写真を示した。

「背景の段丘に繁る植物はブドウ畑で、遠くのオリーヴ畑の中に黒い棒のように立っているのは糸杉です。民家の屋根も少しは見えます。ただ、どのへんの村にあたるかはわかりませんが、間違いなくプロヴァンス地方です」

「きみはこれから、日本を出た小宮も高子さんもプロヴァンス地方に居ると推定したのだね」

「どちらかが居ると思ったわ。誰にも知られず国外に住むとしたら、まずその人は思い出の土地を選ぶと考えたんです。小宮と高子さんの恋愛の成立は、プロヴァンスの旅だったと思いますから」

「きみのその直感が的中した」

「結果的にはね。でも偶然です。高子さんは土屋良孝の死後、パリに逃げて親戚のもとに身をよせていたんだそうです。そこにトリオレ伯が現れて、しつこく求婚したそうです。自分を喪《うしな》っていた高子さんは、意志のない女となって、この家の妻になったんです」

「………」

「小宮栄二はそんなことを知らずに、その後、マルセイユに住んだのです。でも、彼もプロヴァンスに惹《ひ》かれていたんです。贋作家として生活しながら」

「贋作家?」

「ドラクロアだの、リューベンスだの、レムブラントだの、マネだの、ゴッホだの、セザンヌだの、ゴーギャンだのの模写を描いているんです。パリあたりにそういう専門の大きな画商がいて、各地に散らしている画家たちに、巨匠たちの模写を描かせているのです。それらの模写の出来のいいのは、いつでも真物として顧客に売りつけられるということだわ。伯爵から聞いた話だけど」

木村にはハーグのホテル「デ・ザンデ」の八階で見た「近代有名画家作品模写展」が蘇った。会場には、麦畑を描いたゴッホの葦ペン画の模写が出ていた。

——そして、今だった。今は五月二十三日の午後一時半である。

食欲のない木村と脱《ぬ》けてきた通子とは、窓に白いカーテンをおろして対話している。

「マダムの高子さんは、主人のトリオレ伯に監視されている。きみは伯爵の命令で高子さんの外出を尾《つ》けている。タクシーでね。ぼくはマルセイユで、それを見た」

「知っています。木村さんらしい日本人の男性二人の乗ったタクシーがわたしの後を追ってきていたのをね。あのときはラ・カヌビエール大通りをリュートー通りに入って美術図書館のほうに折れ、ジャンジョレス広場の角《かど》あたりで公園に突き当たり、そこで高子さんのタクシーを見失いました。あのへんは高級住宅地で、高層アパルトマンがいっぱい建っているんです。公園の中はジプシーの村です」

「高子さんがそこへ行くのは、近くに小宮の住居《すまい》があるから？」

「伯爵はそう言っていました。妻は愛人に会いに行っているのだと」

「きみの尾行はトリオレ伯の命令に従っているだけか」

「わたしは雇われ人です」

「嘘だ。きみは高子さんを怨《うら》んでいる。兄さんを絶望に突き落した女としてね。その彼女の行動から小宮栄二の所在を探り出す。小宮は兄さんの仇敵《きゆうてき》だ。高子さんを尾行すればそこに小宮の隠れ家がある。きみにとって一石二鳥だ。きみはよろこんで異常な執念の伯爵の手先になった」

「伯爵の異常性？　それをどうしてご存知なの」

「ここの従業員はみんな知っている。トリオレ伯のアブノーマルなのをね。ぼくも彼に初めて会ったとき感じたよ。その眼を見てからね。あれは偏執狂《パラノイア》の瞳《ひとみ》だ。完全に変質者だ。……きみの前では言いづらいが、夫婦の寝室で高子さんが伯爵にどんな目に遇わされているか、従業員たちはどういう方法でか、こっそり知っている。伯爵は話に聞くサド侯爵を地で行ったような人物だ」

「高子さんは淫婦です。罰せられていいのです」

「小宮のためにボスの土屋良孝に献じられたことをいっているのだね。彼女は恋人のために犠牲になった」

「ぜんぜん認めません。女としても許せません。彼女は淫婦です。犠牲というのは飾り言葉です。その淫婦のために、兄は遂に自殺に追いやられてます」

「犠牲は小宮のためではなかったか」

「両人同罪です」

——兄は小宮栄二に蹴落され、土屋良孝に殺されたのです。B子さんを含めて。

通子の手紙が木村に浮んだ。その文字に、眼の前の思い詰めた彼女の表情が重なった。

「で、小宮の住所はわかったのか」

「突きとめたわ」

通子は会心の笑《え》みを浮べた。

「やっぱりジプシー村のある公園の向こう側だったの。立派なアパルトマン。その四階に、すごいアトリエをつくっていたんです。贋作を描くだけにおカネが入るのね。高子さんがそこへ通ってるのがわかったんです。伯爵にお知らせしました」

「なに？」

「わたしの義務ですから」

通子は言って、覆いをかぶせたサーヴィス・ワゴンに所在なさそうに眼を投げた。

「で、トリオレ伯は、どうした？」

木村は彼女の前に大股で近寄り、その細い肩に手をかけるばかりにした。

「伯爵はさっそくアルル警察署に電話で通報なさいました。ゴッホの贋作者がマルセイユの、こういう場所の、こういうアパルトマンに居るって」

木村は声が出ず、通子をまじまじと睨《にら》みつけるだけだった。

「昨日、アルル警察署から刑事がマルセイユの小宮のアパルトマンに行って家宅捜索をし、小宮をアルル署に連行したのです」

「逮捕されたのか」

「釈放されたわ。小宮は署を出ると、いったんマルセイユのアパルトマンに帰ったの。すると高子さんから電話がかかり、小宮はあわてて車でアルル市の南十五キロにあるアルバロンの『オテル・ル・ブレ』に走って、昨夜はそこに泊まったんです。そのホテルは高子さんが予約していて、昨夜は高子さんも、そのホテルに後から行って落ち合う予定だったんです」

「どうして、そんなことがわかった？」

「それが伯爵の仕組んだシナリオだったからです。わたし、伯爵からそれを聞かされたんです。

猟銃を持って小宮のアパルトマンに押しかけると、高子さんを脅《おど》かしたのもね。彼女がアルル署からアパルトマンに戻った小宮に早く逃げるようにと電話するのを、伯爵はちゃんと計算に入れていたの」

通子は木村の顔を見上げた。眼もとが微笑《わら》っていた。

「しかし、落ち合う先がアルバロンの『オテル・ル・ブレ』と判ったのは？」

「アルル署の刑事が伯爵と内通しているからだわ。その刑事は小宮を連行した男なの。アルバロンはアルル署の管内だから、ホテルの宿泊客は警察では電話一つで、すぐにわかるらしいんです」

「高子さんは昨夜どうしてアルバロンには行かなかったのか」

「行きたくても行けなかったの。伯爵が傍から離さなかったんです。高子さんは不動金縛りにされたようなものでした」

「すると小宮君はアルバロンの『オテル・ル・ブレ』で昨夜は待ち呆《ぼう》けさせられたのか」

木村は柏原といっしょに泊まったことのあるバンガローふうなホテルを思い浮べる。夜の湿原の一角に赫々《あかあか》と上がる野火の色が見える。国際駅伝競走の折り返し予定地点を見に行くときだった。白馬の調教師の娘がフロントの受付であり、ポーターをしていた。ここで、「大分日日新聞」の田村良夫らに遇《あ》ったばかりに田村にシャトー・デゼトワールの取材を与え、「大分日日」に載ったその記事が多島通子の眼にとまり、豊島高子の潜伏先が知れた。つづいて小宮栄二が狩り出される。

田村らと遇った翌朝、木村は柏原とホテルを出て葦がいちめんに密生した道を散歩した。霧が深かった。真っ白である。丈の高い葦の群れの中に二つの人影が動いていた。霧のために二つの影は墨絵のように滲《にじ》み、消えるように淡くなったり濃くなったりした。

二人とも帽子を深くかぶり、雨具のようなものを着ていたが、どうやら葦を切っているようだった。その音だけが聞えている。声はない。一人は長身で、一人はそれより低く身体つきも華奢《きゃしゃ》だった。

霧の中で葦刈りする男たち。……詩人だ、と感嘆したものだった。二人は霧にかき消えた。しかし、今にして思いあたる。あのときの「詩人」は小宮栄二と高子だったのだ。アルル時代のゴッホの素描を模写し、贋作する小宮は、その特徴となっている葦ペンの葦を、カマルグのアルバロンあたりに求めてきていたのだ。高子が彼に協力していたのだ。エクスの「シャトー・デゼトワール」から脱け出して。――

両人は前からしめし合せてカマルグへ来た。ピエール・トリオレ伯は「天文台訪問」と称してしばしばロンドン、パリ、ブリュッセルなどに行くという。各地に女が居るという話だ。高子の小宮への協力は、ピエールが外国に出た間だったろう。

高子がマルセイユの小宮のアパルトマンに電話して、すぐにアルバロンのホテルに逃げてくれと言った理由が、朝霧の中の「葦刈りの詩人」の姿で初めて解けた。両人には土地カンがあった。

「小宮君は『オテル・ル・ブレ』で昨夜も今日も待ちつづけている。高子さんは、そこに行こうにも行けず連絡もできない。しかもアルル署の刑事が『オテル・ル・ブレ』の小宮君の動静をトリオレ伯に内報しているとなると、この先、どうなるか」

「さっき、この窓から木村さんもごらんになったはずだけど、高子さんはいつものように庭園のお客さまの席をにこやかにまわっていて、とり乱した様子はないでしょ。あれは伯爵の手前もあるけど、半ば安心してるの。小宮栄二がアルバロンのホテルから逃げたからです」

「逃げた？　逃げて、どこへ行ったのか」

「それはわからないわ。アルル署の刑事もホテルに張りこんでいたんじゃないから、あとでホテルの電話で知ったそうです。管轄外に出られると、厄介だそうです。指名手配の犯人にはなってないからです。アルル署でも参考人として呼んだらしいわ」

「で、小宮君がアルバロンのホテルを出たのは、高子さんからの電話があったからかね」

「たぶんそうでしょう、伯爵の隙をみて小宮に電話し、わたしは行けなくなったというのを連絡したのね、きっと」

「そして次の行先を打合せたのかな」

「その時間はなかったと思うわ。たぶん、そのうち小宮のほうから高子さんにその連絡の電話がかかってくるにちがいないわ。高子さんは落ちついているように見せかけて、苛々しているのはその電話待ちなの」

「小宮君からの電話は、シャトー・デゼトワールの交換台経由でマダムの部屋か、それともフロントを通すのか」

「仕事上の電話はフロントがまず受けつけて、マダムに取り次ぐわね。個人的なことだと交換台からマダムの部屋になります。でも、交換台が聴いているから小宮は直接にはかけられませんし」

「では、人を通してか。そんな方法があるかな」

「考えられる方法が一つだけあります。高子さんはマルセイユのカトリックの教会に行ってエクスを脱け出す口実にしてたんです。不倫を働く淫婦がカトリックの教会へお詣りするとは、その場所が《夜の魔女もそこに降りてきて、休み所を得る》という『イザヤ書』にあるとおりじゃありませんか」

「………」

「神父さんは高子さんが魔女だとはわかりません。小宮はもちろん高子さんの教会利用を知っています。だから、逃亡先の小宮が電話でマルセイユの教会に電話して、神父さんに頼み、神父さんから高子さんに伝言を電話してもらう方法があります。神父さんからだと交換台も盗聴を遠慮すると思ってるのじゃないかしら。考えられる小宮の連絡方法はそれしかないと思います」

木村はちょっと沈黙した。

「通子さん。きみは高子さんと話し合ったことがあるかね」

「一度もありません。彼女のほうでは、なにか、わたしにものを言いたそうな様子だけど」

「どうして話さない?」

「関係ないからです。わたしは伯爵の直接の使用人ですし。高子さんと顔を合せたときは、マダム、今日は、マダム、今晩は、と挨拶するだけですわ。もちろん高子さんは、わたしが多島明造の妹だというのを察しています。多島という姓はそう多くないし、わたしの容貌がいくらかでも明造兄に似ているからでしょう。でも、話をしはじめると、高子さんのほうが困るんじゃありませんか。じっさい、高子さんは、わたしに話したそうにしていながら、その反面、避けるようにしているんです」

木村は部屋の中を歩いた。

「木村さん、お昼《ひる》食、召し上がらないの?」

「腹が空かない」

「もう、そろそろ二時半ですわ。何かご心配ごと?」

「でもないが」

「木村さんはマダムのことが心配なの? わたしの話を聞いて、よけいに」

「ぼくが心配してもしかたがない」

「わかるわ、木村さんのお気持。高子さんに同情してらっしゃるのね、高子さんがああいうアブノーマルな亭主を持っているから。それに彼女は魅力的だわ。フランス人の男客だって、お世辞だけでなく彼女に憧れてるくらいだわ。でも、いまにこのシャトー・デゼトワールも魔女のために荒れはてるわよ。《その城《シャトー》には、いらくさと、あざみとが生え、山犬のすみか、だちょうのおる所となる》とね」

「もう止《よ》せ、『イザヤ書』は」

「あら、憤《おこ》らせたかしら。じゃ、ついでに、心配なことをもうひとつ、申しあげるわ。さっき、伯爵は外出中といったけど、何処へお出かけかを申します。セザンヌが好んで描いたサント・ヴィクトワールの山の裏山です。あのへんはジュラ山脈が地中海に逼《せま》っていて、この上ない射撃練習場があるんです。伯爵は狩猟が趣味で、射撃の名手です。その名手が、今日、わざわざそこへ射撃の練習にいらしたんですよ」

「なに？」

「伯爵は水平二連銃と上下二連銃と両方を持って行かれました。どちらも遠距離・近距離併用だそうだけど、こんど威力の強い新型品が入ったので、それも試射するといってらしたわ」

木村は血管の血が止まりそうになった。

「やめさせろ」

「わたしは伯爵に使われている人間です。わたしの力では、どうすることもできません」

「しかし……」

「伯爵は絶対です。性格は昔ながらの荘園主です。君主です。小宮から高子さんに、どんな方法であろうと電話がかかってきても、それは交換台なりフロントなりから伯爵に届けられます。高子さんと小宮の運命は伯爵の掌中に握られてます」

「というと、トリオレ伯は高子さんをわざと此処《ここ》から逃がしておいて、小宮君といっしょになったところを撃つつもりか」

木村は愕然《がくぜん》となった。

「さあ、それは、わたしにはわからないわ」

通子は時計をのぞいた。

「もうそろそろ、伯爵が山から帰られるころです。木村さん、お邪魔しました。これで失礼します」

通子はドアに足を向けた。

電話が鳴った。

ドアの手前で通子の動きが停止した。振り向かずに、ジュラルミンのドアに映る受話器をとりあげた木村の影を見つめていた。

「うむ、うむ。……そうか。……なるほど。……そう。……うむ、うむ。なに、予定の九日延期で、こんどは二十七日か。……どういうことだ？……なに、……五時間後ぐらいになるか、ここで待っている。じゃァ。……」

木村の電話の応答を途中まで聞いて、ドアを開け出て行く通子を、木村は呼びとめた。

「残念だが、いまの電話は小宮君から高子さんへの連絡依頼ではなかったよ。それに、ぼくは小宮君を知らないし、小宮君もぼくを知らないからね」

「高子さんが、木村さんのことを小宮に話しているかもしれないわ」

「きみはさすがに八卦の本を読んでいるだけのことはあって、よく気がまわるね。しかし、いまの電話はスペインのマドリッドからだ。きみには間接的だが、多少の関係がある」

「……」

「マドリッドには世界陸連会長のホセ・マルティーヌ・バローナの私邸がある。わが社の柏原はニューヨーク以来、ずっとバローナ会長に張り付いてマドリッドにも行っている。来年の世界各国で行なわれる国際マラソンや駅伝競走の各地主催の配分を決めるアレンジ会議が五月十八日にパリで開かれる予定だったが、二十日に延び、いまの柏原の電話だと、さらに二十七日に開催が延期された。バローナ会長の独裁的な決定でね。この独裁的な延期は、わが社主催とほとんど決まっているプロヴァンス国際駅伝競走を、バローナがキャンセルさせようという意図らしい」

「なぜ、急にそんなことになったんですか」

「柏原の報告では、アメリカのエージェントと日本の広告代理店とが組んで、和栄新聞の競争紙太陽新聞社に主催させようという方針に、バローナが変心したんだ」

「どうして?」

「太陽新聞社にわが社の企画が洩れて、同社がなんとかこれを横取りしようと猛ハッスルしたんだ。そこで別な広告代理店を通じ、ニューヨークのエージェント、N・W・Z社とともにバローナに働きかけた。N・W・Z社は世界的なスポーツメーカーを一手に握るエージェントだ。わが社が契約しようとしているアディダス社と同実力だ。これもバローナとは切っても切れぬ仲なんだ。バローナは二頭も三頭も馬の手綱を握っている。『太陽』側の途中からの巻き返しが成功したのはそのためだ。バローナは条件のいいほうへ転ぶ人間だ」

「わたしの投書の名プランも、利敵行為になったわけですね」

「バローナの裏切りがなければ、わが社のプロヴァンス国際駅伝競走の開会式には、このエクスの会場にフランス大統領が名誉会長として出席し祝辞を述べるはずだった。きみの名アイデアにわが社をあげて感謝して」

「ピエール・トリオレ伯爵夫妻も胸に赤いバラを付けてその来賓席に坐り、『テレビ・ワエイ』に映るわ」

「バローナの背信で、それも夢の夢になった」

「パリのアレンジ会議とやらの二十七日には、まだ四日ぐらいあるじゃありませんか。各国の代表が集まった席で、頑張ってください、木村さん」

「ダメだね。すべてはもうマドリッドのバローナ邸で決定している。パリの会議に出ても、バローナは黒人選手国の票を圧倒的に押えているから決定は彼の意のままさ。票の行使は国連と同じでね、先進国の一票も開発途上国の一票も権利行使は平等だ」

「でも、最後まで努力してください。気早に辞表を書くなんて、あなたらしくないわ」

「いちおう、ばたばたと足掻《あが》いてはみるがね。ことはきみの素晴らしいプランから発している。きみの隠された意図は別としてもね。きみは発案者として、ぼくの最後の努力の支えになってくれるかね?」

通子の眼に瞬間の躊躇《ちゅうちょ》があった。はじめて見せた感情だった。

「なります。木村さんの、そんな努力の姿が、わたし、好きなんです」

ドアが閉まった。


夜、八時すぎ。

庭園の一角のテーブルに木村は掛けていた。四人のフランス人夫婦客といっしょだったが、関係はない。天文台のあるトリオレ邸の間には木立が高く繁っていて自然の目隠しになっているので、この場所を択《えら》び、テーブルに割りこんだ。

木村はマダムが回ってくるのを待った。

今夜の高子は簡素な身なりだった。初夏のことで、これは不自然でなかった。だが、木村の眼からすると、いつでも外に飛び出せる支度のように見える。柄《がら》もこまかいもので、その地味な色からも人目に立たないものを択んでいた。

客への態度はふだんと変りなかった。控え目で、愛想のいいマダムである。テーブルの前に引きとめられて、客と魅力ある会話を交わし、次のテーブルに歩み寄る。給仕たちに指示を与える。

しかし、どこか落ちつかなかった。苛立っている。それを抑えているので、眼の表情が騒がしかった。

ついに、マダムは木村の横にきた。

「今晩は。いらっしゃいませ、木村さま」

高子は日本人客だけに向ける親しげな微笑で言った。

「ご滞在、ありがとうございます。あのう、フランス料理にお飽きでしたら、和食を用意させましょうか。上手ではありませんが、お茶漬けていどでしたら」

「けっこうですな。じつは和食が恋しくなっていたところです。ここに希望の料理を書いてきましたが、できましたら……」

「拝見いたします」

木村の手から紙片をうけとり、卓上のキャンドルに照らし出した。

高子の顔が颯《さつ》と変り、持った紙がちぎれるくらいに震えた。

前のフランス人夫婦二組がけたたましく笑ったので、彼女のその様子に仄暗《ほのぐら》い周囲のテーブルは気がつかなかった。

高子は射るような視線を木村に向けた。それには感謝の念が罩《こ》められていた。蠟燭《ろうそく》の赤い炎がその瞳の中に燃えていた。彼女はその紙片をポケットの底深く押し込むと、素早く周囲に眼を配り、後方の灯のない天文台のほうへ眼を遣《や》った。警戒と恐怖からであった。天文台のドームは夜空に蒼白くのぞき出ていた。

「調理室の者に、そのように申しつけます。失礼します。……ありがとうございました」

調理室に申しつける、は同席の客に聞かせたフランス語で、日本語のありがとうございました、は木村への心からの感謝であった。

高子は、忍びやかに走り去った。

——木村は紙片に自分が書いた字句を、心で読み返している。

(午後七時五十三分、外から、小さいお宮さんより小生の部屋に電あり。九壱参四参七弐弐に乞う)

電話番号をむずかしい漢字で書いたのは、万一、簡単な日本字がわかる外国人の眼にふれた場合を考慮したからだった。

21

二十四日の午前十一時近く、木村の部屋にノックが鳴った。低いが、あわただしい音だった。誰の訪問かわかっていたので、木村は先に窓のレースカーテンを閉めた。中庭には初夏の陽射しがひろがりつつあった。天文台のドームが雪のように輝いていた。

木村の開けたドアから多島通子が入ってきた。

通子はカーテンに視線を向けたあと言った。

「マダムが逃げました」

「逃げた？」

木村の顔に石が飛んできた。

「マルセイユの魚市場に買い出しに行ってた調理場の男二人は九時ごろにこっちに戻ったんです。その買い出しにはマダムもいっしょにここを七時ごろに出てます。調理場の者が言うには、魚の買い付けをしているとき、マダムはこれから教会にまわるのであとは任せるといって、じぶんの車で市場を出て行ったそうです。調理場の連中はトラックでした」

通子はうすい笑みを浮べていた。

「教会というと、マルセイユの？」

「オーバニュ通りの東南にあるノートルダム・デュモン教会で、高子さんはときどきそこへ行っていたそうです。オーバニュ通りは小宮栄二のアパルトマンに近いから、教会詣《まい》りを小宮のところへ行く口実にしてたんです」

「高子さんがどうして逃げたとわかる？」

「三十分前に、伯爵がマネージャーに教会へ電話させたんです。その返事が、マダムは今朝からお見えになりませんというのです」

「まだ十一時半じゃないか。高子さんは、これから戻ってくるかもしれないよ」

通子は首を振り、奥の椅子に腰をおろして、脚を組んだ。

「伯爵は高子さんが逃げたのは確実だといっています。宝石類がほとんどなくなっている、みんな彼女が持ち出したと喚《わめ》いています。その中には、三カラットのダイヤが二つと、二カラットのが二つ、ルビーの何カラットかのが三つ入っていたといっています。伯爵が結婚当時から二年くらいの間に買い与えたもので、全盛時代の贈りものです。高子さんは昨夜のうちに逃走の準備をしていたんです」

「しかし、……しかし、どうしてトリオレ伯は高子さんのその様子に気がつかなかったのだろう?」

「前からうすうすはわかっていたけれど、宝石は奥さんに与えたものなので、伯爵は知らぬふりをしていたらしいんです。奥さんが逃げ出そうとする現場を押えるまではね。でも、マルセイユの市場買い出しにまぎれて逃げるとは思わなかったと伯爵は口惜しがっています。身なりも、いつも買い出しに行くときと同じふだん着ですからね。マダムは、お客さまにおいしいお料理を出すには、自分で材料を吟味しなければならないなんて言って、魚市場へ調理人をつれて、よく行ってたんです。だから、あのまま逃げたんじゃ彼女は着の身着のままだわ。ですから、逃走資金や小宮といっしょに暮らす当座の生活費の必要が、宝石類の持ち出しになったんです」

「高子さんは小宮君とどこかで落ち合うつもりかな」

木村は白ばくれて訊いた。

「もちろんです。両人のあいだに諜《しめ》し合せがついていると伯爵は言ってます」

「場所は?」

「それはわからないわ。伯爵にもわかってないようです」

木村は煙草をとり出した。その煙の縺《もつ》れを眺め、通子は片膝に乗せた一方の脚の先を子供のようにぶらんぶらん動かした。ストッキングを密着させた形のいい脚が絹に光った。

「でも、ほどなく行方に見当がつきそうですわ」

「なに？」

「小宮をアルル警察署に引っ張ったベテランの刑事が、高子さんと小宮の目下の居場所を捜しているんです。この刑事は、伯爵から賄賂《わいろ》だか袖の下だか、多額なカネをもらって、公務とは別に、いえ、公務以上に熱心にプロヴァンスの各地のホテルやヴィラに当っているそうです。後輩の刑事たちまで取りこんで。アルル署管内以外でも、プロヴァンス地域だったら各地の警察署とも連絡がつくらしいのね。伯爵は、高子さんと小宮はかならずプロヴァンスに潜んでいると見ています」

「どうして？」

「どうしてだか知らないわ。たぶん直感からでしょう」

「きみは、あの写真をトリオレ伯に見せたのかね。兄さんと小宮と高子さんの三人がプロヴァンスのどこかで撮ったあの写真を？」

通子は片脚の運動をやめ、木村の顔を見据えた。

「あれは兄の遺品《かたみ》です。大事なものを伯爵なんかに見せるもんですか。兄への怨《うら》みは、自分で晴らします」

あの写真を第三者に見せたのは、木村さん、あなただけです、とそのけわしい眼つきは言っているようだった。

「二人がすでにプロヴァンスを脱出していたら、どうする?」

彼女の眼から逸《そ》らせて言った。

「いいえ、プロヴァンスのどこかにまだ居ます。高子さんがマルセイユの魚市場から逃げたのが今朝の八時ごろですからね。小宮の待ってる場所に行ったとしても、まだ三時間しか経っていません。必ずそこに潜んでいるはずです」

「しかし、警察が探り出す前に、逃げ出すかもしれないよ。マリニャーヌ空港からもニーム空港からもパリ行の便は何便もある」

「両空港とも刑事連中が張りこんでいます。アルル署の老練な刑事も伯爵からたいそうな賄賂をもらっているらしいから、各署の後輩刑事に分け前をやって味方につけているんです。この国はなんといっても、まだワイロ万能ですわ」

「………」

「刑事らは二人を空港で見つけたら、別な事件の参考人という名目で身柄を拘束し、伯爵に連絡することになってます」

「カンヌの先のニースの空港があるよ」

「ニース空港まではアルル署の刑事も手が出せないけど、伯爵はそのへんも考えて手を打ってあります。プロヴァンスからニースまではコート・ダジュールの海沿いの一本道です。マルセイユはもちろんラシオタにもツーロンにも見張りを配してあります」

「見張り?」

「マルセイユ市内のアラブ人居住区のボスに伯爵はワタリをつけて、その配下たちに番人役をさせているのです。彼らはハイウエーや普通道路の要所要所に立って、日本人の乗っている車だと手を挙げて停止させ、伯爵から渡された高子さんの写真とアルル署で撮った小宮の写真でもって、運転者と同乗者の首実検をするんだそうです」

「かれらはマフィアの一味か」

「マルセイユのアラブ人居住区は、治安がよくなくて、警察官でもうかつに立ち入りができないそうです。そういう人々に伯爵は監視を依頼しているのです」

「空港には刑事の張りこみ、道路には無法者の見張りか……」

薄いカーテンに映る天文台を木村は睨《にら》んだ。

「伯爵の打った手には隙《すき》がありません。丁寧な上にも丁寧です」

ピエール・トリオレは偏執狂的精神の持主だ。パラノイアは目的の完成に異常な入念さを見せる。そのピエールに協力する通子を見て、木村は言葉を呑みこんだ。通子も同類なのだ。

「二人の居どころを収賄刑事から報告があり次第、トリオレ伯は飛び出すつもりか」

「伯爵はその電話がくるのを待ってるわ」

「水平だか上下だか知らないが、二段装置の猟銃を持ってか」

「たぶんね。銃は手入れが終ってガンケースに納めてあります。もちろんスコープ付きです」

「撃つのは、どっちのほうだ？　高子さんか小宮君か。それとも両方か」

「伯爵の気持次第です。わたしにはお洩らしになりません」

「きみとしては、どちらを先に撃ってもらいたい？」

椅子から通子は立ち上がった。木村の顔を見ずに窓ぎわに寄った。レースのカーテンごしに白い天文台がぼやけていた。

「伯爵の意志とわたしの期待とは無関係です。事は伯爵の独断で決まります。なんどもいうとおり、わたしは使われびとです。口出しはできません」

「撃てばトリオレ伯も自滅だ。殺人犯か殺人未遂の犯罪者として世から永久に葬られる。この屋敷も地所も完全に人手に渡るよ。ナポレオン三世いらいの荘園主の名家がね。そんな犠牲を払ってまで恋女房と恋敵とを撃つのか」

通子は木村に眼を向けた。ガラスの破片のようにきらめいていた。

「そのナポレオン三世いらいの貴族地主というのがピエール・トリオレの精神を衰耗させたのです」

「………」

「伯爵の称号を受けつぐ荘園主の後裔《こうえい》というのが、ピエールさんには岩塊よりも重い負担だったんです。わたしはあのかたに接してからまだ期間は短いのだけど、それでも判ったのは、あの人には生活能力がないことです。ご本人もその点は早くから自覚していると思います。たぶん少年から青年期にかけてのころからね。そのコンプレックスが逆に出て、精神が歪《ゆが》み、奇妙に偏《かたよ》ってきたのです。自分を偉く見せる、強く見せようと腐心する。そのため世間の眼を胡魔化す工夫に専念するようになったんですわ」

「………」

「たとえば、天体観測です。わたしは助手としてその研究室に入りましたが、入ってすぐにわかったんです。ピエールさんは天文学や天体観測のことをなにも知っていません。入門書ていどの本を読んだくらいの付け焼刃です。外国の天文台から報告書類をとり寄せているけれど、ひとつも読んでいません。理解ができないからです。でも、天文学とか天体観測とかいえば、一般には分らないから、科学者のような人だと思わせています。……あのかたの占星学《アストロロジイ》だって、そうですわ。なにもご存知ないんです、まやかしですわ」

「きみこそ伯爵、伯爵といって崇《あが》めているくせに、ずいぶん手きびしいね」

「伯爵は代々の称号です。そう呼ぶのは、使用人として当然です。トリオレ伯爵がロンドンやパリやブリュッセルの天文台を訪問すると称して、各地で女遊びをしているという陰口のあることもわたしは耳にしています。だけど、それも伯爵がこのエクスの重圧から脱《のが》れるためです。あの方は事業をはじめたけれど能力がないので失敗し、先祖からの土地を手ばなし、現在は残り少なくなっています。名誉や体面の保持に努めようとする一方、無能力の絶望感という両極の緊張が凝固して、それがあの方の正常性を砕いたのです。そうして畸形《きけい》的な人間ができあがったと思うんです」

通子は窓の向こうに鬱陶《うっとう》しげな眼差《まなざ》しを向けた。

「あのドームの下にならんでいる天体観測機の間で虫のようにかがみこんだ伯爵が読み耽《ふけ》るのは、怪奇で幻想的な物語の本が主です。それにウキヨエです。その絵も女が責め折檻《せっかん》されているところとか殺し場面の芝居絵などを見ているのです。先代のコレクションなんです。先代は古いものに趣味があったようです。先代は、ヴェランというゴッホがよく使っていたという十九世紀の画用紙も集めていました。それがまだたくさん遺っています。一人息子のあの方は、お父さんの偏愛を受けて育てられたそうですが、そのほうの趣味は先代の血かもしれないわね。あのかたはいっそ古いものの研究に進んで、ペダンティックな論文を発表すればよかったかもしれません。そのほうの才能はすごくあるんです。鋭い感覚を持った特殊な才能です」

「その鋭い感覚が、高子さんへの異常な虐待に向かったのか」

「高子さんが、ピエールさんを虐待しているのです」

「なに?」

「高子さんは結婚当時からピエールさんに愛情を持っていませんよ。彼女は魂の抜けた状態で、ピエールさんといっしょになったのです。それが彼にもわかっていたんです。そのうえ、高子さんはシャトー・デゼトワールにレストランとホテルをつくり、そっちの経営の才能を見せました。あれは夫に協力しているのではなくて、彼女が夫の無能力を嘲《あざけ》っているんです。面当《つらあ》てですわ」

「それはきみの見方か、それともトリオレ伯の考えか」

「わたしもそう思うけど、ピエールさんはもっと深刻にそう受けとめているでしょう。ご存知のように高子さんは魅力的なマダムぶりでお客さまの人気を得ているけれど、あれも彼女の素質が淫婦型だからです。客にもてはやされるところをピエールさんに見せつけて、彼を苛立たせているんですわ。可哀相なピエール伯爵……。彼はあの淫婦のために狂ってしまったんです。あの人は、その悩みを忘れるために酒を呷《あお》り、それでも足りずに、マルセイユのブラック・マーケットから麻薬《オピアム》も買って注射しています。マルセイユのオピアムは近東あたりから密輸入されているそうです」

「きみは、どうしてそれを知っている?」

「伯爵が自分の腕に注射するところを見たからです。わたしにその現場を見られたものだから、わたしに注射の手伝いをさせましたわ」

「きみに?」

「うちわの者という意識をわたしに植えつけるつもりだったのでしょう。わたしに高子さんの尾行役を言いつけたのもそれからです」

「……」

「伯爵は高子さんに隠れた恋人が居るのに気づいていたのです。そうなったら正常な人間でも気が狂います。まして、通常でない伯爵のことですから、どういうことになるかおわかりでしょう?」

「両人を探し出したら、ピエールは本当に撃つのか」

「伯爵は射撃の名手です。そうした才能だけが発達しているのもアブノーマルなところです。麻薬中毒患者にはまだなってないけれど、精神はとっくに荒廃しています。そのくせ、偏執的な意識は強くなっています。偏執狂のように狙った目的だけが意識の全部を支配していて、わが身の破滅などは考えのなかにありません」

通子は言い終ったあと、ふいと呟《つぶや》いた。

「高子さんが逃げたのは、昨夜《ゆうべ》の何時ごろかに小宮から落ち合い先の連絡があったからだわ。

小宮のその連絡電話は、誰かが受けたのです。その人がその伝言を高子さんにこっそり取り次いだんだわ、きっと。……」

通子は唇を咬《か》んだように沈黙した。そうしてドアの二、三歩前に歩み、そこでナイフを立てたように凝乎《ぎょうこ》としていた。

高子を逃がしたという彼女の無言の非難が、その全身から自分へ向かっているようで、木村は思わず眼を伏せた。

「木村さん。マドリッドの柏原さんから、その後いい電話が入りましたか」

通子は急に話を変えた。が、ものの言い方も姿勢も前のとおりだった。

「いや、まだ……」

「そう。二十七日のパリのアレンジ会議までに、うまくゆくといいですわね」

その希望は薄い。マドリッドのバローナ世界陸連会長宅に張りついている柏原から、今日まだ連絡がない。こっちのプロヴァンス陸連協議会のボーシュ理事長からも、あれきり音沙汰《おとさた》なしだった。

「ぼくもうまくゆくように願っている」

木村はいったが、声に力がなかった。

「わたし、帰ります」

通子はドアを開けた。木村が見送るつもりで歩み寄ると、廊下に出た通子がドアを閉めた。だが、全部を閉めたのではなく、彼女はノブにかけた指をはなさずにいた。そのドアが扇のように開いて通子が飛び込んで来た。あっという間もなかった。いきなり木村に抱きついた。

「ごめんなさい、木村さん」

通子は、木村の胸に顔を押しつけて言った。彼女の肩も声も震えていた。

「あなたをこんな苦境に立たせて……許してください」

新聞社に投書したプロヴァンス国際駅伝競走のプランのことをいっているのだった。彼女は昨日の昼も来て言ったが、今はあらためて詫びている。木村はとっさには答えの声が出なかった。シャツの胸が濡れているのを知った。

この刃のような女が哭《な》いている。

もういいんだ、きみが悪いのではない、責任はぼくにある、国際駅伝が他社に奪《と》られるのも運命だ、きみは男の生命が炎をあげて燃焼するような仕事を与えてくれた、たとえ失敗しても悔いはない、生涯に一度あるかないかの機会だった、恨みなどするものか、その機会を与えてくれたきみに感謝している、涙を出すなんて、きみらしくもない、わかっているよ、と木村は言おうとしたが、咽喉が詰まった。

彼は通子の頭を抱いて撫《な》でようとした。はじめて彼女の身体に触れたが、手に残った感触が髪の毛のいく筋かだけだった。通子は身を翻《ひるがえ》すと、顔を蔽《おお》って廊下へ走り去った。

足もとに旋風《つむじかぜ》が舞うのを木村はおぼえた。──

木村は椅子にぐったりとかけた。動悸《どうき》をしずめるのに時間がかかった。抱いた通子の肩のおののきが残っていた。

木村は玄関に出た。近づいてくるポーターに、タクシーで空港へ行きたいと言った。ポーターが口に指を入れてタクシーの溜り場へ鋭く鳴らした。タクシーは玄関前の坂下で列をつくっている。

あたりをそれとなく木村は見まわした。昼食をとりにぼつぼつ客の車が来ている。トリオレ伯の車は真紅のシトロエンだ。だが、ここには駐《と》まっていなかった。伯爵の専用車出入口は反対側裏で、天文台と屋敷の直下になっている。彼の車がそこからまだ出ていなければいいが。アルル署の刑事から連絡電話が入ったかどうかだ。

タクシーが上がってきた。個人タクシーで、車はベンツ。運転手は四十歳くらい。年寄りのドライバーの多い中では若いほうだ。肩がぴんと張って脚が長い。制服を着た胴体は箱のようだ。栗色の髪を無造作に後ろに指でかきあげている。ポーターに行先をマリニャーヌと言われて顎をうなずかせた。

ミラボー通りの並木通りが流れるのを見ながら木村は考えた。マルセイユの電話局番が九一五四だとは、プロヴァンス陸連協議会のボーシュ理事長や事務局にたびたび電話して知っている。昨日の夕方五時ごろ、小宮栄二が電話してきて、マダムに伝えてくださいと言った九一三四の局番とは、何処《どこ》だろう。

市内の交通は混んでいた。いつもより乗用車が多い。それも南へ向かう車ばかりだった。

「カマルグのサント・マリ・ド・ラ・メールのお祭りを見物に行くのです。ジプシーもヨーロッパじゅうから集まっていてね。大騒ぎですよ」

今日がそうだったのか。ちがいない、二十四日だった。

南下する車で道路は渋滞していた。公衆電話のボックスが眼についた。ホテルに用件を思い出したと言って、木村は運転手にボックスの前にタクシーをつけさせた。

ボックスの中で手帖を睨みながら、ていねいにダイヤルを回した。料金口にコインをたっぷりと投げこんだ。道路に眼をやると、家族を乗せた車が数珠つなぎにA8号線を南へ進んでいる。

信号音がやみ、女の声が出た。木村は英語で呼びかけた。馴れた英語で応じてくるならサービス業だと思った。女の声はそのとおりに答えた。ほっとした。

そちらはヴィラ・クーロンヌか。さようでございます。

ヴィラ・クーロンヌが何処にあるのかわからなかった。

こちらはトーキョウのキムラだが、日本人のコミヤ氏のルームにつないでほしい、といきなり言った。"Japanese"というのに大きな声を出した。どこのホテルかしらないが、日本人の客は少ないはずだった。

「ミスタ・コミヤ?」

その問い返しの語調に、小宮栄二の宿泊を感じとった。

こちらはキムラだと言ってほしい、ともう一度念を押した。そう伝えないと、小宮が警戒して電話に出ないだろう。高子も一緒にちがいない。

少々お待ちください。

女の声が引っ込んだ。木村は詰めていた息を吐いた。

昨日、オテル・シャトー・デゼトワールの部屋にかかった小宮からの電話は、はじめ交換台がサンジャン教会からですと告げた。サンジャン教会というのがエクスかマルセイユ市内にあるのかな、と思い、どうぞ、というと、ややあって男の声が出て、日本語で、木村さんですか、わたしは小宮と申しますと、ささやくように言った。

教会からの電話だと交換手も神に遠慮して盗聴しないでしょうという通子の言葉にそのとき

思い当った。はたして小宮との通話の秘密はピエール・トリオレに洩れなかった。小宮からの伝言は、中庭の夕の食卓で無事に届けることができたから。

サンジャン教会と偽《いつわ》ったのは、いまの女の声かなと木村が考えていると、受話器に接続音が聞えた。が、すぐには声がしなかった。部屋の客は用心深かった。洞窟の中のような沈黙がつづいた。

木村はそれと察して、もしもし、と言った。

「もしもし。ぼく、木村ですよ。小宮さんでしょうか」

寸秒の間を置かずに「昨日の声」が出た。

「小宮です。小宮栄二です。木村さん、木村さん。き、きのうは、どうも、ありがとうございました。おかげで、高子さんが今朝こちらへ来ることができました。なんとお礼を申していいか……」

声が潤《うる》んでいた。

「そんなことよりも、そちらにまだ変ったことは起っていませんか」

「変ったこと？ いいえ、べつに。何か……？」

小宮はすぐに不安そうな声になった。

「じゃ、間に合ってよかった。すぐに、そこからお二人で脱出してください」

「えっ。どういうことですか」

「トリオレ伯が猟銃を持って、そこへ行きそうなんです」

ごくりと唾《つば》を呑みこむ音が受話器に伝わった。

「トリオレは警察と連絡をとっています。ニーム空港にもマリニャーヌ空港にも刑事が張りこんで、あなたが現れると別件の参考人として取り押えることになっているようです」

「…………」

「いま、そこはどういう場所ですか」

「ヴィラ・クーロンヌは、マルセイユとアルル間のA55号線に沿ったマルティグの町から南に入ったクーロンヌ岬の近くなんです。高子さんもわたしも十何年前に来たことのある土地で、いまはその村に別荘風な小さなホテルができているんです」

木村の眼に通子が見せた三枚の写真が浮んだ。

多島明造と小宮栄二と豊島高子の三人の旅行姿だった。背景はプロヴァンス地方だが、詳しくは何処だかわからないと通子は言っていたが、それがクーロンヌという土地だったのか。

写真は明造兄が送ってくれた「遺品《かたみ》」だと通子は言った。明造と小宮との決裂も、通子の復《ふく》讐《しゅう》の発生も、十数年前のこの村での三人の宿泊に原因があったのか。——

こちらが黙っているので、小宮が、もしもし、と言った。

木村はわれにかえった。

「A50号線など地中海沿いの道路も危険です。そこにも見張りが立つようになっています。アルルからツーロンあたりまでね」

「どうしたらいいでしょうか」

小宮は喘《あえ》いだ。

「早く、そこから脱出なさることです。でないとピエール・トリオレが行きます。どこでもいいから、早く逃げて、隠れることです」

「そうします。あの、高子さんを出しましょうか」

荒い息遣いの中で小宮は言った。

「一分一秒を争います。高子さんには、よろしく言ってください」

「木村さん、ありがとう、ありがとう。見ず知らずのあなたに、こんなにお世話になって……」

「ご無事で」

木村から電話を切った。

カマルグ半島の南端サント・マリ・ド・ラ・メールの小さな町は、寺院を中心に数万の人出でごった返していた。

寺院は、中世の城砦《じようさい》がそのままの姿で、内部を礼拝堂に改造しただけであった。上部に銃眼の刻みをつけた高塔と、周囲の高い城壁とが一体となって真っ白な要塞を聳《そび》えさせていた。

今日と明日は、その白い要塞寺院を中心に赤い色彩と喧騒な音楽とが渦巻く。祭りが最高潮になるのは、寺院の中からサラの像が輿《こし》に乗って出て、すぐ近くの地中海の波に浮んだ小舟に乗り、しばらくして舟から渚《なぎさ》に上がるときである。

キリストの死後、聖母マリアの妹マリア・ヤコブ、使徒ヨハネと大ヤコブの母マリア・サロメ、ベタニアのマリアと呼ばれるマリア・マドレーヌ、それにエジプト人といわれる黒人侍女のサラの四人がエルサレムを脱出し、地中海を扁舟《へんしゆう》に乗って西へ航行し、このカマルグ岬の港町に漂着したという。この伝説を祭儀化したのがこれである。ジプシーにとっては二人のマリアよりも、使徒にはなれなかったが、サラが信仰の対象になっている。「創世記」にはアブラハムの妻もサラとある。サラという名はイエスの祖先のひとりとマタイ伝ではいっている。

このお祭りはじっさいにはジプシーの祭典である。地もとのフランスはもとよりスペイン、西ドイツ、オーストリア、ハンガリー、イタリア、イギリスなどからジプシーがやって来て祭りに参加する。ジプシーの大集会でもある。その観衆は数万にふくれあがり、二千人にも足りない住民のこの町が、人間の洪水を受けて昂奮のるつぼと化す。

いま、沸き立つこの町を木村は歩いている。曾《かつ》て柏原といっしょに来た町だった。

――マルセイユの公衆電話ボックスで小宮栄二と通話を終ったすぐあと、シャトー・デゼトワールに電話して多島通子さんをというと彼女は外出です、と交換台は答えた。そこでフロントにつながせた。

フロントの係は言った。

「伯爵の運転される車にミス・タジマは同乗されて、二十分前にお出かけになりました。行先は存じません、はい」

二十分前にピエール・トリオレと通子が出発したとは、危機一髪である。エクスからクーロンヌまでの距離はどれくらいかわからないが、およそ三十キロとしても、高速道路利用だと二十分足らずである。しかし、エクス市内は交通が渋滞していた。またクーロンヌは高速道路をはずれて南の岬に近いところだと小宮は言った。そういう条件を考えると、トリオレ伯と通子の「ヴィラ・クーロンヌ」到着には四十分はかかるであろう。

木村は「ヴィラ・クーロンヌ」にもう一度電話して小宮と高子に出発を促そうかと思ったが、それは断念した。トリオレの出発は、アルル署の刑事が小宮らの所在を突きとめて、これを報告した結果である。してみれば、ホテルに再度さっきの日本人の声で電話するのは危険であった。それに、あれほど早く早くと小宮に逃げるのをすすめたのだから、脱出はすぐに行なわれたにちがいない。

問題はその逃げ先である。ニーム空港にもマルセイユのマリニャーヌ空港にも警察の張り込みがある。海岸沿いの東西の一本道にはマルセイユのマフィアの監視が立っている。ピエール・トリオレがマルセイユのマフィアのボスにわたりをつけたのは、ピエールがマルセイユのブラック・マーケットから注射用に麻薬を買っていたという通子の打ち明け話でその経路が解けた。

では、両人の逃げこむ場所はどこか。

エクス市内の交通渋滞は、サント・マリ・ド・ラ・メール寺院のお祭りへ行く車の混雑からだった。これが木村にヒントを与えた。

東西幹線道路がマフィアの見張りで通れないとなると、両人はひとまずサント・マリ・ド・ラ・メールの大群衆の中にまぎれこんで、警察の眼やピエールの追跡を逃れ、夜に入ってから別の場所に移動する。小宮のこれからの逃走方法は、そこにあるのではないか。——

とにかく、お祭り騒ぎの大群衆の中に消える。それが最善の方法だ。木村の思っていることを小宮も思ったに相違あるまい。誰の考えも同じであろう。

電話ボックスの外に待たせたタクシーに戻り、運転手に言った。

「カマルグのサント・マリ・ド・ラ・メールに行ってくれ」

「マリニャーヌ空港には行かないのですか」

「考えが変った。お祭りを見に行く」

わかりました、と働きざかりの運転手は料金が稼げるのでよろこび、両手をひろげ、足を踏み鳴らした。すでに祭りの踊りを真似していた。

エクスの市内をようやくのことで出た。車のほとんどが南をさしていた。

「ここからクーロンヌまでは何キロかね」

「三十五キロぐらいですな」

木村は腕時計をのぞいた。それをバックミラーで見た運転手が、また行先変更かと思ったらしく、クーロンヌに行くのかときいた。いや、行かない、行かないけれど、そこまでは時間はどれくらいか。

「相当混雑していますから、四十分か五十分はかかりますよ」

木村は安堵《あんど》した。ピエールと通子がヴィラ・クーロンヌに到着する前に、小宮と高子は完全に脱出している。

木村は運転手に道路地図を借りた。クーロンヌは高速道路A55号線沿いのマルティグの町から南十キロばかり。そのマルティグからは普通道路N568号線に入って西へ行く。これが十キロ進んだところで北へ折れ、幹線道路のN113号線と合し、西へ約十キロでアルル市に入る。

「サント・マリには二時間半くらいかかります。アルルからサント・マリまでのD570号線が混んでいると思いますからね」

運転手は地図に見入っている木村にいった。

すると、サント・マリ・ド・ラ・メールの到着は四時ごろか。

「ちょうどいいじゃありませんか。サラの像が海から上がってくるのが四時半あたりです。ちょうどお祭りのハイライトに間に合います」

運転手はまた声をかけた。——

今、木村はこうしてサント・マリ・ド・ラ・メールの町をうろついている。タクシーは帰さずに待たせた。この車を逃がしたら帰りの車が拾えない。運転手に交渉して、祭りの「見物」が終るまで待ってもらうことにした。むろんチップははずむ。百ドルでどうだね。百ドルもチップをもらえるんですか。運転手は両手を万歳の形にした。

これからどんな経過になるか。カネに代えられなかった。運転手は駐車場はいっぱいだし、海岸通りの広場はジプシーのキャンピング・カーの群れで占領されているので、二キロ東のバカレ潟《がた》に沿ったバンの村のレストランが懇意だからそこで待っている、とその店の電話番号を書いたメモを呉《く》れた。

「お祭り騒ぎは八時ごろにはあらかた終ります。見物人も散って行きます。それから後は、別の騒ぎになりますからね」

運転手は言った。

「別の騒ぎ?」

「酔っぱらったジプシー連中どうしの大喧嘩《おおげんか》が起るんです。日が暮れて暗くなった十時ごろからはじまるのです。なにしろジプシーといっても各国からきているので、種族の違いや国別の違いもあります。それに都市に住んでいるジプシーと山野を歩いているジプシーとは、生活の仕方も違えば性質も違うんです。田舎の原野にいるジプシーのほうが気性が荒いのです。そのかわりそっちのほうがジプシーらしいジプシーだといいますね。人間も素朴だし、ジプシーとしての誇りを持っている。そういった彼らの違いが、いがみあいの因《もと》です。フランス語、ドイツ語、イタリア語、マジャール語、英語、そのほかわけのわからない言葉を投げつけ合っての乱闘ですよ。血の雨が降るのが毎年のことです。だから十時以後は外出禁止で、遠くから来た観光客もホテルの中にちぢこまったままです」

そうなると小宮と高子は、八時ごろにはサント・マリ・ド・ラ・メールを脱《ぬ》け出るかもしれない。人がいなくなれば追跡者によって発見されやすい。

運転手は、レストランの呼び出しには、グラン・コンテという自分の名を言ってほしい、そして待ち合せるのは、この場所がいいと言った。

四時十五分なのに、正午過ぎの陽の強さであった。太陽は西の空へ移っているが、いまだにゴッホの太陽のように真っ白な炎で渦巻いていた。あたりの建物は光の霧に蔽《おお》われて霞《かす》み、ひしめく婦人たちの装いだけがあざやかな原色の点描だった。

海では聖なる儀式が行なわれていた。頭に花鬘《はなかずら》をつけ、色彩豊かな裾長《すそなが》の聖服を重ね被《ぎ》し、その上に白で絹の外被《ローブ》のようなアミクトゥス（肩衣）を二枚まとった黒い顔のサラは、若者連中に輿《こし》を担がれて波打ちぎわの小舟に移るところであった。小舟のまわりにはガルディアン（カマルグ地方の牧夫をいう）たちが白馬を海に乗り入れて護衛していた。

眼前の青い海は地中海の東の極みなる聖地につながる。帆も櫂《かい》もない小舟に乗った三人のマリアとサラとがキリストの奇蹟によってこの岬に着いたという象徴的な形式から祭典ははじまるのであった。牧夫たちは黒いツバ広の帽子《シャポー》をかぶり、黒の上服にベージュ色のズボン。その粋《いき》な身装《なり》はスペインふうで、三メートルあまりの黒塗りの長い棒を揃《そろ》って持つ。棒の先には三《さん》叉《さ》の鉤《かぎ》がついていて、放し飼いの白馬や野牛を統御する道具の一つ、トリダンだ。渚《なぎさ》には小舟のサラ像にむかって法衣の聖職者が三十人くらい立ち、聖歌の唱導をする。ヴァイオリンとトランペットとが奏せられ、ドラムが鳴る。陸《おか》からこれを囲繞《いにょう》する万余の観衆は一斉に讃美歌を高唱和した。

それにも増して華やかなことは観衆の前列に居ならぶ若い女たちの一団だった。結い上げた豊かな黒髪を頭の上に高く束《たば》ねて乗せる。それに白のリボンを巻いたのがいる。裾長の衣裳は黒、赤、青、紫、黄と色とりどりだが、肩にかけるのは白のスカーフ。これが幅広で両肩から背中に垂らした先端は逆三角になっている。今日の晴れ着にと肩掛けの縁どりも心をこめた手縫いの刺繡《ししゅう》飾りだった。この姿はいうまでもなく、この地方に生れた婦人の伝統的な民族衣裳。「アルルの女」はアルフォンス・ドーデも小説に書いた、ヴァン・ゴッホも画に描いた。

小舟のサラに一歩でも近づこうとして信心女は沓《くつ》を脱いで渚を歩いた。ミストラルに吹かれて海は荒い。押しよせた波浪に、女の裾はびしょ濡れだった。それもいとわず、打ち返す波の中を渡り、小舟のサラに近づこうとする。白馬の牧夫が制止するが、押しよせる人々はあとを絶たない。

大歓声があがった。いよいよサラの上陸となる。聖職者の誦唱はいちだんと高くなる。音楽は轟《とどろ》く。観衆はどよめき、熱狂的になる。

その中を、サラの像はふたたび小舟から渚に移った。宰領が指揮して行列の隊伍を整えさせている。供奉《ぐぶ》の人間が多いので、隊列の準備に手間がかかる。

行列の先頭には白馬に乗った礼装のガルディアンが二列で立つ。かれらはスペインふうで、威厳はあたりをはらう。白馬はカマルグ育ち。馬の優雅な姿は貴公子のようである。つづくは聖職者の一団、三十人ぐらいが二列、寛《ひろ》やかな白のアルバ（長白衣）の前に長く垂らすストラ（頸垂帯）の緋色が目立つ。

次は音楽隊。ギター、ヴァイオリン、クラリネット、それに笛と長太鼓《タンブラン》だ。これが二十人を超す楽隊で、二列で行進。いずれも東洋的な面《おも》ざしのジプシーたちであった。

そのあとを輿がすすむ。黒い顔に大きな眼をぱっちりと開いたサラの像は、乗物の上でゆらゆらと揺られている。担《かつ》ぎ手は揃いの白衣、八人が棒鼻と後棒を肩に乗せている。輿には四本柱が立てられ、屋根に赤の天幕が張られ日覆いとなっている。そのあとには原色の幟《のぼり》が高々と掲げられ、長い幟飾りは風に翻《ひるがえ》っている。

サラの「神輿《みこし》」が沿道を通過するときは、両側に山をなす群衆の鯨波《とき》の声で四囲が震動する。サラのアルバやきれいな聖服の裾に少しでも手を触れ、家内安全・商売繁昌・長寿健康の祝福を得ようとして、婦人たちが近づく。老女などは臆するところなく像に抱きつこうとする。もともとサラの像は、サント・マリ寺院の礼拝堂の階下に安置され、その着せる衣裳は信者たちの寄進である。

それを整理するは聖旗を捧持して従う信者の一団である。長方形の聖旗にはマリア像が貼られ、赤いバラが縁《ふち》どりに飾られてある。この通過のときも群衆の間にまたもや讃美歌が高まる。

だが、そのあとを歩む女性群が来ることによって調子が一変する。民族衣裳の彼女らは三列で行進するが、さした日傘《パラソル》を傾けたり回したりなどして、自身の「アルルの女」の晴れ姿に誇らしげであり、また浮き浮きと愉しそうであった。なかには恋人や夫と腕を組んでいる組もあった。

――木村は観衆の間からこうした行列を見ているうちに、ふと空想が湧いた。高子が「アルルの女」に扮装《ふんそう》してあの行進の中にまぎれこんでいるのではないかと考えたのだ。アルルの女と同じに黒い髪の高子があの民族衣裳を着て行列の中に居れば、ちょっと区別がつかない。日傘を上手に傾けて顔を隠せばなおさらである。小宮は観衆の中を高子から眼を放さずにいっしょに移動しているだろう。

その思いで行進するアルルの女の一人ひとりに木村は眼を凝らしたが、高子の化けた顔はなかった。日傘で面《おも》を隠している女もいなかった。

そのような幻想が木村に起るのも、群衆の間から小宮と高子を探し、また追跡者のトリオレ伯と多島通子を見つけるのにさまよい歩き、疲れはてた末であった。

狭い出入口の上に十字架と錨《いかり》とを組み合せた紋章のあるサント・マリ・ド・ラ・メール寺院の周辺では、小さな広場や民家の軒下などで、ジプシーたちの歌と踊りがくりひろげられていた。歌はギターの伴奏で、咽喉のいいのがあるたけの声をはりあげている。輪になった群衆が合唱し、手拍子を鳴らし、足踏みしてリズムをとる。

早い世紀にインドからハンガリーにきて、ハンガリーから各国にゆきわたったといわれるジプシーは、その流れの一つはエジプトに入り、モロッコを経てスペインに達した。

サラがエジプト生れといわれ、ジプシーの尊崇《そんすう》を集めるのもそのためらしい。ハンガリーのジプシー音楽は、東洋的でロマンティックな特色をもち、その音階をとり入れたリスト（「ハンガリー狂詩曲」）、ブラームス（「ハンガリー舞曲」）、サラサーテ（「チゴイネルワイゼン」）などの音楽家で知られるが、現在のジプシーはほんらいの言語を失い、即興的なその歌詞も居住地の方言がまじって意味のよくわからないのがある。

サント・マリ・ド・ラ・メール寺院のまわりの人垣の中で踊っているジプシーの女は、スペイン系が多く、その踊りもフラメンコによく似ている。フラメンコそのものがジプシーの踊りを母胎にしているといわれる。ジプシーの踊りは、ギター、チンバロンなどの伴奏に乗ってテンポは緩急自在だが、それも熱狂的で、しだいに恍惚状態《エクスタシー》になる。だが、踊りの要所要所で屹《きつ》となって威厳を見せる演技は、フラメンコと共通している。ジプシーは自尊心が強い。

木村はそうした人垣の顔をのぞく。手相占いの老婆が、客が呉れた観相料が少ないといって喚きちらしている。その様子に弥次馬が哄笑《こうしょう》する。

サラの像が上陸した地点につづく海岸には、ジプシーのキャンピング・カーが延々とならんでいた。鉄道の貨車一輛ぶんくらいのが群れていて、その種類もトラック型ありバス型ありでさまざまだった。後ろは林で、洗濯ものの幕が張られ、炊事場、物置、便所ができている。車輛の戸を開けて家族が砂浜の踊りを見ている。木村はそこも廻った。

木村と同じように寺院の祭りを小宮と高子の逃げこみ場所と察したピエール・トリオレが、かりに二人を見つけたとしても、この大群衆のなかでは手が出せまい。猟銃を撃つこともできず、両人を引き立てることもできない。

もし行動に出るとすれば、タクシーの運転手がいったように、お祭り騒ぎが終り、見物人らが散り去った後ではないか。人が少なくなれば両人の発見も容易になろう。

群衆の混雑がつづくかぎり、小宮も高子も、そしてピエールも通子すらも、この町の中に封鎖された状態になっている。

時計を見た。五時半であった。太陽は照っている。

パブに入った。ここは城砦《じょうさい》のようなサント・マリ寺院の高い外壁が長々と延びているところで、お寺の西側面にあたる。その前は土産物店が軒をつらねている。せまい路を流れる群衆の雑踏で店頭の破壊をおそれ、シャッターを半分おろしていた土産物屋もいまは全部を開けている。アルルの女の泥人形、サント・マリ寺院や民家の泥細工などを売る。木村はパブの隅に腰をおろした。混雑にもまれ、血眼《ちまなこ》になって一時間も歩き廻った疲労が足や腰に出た。ジョッキのビールを半分も飲まないのに、テーブルに突っ伏してしまった。
夢を見た。
自分が多島通子を追及していた。場所は学校の教室のようだった。二人のほかに誰もいない。自分が黒板に文字を書いている。それは対比表だった。上段と下段に分けている。
豊後竹田の水――エクスの水
その近くの明正水路橋――ポン・デュ・ガール
岡城址――レ・ボー城址
「荒城の月」――トルバドゥールの「即興詩」
画家（田能村竹田）――画家（ゴッホ）
こういう文字を自分が黒板にならべて通子に言った。上段はきみの生れ故郷に近い大分県竹田市だ。下段はことごとく南フランスのプロヴァンスに入っている。
きみは竹田の水を瓶詰めにしたものを送りつけてきた。あれはエクス・アン・プロヴァンスの水を暗示していたのだ。きみは、兄の敵《かたき》の小宮栄二と豊島高子がエクスとその近くにひそんでいるのを知っていたのだ。な、そうだろう。それが頭にあったからこそ、「プロヴァンス国際駅伝」のアイデアを思いついたのだ。そうではないのか。
通子は黙っている。そうだとも違うともいわない。ただ、ひとこと、こう返事した。木村さんのカード合せには足りないカードがあるわ。静かな奥豊後にはレ・ボー城址の山にあるような「地獄谷」はありません。それに、「地獄谷」はレ・ボーだけではないわ。「星の館《シャトー・デゼトワール》」の内もそうだったわ。……

そこで眼がさめた。六時半だった。

一時間も眠ってしまった。

通子が高子と小宮の所在をプロヴァンスと眼をつけていたのが、奥豊後と結合している。気持の底にあったものが、いまのような夢になったとすれば、自分までも異常心理になっているのか、と木村は思った。通子と同じに。

首をつづけて振った。空は明るいが、店内には灯が点《つ》いていた。客もいつのまにか半分に減っていた。

店の電話で、メモの数字のとおりダイヤルした。若い男の声が出た。木村は言った。そこにタクシー運転手のコンテはいませんか、グラン・コンテが。

22

通りに人が少なくなっていた。賑《にぎ》やかな祭りが済んで、見物人も遠くからの観光客も半分になっていた。この町を出て行く人々の車で道路が混み合っている。夜が更けてからだそうだが、宿営しているジプシーのグループ間の喧嘩《けんか》がはじまり、乱闘は血をともなうとコンテは話した。まだその時間には早すぎるが、巻き添えを恐れて女連れは帰りを急ぐ。

街のあちこちにはまだ唄声とギターが聞え、踊りの沓音《くつおと》と手拍子が鳴っているが、掛け声にも哄笑《こうしょう》にも酔いが入っていた。観衆が少なくなり、残ってこれに熱中しているのはほとんどジプシーだった。

木村はタクシーを降りた場所に立った。傘松《かさまつ》の街路樹が一本あって、その陰に身を隠した。こんな街頭に突っ立っているところを車の通子やトリオレ伯に見られたらたいへんである。

太陽は西の海に没したが、空には昼の明るさがいつまでも残留していた。が、建物の陰には黝《あおぐろ》い暮色がはじまっていた。

木村は気が気でなかった。高子と小宮を探し求めているトリオレの車が、他の帰り車に混じってこのサント・マリ・ド・ラ・メールの町から出て行くのではないかという心配だった。いや、もう出て行ったかもしれない。

トリオレの車が町から出て行くのは、高子と小宮を追うために動くことである。あの執拗《しつよう》なピエール・トリオレがかんたんに諦《あきら》めてエクスに引き返すとは思われない。もし彼のシトロエンがすでにここを出発したとすれば、どこかで小宮の車への追跡が行なわれていることになるのだ。

だが、小宮と高子はアルル市に出ることも海岸沿いの道路D58号線を走ることもできない。そこは警戒と監視で固まっていると電話で小宮に強く言ったから彼もよく知っているはずである。

とすれば、逃げられない小宮と高子はこの港町のどこかに潜んでいる。むろん宿をとったりはしない。アルル署の刑事がホテルをしらみつぶしに探索しているからだ。両人はやはり封じこめられている。どこに潜んでいるのか。

両人がこの町から出ない以上、ピエールもここを引き揚げない。穴から昆虫が出てくるのを待っているようにピエールも動かない。彼のそばで双眼鏡を当てている通子を木村は想像した。

タクシーが来た。コンテが運転席の窓から顔を出して、きょろきょろしている。

木村は傘松の陰から出た。コンテがドアを開ける。

「どこへ行きますか」

コンテは座席をふりかえった。

「町の中をゆっくりとひとまわりしてくれ」

「大通りしか走れませんよ。その大通りも、このとおり帰りの車でラッシュだから、のろのろ運転です」

「徐行でいい」

「お祭りは終りましたよ」

「お祭りはもう見た。サラの輿《こし》の行列をすっかり拝観した。きみが言ったように凄《すご》かったよ。サラが舟から上がるところなどはまさにハイライトだったね」

言いながら木村は道路に動く車の群れを見つめていた。

「間に合ってよかったです。あれを見ないことには話になりません。じゃ、もう見物するところはなさそうですが」

「じつは車を探している。赤いシトロエンだ。きみも眼についたら教えてくれ」

「赤いシトロエン？　それだったらボルドー通りのオテル・カマルグの駐車場に入っているのを見かけましたよ。あっしがここへくる途中でね」

「おい、ちょっと待て」

木村は運転手の背中に身を乗り出した。

「それは間違いないか」

「間違うもんですか。八五年型の赤いシトロエンは、シャトー・デゼトワールの主人トリオレ伯が持ってます。あっしはあのレストランの前でしょっちゅう客待ちしているから、あの車を見なれています。トリオレ伯もお祭り見物にここへ来てるんですよ」

木村は叫びが出そうになった。

「すぐそのホテルの前に行ってくれ」

息をはずませて言った。

「トリオレ伯に会われるのですか」

「いや、会うんじゃない。その赤いシトロエンを見るだけでいいんだ。それも伯爵に気づかれないようにしてほしい。前をそっと通ってくれ」

コンテは怪訝《けげん》な顔をしたが、ハンドルの方向を変えた。

ボルドー通りはこの町の北側で、アルル街道のD570号線に通じていた。サント・マリの祭り見物からの帰り車でもっとも混雑している道路である。

その通りを進みながらコンテはあれが「オテル・カマルグ」ですと遠くから六階建ての白い建物を指した。木村は感歎した。ホテルの位置は町の出口の咽喉元《のどもと》を抑えている。あそこで見張っていれば、小宮の車が通るのをトリオレは見逃すはずがない。

ただ小宮の車がどこの製造で、いかなる色をしているのか木村にはわからなかった。ヴィラ・クーロンヌの小宮と電話で話したとき、それを聞くのをうっかり落していた。

コンテが急にブレーキを踏んだ。

「どうした?」

「どうしたじゃありませんよ。トリオレ伯の赤いシトロエンがすぐ前を走っていますよ」

「えっ」

フロントガラスをのぞくと、たしかに赤い車体のシトロエンが五十メートル前方を走っていた。こっちのタクシーとの間には乗用車が六、七台は入っていた。

木村はトリオレ伯の車をまだ見たことがなかった。だが、コンテのタクシーはシャトー・デゼトワールの坂下に行列して客待ちしている。げんに自分も正面出入口にいるポーターに呼ばせ、ポーターの口笛で坂下からやって来たのがコンテの個人タクシーだった。その彼が断言するのだからピエール・トリオレの車であるのは疑いない。

ピエールは運転する車で小宮の車を追跡しているはずだ。小宮の車がどれかはわからないが、赤いシトロエンの前を走っている一群の車の中にいることは確かであった。

おそらく「オテル・カマルグ」にいたピエールは、そこから小宮の車が走っているのを発見し、直ちに駐車場から愛車を引き出したのであろう。普通だと小宮の車が早く走り去ってしまい、駐車場からトリオレが車を出したときは危うく見失うところだったろうが、道路の渋滞で小宮もスピードが出せないので、シトロエンは接近できたのである。

「コンテよ。あのシトロエンを気づかれないように尾《つ》けてくれ」

「わかりました」

「トリオレ伯はきみの顔を知っているか」

「タクシーの運転手の面《つら》なんぞ伯爵は知っちゃいませんよ。偉い方ですからね」

コンテは皮肉に笑い、

「それに、われわれタクシーは正面出入口の前で客を乗せたり降ろしたりしてるんで、裏側の屋敷から車を出入りさせている伯爵とは顔を合せることはないです。こっちは向こうの顔はよく知ってますがね」

「それなら都合がいい」

「われわれと日ごろ接触があるのは、あのホテルのボーイとかポーターなどの従業員です。それと、ときどきマダムが話しかけてきます。玄関にマダムが客を送りに出たときなどにね。マダムはいい感じですよ。やさしくて、人間味があります。フランス女のように威張ってもいないし、出しゃばることもありません。つつましい能度ですね。お客さんと同じ日本人ですが、日本の女性はやさしくて親切ですか」

「いちがいにはいえないが、あのマダムはとくべつにいい人なんだろうね」

「あそこに来る客のみんなにマダムは人気があります。亭主の伯爵とは大違いです。伯爵は人気がありません。星の観測などやっていて、変り者ですから。なみはずれた変人ですよ。おれは貴族だといわんばかりに、いつも人を見下《みくだ》している態度です。あっしもトリオレさんがあまり好きじゃありませんね。……おや、シトロエンが左折しましたよ」

見ると、七、八台の車の先を走っている赤い車が左へ曲がった。

「あれにつづいてくれ」

「諒解です」

「左に折れた道は何処へ行くのか」

「西の海岸通りです。その突き当りを北へ向かうとニームに行きますよ。D58号線です」

「ニームだって？」

「アルルへ出るD570線が混雑しているので、トリオレさんは交通量の少ない田舎道路のD58号線を走って、高速A9号線でニームへ行き、ニームからそのハイウエーでアヴィニョンに行き、サロン・ド・プロヴァンスの町経由でエクスに帰ろうという寸法じゃないですかね」

小宮の車を追っているトリオレが途中でエクスに帰るはずはない。道路地図を見るとニームからアヴィニョンへのA9号線は海岸へ向かうA8-E80号線から北へ離れている。

海岸沿いの道路にはトリオレの手で哨戒線が張られていると木村から教えられた小宮は、逃走に北寄りの道路を択《えら》んだのか。アヴィニョンから国道N100号線を使い、東の山間の道を長駆してカンヌの北へ出てニースに到る。ニースに出ればこの国際空港にはトリオレの手がまわっていない。あるいは観光都市のニースなりモンテカルロなりの「雑踏」の中にしばらく身をひそめて、本格的な脱出を企てる方法もあるのだ。

そのN100号線はまっすぐに東へ延びているのではなく、途中で道路が変って、北へ向かい、南へ下がり、ジグザグをくり返している。というのはフランス領アルプス山脈が南北に連なって壁のように塞《ふさ》いでいるからだった。

けれども、小宮の車がこの山中の難路を取るなら、哨戒線のウラをかいた方法で、賢明である。問題は、その途中で追跡するトリオレに捉《とら》えられる恐れのあることだった。

こうなると、木村はある程度の事情をコンテに打ち明けないわけにはゆかなかった。車の尾行となると、運転手の協力が必要だ。

「トリオレ伯はあのシトロエンを運転して別の車を追っているのだ。トリオレ伯は激しい性格で癇癪《かんしやく》持ちだから、その車に乗っている人に乱暴しそうなんだ。それを止めなければならない。だから、赤いシトロエンをどこまでも尾《つ》けてほしいんだ」

木村が言うと、コンテは、じゃ今のうちにあの車に追いついてトリオレ伯を引きとめればよいではないか、と当然の言葉を返した。

「そうはゆかない。トリオレ伯が果して乱暴に出るかどうかはまだわからないのだ。彼が何もしないうちに、こっちがストップをかけるわけにはゆかない。それにね、ぼくはトリオレ伯とは一度しか対面してないからなおさら手出しできない。伯爵が暴力行為に出たときにその現場に割って入るつもりだ。トリオレさんが追跡している車には、わたしの友人が乗っている」

「あなたの友達の車種と色は何ですか」

「それがぼくにわかっていないのだ。急な出来事なのでね」

「トリオレ伯は気狂いです。何をしでかすかわかりません。あっしはピエール・トリオレが大嫌いです。ようがす、お客さんに協力しましょう。人の危険な状態を黙って見過すなんて、こっちの性分《しょうぶん》に合いません」

コンテは後ろ肩をそびやかした。

「ありがとう、コンテ君、ぜひ頼むよ。ついてはチップを、もう百ドルはずむよ」

「そうですか。すみませんね。けど、そう聞いてはハンドルを握るのにも力が入るというものです。シトロエンの尾行は、あっしに任せてください」

コンテは尻《しり》を上げて坐り直した。

「トリオレ伯にこっちの尾行をくれぐれも気づかれないようにな」

「合点です」

日本の県道にあたるD58号線も予想以上に車が混んでいた。誰の考えも同じでアルル街道のラッシュを避け車がこっちへまわってきているのと、ニーム方面に帰る車とがいっしょになっているからだった。

「赤のシトロエンを見失うな」

間に五、六台置いた先を行く赤い車をコンテの肩越しに凝視して木村は言った。

「大丈夫。トリオレに気づかれないように、ちゃんとくっついて行きますよ」

道路の両側は葦《あし》の繁みだった。人間の背丈よりも高い葦の密生がいちめんの草原となっている。この辺は海に近い湿地帯で、プティ・ローヌ川のデルタとなっている。木村はアルバロンの朝霧の中で葦を切る二つの人影を思い出した。あの二人が小宮と高子だったのだ。見渡すかぎり葦以外に何もないこの平原に小宮と高子が逃げこみ、葦の繁みに身を隠していれば、いくらトリオレでも発見は困難だろう。葦の間で一夜を明かせば、いかに執念深い彼でも待ち伏せを断念せざるをえないだろう。だが小宮の車をサント・マリの町で見出したトリオレの追及は急だった。二人が葦の間にとびこむ余裕を与えなかった。

「このへんには野牛を放し飼いしてます。闘牛用です。白い馬はグラン・ローヌ川の向こうにある牧草地です。だけど、白馬はもう厩舎《きゅうしゃ》に帰り、フラミンゴは水草のベッドに入るころですな」

コンテは横の窓に眼をやって、のんびりと説明した。

ニームに出た。町の東だった。コンテが言った。

「トリオレの車はタラスコンのほうへ向かってますよ。D999号線を東へ走っていますからね。高速道路A9号線には乗らないようです」

「A9号線はどこへ行く？」

「オランジュでA7号線といっしょになって、リヨン方面へ行きます」

「リヨン。……」

「けど、トリオレがオート・ルートをとらないでタラスコンへ向かっているのは、サン・レミかアヴィニョンに出るつもりですかな」

トリオレ伯の意図をコンテは読みかねているようだった。それはトリオレに追跡されている小宮の意図が不明ということであった。

木村は手首をめくった。腕時計は七時三十五分をさしている。あたりはまだ明るかった。タラスコン平野の展開風景は、太陽の光を充分にひろげていた。初夏のプロヴァンス地方は日没が遅い。

ブドウ畑に人が働いている。

「あの車だな、トリオレが追っているのは、お客さん」

コンテがハンドルを動かしながら頓狂な声を上げた。

「白のフィアットですよ。三百メートル先の。時速百キロは出しているな。あれは赤いシトロエンに追われているのを知って、懸命に逃げてるんです。トリオレも百十キロは出してますよ。こんな普通道路をね。こっちも負けないよ、車の競走には自信があるからね」

ボーケールの町を通る。町の中は車も人も多い。赤い車のスピードも落ちた。しかし追われる小宮の白い車も同じだ。ローヌ川の橋を渡る。速力は落ちたままである。川面《かわも》にも陽が落ちたあとの光が映っていた。

この下流がアルルを通り、グラン・ローヌとプティ・ローヌの両川に岐《わか》れてカマルグを流れ地中海に注ぐ。上流は、北のスイスの山峡からレマン湖に入り、湖より出て再び川となり、フランス領のリヨンから南下する。ジュラ山脈の渓谷の流れである。

ローヌ川の橋を通るとき、木村は上着内ポケットから財布をとり出した。コンテに約束の二百ドルを後ろから渡すためだった。財布を出すとき封書がいっしょにポケットから脱けて足もとに落ちた。

その封書の宛先も内容も、木村自身が昨夜ホテルの部屋で書いたものだった。彼は急いで封書を拾い上げポケットに戻した。

「サンキュウ、サンキュウ、サー」

コンテは五十ドル紙幣四枚をうけとった。ハンドルから片手を離して、うれしそうに大きく振った。

「橋を渡るとどこの町か」

前方の高い建物を見て木村はきいた。

「タラスコンです」

あれがタラスコンか。ドーデの『風車小屋だより』の中に町の名が出てくる。

町の中に入った。車は渋滞している。

コンテが背を上げてフロントガラスを見つめていたが、ハンドルを叩《たた》いた。

「伯爵野郎が運転するあのシトロエンの助手席には日本人の女が坐っていますよ。あの娘《こ》はシャトー・デゼトワールの前でよく見かけますよ」

「そうか。あの日本女性はトリオレ伯爵の助手なんだ。だから彼と同行しているんだろう」

「へえー。変ってますね。伯爵野郎が追ってるフィアットの人に暴力を加えるのに、助手の女に手伝わせるつもりですかね」

「そうじゃない。あの女助手はトリオレの乱暴をひきとめるつもりでついているんだ」

木村は通子の「役目」をコンテにそう説明するしかなかった。

タラスコンを通過した。市中を抜けたので混雑が少なくなった。

「きっとN570号線を行きますぜ」

コンテはいった。

「それはどこへ出るのか」

「アヴィニョンです」

木村は地図をひろげた。小宮と高子はアヴィニョンの町に逃げこむつもりだろうか。教皇庁のあるこの街はたしかに人口が多く、建物が輻輳《ふくそう》している。だが、トリオレに追われている小宮と高子にとって安全な場所ではない。それにトリオレの追跡は急なのだ。

地図を見ると、アヴィニョンの先に高速道路A7号線があり、これがローヌ川に沿って北上し、オランジュを通り、リヨンに達している。

リヨン。……

ここには国際空港があるではないか。ロンドン、アムステルダム、チューリッヒ、ウィーン、フランクフルト、ハンブルク、コペンハーゲン、オスロなど直航便が出ているではないか。

ニーム空港とマルセイユのマリニャーヌ空港が警察の手で張りこみされているので、小宮と高子がリヨン空港に向かったとすれば脱出に最善の方法をとったことになる。ニームもマリニャーヌもパリ行の空港である。

はじめ木村は、小宮らが東部山岳地帯の間道を通りモナコに出てニース空港から国外へ脱出するのではないかと想定したが、山間の難路を通って遠くニースへ行くよりも、リヨンのほうがはるかに近いし、ハイウエーでもある。

「おやおや、トリオレはハイウエーに乗らないでD99号線をまっすぐにサン・レミへ向かってますな」

コンテは真っ赤な車に眼を離さずに言った。木村が見ると正面に高い連山が突兀《とっこつ》として屹立《きつりつ》していた。アルピーユ山地だった。空には光が褪《あ》せ、紫色が残っていた。

「お、トリオレの車が向こうの白いフィアットに追いつきそうですよ。危ない、危ない」

コンテが叫んだ。

道路は直線だった。交通量は少ない。速力が出せるのだ。

小宮の車が早くサン・レミの町に逃げ込むのを木村は念じた。町なかに入れば、たとえピエール・トリオレがガンケースから出した猟銃をシトロエンの中から狙いをつけていようと、発砲することはできない。サン・レミからアヴィニョンへ行って高速道路A7号線に入り、リヨンへ向かって高子を乗せた小宮の車は猛スピードで走るはずだ。アヴィニョンからリヨンまでは二百五十キロぐらいはある。

「おお」

コンテが声を上げた。木村にも白いフィアットが百五十メートル先で急角度で右折するのが見えた。間隔を縮めていた赤いシトロエンは肩すかしされたように岐れ道の先まで走った。空気を裂く急ブレーキの音が聞えた。

「トリオレに追い詰められたフィアットは、横道へ走り込んだんです。あれはレ・ボーに行く田舎道だ」

コンテは眼をむき出し、瞬間、離したハンドルからの両手を大きくひろげた。

「レ・ボーに？」

木村は首を捻《ね》じ向けた。

白い崖の間についた道路はヘアピン・カーブの繰り返しであった。勾配《こうばい》は急だった。アルピーユ山地の稜線でもひときわ高いシルエットのレ・ボーは、平野部から急に隆起している。全体が石灰岩の台地で、北東から南西に走るフランス領アルプスのジュラ山脈の一部をなしている。

ジュラ山脈は、アルプスの造山運動によって褶曲軸《しゆうきよく》と断層線とで構成され、また横谷《クユーズ》が山体を截《き》っている。

このジュラ山脈の西南端は断層によって切れ、独立した山塊を形成している。これがアルピーユ山地と呼ばれるもので、山容は石灰岩と砂岩で鋸《のこぎり》状にギザギザの凹凸になっている。日本の群馬県の妙義山を巨大にしたようなものと想像すればそれに近かろうか。

アルピーユ山地は、西はタラスコン、東はサロン・ド・プロヴァンス、北はアヴィニョン、南はミラマという四つの都市に菱形《ひしがた》に囲まれた中で東西に長く横たわっている。さらにその西側が断層で陥没した谷をもつ丘陵台地となっている。谷の中央部は独立した台地で、これが中世のレ・ボー城の旧址である。その台地の周囲は切り立った断崖絶壁である。そうしてまたこのレ・ボー城台地を取り巻くように深い谷を隔てた別の丘陵台地がもり上がっている。その形状は、あたかも火山の噴火丘と陥没渓谷を隔てた外輪山に似ている。外輪山的な東の台地は「ブリガースの町」(Oppidum des Brigasses) と名づけられている。新石器時代のブリガースという住居址があったという説がある。いまは全山が石灰岩の群小突起で埋められている。

陥没谷間には南北に県道がついている。北はタラスコンとサン・レミの間のD99号線から岐れたもので、南のアルル方面へ抜けるD27号線となる。小宮の白いフィアットとそれを追跡するトリオレ伯の赤いシトロエンと、さらにそれを尾行するコンテ運転の個人タクシーのベンツが走りこんだのもこのD27号線である。

しかるにこの県道は谷間の途中で二つに岐れ、分岐したD27Aとなり、レ・ボー城址台地と、ブリガースの町の丘の間を通ってD5号線と出合う。D5号線はミラマやマルセイユ方面に向かっている。

木村の乗るコンテ運転のタクシーが、石灰岩の壁の間についたヘアピン・カーブの道を登り切ると、外輪山の峠に達したようなぐあいで、峠を過ぎれば谷間への下りになる。すなわちD27号線を峠から谷間に十キロばかり走ったところだった。

コンテが奇声を発して急ブレーキをかけた。

「フィアットもシトロエンもそこに棄ててありますよ。道路は血の海でさあ」

血の海の正体はすぐにわかった。樽《たる》を積載したトラックが荷崩れを起して道路に坐りこんでいる。トラックから落ちた葡萄酒《ぶどうしゅ》樽が十個ばかり路上に転がって、うち二個の樽は割れて葡萄酒が流出して、道路を深紅《しんく》に染めていた。

この石灰岩の山中には鍾乳洞《しょうにゅうどう》がある。その鍾乳洞を改造して葡萄酒の貯蔵庫にしている。貯蔵庫というよりは貯蔵工場といったほうがいいくらいに規模が大きい。ブドウ畑はアルピーユ山地の山麓《さんろく》斜面から平野部にひろがっている。

トラックが事故を起した場所はD27号とD27A線とが岐れる地点だった。酒樽の散乱と葡萄酒の流れに道路が塞がれて、小宮と高子は車を道路わきに捨てて、歩いて山へ逃げこんだのだ。

ピエール・トリオレも通子も同じく徒歩で両人のあとを追っていた。

逃げた山はレ・ボー城址台地か、ブリガースの町の丘か、木村はそこに立ち、左と右の丘陵を交互に仰ぎ見た。どちらも絶壁であった。

それでもこの県道が二つに岐れた地点からは、両方の丘陵とも細い登山路が灌木《かんぼく》の繁みの中に稲妻形についていた。二組のグループはどちらの登山路をとったのか。落ちた葡萄酒樽を片づけているトラックの運転手二人に様子を訊こうとしたとき、木村は頭上から鴉《からす》の鳴くのを耳にした。鴉ではない、人の叫び声であった。トリオレの声だった。

木村はコンテにここで待つように命じた。トリオレが小宮や高子を猟銃で撃つのに通子が手伝うのは確実であった。さすれば、通子は共犯者になる。コンテにそこを見せてはならぬ。見せれば、コンテは法廷証人になるだろう。

木村はひとりで、けものみちのような登山路を這《は》うように登った。ジグザグに折れ曲がって、人ひとりがやっと通れるくらいの小径《こみち》は石ころで埋まり足が進まなかった。灌木の根に手をかけないと滑り落ちそうになる。

ふと灌木の繁みの中に白いものがのぞいているのが眼に映った。拾い上げると、うす青色のふちどりのある婦人用のハンカチだった。《TAKA》のネームが刺繍されてあった。高子が小宮と共に灌木の根もとに手をかけて登るうちに落したハンカチなのだ。木村はそれをズボンのポケットに入れた。「霰《あられ》降りきしみが岳《だけ》を険《さが》しみと草とりはなち妹《いも》が手を取る」。万葉集の歌がふと木村の頭に浮んだ。こんな急場にだ。

丘陵上に霰は降らないが、強風が吹く。西の中央山脈から吹きおろすミストラルがまともに来るのだ。身体を前に折らないと、吹き飛ばされそうだった。

石灰岩で成るこの丘陵台地は、長期にわたる雨水からの浸蝕作用によって、ふしぎな光景を呈していた。白い岩石の原が荒れ海のように怒濤を逆巻《さかま》いていた。一群は天に向かって波頭《なみがしら》を上げ、その波頭の間は谷底のように落ちこんでいた。下から突き出た岩は、鍾乳洞内の石筍《せきじゅん》のように柱状となって聳《そび》えている。その柱には尖々《とげとげ》しいのもあれば、まるみを帯びたのもあった。抉《えぐ》りとられたように深く落ちた谷は濃い影が黒々と閉ざして底の深さを秘密にしていた。この光景が荒海に比喩《ひゆ》できなかったら、地獄の針の山と言おう。色彩は何ひとつない。白と、影の黒の世界であった。「ブリガースの町」とは悪霊《あくりよう》の棲む丘だったのか。

ふり返るならば、渓谷を隔ててレ・ボーの台地が見える。その形は、巨大な石造の航空母艦のようである。城砦の天守閣や望楼の円塔が南にかた寄って集まり、北側に広々とした台を持つ形状がそれを思わせるのだ。城下には廃墟の屋敷がならぶ。十七世紀に城主とともに住人のほとんどが山を去った。曾てはこの城内に吟遊詩人《トルバドウール》による即興詩の美声と竪琴《たてごと》の音《ね》が満ちた。

空の残光は、城址の石灰岩の台上を白く映えさせているが、台地の縁《ふち》に付いた絶壁は逆光のため真っ黒に塗りつぶされている。城址の台地の背後にあたる西側に、もう一つの丘陵がある。その間の谷間が「ヴァル・ダンフェール」、「地獄谷」であった。

レ・ボー台地とこの「ブリガースの町」の丘の間で眼も眩《くら》むばかりに落ちた谷間も影に掩《おお》われたその夕闇の底に一条の細い糸筋が白く消え残っていた。D27A号線だった。

木村は見た。前方五十メートルの場所にピエール・トリオレが岩上に立っているのを。

多島通子の背中がピエールの横にならんでいた。通子はピエールの背を支え、強風に彼の足もとが揺らぐのを守り、彼の構えた猟銃の筒先が乱れることのないように防いでいた。

ピエールはライフルに装置したスコープの望遠レンズに片眼を密着させ、引き鉄《がね》に指をかけていた。スコープに映る照準の十文字《レティクル》の中心には、ここまで彼に追い詰められた高子と小宮栄二の姿が入っているにちがいなかった。

高子と小宮とは幅狭い石の台上に立ち、石の柱を壁にして立っていた。両人が立っているところと、ピエールが足を乗せている岩石との間には半メートルほどの切れ目があった。

身体を折った木村は、石にかくれてピエールの後ろに近づいていた。彼の匍匐《ほふく》前進はピエールと通子も気づかず、こちらを向いている高子と小宮の眼にも入らなかった。

風が轟《ごう》と鳴る。その中からきれぎれに声が聞えた。

「このライフルは水平二連銃だ。いま近距離用に切りかえてある。距離三十五メートル。

……」

スコープに眼を着け、一方の眼を歪《ゆが》めて閉じた。ピエール・トリオレは、高子と小宮に宣告していた。冷笑を帯びていた。

「照準はぴたりだ。あとは引き鉄を動かすだけだ。……この二連銃は英国製の最新型だ。試射はこの前に済ませた。英国は散弾二連銃の本家本元で、さすがによく出来ている。これで射撃コンクールに出場すれば優勝間違いなしだ」

「わたしを撃って!」

高子は小宮の前に出て、胸に両手を当てた。

「わたしを殺して! そしてコミヤを見逃してください、あなたの悪い妻の最後のお願い。ピエール」

銃口に向かって彼女は頭をつづけて下げた。

小宮が高子の前に出た。

「ぼくを撃て。殺してくれ。ピエールさん」

高子を後ろに庇《かば》った小宮は、シャツの胸をひろげた。

高子が小宮を押しのけて正面に立った。

「わたしを撃って。早く……」

小宮が高子の肩を捉えて引き退《さ》げた。

「ぼくだ。ぼくを殺して、タカコを助けてくれ。伯爵《コント》トリオレ」

小宮と高子が揉《も》み合った。どちらも必死の顔と動作であった。

「糞《くそ》いまいましい」

面白くないピエールは、スコープからちょっと眼をはなし、引き鉄に指をかけたままで傍の通子に顔を向けた。

「どっちを先に撃ったがいいかな」

通子は正面の両人にじっと眼を据えて答えた。

「もしわたしが伯爵だったら、不貞の妻から撃ちます」

咽喉の奥から絞り出すような声だった。

「そうか。いや、しかしわたしは男から撃つ。コミヤが先だ。……」

ピエールはふたたびスコープに片眼をつけた。

「両人がこう縺《もつ》れていては、照準が定まらないな」

望遠レンズの十字形の中心線に二人の激しい搦《から》み合いがあるようだった。

ピエールは銃口を動かす。小宮が高子から離れて単独になった瞬間を狙っているのだった。

「畜生。なかなか離れないな。こうなったら両人が重なったところを撃つか。……」

乾いた唇を舌で舐《な》めた。

「ダメです。二人いっしょはいけない」

通子はピエールの腕を叩いて叫んだ。

「ふふん。さてはどっちか一人をきみは助けたいんだな。残したいのはコミヤかタカコか。……わかった、きみが殺したいのはタカコだろう？」

ピエールの顔半分が曲がり、引き吊《つ》った。

「こうなったら両人もろともだ。二人とも、そこを動くな」

そのときミストラルが強く吹いた。ピエールの身体は風に打たれて重心を失った。彼は引き鉄を動かしていた。銃声は空間に轟《とどろ》いた。散弾が飛んだ先は右に外《はず》れた向こうの石塊だった。銃声のこだまは「ブリガースの町」の丘に雷鳴のようにつづいた。

木村は石の間から立ち上がった。ピエールの背後三メートルほどに逼《せま》っていた。

「やめろ、ピエール！」

彼は日本語で絶叫した。

ピエールがふり返り、驚愕《きょうがく》した。驚愕は憤激に変り、身構えを変えて銃身の先を木村に向けた。が、距離があまりに至近すぎた。

「やめろ、やめるんだ」

木村はピエールの直前に喚《わめ》きながら進み、向こうの石壁の前にいる二人にも叫んだ。

「高子さん、小宮君。早くしゃがむんだ。姿勢を低くして」

これを耳にしたピエールは、背を回し、ライフルを構え直して再び両人に銃口を向けかけた。年齢にもかかわらずおどろくべき敏捷《びんしょう》さと体力だった。そして飽くなき執念であった。

ピエールが引き鉄に指をかける前が勝負だと木村は思った。彼はピエールの脚に飛びついた。

「危ない、木村さん!」

多島通子が悲鳴を上げた。その叫びは昏《く》れつつある静寂な空気を裂いた。ピエールの傍から離れた通子は、顔をくしゃくしゃにし、両手をひろげて木村の身体に近寄ろうとした。

「寄るな、離れろ」

木村は通子に叫んだ。

ピエールは足もとが揺らぎ、姿勢が崩れた。それでも彼は引き鉄に指をかけようと懸命であった。

とうとうピエールはその努力を放棄しかけた。彼は石の上に転倒し、わが脚に絡みつく木村を横たえて組み伏せにかかった。ライフルを手から放さずにいる。すさまじい膂力《りょりょく》だった。彼は狂的な唸りを上げつづけた。狂える人間独特の凄い膂力で木村を片手で捻《ね》じ伏せようとした。

銃口は標的の二人になおも向けられていた。

この格闘の最中に、ピエールは遂に引き鉄に指をかけることに成功した。彼は敵と闘いながら引き鉄を引いた。再び散弾は高子と小宮が立っている石壁から一メートルとは離れない横を通過して遠方の石塊で爆発音をとどろかせた。さすがに射撃の名手であった。しかもなお銃口は両人を射程範囲内に入れていた。ライフルの弾倉にまだ数発は残っていた。ピエールと格闘する木村に手助けしようにも小宮も高子も動けなかった。

「危ない、木村さん。そこは崖っぷちです!」

通子が絶叫した。この日本語の警告はピエールに通じなかったし、精神異常の彼には何ごとも聞えなかった。危険な場所にいることも視野に入っていなかった。体格が大きく体力の勝る彼は木村を引きずった。

「あ、ああ」

通子が喚いた。木村信夫とピエール・トリオレの断崖下への墜落は一瞬のことだった。

通子は這って三十メートルの絶壁を覗《のぞ》きこんだ。その底には黒い闇が霧のようにたちこめているだけであった。

そのとき通子は近くの灌木の茂みに白い物がはさまっているのを見た。拾い上げるとそれは封書だった。崖ふちでピエールと格闘するときに木村の上着が破れ、内ポケットから落ちたものと知った。

通子は空にたゆたっているわずかな残照に封筒の表をかざした。

《退社届。——和栄新聞社長　川崎憲章殿。専務　館野桂一郎殿》

多島通子は全身を戦《ふる》わせて慟哭《どうこく》した。わたしが悪かったんです、と彼女は声を上げた。投書の「罪悪」を木村に詫びる号泣だった。

後ろに高子と小宮とが、レ・ボー廃城に遺《のこ》る彫像のように声もなく立っていた。

（お断り）

本書は1992年に文藝春秋より発刊された文庫を底本としております。
あきらかに間違いと思われるものについては訂正いたしましたが、
基本的には底本にしたがっております。
また、底本にある人種・身分・職業・身体等に関する表現で、現在からみれば、
不当、不適切と思われる箇所がありますが、著者に差別的意図のないこと、
時代背景と作品価値とを鑑み、著者が故人でもあるため、原文のままにしております。

松本清張（まつもと せいちょう）
1909年（明治42年）12月21日―1992年（平成４年）８月４日、享年82。福岡県出身。1953年に『或る「小倉日記」伝』で第28回芥川賞を受賞。代表作に『点と線』など。

P+D BOOKS

ピー プラス ディー ブックス

P+Dとはペーパーバックとデジタルの略称です。
後世に受け継がれるべき名作でありながら、現在入手困難となっている作品を、
B6判ペーパーバック書籍と電子書籍で、同時かつ同価格にて発売・配信する、
小学館のまったく新しいスタイルのブックレーベルです。

詩城の旅びと

2015年10月11日　初版第1刷発行

著者　松本清張
発行人　田中敏隆
発行所　株式会社　小学館
〒101-8001
東京都千代田区一ツ橋2-3-1
電話　編集　03-3230-9355
販売　03-5281-3555
印刷所　中央精版印刷株式会社
製本所　中央精版印刷株式会社
装丁　おおうちおさむ（ナノナノグラフィックス）

ISBN978-4-09-352232-8

P+D BOOKS